Küstenopfer

SALIM GÜLER

Küstenopfer

Ostseekrimi – Küstenkrimi

PAHLBERG

Salim Güler

www.salim-gueler.de
https://www.facebook.com/salim.gueler.autor
https://www.instagram.com/salimgueler

Lizenzausgabe des Pahlberg Verlags, ein Imprint des Belle Époque Verlags, G. Pahlberg, Wiesenstr. 7, 72135 Dettenhausen, mit freundlicher Genehmigung des Autors.

Lektorat: Christiane Saathoff, *www.lektorat-saathoff.de*

Innenlayout und Schriftsatz: Hans-Jürgen Maurer
Umschlaggestaltung: Simone Holland,
hollanddesign@gmx.de, https://bit.ly/3HHlXxt

Herstellung: Custom Printing, Wał Miedzeszyński 217/1, 04-987 Warszawa, Polen

ISBN: 978-3-98845-129-3

Prolog

Das Wetter war zu schön, um zu Hause zu sitzen und zu warten, also zog sich Mads Johannsen, Polizeibeamter bei der Ostseekriminalpolizei, seine Joggingbekleidung an und lief an der Ostsee entlang Richtung Travemünde. Seine Freundin Victoria würde später am Abend zu ihm kommen, daher nutzte er die Zeit für ein wenig Sport.

Das tat er, wann immer es ihm möglich war – ob Skateboarden, Joggen oder Surfen, ihm gefiel jede Sportart und er war sehr talentiert darin. Das lag vermutlich auch daran, dass er seit seiner Kindheit sportlich aktiv war und eine sportliche Familie hatte.

Bis auf Gustav, dachte er und musste unwillkürlich schmunzeln.

Sein Onkel hatte in den letzten Jahren etwas an Gewicht zugelegt. Seine Schwester Lena dagegen war wie er sehr sportlich, aber seit sie nach einer schweren Verletzung während eines Polizeieinsatzes an den Rollstuhl gefesselt war, hatten ihre sportlichen Aktivitäten extrem nachgelassen.

Mads hoffte jeden Tag, dass sie irgendwann wieder gehen und ihr altes Leben zurückbekommen würde. Es fehlte ihm, mit ihr zusammen zu joggen oder eine Runde zu surfen.

Das Verhältnis zu seiner Schwester war unglaublich eng, sie bedeutete ihm sehr viel, was er von ihrem Verlobten Christian nicht gerade sagen konnte. Mads hatte seit jeher ein gestörtes Verhältnis zu ihm, weil er ihn für einen Versager und Lügner hielt. Aber er war Lenas Jugendliebe und sie hielt fest zu ihm, obwohl sie sich vor Jahren schon einmal von ihm getrennt hatte. Damals hatte Mads gehofft, dass das Kapitel Christian damit abgeschlossen wäre, doch vor einiger Zeit waren sie wieder zusammengekommen und in Kürze würden sie heiraten. Aus Liebe zu seiner Schwester hielt sich Mads mit Kritik zurück, dennoch ließ ihn die Sorge nicht los, dass Christian Lena der Familie immer mehr entfremden würde.

Mads atmete lautstark aus, er wollte jetzt nicht an Christian denken, das machte nur schlechte Laune, dafür war die Laufstrecke einfach zu schön. Er liebte die Lübecker Bucht und konnte sich nicht vorstellen, je woanders zu wohnen.

Mittlerweile war es dunkel geworden und Mads kehrte um, um seine Runde am Brodtener Steilufer entlang Richtung Niendorf zu beenden. Die wenigen Laternen spendeten kaum Licht, da war das Licht des Mondes bald nützlicher, doch Mads kannte diese Ecke sehr gut, er war hier aufgewachsen und joggte die Strecke schon fast sein ganzes Leben.

An sich war die Küste an der Lübecker Bucht flach, bis auf diese Ecke. Das Brodtener Steilufer war eine über vier Kilometer lange Steilküste, die an der Spitze bis zu zwanzig Meter tief hinabfiel. Der enge Strandabschnitt darunter war an vielen Stellen naturbelassen, wild und steinig.

Als Mads genau diesen Teil der Klippen erreichte, hörte er plötzlich einen Schrei. Er blieb stehen und schaute sich um. Der Schrei musste von einer Stelle unterhalb der Steilküste gekommen sein. Er stellte sich an die Klippe und sah hinunter. Leider konnte er nichts erkennen, da es zu dunkel war, er war sich jedoch sicher, dass dort unten etwas passiert war, er hatte sich nicht verhört.

Mads kannte sich an dieser Stelle gut aus, er wusste, wo er vom Kliff herunterklettern konnte, um an den Strandabschnitt zu gelangen, also schaltete er die Taschenlampenfunktion seines Handys ein und leuchtete auf die Felsen, dann stieg er hinab. Unten angekommen, leuchtete er die Gegend aus und lief in die Richtung, aus der er den Schrei vernommen hatte.

Nach ein paar Schritten entdeckte er im Schein seiner Handytaschenlampe eine Person, die hinter einem Stein lag. Sie war blutüberströmt.

»Christian!«, schoss es erschrocken aus ihm heraus.

Er beugte sich zu Christian herunter, er bewegte sich nicht.

»Christian, halte durch«, rief Mads, aber dann sah er, dass Christians Genick nicht nur unnatürlich verrenkt über dem Stein lag, sondern dass auch eine Menge Blut aus seinem Oberkörper austrat. Sein Kopf hing schlaff herunter.

Mads tastete nach dem Puls, doch er spürte nichts.

Christian war tot, daran bestand kein Zweifel.

Mads schluckte und es lief ihm eiskalt den Rücken herunter. Augenblicklich machte er sich große Sorgen um Lena.

1

Das Leben musste weitergehen, so schmerzhaft und unmöglich es auch manchmal schien.

Kaum einer wusste das so gut wie Gustav Johannsen, der endlich wieder in seinem Chefsessel auf der Polizeidienststelle in Timmendorfer Strand saß. Durch eine interne Intrige war er zuvor für einige Monate in das Dörfchen Gothmund strafversetzt worden, doch seit seinem ersten Tag dort hatte er für seine Rückkehr in seine alte Dienststelle gekämpft. Eigentlich hätte es ihm Genugtuung geben sollen, dass er es zurückgeschafft hatte, wäre da nicht der tragische Todesfall in seiner Familie gewesen.

Es war Mord, dachte Gustav und rieb sich die Stirn. Er hatte Spannungskopfschmerzen.

Ein Klopfen an der Tür unterbrach seine Grübeleien, seine langjährige Sekretärin Petra Wiese trat ein, die während seiner Abwesenheit in Timmendorfer Strand die Stellung gehalten hatte.

»Ich habe mir erlaubt, dir einen Espresso zu machen«, sagte sie und reichte Gustav das kleine Silbertablett, auf dem eine Espressotasse stand, auf der Untertasse lagen zwei Kekse.

»Danke.«

»Wie geht's Lena?«

»Den Umständen entsprechend«, antwortete Gustav. »Sie wird das wegstecken.«

»Ich weiß, ihr Johannsens seid hart im Nehmen. So schnell zwingt euch nichts in die Knie.«

Gustav nickte nur und presste die Lippen zusammen.

»Schön, dass du zurück bist.« Petra lächelte.

»Danke, das war höchste Zeit«, erwiderte Gustav.

»Das kannst du laut sagen.« Sie zögerte kurz, ehe sie hinzufügte: »Bist du dir mit Enno sicher?«

»Glaubst du, es war ein Fehler? Du kennst ihn von uns allen am besten, du hast einige Monate mit ihm zusammengearbeitet.«

Petra hob die Schultern. »Ich weiß es nicht. Manchmal hätte ich ihm gern eine gelangt, verzeih meine Ausdrucksweise. Aber dann gab es wieder Momente, in denen er mir irgendwie leidgetan hat.« Sie schwieg, atmete kurz durch und sagte: »Ich lass dich mal allein. Nicht, dass dein Espresso kalt wird und ich mir einen Spruch anhören muss.«

»Heute nicht«, gab Gustav zurück.

Petra verließ das Büro und Gustav gönnte sich einen kleinen Schluck.

Perfekt, dachte er zufrieden, der Espresso hatte die richtige Temperatur.

Langsam nahm er den nächsten Schluck. Der Espresso half, die Trägheit zu vertreiben. Nachdem er die Tasse geleert hatte, griff er sich die beiden Kekse, steckte sie in den Mund und schloss kurz die Augen. Ein Ritual, das er sich schon lange Zeit erlaubte, da es ihm half, die dunkle, brutale Welt für einen Augenblick zu vergessen und sich selbst zu motivieren.

Als Gustav die Augen öffnete, war er bereit für das Leben. Dafür, Verantwortung zu übernehmen und seiner Nichte Lena in dieser schweren Zeit zur Seite zu stehen.

Sein Bürotelefon klingelte.

»Moin, Ole«, nahm er das Gespräch an. Es war der Leiter der KTU in der Polizeizentrale in Lübeck.

»Moin, Gustav. Daran muss ich mich echt noch gewöhnen.«

»Woran?«

»Dass du wieder Polizeichef in Timmendorf bist. Dein harscher Ton. Enno war im Gegensatz dazu recht sanft.«

»Willst du ihn zurück?«, konterte Gustav schmunzelnd. Während seiner Zeit in Gothmund hatte der Kollege Enno, der zuvor überwiegend als Springer eingesetzt worden war, Gustavs Stelle in Timmendorfer Strand besetzt.

»Ganz sicher nicht, der konnte wenig mit meinem Humor anfangen.« Ole lachte auf. Er war bekannt für seine trockenen Sprüche.

»Weswegen rufst du an?«, fragte Gustav.

»Ich wollte nur deine nordisch-männliche Stimme hören.«

»Witzig.«

»Na gut, die Ergebnisse aus dem Labor liegen vor, ebenso die finalen Ergebnisse der Obduktion. Christian Jung ist nicht an den Folgen des Messerstiches gestorben, sondern durch den Aufprall auf den Felsen. Der hat ihm das Genick gebrochen.«

»Überrascht mich nicht«, erwiderte Gustav. »Wichtiger ist mir, ob du Spuren gefunden hast, die uns Hinweise auf den Täter geben könnten.«

»Leider nicht. Die Stichwunde wurde durch die Klinge eines Taschenmessers mit einer maximalen Länge von zwölf Zentimetern hervorgerufen. Es gab keine Hautpartikel unter den Fingernägeln, die wir im Labor hätten analysieren können. Oberhalb der Klippen beim Brodtener Steilufer haben wir einige Schuhspuren gefunden, ob sie vom Täter stammen, ist schwer zu beurteilen, da die Ecke recht beliebt ist. Wir haben auch Schuhspuren des Opfers dort gefunden.«

»Das Opfer hat einen Namen. Christian Jung«, wurde Gustav ungemütlich.

»Mein Fehler, du kennst ja die Routine«, entschuldigte sich Ole.

Gustav wollte ihm an sich gar keinen Vorwurf machen, sie sprachen im Dienst oft von Opfer oder Leiche, das machte die

Arbeit erträglicher. Aber diesmal lagen die Dinge anders. Christian war der Verlobte seiner Nichte gewesen, und obwohl er nicht viel von ihm gehalten hatte, wusste er, wie sehr Lena gerade litt. Das ließ Gustav nicht kalt.

»Welche Schuhgröße?«

»Zwischen 39 und 42.«

»Das ist aber sehr großzügig.«

»Das liegt daran, dass wir keinen sauberen Abdruck gefunden haben. Es war trocken, der Sand und das Gras, wo es zu der Begegnung zwischen Christian und dem Täter gekommen sein muss, war aufgewühlt. Der Abdruck könnte aber auch älter sein. Bei der Beschaffenheit des Bodens ist das nicht eindeutig festzustellen.«

Gustav schnaubte frustriert.

»Sonst noch was?«

»Derzeit nicht. Ich wünschte, ich könnte etwas zu den Ermittlungen beisteuern. Alles sieht danach aus, dass der Täter genau wusste, was er da tut. Oder es war ein Bekannter von Christian, der mit ihm in Streit geraten ist und das Messer gezückt hat. Etwas, was nicht so selten vorkommt, wie man es sich wünscht.«

»Wir finden das heraus«, entgegnete Gustav.

»Davon bin ich überzeugt.«

Sie verabschiedeten sich und Gustav legte auf.

Nachdenklich tippte er mit einem Kugelschreiber auf die Schreibtischunterlage. Sein Gefühl sagte ihm, dass der Täter kein Bekannter von Christian war, der im Streit das Messer gezückt hatte. Er wusste nämlich, dass Christian verschuldet war, und er nahm an, dass er sich Geld von windigen Geschäftemachern geliehen hatte. Von Leuten, mit denen man sich besser nicht anlegte.

Leider hatten sie bisher keinerlei Hinweise gefunden, an denen Gustav ansetzen konnte, keine Spuren, nicht mal Christians Handy war auffindbar. Ein Punkt mehr, der dafürsprach, dass Profis ihn ermordet hatten. Natürlich hätte ihm das Handy auch aus der Hosentasche gefallen sein können, als er die Klippen hinabgestürzt war, doch Gustav hielt das für unwahrscheinlich.

Es klopfte an der Tür und sein Neffe Mads trat ein. Sein Gesichtsausdruck verriet Gustav, dass ihn etwas beschäftigte, dass ihm etwas zu missfallen schien.

»Hast du Neuigkeiten?«, fragte Gustav.

»Nein, gar nichts.« Mads zog sich einen Stuhl heran. »Ich habe vorhin mit Tim telefoniert, er hat die Analyse von Christians Laptop abgeschlossen. Keine Hinweise auf den Täter. Wie schaut es bei dir aus?«

Tim war ihr IT-Spezialist in der Lübecker Zentrale.

»Auch nichts. Ich hatte eben ein Telefonat mit Ole, die KTU hat nichts Verwertbares.«

»Dann kann es doch nur dieser Kredithai gewesen sein, von dem sich Christian Geld geliehen hat.«

»Könnte. Ohne Beweise hilft uns deine Vermutung wenig«, gab Gustav zurück.

»Albert hat doch Kontakte, es kann ja wohl nicht so schwer sein, so jemanden ausfindig zu machen.«

»Da sind wir dran. Das ist nicht deine Baustelle.«

»Ich leite die Ermittlungen«, reagierte Mads gereizt.

»Und ich bin der Polizeichef. Ich trage die Verantwortung. Wir beide wissen, dass ich dich streng genommen mit den Ermittlungen gar nicht betrauen darf.«

»Du machst wohl Witze? Hier geht es um meine Schwester.«

»Genau deswegen. Du bist zu emotional, das beweist du gerade.«

»Ich bin nicht emotional, ich bin angepisst, weil wir keine Hinweise gefunden haben.«

»Seit wann ist angepisst nicht emotional?«, erwiderte Gustav ruhig.

»Willst du mir den Fall wegnehmen?«

»Nein, aber ich erwarte von dir Professionalität.«

»Unglaublich.« Mads schüttelte den Kopf. »Da war Enno echt entspannter als Chef.«

»Vermisst du ihn?«, fragte Gustav und runzelte die Stirn.

»Wenn du mir Steine in den Weg legst, könnte es so weit kommen.«

»Keine Sorge, Enno kommt wieder.«

»Wie, er kommt wieder?« Mads sah ihn erstaunt an.

Sein Neffe wusste noch nichts von seinem Glück. Gustav hatte es die Tage nicht geschafft, ihn darüber zu informieren, weil der Mord an Christian alles verändert und Mads viel Zeit mit seiner Schwester verbracht hatte.

»Ja, Enno kommt wieder. Am Donnerstag.«

»Nach Lübeck oder wohin wurde er versetzt?«

»Nicht nach Lübeck, zu uns.«

»Zu uns?« Mads' Augen weiteten sich. »Er ist dafür verantwortlich, dass du abgesägt und nach Gothmund strafversetzt wurdest, und du holst ihn wirklich zurück?«

»Ja, tue ich. Jeder hat eine zweite Chance verdient. Enno war nur ein Spielball innerhalb der Intrige des Leiters der Lübecker Zentrale.«

Mads schnaufte. »Ich halte das für einen großen Fehler.«

»Lass das meine Sorge sein, ich trage die Verantwortung.«

»Mir egal, solange er mir nicht in die Quere kommt.«

»Eben warst du noch ganz angetan von ihm«, konterte Gustav.

Mads schüttelte nur den Kopf und sah Gustav genervt an, während Gustav sich ein Schmunzeln verkneifen musste.

»Wo wird Enno arbeiten?«, fragte Mads.

»Er wird dein neuer Partner.«

Sein Neffe starrte ihn sprachlos an, er war zu keiner Reaktion fähig.

»Du verarschst mich«, brachte er schließlich hervor.

»Nein, tue ich nicht.«

»Lena ist meine Partnerin.«

»Lena ist keine Polizeibeamtin mehr. Ab Donnerstag ist Enno dein Partner.«

»Ganz sicher nicht. Lena wird zurückkommen, daran gibt es keinen Zweifel.«

»Mads, ich erwarte, dass du meinen Anweisungen folgst und Enno den professionellen Respekt entgegenbringst, den du auch jedem anderen Kollegen gegenüber zeigst.«

»Diesem halben Meter, dieser Ratte?«, empörte sich Mads.

»Mads!«, erhob Gustav seine Stimme.

»Ich habe nur eine Partnerin, das ist Lena. Enno wird sich ganz sicher nicht auf ihrem Platz breitmachen.«

Mit so einer Reaktion hatte Gustav bereits gerechnet, dennoch würde er nicht an seiner Entscheidung rütteln und Mads würde das akzeptieren müssen.

»Meine Entscheidung steht. Lenas Platz bleibt unberührt, ich werde einen weiteren Schreibtisch in dein Büro bringen lassen und ich erwarte von dir, dass du Enno eine faire Chance gibst.«

Mads schob die Unterlippe nach vorne, er kochte, das war ihm deutlich anzusehen. Mit einem wütenden Schnauben stand er auf und verließ wortlos das Büro.

Er wird meine Entscheidung akzeptieren, wiederholte Gustav in Gedanken.

Er hatte Enno sein Wort gegeben und das würde er für Mads ganz sicher nicht brechen.

Zwar hatte er bereits damit gerechnet, dass es Mads nicht schmecken würde, Enno als Partner an seine Seite zu bekommen, mit so einer scharfen Reaktion hatte er allerdings nicht gerechnet.

Mads wird sich zusammenreißen, dachte Gustav. Außerdem hatten sie gerade Wichtigeres zu bearbeiten als Mads' Befindlichkeiten. Sie mussten einen Mörder finden.

Sein Bürotelefon klingelte.

»Moin, Albert«, nahm Gustav das Gespräch an. Es war sein bester und ältester Freund, der zugleich Bürgermeister der Gemeinde Timmendorfer Strand war.

»Moin. Ich habe einen Kontakt, mit dem wir sprechen sollten«, sagte Albert.

»Ich hol dich ab. Wo bist du?«

»Im Rathaus, wo sonst.«

Gustav schmunzelte. Normalerweise war Albert unterwegs oder bei Gustav in der Dienststelle zu Besuch, im Rathaus traf man ihn äußerst selten.

2

Niendorf

Am liebsten wäre Mads eine Runde surfen gegangen, um sich abzureagieren, aber seine Mittagspause war nicht lang genug und er wollte sich auf keinen Fall von seinem Onkel anhören müssen, dass er seine Pausenzeiten überstrapazierte. Im Gegensatz zu Enno achtete Gustav sehr auf Pünktlichkeit. Daneben gab es noch einen anderen Grund, warum er sich gegen das Surfen entschieden hatte, er wollte sich mit seiner Schwester Lena in der *Seaside Lounge* treffen. Sie war gerade beim Arzt und wollte anschließend zu ihm stoßen.

Mads nahm auf der Terrasse des Lokals Platz und genoss das milde Wetter und den strahlend blauen Himmel.

Das letzte Wort ist noch nicht gesprochen, dachte er dabei, er würde sich nicht kampflos ergeben und Gustav erneut in einer ruhigen Minute auf Enno ansprechen, um ihm klarzumachen, dass es eine ganz schlechte Idee war, Enno zu seinem Partner zu ernennen.

»Wo bist du mit deinen Gedanken, Mads Johannsen?«, hörte er da eine Stimme.

Als er sich nach rechts drehte, stand Emma Falk vor ihm. Er hatte sie nicht kommen sehen.

»Moin, Emma«, sagte er, stand auf und gab ihr zur Begrüßung einen Kuss auf die Wange.

»Darf ich mich zu dir setzen oder magst du lieber allein sein?«

»Na klar, setz dich bitte«, antwortete Mads.

Emma rückte sich lächelnd einen Stuhl zurecht.

»Wo ist Amir?«, fragte Mads.

»Er muss noch einen Artikel schreiben. Ich wollte nur schnell einen Salat essen und ihm dann was mitbringen.«

»Gute Kollegin.«

»Ich weiß«, erwiderte Emma und lächelte Mads an, dabei fuhr sie sich kurz über die langen blonden Haare, die sie zu einem Zopf gebunden hatte. »Wo warst du denn nun mit deinen Gedanken? Oder ist das ein Geheimnis?«

Mads seufzte. Es Emma nicht zu erzählen, wäre albern, weil sie es als Journalistin der regionalen Ostseezeitung eh bald erfahren hätte.

»Ich hatte ein bisschen Beef mit Gustav.«

»Hattest du das nicht früher auch ständig, als er dein Chef war?«

Mads lachte. »Ja, irgendwie schon.«

»Vermutlich hast du dich zu sehr daran gewöhnt, in Ruhe gelassen zu werden, als Enno noch dein Vorgesetzter war.«

»Wahrscheinlich«, erwiderte Mads.

So unrecht hatte sie nicht. Enno war deutlich entspannter gewesen als Gustav und hatte sich selten mit Mads angelegt. Zeitweise hatte er sogar den Eindruck gehabt, dass Enno zu ängstlich war, um mit ihm zu streiten.

»Sag nicht, du wünschst dir Enno wieder zurück?«

»Ganz sicher nicht. Ich weiß, wie ich Gustav zu nehmen habe«, erklärte Mads, dann machte er eine wegwerfende Handbewegung. »Du wirst es ja ohnehin erfahren.«

»Was?« Emma beugte sich leicht vor und schaute Mads erwartungsvoll aus ihren großen blauen Augen an.

Der Kellner kam, brachte Mads seinen Espresso und fragte nach Emmas Wunsch.

Mads gönnte sich einen Schluck aus seiner Tasse.

»Möchtest du mir endlich verraten, was ich eh erfahren werde?«, bohrte Emma weiter, nachdem der Kellner gegangen war.

Mads seufzte. »Gustav holt Enno zurück.«

Emma nickte anerkennend. »Das finde ich eine sehr kluge Entscheidung von deinem Onkel.«

»Klug?«, fragte Mads verständnislos.

»Auf jeden Fall. Am Ende ist es Ennos Rücktritt zu verdanken, dass Gustav wieder zurück auf seinen Chefposten darf.«

»Das bedeutet aber nicht, dass er mir Enno direkt vor die Nase setzen darf«, entgegnete Mads.

»Daher weht der Wind. Sag nicht, Enno wird dein neuer Partner?«

»Ganz bestimmt nicht. Lena ist meine Partnerin, sonst niemand.«

»Ich kann mir kaum vorstellen, dass dein Onkel Lena eine Rückkehr verwehren würde.« Sie legte den Kopf schräg. »Kann es nicht sein, dass er Enno eine faire Chance geben will und er, weil du gerade keinen Partner an der Seite hast, diesen Posten bekommt? Immerhin ist es gefährlich, allein zu ermitteln, das weiß selbst ich, die keine Polizistin ist.«

»Du glaubst doch nicht allen Ernstes, dass ich ein Kindermädchen wie Enno brauche? Ich bin allein besser dran als mit dieser halben Portion. Mit ihm als Partner wird meine Arbeit absolut nicht sicherer. Wie sollte der einen bitte beschützen?«

»Da ist er, der kleine Arroganzanfall.« Emma verzog den Mund.

»Das sind nur Fakten.«

»Möchtest du meinen Rat?«

»Wieso sagt mir mein Gefühl, dass ich ihn nicht will, du ihn mir aber trotzdem geben wirst?«

»Ehrlich bist du, das muss man dir lassen. Du kriegst ihn trotzdem frei Haus«, sagte Emma lächelnd. »Leg dich wegen dieser Lappalie nicht mit deinem Onkel an. Er ist wieder zurück und das wegen Enno. Diesen kleinen Vertrauensvorschuss solltest du Enno gönnen.«

Erneut wurden sie vom Kellner unterbrochen, der mit Emmas Salat kam.

»Lass es dir schmecken«, sagte Mads, ohne auf Emmas Ermahnung einzugehen. Er war zu sauer auf Gustav, auch wenn er wusste, dass Emma recht hatte.

»Danke. Du musst mir übrigens nicht antworten, lass es dir aber bitte durch den Kopf gehen.«

»Werde ich«, räumte Mads ein.

»Wie geht es Lena?«

»Den Umständen entsprechend.«

»Ich bin für sie da, wenn sie jemanden zum Quatschen braucht.« Sie sah Mads besorgt an.

»Das weiß sie zu schätzen, genau wie ich. Du hattest gestern ein langes Telefonat mit ihr.«

»Ja, es war ein gutes Gespräch. Wir haben dabei auch über den Mord an Daniel gesprochen. Es ist zwar schon ein bisschen her, aber es ging mir wie ihr. Wir wollten heiraten, bevor er in unserem Urlaub in Niendorf ermordet wurde. Ich weiß, wie sie sich fühlt.« Emmas Augen wirkten traurig, das Strahlen war erloschen und ihr Blick nachdenklich, als wäre sie gedanklich gerade ganz in dieser dunklen Zeit versunken.

Mads erinnerte sich noch sehr gut an diesen Fall. Emma hatte an der Lübecker Bucht Urlaub gemacht, der Mord an ihrem Verlobten war der Grund, warum er sie überhaupt kennengelernt hatte.

Nein, du hast sie auf der Brücke getroffen, da wusstest du noch gar nicht, was ihr Schreckliches widerfahren war, korrigierte sich Mads in Gedanken.

»Danke, dass du ihr in dieser Stunde zur Seite stehst«, sagte er. »Auch Amir und Pietro kümmern sich um sie, selbst Gregor hat sich bei ihr gemeldet.«

»Das ist doch selbstverständlich.«

»Ist es nicht, in solchen Stunden weiß man, auf welche Freunde man sich verlassen kann.«

Emma sah schweigend auf ihren Salat und stupste eine Tomate zur Seite. »Gibt es schon Hinweise zu dem Mörder?«, fragte sie dann.

»Nein, keine.«

»Könnt ihr ausschließen, dass es Suizid war?«

»Warum sollte er sich das Leben nehmen?«

Emma zuckte die Achseln. »Schulden? Er wusste sich nicht mehr zu helfen?«

»Du weißt davon?«

»Guck mich nicht so erstaunt an, Lena hat mir das anvertraut. Keine Sorge, ich werde darüber keinen Artikel schreiben.«

»Ich nehme dich beim Wort«, erwiderte Mads.

Er wusste, wie ehrgeizig Emma war, und er hatte ihr bereits zu verstehen gegeben, dass er es ihr übelnehmen würde, wenn sie einen reißerischen Artikel über den Mordfall schreiben würde, nur um die Auflage zu erhöhen. Bisher hatte sich Emma daran gehalten.

»Es war Mord. Christian würde sich wohl kaum ein Messer in den Körper rammen und dann die Klippen runterspringen«, sagte Mads.

»Glaubst du, es war die Geldmafia?«

»Ich weiß es nicht, Emma, wir tappen völlig im Dunkeln.«

Emma hatte ihren Salat gerade aufgegessen, als der Kellner das Gericht zum Mitnehmen für Amir brachte. Sie bezahlte alles, bedankte sich und sah Mads anschließend intensiv in die Augen.

»Wenn du sprechen möchtest, ich bin für dich da.«

»Ich?«

»Ja, du. Ich sehe doch, wie dich die Situation belastet, du aber zu stolz bist, es zu zeigen.«

Mads fühlte sich kalt erwischt, er hatte nicht damit gerechnet, dass Emma bemerken würde, wie sehr er an der Situation zu knabbern hatte. Das betraf nicht unbedingt den Tod Christians, auch wenn das hartherzig klingen mochte, nein, es war für ihn entsetzlich zu sehen, wie seine Schwester litt, weil sie Christian so sehr geliebt hatte. Es zerriss ihm das Herz, denn es gab keinen Menschen, der Mads wichtiger war als seine jüngere Schwester.

»Schwäche zuzugeben, kann sehr männlich sein«, sagte Emma, als sie aufstand. »Ich muss dich jetzt leider verlassen, Amir wartet auf sein Essen.«

»Grüß ihn von mir.«

Sie nickte. »Mein Angebot zählt zu jeder Stunde, an jedem Tag«, wiederholte sie, dann umarmte sie Mads und gab ihm einen Kuss auf die Wange.

»Danke«, sagte er, obwohl er wusste, dass er von dem Angebot keinen Gebrauch machen würde.

Er schaute ihr einen Moment nach, wie sie die Terrasse verließ. Emma drehte sich noch einmal kurz um und lächelte ihm zu, er lächelte zurück, dann entfernte sie sich über die Strandpromenade.

Emma hatte recht. Mads war zu stolz, selbst vor seiner Freundin Victoria hatte er nicht zugegeben, wie es ihm wirklich ging. Er musste stark sein, für seine Schwester, damit sie eine Schulter hatte, an die sie sich jederzeit anlehnen konnte. Wie sollte das gehen, wenn er selbst Schwäche zeigte oder sie anderen gegenüber eingestand?

Mads ließ seinen Blick über die Promenade bis zur Ostsee wandern. Obwohl es ein wunderschöner sonniger Tag war, war die Ostsee unruhig und die Wellen für diese Jahreszeit recht wild.

Perfekt zum Surfen, dachte Mads und schaute zum Himmel, wo eine Möwe ihre Kreise drehte. Wie immer stellte sich bei ihm sogleich der Wunsch ein, ebenfalls Flügel zu besitzen und einfach wegzufliegen, irgendwohin, an einen Ort, an dem es keine Sorgen gab.

Instinktiv ballte er die Faust. Er war kein Mensch, der sich vor der Verantwortung drückte.

Als er den Blick wieder senkte, sah er, wie Lena in ihrem Rollstuhl an der Terrasse ankam. Mads stand auf und ging zu ihr.

»Moin, Schwesterherz«, begrüßte er sie. Sie umarmten sich und gaben sich einen Kuss auf die Wange, dann begaben sie sich zu Mads' Tisch.

»Ich würde gern im Rollstuhl sitzen bleiben«, sagte Lena.

Mads nickte und schob den Stuhl beiseite, damit seine Schwester direkt an den Tisch rollen konnte.

Der Kellner kam und nahm die Bestellung auf.

»Wie war es beim Arzt?«, fragte Mads.

»Nichts Neues, er hat mir Blut abgenommen«, antwortete Lena.

Ihre Stimme versprühte nicht mehr die Freundlichkeit, die ihr sonst zu eigen gewesen war, ihre Worte klangen monoton, nachdenklich und bedrückt.

»Hast du Neuigkeiten?«, fragte sie dann.

»Nein, keine. Weder die Obduktion noch das Labor konnten Hinweise liefern, ebenso wenig die Auswertung seines Laptops. Wenn wir nur sein Handy hätten.«

»Ich habe die Wohnung durchsucht, aber auch nichts gefunden. Christian muss das Handy mitgehabt haben.«

»Das denke ich auch. Entweder hat der Täter es mitgenommen und zerstört oder es ist ihm aus der Hosentasche gefallen, als er gestürzt ist, und im Meer verlorengegangen. An der Stelle geht es steil nach unten, der steinige Strandabschnitt ist extrem schmal.«

»Ich durchsuche nachher noch den Keller, vielleicht finde ich ja was.«

»Mach das«, erwiderte Mads. Er war ein wenig hin und her gerissen. An sich wollte er nicht, dass sie sich zu sehr unter Druck setzte, andererseits tat ihr Ablenkung sicherlich gut. »Hat Christian in den letzten Wochen oder davor mal irgendeinen besonderen Namen erwähnt?«

»Nein, bis vor Kurzem wusste ich ja nicht einmal, dass er Schulden hatte. Ich hatte einen Teil der Schulden bezahlt und war in dem Glauben, dass das alles gewesen wäre. Aber wie es scheint, war er noch viel höher verschuldet, als er es mir gegenüber zugegeben hat«, sagte sie traurig.

Mads' Handy klingelte.

»Moin, Tim«, nahm er das Gespräch an.

»Moin, Mads. Es hat sich eine potenzielle Zeugin gemeldet«, sagte der Kollege aus der IT.

3

»Hast du es Mads inzwischen gesagt?«, fragte Albert.

Gustav hatte ihn im Rathaus abgeholt, jetzt waren sie auf dem Weg nach Lübeck.

»Ja, vorhin.«

»Ich dachte schon, ich muss das übernehmen.«

»Glaubst du etwa, ich drücke mich vor der Verantwortung?« Gustav warf ihm einen strengen Seitenblick zu.

»Möglich. Warum hast du dir so lange Zeit damit gelassen? Enno fängt am Donnerstag an.«

»Er fängt nicht an, er kommt zurück«, stellte Gustav klar, »und falls es dir entgangen ist: Christian wurde ermordet. Ich habe gerade andere Sorgen, als Mads' Eitelkeiten.«

»Wie hat er es aufgefasst?«

»Wie wohl? Er war alles andere als begeistert.«

»Was ich nachvollziehen kann. Er hofft, dass Lena wieder zurückkommt, vor allem jetzt, wo Christian nicht mehr an ihrer Seite ist und sie negativ beeinflussen kann.«

»Sobald Lena zurückkommt, ist sie Mads' Partnerin und Enno bekommt eine andere Aufgabe.«

Albert sah ihn skeptisch an.

»Was stört dich daran?«

»Ich halte es nach wie vor für einen Fehler, dass du Enno diese zweite Chance gibst. Du hättest ihn nach Gothmund oder in eine viel unbedeutendere Wache versetzen sollen. Er hat dir den ganzen Mist doch erst eingebrockt.«

»Ich bin nicht wie du. Enno hat sich diese Chance verdient, und er weiß, dass er unter besonderer Beobachtung steht.«

Albert verzog den Mund, er schien noch immer nicht überzeugt.

»Guck nicht so sauertöpfisch. Ich werde meine Meinung nicht ändern, und als mein bester Freund erwarte ich von dir Rückendeckung, erst recht, wenn Mads versucht, Enno loszuwerden. Ich kenne meinen Neffen, der ist stur wie ein Esel.«

»Woher er das wohl hat?«, konterte Albert.

»Vorsicht, ganz dünnes Eis. Kann ich auf dich zählen?«

»Was bleibt mir anderes übrig?« Albert hob die Schultern.

Für einen Moment herrschte Stille, sie hatten mittlerweile Lübeck erreicht und Gustav fuhr die Fackenburger Allee entlang.

»Erzähl mir lieber von diesem Kontakt«, sagte Gustav.

»Wirklich viel weiß ich nicht über ihn. Er heißt Charlie Fidler und ist wohl in der Mühlenstraße anzutreffen.«

»Wohnt er dort?«

»Davon gehe ich aus.«

Diesmal war es Gustav, der Albert einen skeptischen Blick zuwarf.

»Du weißt nicht mal, ob er da wohnt? Was, wenn er überhaupt nicht in Verbindung zu Christian steht?«

»Nun nörgel nicht die ganze Zeit rum. Immerhin habe ich einen Kontakt herausgefunden, während du nur Däumchen gedreht hast.«

»Einen Kontakt, von dem du nichts weiter als den Namen hast. Toller Kontakt.«

»Willst du weiter rummosern oder das Gespräch mit Charlie abwarten?«

Gustav schnaufte. »Welche Wahl habe ich? Wer hat dir überhaupt den Namen verraten?«

»Ein besorgter Bürger.«

»Geht das auch etwas genauer?«

»Es war ein Kontakt von den Anonymen Alkoholikern.«

»Nicht dein Ernst!«

»Entspann dich. Du weißt, dass meine Gemeinde im Bereich Alkoholprävention stark engagiert ist. Mein Informant hat in der Zeitung über Christians Tod gelesen und mir empfohlen, mich mal mit diesem Charlie zu unterhalten, weil der ihm gegenüber Christians Namen erwähnt hat.«

»Hast du mit eingerechnet, dass dieser Informant sich nur einen Scherz mit dir erlaubt haben könnte?« Gustav war noch immer nicht gänzlich überzeugt von der Aktion, wobei er wusste, dass Christian eine Zeit lang alkoholabhängig gewesen, laut Lena aber schon länger trocken war.

»Hast du eine bessere Spur?«

»Leider nicht«, seufzte Gustav.

Das Holstentor, das Wahrzeichen Lübecks, erschien vor ihnen. Gustav freute sich jedes Mal, wenn er es sah. Die beiden breiten Türme mit dem stattlichen Mittelteil waren 1478 fertiggestellt worden und zeugten von einer Zeit, als Lübeck mit seinem Ostseehafen zur reichen Hansestadt aufgestiegen war. Als es noch die Deutsche Mark gab, hatte wohl fast jeder das Abbild des Wahrzeichens einmal in der Hand gehabt, denn es schmückte die Rückseite des 50-DM-Scheines.

Gustav bog vor dem Tor rechts ab und folgte der Straße.

»Mehr weißt du nicht über diesen Charlie?«, fragte er dann.

»Nein, sonst hätte ich es dir gesagt.«

»Vielleicht sollten wir uns mit deinem Informanten unterhalten.«

»Der kennt Christian nicht, das hätte er mir erzählt.«

»Du glaubst ihm?«

»Klar. Er ist Familienvater, seit dreißig Jahren in der CDU und ganz sicher kein eiskalter Killer oder Geldeintreiber für dubiose Kredithaie.«

»Noch wissen wir nicht, ob ein Kredithai hinter dem Mord steht.«

»Du scherzt?« Albert legte die Stirn in Falten. »Christian war hochverschuldet, das wissen wir beide. Da keinen Zusammenhang zu sehen, ist schon sehr naiv.«

»Ich habe nicht gesagt, dass ich keinen Zusammenhang sehe, sondern dass wir nicht wissen, wer der Mörder ist. Kleiner, aber feiner Unterschied«, entgegnete Gustav und rümpfte die Nase. »Wieso halte ich es für einen Fehler, dich überhaupt mitgenommen zu haben?«

»Charlie ist mein Kontakt. Du hast keine andere Wahl.«

Gustav seufzte. Den Rest der Fahrt verbrachten sie schweigend.

In der Mühlenstraße suchte Gustav nach der genannten Hausnummer und parkte.

»Eine Spielhalle?«, sagte Gustav kopfschüttelnd, als sie ausstiegen.

»Würde doch passen. Vielleicht hat Christian heimlich gezockt, um an Geld zu kommen. Wir wissen, dass er nicht nur alkoholsüchtig war, sondern sich auch in Spielhallen rumgetrieben hat.«

Gustav erwiderte nichts, er betrat wortlos die Spielhalle, Albert folgte ihm. Die Einrichtung wirkte alt, der Teppich sah versifft aus. Musik aus den Neunzigerjahren kam aus den Lautsprechern, dazu machten die Automaten die typischen Geräusche.

Gustav hatte nie verstanden, was Menschen hierher trieb. Am Ende gewann doch immer der Automat.

»Moin«, grüßte sie der Angestellte hinter dem Tresen.

»Moin. Kennen Sie einen Charlie Fidler?«, fragte Gustav.

Der Angestellte musterte ihn skeptisch. »Warum?«

»Weil wir ihn sprechen müssen«, erklärte Gustav und fragte sich, ob Albert überhaupt wusste, wie dieser Charlie aussah.

»Worum geht es denn?«, fragte der Angestellte, den Gustav auf Ende zwanzig schätzte. Er war etwas kleiner als er, hatte eine normale Statur, schmale Augen und ein schmales Gesicht.

Gustav zückte seinen Polizeidienstausweis. »Deswegen.«

Der Angestellte wollte nach dem Ausweis greifen, doch Gustav zog ihn zurück.

»Ist Fidler in der Spielhalle?«, fragte er.

»Sie haben ihn gerade verpasst. Was hat er denn verbrochen?«

»Das hat Sie nicht zu interessieren. Wo ist er hin?«

»Er wollte einen Döner essen.«

»Wo?«

»Im *Sultan Palast.*«

»Kennen Sie einen Christian Jung?«, fragte Albert dazwischen.

»So ein sportlicher großer Kerl? Dunkelblonde Haare?«

»Genau der.«

»Was ist mit ihm?«

»War er hier zocken?«, fragte Albert.

»Ja, ab und zu. Meistens um den Ersten rum. Wie so viele, wenn sie ihre Kohle auf dem Konto haben.«

»Hatte er mal Ärger mit jemandem?«

»Nein, er war unauffällig. Hat meistens am selben Automaten gezockt, immer ein paar Stunden, dann ist er wieder gegangen. Charlie hat mit ihm abgehangen.«

»Hat er jemandem Geld geschuldet?«, fragte Gustav.

»Nicht, dass ich wüsste. Wie gesagt, er war eher unauffällig und immer freundlich. Auch wenn er seine Kohle verzockt hat, war er nie ausfallend oder hat Stress gemacht. Netter Kerl.«

Der Angestellte runzelte die Stirn. »Wollen Sie mir nicht endlich erklären, was hier los ist?«

»Wie sieht Charlie aus?«, reagierte Gustav mit einer Gegenfrage.

»Sie können ihn gar nicht verfehlen. Charlie ist so breit wie hoch. Ein Quadrat, rundes Gesicht, Glatze«, antwortete der Angestellte lachend. Gustav verabschiedete sich und verließ mit Albert die Spielhalle.

»Von wegen Christian setzt keinen Fuß mehr in eine Spielhalle«, schimpfte Gustav.

»Glaubst du, Lena wusste das?«

»Ganz bestimmt nicht. Er hat Lena belogen«, antwortete Gustav. Er konnte sich nicht vorstellen, dass seine Nichte davon Kenntnis gehabt und ihren Verlobten gedeckt hatte.

Der Dönerimbiss lag nur wenige Gehminuten von der Spielhalle entfernt, sodass sie beschlossen, zu Fuß dorthin zu gehen.

»Ich frage mich, welche Geheimnisse Christian noch hatte«, bemerkte Albert nach einer Weile.

»Geheimnisse, die ihn das Leben gekostet haben«, antwortete Gustav.

»Ich verstehe einfach nicht, warum. Wir haben ihm doch schon mal aus der Patsche geholfen und seine Schulden bezahlt. Warum hat er die ganze Scheiße noch mal begonnen?«, überlegte Albert.

»Weil er süchtig war. Spielsucht kann man nicht so ohne Weiteres abschütteln. Wir waren zu naiv, wir wollten es glauben, weil wir Lena glücklich sehen wollten. Wir hätten ihn nicht aus den Augen lassen dürfen.«

»Ich weiß. Aber in meinen Augen war Christian wie ein Fisch, den man nicht greifen kann, und er wollte sich nicht helfen lassen. Wir hätten nicht verhindern können, dass er mit den falschen Leuten verkehrt oder sich mit ihnen anlegt.« Albert seufzte.

»Doch, das hätten wir. Christian könnte noch leben. Dieser Egoist, er weiß nicht, was er meiner Nichte angetan hat«, reagierte Gustav gereizt.

Albert sah nach vorn und deutete auf einen Mann, der ihnen mit einem Döner in der Hand entgegenkam. »Sagte er nicht klein und quadratisch, mit Glatze?«

Gustav nickte, sie blieben stehen und warteten, bis er auf ihrer Höhe war.

»Moin. Sind Sie Charlie Fidler?«, sprach Gustav den Mann an.

»Ja, warum?«

»Ich muss kurz mit Ihnen sprechen. Ich bin Polizist.«

Kaum hatte Gustav das gesagt, rannte Fidler über die Straße, ohne auf den Verkehr zu achten.

»Warum musstest du gleich sagen, dass du Polizist bist«, schimpfte Albert.

»Quatsch nicht, er entwischt uns«, entgegnete Gustav.

Sie sprinteten los. Fast hätte ein Wagen Albert erwischt, aber ein schneller Dreh nach rechts verhinderte die Kollision.

»Du solltest hier warten, das ist nichts für Zivilisten«, rief Gustav, nachdem sie die Straße überquert hatten.

»Ich bin Bürgermeister mit polizeilichen Befugnissen und ich bin schneller als du.«

»Da lachen ja die Hühner«, gab Gustav zurück und erhöhte das Tempo.

Der kleine Charlie war schnell, schneller, als man es bei seinem recht kräftigen Körperbau erwartet hätte, aber Gustav und Albert blieben dran.

Fidler lief Richtung Krähenteich. Inzwischen zeigte sich, dass Albert in der Tat schneller war, dennoch holte Gustav auf, er wollte sich bestimmt nicht nachsagen lassen, dass er weniger fit war.

»Die Monate in Gothmund haben dich träge gemacht«, zog Albert seinen besten Freund auf.

»Weniger quatschen, mehr verfolgen«, rief Gustav, legte einen Sprint ein, überholte Albert und kam Fidler immer näher.

Der konnte das hohe Tempo kaum noch halten, machte allerdings auch keine Anstalten, stehenzubleiben.

»Herr Fidler, bleiben Sie stehen, wir wollen uns nur unterhalten«, rief Gustav.

Warum der Mann überhaupt wegrannte, konnte er sich nicht erklären, Fidler musste wohl etwas verbrochen haben.

Albert schloss wieder zu Gustav auf.

»Den schnappe ich mir«, sagte er und erhöhte das Tempo.

Gustav hatte Mühe, Schritt zu halten, er hatte Seitenstechen und seine Atmung war nicht mehr regelmäßig, ein Zeichen, dass seine Reserven fast aufgebraucht waren, doch Albert kam Fidler immer näher.

Wie es schien, war der Flüchtende auch ziemlich am Ende, er wurde langsamer.

»Stehen bleiben, Sie Trottel«, hörte er Albert rufen, aber Fidler dachte nicht daran. Er lief auf die Wiese, wohl um zwischen den Bäumen Deckung zu suchen, dann drehte er sich zum ersten Mal um. Ein Fehler. Als er sich wieder zurückdrehte, stolperte er und stürzte unsanft zu Boden.

Albert erreichte ihn als Erster, nur zwei Sekunden später kam Gustav dazu. Fidler atmete schwer, sein blasses Gesicht war knallrot angelaufen.

»Ich habe nichts getan«, keuchte Fidler und hielt die Hände schützend vor sich.

»Das hat auch keiner behauptet. Wir wollen nur mit Ihnen reden. Warum sind Sie überhaupt weggelaufen?«, schimpfte Gustav.

»Bullen bedeuten selten was Gutes«, brachte Fidler hervor.

»Das will ich überhört haben. Aufstehen«, wurde Gustav deutlich.

Fidler kam auf die Beine. »Was wollen Sie von mir?«

»Es geht um Christian Jung«, antwortete Albert.

»Also nicht um mich?«

»Nein, das habe ich Ihnen doch schon gesagt«, erwiderte Gustav verärgert.

»Verdammt, da habe ich meinen leckeren Döner umsonst weggeschmissen. Was ist mit Chris?«

»Er wurde ermordet«, antwortete wieder Albert, was Gustav ärgerte. Er hätte das nicht gleich herausposaunt.

»Sie machen Witze.« Fidlers Augen weiteten sich.

»Leider nicht. Wir wissen, dass Sie und Herr Jung sich kannten, dass Sie in derselben Spielhalle abhingen«, erklärte Gustav.

»Ja, das stimmt. Ich kann das irgendwie nicht glauben.« Fidler schüttelte den Kopf. »Andererseits hat Chris Ärger auch echt angezogen.«

»Inwiefern?«

»Er hatte da diese scharfe Braut aus gutem Hause und wollte ihr die Welt zu Füßen legen, dummerweise war er notorisch pleite. Hat geglaubt, in der Spielhalle den Jackpot knacken zu können.«

»Wusste seine Freundin davon?«, fragte Albert.

»Nein, ganz sicher nicht. So ein feines Mädel hätte ihn garantiert anders angeschaut, wenn sie das gewusst hätte. Dabei hat er es nur für sie gemacht.«

»Er ist für seine Freundin spielsüchtig geworden? Und Sie haben diesen Mist geglaubt?«, polterte Albert.

»Haben die Frauen uns am Ende nicht immer an den Eiern? Deswegen bin ich Single, ich spiele dieses Spiel nicht mit.«

»Hat sich Herr Jung Geld geliehen?«, fragte Gustav.

»Klar, ich habe ihm auch was geliehen, weil ich ihn mochte und obwohl ich wusste, dass er es mir nicht zurückzahlen kann.«

»Mit wie viel stand er bei Ihnen in der Kreide?«

»Knapp zwei Mille. Jetzt, wo er tot ist, muss ich die Kohle wohl abschreiben. Mist.«

»Wissen Sie, von wem er sich noch Geld geliehen hat?«

»Klar.«

4

Leere, eine unfassbare, grauenvolle Leere erfüllte Lena, erst recht nach dem Telefonat mit Christians Eltern, die nicht weniger unter Schock standen als sie. Christian fehlte ihr so sehr.

Die Wohnung roch noch immer nach ihm. Sie hatte seine Kleidung und seine Sachen bislang nicht weggeräumt, obwohl ihr Gustav und Mads dazu geraten hatten, damit sie schneller über ihn hinwegkäme und sich nicht so quälte. Aber sie wollte nicht über Christian hinwegkommen, sie wollte ihn nicht aus ihrem Leben, aus ihren Gedanken ausschließen, weil sie ihn liebte, immer geliebt hatte.

Er war ihre große Liebe gewesen, seit sie eine Schülerin war, und nie hatte sie sich ein Leben an der Seite eines anderen Mannes als Christian vorstellen können,

Tränen stiegen ihr in die Augen, sie wollte nicht weinen, aber sie konnte sich nicht dagegen wehren.

»Wieso hast du nicht mit mir gesprochen, Schatz? Ich hätte dir geholfen, gemeinsam hätten wir eine Lösung, einen Weg gefunden, wie immer«, schluchzte sie.

Sie machte sich Vorwürfe, dass sie nicht energischer gewesen war. In den letzten Monaten und Wochen, vor allem seit dem Start ihrer Selbständigkeit, war ihr eine Wesensveränderung bei Christian aufgefallen. Er war launischer und leichter reizbar gewesen. Zudem hatte sie herausgefunden, dass sein Konto tief im Minus gewesen war. Natürlich hatte sie den Dispo mit ihrem Ersparten ausgeglichen und war so naiv gewesen, zu glauben, dass damit die Welt wieder in Ordnung wäre.

War sie aber nicht.

Christian musste noch mehr Schulden gehabt haben, von denen sie nichts wusste. Schulden, die der Grund für seine Ermordung waren. Dass etwas anderes dahintersteckte, konnte sich Lena nicht vorstellen, und erst recht nicht, dass er sich selbst das Leben genommen hatte. Aus einem einfachen Grund: Weil sie Christian kannte, das hätte er ihr niemals angetan, denn er liebte sie, und er hatte keinen Abschiedsbrief hinterlassen.

»Er hat sich nicht das Leben genommen«, schluchzte Lena.

Das hätte sie noch mehr verletzt als die Tatsache, dass er ermordet worden war, so makaber das auch klingen mochte.

Lena nahm sich ein Taschentuch und trocknete sich die Tränen, dann schob sie ihren Rollstuhl Richtung Bad, um sich das Gesicht zu waschen. Ihre Oma Jutta würde in einer Stunde vorbeikommen und sie wollte nicht verheult aussehen, dabei musste sie sich gerade vor ihr für nichts schämen.

Jutta war zudem die einzige Person, die Christian ohne Vorurteile akzeptiert hatte, im Gegensatz zu Mads und ihrem Onkel oder Albert, der auch zur Familie gehörte.

Jutta hatte ihr immer versichert, dass sie Christian gern habe, weil Lena ihn liebte und Jutta ihr blind vertraute. Die anderen hatten sich zwar zusammengerissen und zurückgehalten, aber Lena wusste, dass keiner von ihnen traurig gewesen wäre, wenn sie sich von Christian getrennt hätte.

Jetzt habt ihr euren Willen, dachte Lena bitter.

Sie verließ das Bad, legte sich eine ihrer Krücken auf den Schoß, rollte zur Wohnungstür und weiter ins Treppenhaus Richtung Fahrstuhl. Sie wollte in den Keller.

Seit sie mit Christian zusammen war, hatte sie den Keller nicht mehr betreten, weil das mit dem Rollstuhl doch etwas umständlich war. Sie konnte zwar mithilfe der Krücken sehr kurze Wege bewältigen, aber nur unter großer Kraftanstrengung und unter Schmerzen, daher hatte Christian immer darauf bestanden, dass sie in der Wohnung blieb und er sich um den Keller kümmerte.

Wirklich nur deswegen?, fragte sich Lena unwillkürlich, als sie den Raum betrat. *Oder hattest du Angst, dass ich eines deiner Geheimnisse entdecke?*

5

Lena hatte auf Mads einen etwas gefassteren Eindruck gemacht als die Tage zuvor, das machte ihm Hoffnung.

Er wünschte seiner Schwester so sehr, dass der tragische
Tod ihres Verlobten sie nicht mental in ein zu tiefes Loch ziehen würde. Dass sie nach ihrer schweren Verletzung auf den
Rollstuhl angewiesen war, nagte schon genug an ihrem Selbstbewusstsein. So oder so, er würde für sie da sein, und sie sollte
alle Zeit der Welt haben, um zu trauern. Dennoch würde sie
irgendwann wieder nach vorn schauen müssen, das Leben
ging weiter, es musste weitergehen. Zu viel Kummer und
Selbstmitleid brachten die Toten nicht zurück.

Lena ist eine Johannsen, sie wird wieder auf Spur kommen, sagte
sich Mads, zumal Leid und Trauer in der Familie Johannsen
keine Unbekannten waren.

Er und Lena hatten ihre Eltern viel zu früh verloren und
zwangsläufig gelernt, mit diesem Verlust zu leben. Warum
sollte Lena es da nicht schaffen, über Christian hinwegzukom-
men?

In seinen Augen hatte Christian ihre Liebe ohnehin nie verdient, weil er ein selbstgefälliges, egoistisches Arschloch war.
Natürlich sollte man nicht schlecht über die Toten reden, doch
es war leider die Wahrheit. Eine Wahrheit, die Lena niemals
akzeptiert hätte, weil sie diesen Idioten tatsächlich geliebt hatte.
Wie sehr, wurde Mads mit dem Tod von Christian wieder bewusst. Deshalb sah er es als seine Pflicht, den Mörder so schnell
wie möglich zu fassen, damit Lena mit der Sache abschließen

konnte und hoffentlich bald zurück zur Polizei kommen würde, als Partnerin an seiner Seite.

Dann würde er auch Enno, diese Gurke, abschießen, das stand für Mads fest. Er hoffte nur, dass Enno nicht versuchen würde, bei ihm den Chef raushängen zu lassen, darauf würde er sehr allergisch reagieren.

Mads war so in Gedanken versunken, dass er kaum merkte, wie nah er der Anschrift der Zeugin Jasmin Petri inzwischen war. Er bog in den Pfingstbusch ab und parkte.

Die Zeugin wohnte in einem gepflegten Einfamilienhaus mit einem ebenso gepflegten Vorgarten. Mads ging zur Haustür und klingelte. Ein Hundebellen ertönte, dann wurde die Haustür geöffnet.

»Moin«, grüßte ihn eine schlanke Frau um die dreißig mit langen braunen Haaren, die sie in einem lockeren Zopf hinter die Schulter gelegt hatte.

Hinter ihren Beinen drückte sich ein weißer Pudel herum, der aufgeregt mit dem Schwanz wedelte und versuchte, den Kopf zur Seite zu strecken, um zu schauen, wer vor der Haustür stand.

»Moin, Frau Petri, Mads Johannsen von der Ostseekriminalpolizei in Timmendorfer Strand. Sie hatten angerufen.«

»Ja, genau. Kommen Sie doch bitte rein.« Sie versuchte, einen Schritt zurückzugehen, während der kleine Hund hinter ihr drängelte. »Verzeihen Sie, Luna ist sehr neugierig.«

»Alles gut. Mein Onkel hat auch einen Hund. Darf ich sie streicheln?«

»Klar.«

Petri machte einen Schritt zur Seite und sofort schoss Luna nach vorn, sie bellte aufgeregt und wedelte mit dem Schwanz.

»Du bist aber eine ganz Hübsche, Luna«, sagte Mads, hielt ihr die Hand hin und kraulte sie am Nacken. »Sie ist sehr verspielt.«

»Das kann man laut sagen. Auf Kommandos hört die Prinzessin auch nicht«, sagte Petri lachend.

»Sie ist ja noch jung. Zwei, drei?«

»Im Herbst wird sie zwei.«

»Wirklich ein schöner Hund«, lobte Mads und richtete sich auf, dann folgte er Petri ins Wohnzimmer, Luna wich ihm nicht von der Seite.

»Wie es scheint, haben Sie eine weitere Verehrerin«, sagte Petri und schmunzelte verlegen.

Es war nicht zu übersehen, dass sie Mads attraktiv fand. Eine Reaktion, die ihm bei Frauen nicht fremd war.

Er ließ seinen Blick kurz durch das Wohnzimmer wandern.

»Alles Ihre Pokale?«, fragte er.

»Ja, ich habe lange Zeit Tennis gespielt, bis die Bänder nicht mehr mitgemacht haben.«

»Das tut mir leid. Dürfen Sie keinen Sport mehr machen?«

»So schlimm es ist dann doch nicht. Ich habe mit einundzwanzig die Karriere an den Nagel gehängt, aber mich körperlich zurückgekämpft, mit Fitness und Therapien. Meine Bänder sind wieder recht stabil. Joggen, Yoga und Fitness sind jetzt meine Leidenschaft, wobei ich mir eine Runde Tennis jederzeit zutrauen würde. Spielen Sie Tennis?« Ihre Augen blitzten bei den letzten Worten und sie befeuchtete kaum merkbar ihre Lippen.

»Nicht ernsthaft, in meiner Jugend kurz, aber ich war lieber im Wasser auf meinem Surfbrett oder schwimmen, ansonsten sind Skateboard und Gewichte meine Passion.«

»Das sieht man. Alles Natur oder nachgeholfen? Präparate sind ja bei euch Jungs beliebt.«

»Alles echt. Ich habe mich immer für sauberen Sport eingesetzt«, antwortete Mads. »Gute Ernährung und regelmäßiges Training.«

»Dazu sicher gute Gene«, ergänzte Petri.

»Vermutlich.« Mads holte kurz Luft. Petri schien in Flirt-laune zu sein, aber er hatte eine Freundin und war beruflich hier, deshalb wollte er ihr nicht die falschen Signale senden, so attraktiv und sympathisch sie auch war. »Sie hatten den Kollegen erzählt, dass Sie etwas gesehen haben«, fuhr er da-her fort.

»Stimmt, deswegen sind Sie ja hier«, sagte Petri, lachte kurz und fuhr sich mit der Hand über den Zopf.

»Was genau haben Sie gesehen?«

»Das war am 24. März, richtig? Nicht, dass ich den Tag ver-wechsle.«

»Genau.«

»Ich war joggen am Brodtener Steilufer, ich kam von zu Hause und wollte bis nach Timmendorf und zurück joggen, das sind ungefähr zehn Kilometer. Die jogge ich zwei-, dreimal die Woche.«

»Um welche Uhrzeit war das?«

»Es war recht spät, das weiß ich noch ganz genau. Eigent-lich jogge ich gegen 19 Uhr, wenn ich von der Arbeit zurück bin, aber an dem Tag hatte ich noch eine Besprechung, die länger dauerte. Ich bin also erst kurz nach 21 Uhr losgelaufen, obwohl ich nicht wirklich motiviert war, zu viel Kopfkino we-gen meines Exfreundes, diesem Arschloch.«

»Dann müssten Sie etwa zehn Minuten später das Brodte-ner Steilufer erreicht haben«, schlussfolgerte Mads.

»Das kann gut sein, ich habe nicht auf die Uhr geschaut, ich laufe die Strecke immer. Als ich an dem Abend also das Steilufer erreiche und Richtung Niendorf laufe, sehe ich zwei Personen miteinander streiten.«

»Haben Sie mitbekommen, worüber sie gestritten haben?«

»Nein, ich bin weitergelaufen. Ehrlich gesagt, hatte ich ein wenig Angst. Als Frau muss man um diese Uhrzeit schon etwas vorsichtiger sein, auch wenn mir in unserer Ecke noch nie was passiert ist und ich im Grunde kein ängstlicher Mensch bin. Eigentlich jogge ich auch nicht um diese Zeit und der Vorfall war mir eine Lehre, es nicht wieder zu tun. Ich bin weitergejoggt, habe sogar das Tempo angezogen und mich natürlich nicht in den Streit eingemischt. Ich bin mir aber sicher, dass sie sich gestritten haben.«

»Haben Sie nicht vielleicht doch einen Gesprächsfetzen mitbekommen?«, bohrte Mads weiter. Petri war die heißeste Spur, die er bis jetzt hatte.

»Wirklich nicht. Ich habe mich extra noch mal an die Szene zu erinnern versucht, wieder und wieder. Sie haben sich gestritten, aber worum es ging, weiß ich nicht …« Petri brach ab und starrte Mads an. »Warten Sie, ich glaube, ich erinnere mich doch an was.«

»Woran?«

»Ich glaube, einer der beiden hat ›du bist ein notorischer Lügner‹ geschrien.«

»Sind Sie sicher?«

»Ja, ich denke schon. Doch, bin ich.« Petri nickte zur Bekräftigung mit dem Kopf.

Der Satz könnte durchaus passen, schließlich hielt auch Mads Christian für einen notorischen Lügner.

»Haben Sie die beiden Personen genau gesehen?«

»Nur den einen, der andere hatte mir den Rücken zugedreht. Der, den ich erkannt habe, war dieser Christian Jung, der Tote. Ich habe das erst gestern Abend in der Zeitung gelesen. Ehrlich gesagt, habe ich auch lange mit mir gerungen, ob ich die Polizei überhaupt kontaktieren soll.«

»Warum?«

»Na ja, es war dunkel und so ganz sicher bin ich mir nicht. Außerdem habe ich echt keine Lust, in was reinzugeraten. Es gibt da so Gerüchte.«

»Was für Gerüchte?«

»Dass dieser Christian sich mit den falschen Leuten angelegt haben soll.«

»Wie kommen Sie denn darauf? Woher kommen diese Gerüchte?«

Aus der Zeitung konnte sie das nicht haben. Amir hatte
zwar einen Artikel über den Mord in der Ostseezeitung veröf-
fentlicht, aber in dem stand nichts von den möglichen Gründen.

»Eine Freundin von mir kennt Christian«, erklärte Petri.

»Hatte sie was am Laufen mit ihm?«

»Nein, ihr Exfreund war ein Kumpel von ihm. Das Ganze
liegt aber schon Jahre zurück. Der Exfreund hat sich damals
nur in Spielhallen aufgehalten und Christian wohl auch. In solchen Spelunken, in denen sich seltsame Gestalten rumtreiben.«

Über diese Info war Mads nicht überrascht, er kannte
Christians Vergangenheit, dennoch wollte er Petri beruhigen.
»Seien Sie unbesorgt. Wir gehen von einem tödlichen Streit
im Bekanntenumfeld aus, vermutlich eine Affekthandlung.
Wenn Sie aber ganz sichergehen wollen, meiden Sie diese Ecke
lieber beim Joggen, bis wir den Täter gefasst haben.«

»Das werde ich sicherlich, es sei denn, Sie joggen mit mir
und beschützen mich«, gab Petri zurück und lächelte ver-
schämt.

»Gibt es etwas, was Ihnen an der zweiten Person aufgefallen
ist?«, fragte Mads, er würde sich bei seiner Befragung nicht aus
der Ruhe bringen lassen.

»Leider nicht. Der andere war kleiner als Christian, aber
der dürfte etwa so groß wie Sie gewesen sein. Sie sind ja nicht
gerade klein.«

Auch das kam hin. Mads war eins neunundachtzig und
Christian hatte in etwa seine Statur, war jedoch weitaus weni-
ger muskulös und durchtrainiert, dennoch ein attraktiver
Mann.

»Hat die Person eine Jacke getragen? Kurze Haare oder lange Haare?«, fragte Mads weiter.

»Ich weiß es wirklich nicht. Ich denke, dass der andere eine Jacke anhatte, ja, möglich. Vielleicht sogar eine Kapuzenjacke oder einen Hoodie. Aber das ist ins Blaue geraten, es war ja schon dunkel und Sie kennen die Ecke, sie ist nicht besonders gut ausgeleuchtet.«

Mads reichte ihr seine Visitenkarte. »Falls Ihnen doch noch etwas einfallen sollte, rufen Sie mich bitte an. Egal zu welcher Uhrzeit.«

»Nur dann?«

Mads lächelte, streichelte Luna, verabschiedete sich und verließ das Haus.

Er war ein wenig enttäuscht, da er sich von dem Gespräch mit der Zeugin mehr erhofft hatte, allerdings bestätigten ihre Angaben, dass sie es vermutlich mit einem Kredithai zu tun hatten, der sein Geld zurückwollte und ausgetickt war.

Aber warum hat er sich ausgerechnet am Brodtener Steilufer mit ihm getroffen?, überlegte Mads.

Vermutlich, weil sie hier ungestört sprechen konnten, gab er sich selbst die Antwort.

Sie hatten Christians Wagen in der Nähe des Tatorts gefunden. Leider hatten sie keine Spuren entdecken können, die auf einen fremden Beifahrer hinwiesen, weshalb Mads davon ausging, dass der Täter mit seinem eigenen Fahrzeug zum Tatort gefahren war.

Es konnte auf jeden Fall nicht schaden, sich den Ort noch einmal anzuschauen, also fuhr Mads los und parkte unweit des Brodtener Steilufers, da man mit dem Auto nicht direkt bis zu der Stelle fahren konnte.

Den restlichen Weg legte er zu Fuß zurück. Einige Fußgänger kamen ihm entgegen.

An der Klippe erinnerte nichts mehr an den Angriff, nichts

daran, dass hier ein Mensch gestürzt und zu Tode gekommen war. Alles ging seinen gewohnten Gang. Ein junges Pärchen, höchstens Anfang zwanzig, stand etwas versetzt zu ihm und schaute zur Ostsee, die sich noch immer unruhig zeigte. Das Wasser peitschte gegen die Küste und das Ufer, als würde es Mads auffordern, endlich sein Surfbrett zu nehmen und sich in die Wellen zu stürzen.

Heute nicht, dachte Mads.

»Schon cool hier, hätte nicht gedacht, dass es an der Ostsee so eine geile Steilküste gibt«, sagte die junge Frau zu ihrem Freund.

»Ich habe dir doch gesagt, die Ostsee hat mehr zu bieten als Möwen und Heringe«, sagte ihr Freund lachend. »Ist doch besser als immer Malle.«

»Da haben wir aber Wettergarantie.«

»Hier ist doch Superwetter«, wandte er ein.

»Stimmt, wir haben echt Glück.«

Die Frau küsste ihren Freund, der den Kuss erwiderte, dann gingen sie weiter. Sie wirkten glücklich und vertraut. Dass hier vor einigen Tagen ein brutaler Mord passiert war, schienen die beiden nicht zu wissen. Mads sah ihnen nach und lächelte. Das sollten sie auch nicht erfahren, sie sollten ihren wohlverdienten Urlaub an der Lübecker Bucht genießen und mit tollen Eindrücken von der Ostsee nach Hause fahren.

Mads ließ den Blick über die Umgebung wandern auf der Suche nach etwas, was er übersehen haben könnte, und versuchte, die Geschehnisse des Abends noch einmal zu rekonstruieren.

Du kamst aus Travemünde, als du den Schrei gehört hast, und bist sofort losgesprintet, dachte er. *Es hat maximal fünfzehn Sekunden gedauert, bis du hier warst, da war Christian schon gestürzt. Fünfzehn Sekunden, die alles hätten verhindern können.*

Mads presste die Handflächen zusammen und hielt sich die Zeigefinger vor die Lippen.

Um 21:10 Uhr muss Jasmin Petri an dieser Stelle vorbeigekommen sein, sie hat den Pfad rechts vom Tatort genommen, dabei hört und sieht sie zwei Männer, die sich streiten. Der Mörder schreit Christian an, macht ihm Vorwürfe, dass er ein notorischer Lügner sei. Er und Christian haben eine gemeinsame Vergangenheit, sonst würde er ihm diesen Spruch nicht reindrücken, was wiederum bedeutet, dass der Geldgeber, der Kredithai, keinen Profi engagiert hat, überlegte Mads weiter.

Er beugte sich vor, prüfte das Gras, riss einen Grashalm ab und roch daran. Es duftete frisch, nach Leben, Frühling und Meer.

Der Kredithai gehört nicht zur Mafia, dachte Mads und atmete die frische Seeluft tief ein, um seine Gedanken zu sortieren. *Die Mafia hätte einen Profi geschickt und der hätte Christian nicht vorgeworfen, dass er ein notorischer Lügner sei. Die Mafia würde kurzen Prozess machen, außerdem verleihen diese Leute kein Geld an jemanden, dem sie nicht vertrauen, mit dem sie in der Vergangenheit schon Probleme hatten. Die Mafia möchte Geschäfte machen, ohne in den Vordergrund zu treten.*

Mads schnippte den Grashalm weg.

Außerdem hat Opa Mikkel seinerzeit als Polizeichef die Mafia von der Lübecker Bucht verbannt. Christians Gläubiger handelt auf eigene Rechnung, trotzdem kommt er aus dem Milieu, weil er eine sehr niedrige Hemmschwelle bei Gewalt hat, sonst hätte er nicht mit dem Messer zugestochen.

Mads atmete noch einmal tief durch, dann machte er ein paar Schritte vor und stand nun genau am Rand der Klippe, er beugte sich leicht vor. Ein Windstoß kam von der Ostsee und fuhr durch sein akkurat geschnittenes Haar. Noch ein Schritt und Mads würde die Klippe herunterstürzen.

»Was machst du da, Junge?«, hörte er eine männliche Stimme rufen. »Komm da weg.«

Mads machte einen Schritt zurück und drehte sich um. »Alles gut. Ich bin Polizist.«

»Trotzdem kein Grund, sich in Gefahr zu bringen«, ermahnte ihn der ältere Mann.

»Ich habe das unter Kontrolle, ich suche nur nach etwas.«

»Sei lieber vorsichtig, Kleiner, vor einigen Tagen ist hier ein junger Mann ums Leben gekommen.«

»Ich weiß.«

Der ältere Herr legte den Kopf ein wenig schräg. »Verstehe, deswegen bist du hier.«

»So ist es. Sie haben hier nicht zufällig am 24. März nach 21 Uhr etwas beobachtet?«

Der Mann lachte. »Nein, da war ich nicht hier.«

Mads lächelte und nickte. Das wäre auch ein seltsamer Zufall gewesen.

Der Mann verabschiedete sich und Mads trat wieder an den Rand der Steilküste. Im Gras sah er einen Stein, er hob ihn auf und warf ihn nach vorn. Er landete im Meer.

»Das Handy könnte tatsächlich im Wasser gelandet sein«, murmelte Mads und beschloss, noch einmal nach unten an den schmalen Strandabschnitt zu gehen, wo Christian auf einem Stein aufgeschlagen war. Vorsichtig kletterte er die Klippe herunter, dabei ließ er seine Stoppuhr laufen.

»2:24 Minuten«, las er die Zeit ab, als er unten war und zwischen den Steinen unterschiedlicher Größe auf dem schmalen Sandstreifen stand.

Zum wiederholten Mal suchte er die Gegend ab in der naiven Hoffnung, dass das Handy tatsächlich im Meer gelandet und jetzt an Land gespült worden war. Aber das Einzige, was er fand, war jede Menge Plastikmüll, der nur bewies, wie unachtsam Menschen mit ihrem Abfall umgingen.

Fünfzehn Sekunden, dachte Mads. Fünfzehn Sekunden vom Schrei bis zu dem Moment, wo du am Tatort warst. Nachdem Christian gestürzt ist, kann der Täter ihm das Handy nicht abgenommen haben. Es muss hier gelegen haben, in der kurzen Zeitspanne hat es der Täter garantiert nicht bis hier herunter geschafft, um das Handy verschwinden zu lassen. Ich habe ja eben schon mehr als zwei Minuten gebraucht und das bei Tageslicht.

Mads trat an den Stein, auf dem Christian aufgeschlagen war, man konnte noch immer Blut daran sehen, obwohl die Tatortreiniger versucht hatten, alle Spuren zu beseitigen.

Der Täter ist niemals bis hierher geklettert, er ist geflohen. Nur was ist dann mit dem Handy passiert?

Mads seufzte. Die Theorie mit dem Meer war noch die beste der schlechtesten Lösungen.

Vielleicht hat er es auch im Wagen gelassen?, überlegte Mads, korrigierte sich jedoch sofort. Der Zündschlüssel war in Christians Hosentasche gefunden worden und es gab keine Einbruchspuren am Wagen.

Mads schaute hoch zur Klippe.

Der Täter hat im Affekt mit dem Messer zugestoßen, weil Christian ihn wütend gemacht hat. Christian stürzt zu Boden und das Handy fällt ihm aus der Hosentasche. Der Täter bekommt Panik. Er ist ein Kredithai, zwar gewalttätig, aber kein Mörder, überlegte Mads. *Vielleicht hat er Christian anschließend die Klippe runtergeschubst, damit er stirbt?*

Der Gedanke war noch nicht ganz rund, aber möglich.

Allerdings muss er berücksichtigen, dass er sein Geld erst recht nicht mehr wiedersieht, wenn Christian stirbt. Würde er ihn also wirklich umbringen wollen?

Mads verengte die Augen.

Nein, will er nicht. Er würde Christian nicht auch noch runterschubsen, er würde davon ausgehen, dass Christian nicht verrät, wer ihn verletzt hat, und hoffen, dass er überlebt, damit er sein Geld zurückkriegt. Christian muss ohne fremdes Zutun gestürzt sein.

6

Als Emma mit zwei Kaffeebechern die Redaktion der Ostsee-zeitung betrat, saß ihr bester Freund und Kollege Amir Kaya bereits am Rechner und tippte etwas in die Tastatur.

»Guten Morgen«, grüßte Emma und steuerte ihren Schreibtisch neben seinem an.

»Guten Morgen, Süße, ist der für mich?«, fragte Amir, stand auf, umarmte Emma und gab ihr einen Kuss auf die Wange.

»Nee, ich hatte Lust auf zwei Kaffee«, scherzte Emma und reichte ihm einen Becher.

»Sehr lieb von dir.«

Emma nahm Platz, startete den Rechner und gönnte sich einen Schluck. »Wie ich sehe, bist du schon fleißig.«

»Was soll ich machen? Tobias will den Artikel bis 11 Uhr und ich Depp war gestern doch noch etwas länger mit Pietro unterwegs, also muss ich jetzt ranklotzen. Der Gedanke, den Artikel abends fertig zu schreiben, hat sich nach dem dritten Apérol Spritz in Luft aufgelöst.« Amir lachte und trank einen Schluck aus seinem Kaffeebecher. »Der Kaffee vom *Ahoi* ist phänomenal.«

»Dem ist nichts hinzuzufügen«, stimmte Emma ihm zu. Sie holte sich ihren Coffee-to-Go meistens im *Ahoi* oder in der *Seaside Lounge.*

»Hat sich noch jemand auf deinen Artikel wegen Christian gemeldet?«, fragte sie.

»Nein, ich behandele das ehrlich gesagt auch sehr stiefmütterlich, Tobias möchte kein großes Aufsehen darum machen. Bürgermeister Lange hat da mal wieder seine Finger im Spiel.«

»Lange? Wieso?«

»Guck nicht so schockiert. Lange heißt er doch nur mit Nachnamen, im Grunde ist er durch und durch ein Johannsen, und er hat Tobias zu verstehen gegeben, dass er nicht möchte, dass über die Hintergründe des Mordes geschrieben wird.«

»Vielleicht aus Rücksicht auf Gustav und Jutta und wegen Lena? Sie hat schon heftig daran zu knabbern.«

»Möglich. Trotzdem vermute ich, da steckt was anderes dahinter.«

»Was denn?«

»Du weißt doch selbst, dass Christian Schulden hatte.«

»Deswegen ermordet man nicht gleich jemanden.«

»Es sei denn, man hat sich mit den falschen Leuten angelegt«, hielt Amir dagegen und warf Emma einen verschwörerischen Blick zu.

»Ich weiß nicht, wenn du deinen Schuldner tötest, siehst du das Geld ganz sicher nicht mehr«, sagte Emma. Sie musste an das Gespräch mit Mads denken, der nichts in dieser Richtung erwähnt hatte.

Wobei er ohnehin selten etwas über seine Ermittlungen preisgab, ganz im Gegensatz zu Enno. Als er noch Leiter der Dienststelle gewesen war, hatte er gern und oft mit ihr kooperiert. Etwas, was sich mit der Rückkehr von Gustav, der wie Mads tickte, erledigt hatte.

»Solchen Kredithaien ist das egal, die wollen ein Exempel statuieren, dass man sich besser nicht mit ihnen anlegt«, erklärte Amir.

»Du meinst, die Mafia?«

»Möglich, warum sonst hat Lange bei Tobias Druck gemacht? Jede Wette, dass er mehr weiß.«

Emma hob die Augenbrauen, jetzt war ihre journalistische

Neugierde geweckt. Sie spürte, dass da eine ganz große Geschichte wartete, dem nicht nachzugehen, wäre für sie als Journalistin ein riesiger Fehler.

»Den Blick kenne ich doch«, bemerkte Amir.

»Welchen?«

»Diesen Ich-habe-eine-große-Story-Blick.«

Emma winkte ab. »Ich habe Mads versprochen, meine Füße stillzuhalten.«

»Würde Mads als Polizist Rücksicht auf deine Arbeit nehmen?«

»Nein …«

»Warum musst du dann immer Rücksicht auf ihn nehmen? In erster Linie bist du eine hervorragende Journalistin, und wenn die Mafia dahintersteckt, haben die Bürger ein Recht darauf, es zu erfahren. Deswegen bist du doch Journalistin geworden.«

»Tobias möchte ja nicht, dass wir mehr über die Hintergründe recherchieren.«

»Hat dich das je gestört?«

Nein, dachte Emma.

7

Diese eine Welle, dachte Mads. Er steuerte auf sie zu und schwenkte erst im letzten Moment sein Surfbrett nach rechts, um daraufzugleiten und mit ihr über das Wasser zu schweben.

Adrenalin. Freiheit pur.

Mads war frei von allen Gedanken, allen Sorgen und dem ganzen Mist, der ihn im Alltag erwartete, in diesem Augenblick gab es nur ihn und die Welle. Er hatte sie bezwungen, er war der Wellenreiter.

Elegant ließ er sich an den Strand gleiten, stieg von seinem Surfbrett ab, nahm es unter den Arm und ging durch den Sand Richtung Promenade, wo er sein T-Shirt und die Flipflops anzog.

Eine Person kam ihm entgegen, sie winkte und lief dann auf ihn zu. Es war Jörn, ein junger Mann, der sich meistens am Strand herumtrieb. Er hatte eine leichte geistige Behinderung, meisterte sein Leben aber selbstständig.

»Moin, Thor«, grüßte Jörn ihn fröhlich – in Anspielung auf Mads' Aussehen, der dem Schauspieler Chris Hemsworth sehr ähnlichsah. »Hast du ein paar Wellen gezähmt?«

»Moin! So in etwa«, antwortete Mads. »Was treibt dich so früh an den Strand?«

»Ich hatte Langeweile, und da dachte ich, es kann nicht schaden, ein bisschen am Strand zu joggen«, erklärte Jörn und lachte schief.

»Wie weit bist du denn gejoggt?«

»Bin bei der Seebrücke gestartet.«

»Jörn?« Mads hob die Augenbrauen, weil er den kleinen schmächtigen Kerl kannte, er übertrieb gern mal.

»Das ist eine Definitionssache«, räumte Jörn ein.

Mads warf ihm einen ungläubigen Blick zu.

»Ich bin wirklich an der Seebrücke gestartet, aber wegen falscher Atmung hatte ich Seitenstiche, deshalb bin ich die restliche Strecke gegangen. Heißt es nicht, der Wille zählt?« Jörn schaute zu Mads auf und grinste verlegen.

»Da hast du recht«, pflichtete Mads ihm bei. Er wollte seine Leistung nicht kleinreden, er fand es bewundernswert, wie Jörn trotz seiner Einschränkungen seinen Alltag im Griff hatte.

»Wie geht es Schwester Lena?«

»Den Umständen entsprechend.«

Jörn seufzte. »Das macht mich ganz traurig. Christian war immer so lieb zu mir, er hat mir oft ein Eis ausgegeben. Sag Schwester Lena bitte, dass ich immer für sie da bin, wenn sie etwas braucht.«

»Das mache ich, darüber wird sie sich sehr freuen«, erwiderte Mads. »Ich muss dich jetzt leider verlassen, sonst komme ich zu spät zur Arbeit.«

»Wenn die Pflicht ruft, ruft die Pflicht. Ich werde dann mal weiterjoggen«, sagte Jörn, lachte kurz und lief los.

Er lief schnell, Mads schaute ihm noch eine Weile nach. Keine zwanzig Meter weiter stoppte Jörn, beugte sich vor und stützte die Hände auf die Knie. Mads schmunzelte.

»Der Wille zählt«, sagte er leise, dann verließ er den Strand und überlegte kurz, ob er sich in der *Seaside Lounge* eine Bowl gönnen sollte, doch da er keinen echten Hunger verspürte, entschied er sich dagegen. Stattdessen lief er nach Hause, duschte, aß ein Müsli und fuhr anschließend zur Dienststelle nach Timmendorf.

Auf dem Weg zum Büro machte er einen kleinen Stopp in der Küche, um sich einen Kaffee zu holen. Als er die Tür zu seinem Büro öffnete, grüßte ihn eine fröhliche Stimme.

»Moin!« Enno saß an seinem neuen Schreibtisch und hob die Hand zum Gruß.

Vor Schreck hätte Mads fast seinen Kaffeebecher fallen lassen, er hatte ganz vergessen, dass Enno heute anfing und im selben Büro arbeiten würde wie er. Dass er sein neuer Partner sein sollte, konnte und wollte Mads nicht akzeptieren.

»Moin«, antwortete er kühl und ging zu seinem Schreibtisch. Ein Kaffeebecher stand bereits dort. Fragend schaute er Enno an.

»Ich wollte dir einen Gefallen tun, aber wie es ausschaut, hattest du den gleichen Gedanken«, sagte Enno. »Mein Beileid zum Verlust deines Fastschwagers. Ich hoffe, Lena kommt darüber hinweg. Richte bitte auch ihr mein Beileid aus.«

»Danke, werde ich machen.« Mads setzte sich und schaute Enno an. »Was genau hat Gustav dir gesagt?«

»Wie meinst du das?«

»Welchen Aufgabenbereich du hast.«

Enno schluckte und schaute Mads etwas verunsichert an. Er wirkte kein bisschen wie ein selbstbewusster Polizist, sondern eher wie jemand aus einer Comedyshow, der in die falsche Rolle gesteckt worden war. Sein Äußeres tat da sein Übriges, er war keine eins sechzig groß, rundlich, hatte kaum Haare auf dem Kopf und ein rundes Gesicht. Wie eine billigere Ausgabe von Danny de Vito. Welcher Kriminelle sollte vor so jemandem Angst haben?

»So genau haben wir das ehrlicherweise nicht besprochen. Er meinte nur, dass ich dein neuer Partner sein würde«, sagte Enno.

»Mein neuer Partner?« Mads richtete sich auf. »Lena ist meine Partnerin.«

»Lena ist keine Polizeibeamtin mehr.«

»Egal. Sie kommt zurück.«

»Hör zu, Mads, ich weiß, dass du keinen Bock auf mich

hast, und das ist auch nicht schlimm. Ich bin es gewohnt, von Menschen wie dir mit Füßen getreten zu werden ...«, begann Enno.

»Von Menschen wie mir?«, fiel Mads ihm ins Wort.

»Tu nicht so. Du bist einer von den Coolen und Starken, den Sportlichen und Hübschen, denen alles in den Schoß fällt. Der Gegenpol dazu sind die Nerds, die Hässlichen und Unsportlichen wie ich. Schon in der Schule habt ihr es mich spüren lassen, dass ich niemals zu euch gehören werde. Mich in den Mülleimer zu stopfen, war noch die freundlichste Geste.«

Mads runzelte die Stirn. »Ich weiß nicht, was für eine Schulzeit du hattest, aber ich habe nie irgendjemanden in die Mülltonne gestopft, und ich habe auch nichts gegen dich persönlich, sondern nur ein Problem damit, dass mein Onkel über meinen Kopf hinweg Entscheidungen trifft, die mich betreffen.«

»Damit können wir doch arbeiten, wenn du nichts gegen mich persönlich hast.« Enno schenkte Mads ein gequältes Lächeln. »Du musst schon zugeben, dass ich dir gegenüber immer fair war, als ich hier das Sagen hatte, und du musst mich weder mögen noch respektieren. Ich weiß, dass ich nicht in deiner Liga spiele, aber ich kann wenigstens erwarten, dass du mir eine Chance gibst, zu beweisen, dass ich ein echter Teamplayer bin.«

Mads schwieg. Irgendwie tat Enno ihm leid, und er hatte nicht so ganz unrecht, Mads wusste, dass er zu harsch ihm gegenüber war. Die einzige Person, die seine Wut verdient hatte, war sein Onkel.

»Weißt du, was es bedeutet, ein Teamplayer zu sein?«, fragte Mads.

»Klar, man ist immer für den anderen da, stärkt ihm den Rücken und ist zu hundert Prozent loyal. Niemals externe Kritik am Team.«

»Sobald Lena zurück ist, wirst du einen neuen Aufgabenbereich bekommen«, erwiderte Mads.

»Vollkommen okay. Du und Lena, da passt kein Enno dazwischen.« Enno lachte, er wirkte schon etwas entspannter.

»Ich gebe das Kommando, ich leite die Ermittlungen«, fuhr Mads fort.

»Passt, ich war noch nie ein Alphatier, ich mag es gern, im Hintergrund zu agieren.«

»Was weißt du über den Fall?«

»Ich bin seit 7:30 Uhr hier, um die Fallakte zu lesen und alle anderen Informationen zu sichten, damit ich auf dem Laufenden bin.«

»Hast du alles gelesen?«

»Noch nicht ganz. Ich habe den Bericht von gestern noch nicht gefunden.«

»Den muss ich erst schreiben.«

»Was hältst du davon, wenn ich ab jetzt die Berichte schreibe? Ich war immer gut darin«, schlug Enno vor.

»Gern«, antwortete Mads. Er war noch nie ein Freund von dem ganzen Papierkram gewesen, obwohl er wusste, wie wichtig er war. Früher hatte Lena die Berichte geschrieben, zur Freude von Mads und zum Ärger von Gustav, der wollte, dass Mads sich an der Büroarbeit beteiligte.

Mads' Bürotelefon klingelte.

»Moin«, nahm er das Gespräch an.

»Moin, Mads. Lasse hier. Hast du zwei Minuten?«

»Klar«, antwortete Mads. Er freute sich, dass sein Freund Lasse Brandt von der Kölner Kripo anrief.

»Emre und Walter sind auch bei mir. Wir haben eben mit Gustav telefoniert«, sagte Brandt. Aus dem Hintergrund waren die Stimmen seiner besten Freunde zu hören.

»Wir haben erst gestern erfahren, dass Christian ermordet wurde. Das tut uns sehr leid«, fuhr er fort.

»Verzeiht, dass ich es euch noch nicht selbst erzählt habe, aber die letzten Tage waren nicht einfach«, erwiderte Mads.

»Du musst dich nicht entschuldigen. Wie geht es Lena?«, fragte Walter, seine Stimme klang besorgt.

»Den Umständen entsprechend. Sie ist sehr tapfer.«

»Gibt es schon Hintergründe zu dem feigen Mord?«, fragte Emre Aydin, der wie Brandt bei der Kripo in Köln arbeitete.

»Nein, wir gehen aber davon aus, dass es etwas mit den Schulden von Christian zu tun hat, von denen nicht einmal Lena etwas wusste«, erklärte Mads.

»Hat der Kredithai im Streit die Nerven verloren?«, schlussfolgerte Brandt.

»Wahrscheinlich. Er hat mit einem Messer zugestochen und dann ist Christian vermutlich die Klippen heruntergestürzt.«

»Hört sich plausibel an. Können wir dir und Gustav helfen?«

»Das ist sehr lieb von euch, aber derzeit nicht.«

Mads wusste, dass gerade Brandt und Aydin selbst reichlich zu tun hatten, das Schicksal eines jeden Polizeibeamten in Deutschland, und er wollte nicht, dass sie ihre eigene Arbeit vernachlässigten. Außerdem wusste er nicht, wie sie ihn momentan konkret unterstützen könnten.

»Wenn doch, zögere nicht, uns zu informieren, dann kommen wir angerauscht«, versicherte Walter.

»Du bist kein Polizist«, entgegnete Brandt.

»Aber ich habe beste Kontakte in die Unterwelt, wenn die Mafia ihre dreckigen Hände dabei im Spiel hat, könnte ich mich umhören, du Ignorant«, schimpfte Walter.

So war der Imbissbudenbesitzer eben. Mads schmunzelte.

»Jungs, ich danke euch für den Anruf und euer Angebot. Das bedeutet mir und Gustav sehr viel«, sagte er.

»Wir stehen bereit, wenn du unsere Hilfe brauchst, und

richte Lena bitte unser herzlichstes Beileid aus«, erwiderte Brandt.

»Das werde ich. Danke für euren Anruf«, sagte Mads und beendete das Gespräch.

Die Stimmen und die Anteilnahme seiner Freunde aus Köln zu hören, tat sehr gut.

»Das sind wahre Freunde«, bemerkte Enno nachdenklich und nickte dabei bewundernd. Er schien fast ein bisschen neidisch.

»Auf die Kölner Jungs kann ich mich bedingungslos verlassen«, bestätigte Mads, und das war die Wahrheit. Das hatten sie in der Vergangenheit schon oft genug unter Beweis gestellt.

»Wer weiß, vielleicht kannst du Gleiches irgendwann auch über mich sagen.« Enno sah Mads hoffnungsvoll an, es wirkte in dieser Situation etwas merkwürdig.

Mads ging nicht darauf ein, da er da so seine Zweifel hatte, doch er nahm sich fest vor, Enno fair zu behandeln.

Wieder klingelte sein Bürotelefon.

»Moin, Petra«, nahm er das Gespräch an, da er auf dem Display sah, dass Gustavs Sekretärin anrief.

»Moin, Mads. Gustav möchte dich und Enno gleich in seinem Büro sehen.«

»Wir kommen«, antwortete Mads, legte auf und erhob sich, ohne rasch zu checken, ob er wichtige E-Mails bekommen hatte, da er seinen Onkel kannte. Gleich bedeutete bei ihm sofort.

»Gustav möchte uns sehen«, sagte er an Enno gerichtet, der sich ebenfalls erhob und dabei hastig einen Schluck aus seinem Becher trank.

Er folgte Mads und beide gingen zu Gustavs Büro. Im Vorzimmer winkte Petra sie gleich durch.

»Nur zu, Cheffe erwartet euch«, sagte sie in freundlichem Ton. »Möchtest du einen Espresso?«

»Wie könnte ich dazu Nein sagen«, antwortete Mads. »Dazu ein kleines stilles Wasser, das wäre super.«

»Kann ich vielleicht freundlicherweise auch einen bekommen?«, fragte Enno etwas kleinlaut. »Ein Wasser brauche ich nicht.«

»Dem steht nichts im Wege«, gab Petra zurück.

Mads klopfte kurz an, dann betrat er mit Enno Gustavs Büro. Sein Onkel beendete gerade ein Telefonat.

»Nehmt Platz«, sagte Gustav. »Ich bin gleich bei euch.«

8

Gustav war schon eine Erscheinung, wie er hinter dem großen, schweren Bürotisch in dem bequemen Chefsessel saß, in dem Enno noch vor Kurzem selbst gesessen und sogar hin und wieder ein Nickerchen gehalten hatte. Im Gegensatz zu Gustav hatte sich Enno immer etwas verloren darin gefühlt, hinter dem langen, massiven Tisch, der wohl eher für einen Menschen über einen Meter achtzig und nicht für einen kleineren Mann wie Enno entworfen worden war.

Dafür habe ich andere Qualitäten, dachte Enno, als Gustav sich von seinem mächtigen Chefsessel erhob und zu ihnen an den Tisch setzte.

»Gut, dass ihr hier seid«, begann Gustav. »Ich möchte es vorab noch einmal offiziell machen: Ab sofort seid ihr beide Partner.«

Mads zeigte keine Regung, sodass Enno nicht einschätzen konnte, ob er Gustavs Anweisung akzeptierte oder bloß duldete. Enno dagegen hatte es ernst gemeint, als er Mads gesagt hatte, dass er sich reinknien und ihm ein guter und loyaler Partner sein würde. Er hoffte, dass Mads eher früher als später einsehen würde, was für ein wertvoller Kollege und Partner Enno war.

Wer weiß, vielleicht wird er Lena irgendwann nicht mehr vermissen, dachte Enno, da ihm ein Gefühl sagte, dass Lena nicht mehr zurückkommen würde. Ihr Verlobter war ermordet worden, wäre das nicht die beste Motivation, in den Polizeidienst zurückzukehren? Aber sie tat es nicht, und das konnte nur bedeuten, dass sie mit der Polizei abgeschlossen hatte.

Enno war das nur recht.

»Kann ich mich auf euch verlassen, dass ihr als Team funktionieren werdet?« Gustav sah sie streng an.

»Das kannst du. Ich werde zu einhundert Prozent hinter Mads stehen«, versicherte Enno.

»Mads?«

»Habe ich dich je enttäuscht?«, reagierte Mads mit einer Gegenfrage, was Gustav mit einem leichten Kopfschütteln quittierte.

Es klopfte an der Tür und Petra trat mit den Getränken ein.

»Braucht ihr noch was?«, fragte sie, nachdem sie alles abgestellt hatte.

»Gerade nicht. Danke«, antwortete Gustav und Petra verließ das Büro.

Enno fiel sofort auf, dass Gustav zwei Kekse neben seinem Espresso hatte, Mads und er nur einen.

Als er noch Leiter der Dienststelle gewesen war, hatte Petra ihm nie zwei Kekse gebracht.

Enno nahm die Espressotasse und gönnte sich einen kleinen Schluck. Der Espresso hatte wie immer die perfekte Temperatur, aber etwas war anders.

»Wow«, platzte er heraus.

»Was meinst du?«, fragte Gustav und gönnte sich ebenfalls einen Schluck.

»Der ist verdammt gut, ganz anders als die Espressos, die ich die letzten Monate getrunken habe.«

Mads lachte. »Das sind ja auch die Spezialbohnen aus Japan. Onkel ist ein Espressojunkie, angeblich sogar ein Genussmensch.«

»Auf der Arbeit bin ich immer noch dein Vorgesetzter und Chef, nicht dein Onkel«, korrigierte Gustav seinen Neffen. »Hat dir Petra denn nie die japanischen Bohnen serviert?«

»Ich denke nicht«, antwortete Enno und machte eine abwiegelnde Handbewegung. »Ist auch nicht schlimm, die Espressos waren trotzdem lecker.«

Noch so ein kleiner feiner Unterschied, fügte Enno im Stillen hinzu, dennoch empfand er keinen Groll gegen Petra. Sie arbeitete schon seit Jahren für Gustav und hatte ihn sicherlich nur als Eindringling empfunden.

»Mads, hast du was Neues?«, lenkte Gustav das Gespräch auf ihren Fall.

»Nicht viel«, begann Mads. »Von dem Gespräch mit der Zeugin Jasmin Petri hatte ich dir ja bereits gestern erzählt. Danach war ich noch mal am Tatort in der Hoffnung, etwas zu finden, was die KTU übersehen haben könnte, und dass vielleicht das Handy doch an den Strand gespült worden sein könnte.«

»Dafür müsste es in die Ostsee gefallen sein.«

Mads nickte. »Darüber habe ich gestern lange nachgedacht und bin zu dem Ergebnis gekommen, dass alles andere keinen Sinn ergibt.«

»Warum?«, fragte Enno.

»Als ich den Schrei gehört habe, bin ich sofort zum Tatort gelaufen, das hat um die fünfzehn Sekunden gedauert. Der Täter wird in der Zeit niemals im Dunkeln die Klippen heruntergeklettert sein, um an dem schmalen Strandstreifen nach Christians Handy zu suchen, außerdem haben wir an seinem Wagen keine Einbruchspuren gefunden. Dass er sein Handy nicht bei sich hatte, ist ausgeschlossen, zumal er mittags Lena von unterwegs geschrieben hat, dass es später werden könnte.«

»Das klingt plausibel. Ist das Handy denn so wichtig?«, fragte Enno an Mads gewandt.

»Die Kontaktdaten des Kredithais könnten darauf sein, insofern spielt das Handy eine Schlüsselrolle in unseren Ermittlungen.«

»Da gebe ich dir recht«, bestätigte Gustav. »Da wir es aber

nicht haben und auch nicht mit Sicherheit sagen können, was damit geschehen ist, sollte das Handy vorerst keinen Schwerpunkt in euren Ermittlungen einnehmen.« Er sah Mads an. »Glaubst du, es wäre klug, sich erneut mit der Zeugin Petri zu unterhalten?«

»Nein, sie weiß nicht mehr, als sie mir verraten hat. Was ist mit dir? Du hattest doch ein Gespräch mit Charlie Fidler?«

Darüber hatte Enno eine Notiz in der Akte gelesen, doch viel hatte er dabei nicht herauslesen können. Vermutlich maß Gustav dem Gespräch keine große Bedeutung bei.

»Fidler ist ein kleiner Fisch, ein Zockerkumpel von Christian. Er hat ihm mit einer kleinen Geldsumme ausgeholfen. Das ist nicht unser Mann«, erklärte Gustav.

»Glaubst du ihm, dass Christian nur ab und an gezockt hat?«, fragte Mads, er schien nicht besonders überzeugt von dieser Aussage.

»Spielsüchtige, wie Süchtige im Allgemeinen, sind hervorragende Lügner, allerdings haben Fidler und der Mitarbeiter der Spielhalle gleichlautend ausgesagt, dass Christian nur unregelmäßig dort war.«

»Das muss nichts heißen, er könnte auch in anderen Spielhallen gezockt haben.«

»Das stimmt, und eure Aufgabe ist es, das herauszufinden. Ihr solltet euch mit Junus Kabak unterhalten. Das ist ein Kontakt, den Charlie Fidler uns genannt hat.«

»Wo finden wir ihn?«, fragte Mads.

»Tim ist gerade dabei, das zu recherchieren. Fidler konnte nicht viel über ihn sagen, nur dass er in Lübeck wohnt und arbeitet, dazu hat er uns eine Personenbeschreibung gegeben.«

»Dann sollten wir Tim gleich anrufen.«

Kaum hatte Mads das gesagt, klingelte Gustavs Bürotelefon, er nahm das Gespräch am Telefon auf dem Besprechungstisch an.

61

»Moin, Tim, genau von dir haben wir gerade gesprochen«, sagte Gustav und stellte das Gespräch auf Lautsprecher. »Mads und Enno sind bei mir.«

»Moin, Jungs. Ihr wollt sicherlich wissen, was ich herausgefunden habe.«

»Hau raus«, erwiderte Mads.

»Charlie Fidler ist kein unbeschriebenes Blatt, er hat einige Einträge auch in Hamburg und Berlin, allerdings nur wegen kleiner Delikte, meistens Diebstahl, einmal Urkundenfälschung. Dafür hat er eine Bewährungsstrafe erhalten. In den letzten zwei Jahren war er unauffällig, war in Therapie wegen seiner Spielsucht, das war eine Bewährungsauflage.«

»Scheint ja nichts gebracht zu haben, wenn er wieder zockt«, bemerkte Mads.

»Was hast du über Junus Kabak herausgefunden?«, fragte Gustav.

»Er wohnt tatsächlich in Lübeck und betreibt dort einige Shisha-Lounges, eine davon in der Lübecker Innenstadt, ein Flagship-Store. Ich habe euch alle Informationen dazu gemailt. Bezüglich krimineller Handlungen gibt es keine Polizeiakten über ihn, da bin ich aber noch dran.«

9

Hoffentlich reißt er sich zusammen, damit die Zusammenarbeit mit Enno klappt, dachte Gustav, nachdem die beiden sein Büro verlassen hatten.

Enno würde alles geben, daran zweifelte Gustav nicht, Mads war die unkalkulierbare Unbekannte in dieser Gleichung.

Es klopfte an der Tür und Albert trat ein.

»Moin«, grüßte er. »Alles okay? Du wirkst so nachdenklich.«

»Ich hoffe, Mads akzeptiert, dass Enno sein neuer Partner ist.«

»Stimmt. Heute ist ja der große Tag.« Ein Lächeln huschte über Alberts Gesicht, während er sich setzte. »Wenn du mich fragst, es war ein großer Fehler, Enno zurückgeholt zu haben.«

»Das musst du mir nicht ständig aufs Brot schmieren. Ich vertraue Enno.«

»Der dich abgesägt hat«, ergänzte Albert. Es war nicht zu übersehen, dass er nach wie vor große Antipathien gegen Enno hegte.

»Bist du gekommen, um mich zu nerven?«

»Nein, aber hätte Enno nicht später zu Mads dazustoßen können?«, fragte Albert.

»Warum?«

»Das fragst du? Du weißt ganz genau, dass die Ermittlungen unsauber werden könnten, dass wir möglicherweise auf Sachen stoßen, die niemand außerhalb der Familie wissen sollte. Glaubst du, Enno wird davor die Augen verschließen wie Mads? Er hat doch keinen Bezug zu Lena, er hat sie sogar höchstpersönlich abgesägt. Du musst mit einrechnen, dass er die eine oder andere Ermittlungsmethode infrage stellen wird.«

»Meinst du damit, dass ich mal wieder so naiv sein werde und den Bürgermeister an den Ermittlungen beteilige?«, erlaubte sich Gustav einen trockenen Scherz, aber natürlich wusste er, was Albert meinte. Sicher, das Risiko war da, doch er hatte Enno sein Wort gegeben, und es zu brechen, kam für Gustav nicht infrage.

»Der Witz war platt wie eine Scholle, alter Freund. Ich möchte dich nicht schon wieder daran erinnern müssen, dass dem Bürgermeister in der Gemeindesatzung polizeiliche Befugnisse eingeräumt wurden.«

»Lass Enno meine Sorge sein. Wir beide haben gerade ganz andere Baustellen. Warst du mit Mama und Lena frühstücken?«

»War ich, ich komme direkt von dort. Jutta ist jetzt bei Lena.«

»Sehr gut. Wie geht es ihr?«

»Sie wirkte gefasst, hat sich sogar zu einem Scherz hinreißen lassen.«

»Das freut mich. Vielleicht kommt sie schneller über den Idioten hinweg, als ich befürchtet habe«, antwortete Gustav. Es nährte zugleich seine Hoffnung, dass sie in diesem Zuge bald wieder zurück zur Polizei kommen würde. Er würde ihr jedoch keinen Druck machen, Lena sollte sich alle Zeit der Welt nehmen, bis sie von sich aus die Entscheidung träfe, wieder Polizistin zu werden. Das hatte er im Übrigen auch Mads nahegelegt, als sie sich darüber unterhalten hatten.

»Das wäre uns allen und vor allem meiner Patentochter zu wünschen.« Albert machte eine kurze Pause, ehe er hinzufügte: »Ein Gutes hat der Mord ja.«

»Wie kann ein Mord gut sein?« Gustav legte die Stirn in

Falten, er konnte nicht glauben, was Albert da gerade von sich gab.

»Stell dir vor, sie hätte Christian geheiratet, die zwei hätten Kinder bekommen und erst dann wären all seine kleinen schmutzigen Geheimnisse ans Licht gekommen?«

»Das entschuldigt keinen Mord.«

»Tut es nicht, aber …«

»Kein aber«, fiel Gustav seinem besten Freund ins Wort.

Manchmal hatte Albert Gedanken, die für Gustav absolut nicht nachvollziehbar waren und seinen besten Freund nicht gerade sympathisch machten.

»Hast du das mit dem Geld geklärt?«, fragte Gustav.

»Habe ich.«

»Sehr gut«, antwortete Gustav. Wenigstens eine Sorge weniger.

10

Mads warf Enno einen prüfenden Blick zu, als sie im Auto saßen und Richtung Lübeck fuhren. Diese Baskenmütze auf dem kahlen Kopf seines Kollegen war gewöhnungsbedürftig.

»Stört dich das?«, fragte Enno und griff nach seiner Kopfbedeckung.

»Nein, warum sollte es? Ist nur etwas ungewohnt«, gab Mads zurück.

»Trägt nicht jeder bei der Polizei, ich weiß.«

»Ehrlich gesagt kenne ich niemanden, der während des Dienstes eine Baskenmütze trägt.«

»Also stört es dich?«

»Nein, war nur so dahingesagt. Steht dir.«

»Danke, das denke ich auch. Ich habe früh angefangen, Mützen getragen, wegen meiner tollen Haarpracht.« Enno lachte.

»Wann sind dir die Haare ausgefallen?«

»Da war ich noch jung, mit Anfang zwanzig. Ich habe immer versucht, das mit Hüten und Mützen zu kaschieren.«

»Warum kein Toupet?«

Enno sah ihn erschrocken an. »So wenig Selbstbewusstsein hatte ich nun auch nicht.« Er schwieg einen Moment, dann sagte er: »Im Laufe der Jahre habe ich gelernt, mich so zu akzeptieren, wie ich bin. Die Mützen trage ich nur noch, weil ich es mag. Ich schäme mich nicht mehr für mich und meinen Körper.«

»Richtige Einstellung. Wenn man sich selbst nicht mag, wie

kann man da erwarten, dass andere einen mögen«, pflichtete Mads ihm bei. Er sah das wirklich so, auch wenn er sich darüber zum Glück keine Gedanken machen musste. Wer ein Problem mit dem eigenen Körper hatte, fand sicher eine Möglichkeit, das zu beheben oder zu kaschieren.

»Du hast leicht reden. Du sahst bestimmt schon immer so verdammt sexy aus. Hättest du in der Schulzeit wie ich ausgesehen, wärst du garantiert der Punchingball der Jungs gewesen, die wie du aussahen.«

»Halte mich da bitte raus«, reagierte Mads empfindlich. »Ich war nicht so, und es tut mir leid, dass du diese Erfahrungen gemacht hast. Es ist toll, dass du die Kurve gekriegt hast. Wer ewig die Vergangenheit als Entschuldigung heranzieht, um sich in der Gegenwart oder in der Zukunft gehen zu lassen, tut sich keinen Gefallen, und glaub mir, es ist eine Menge Arbeit, so auszusehen wie ich. Ich achte auf meine Ernährung und treibe viel Sport. Das ist alles nicht selbstverständlich.«

»Ich hoffe, ich muss kein schlechtes Gewissen haben, wenn ich mir in deiner Gegenwart eine Tafel Schokolade oder einen Big Mac gönne«, witzelte Enno.

»Quatsch, du kannst essen, was du willst, aber wenn du mal einen Ernährungstipp haben möchtest, kannst du mich gern fragen. Es ist nie zu spät, das eine oder andere Kilo zu verlieren.«

Enno seufzte. »Dafür esse ich zu gern, aber wer weiß, vielleicht komme ich tatsächlich mal auf dein Angebot zurück. Als dein neuer Partner wäre das sicher eine Topmotivation für mich.« Er klopfte auf seinen Bauch.

Da Enno nicht besonders groß war, fiel sein Übergewicht sofort auf, allerdings fand Mads, dass es ihm irgendwie stand. Schlank und muskulös konnte Mads ihn sich gar nicht vorstellen. Allein das runde Gesicht würde dazu nicht passen.

Inzwischen hatten sie die Mühlenstraße in Lübeck erreicht,

wo die Shisha-Lounge von Junus Kabak lag. Die genaue An-schrift hatte in der Mail von Tim gestanden. In kurzer Entfernung stellte Mads das Auto ab, den Rest gingen sie zu Fuß.

»Warst du schon mal in einer Shisha-Lounge?«, fragte Enno auf dem Weg.

»Ist nicht wirklich meins, aber natürlich war ich mal drin, auch beruflich. Du?«

»Ja, in Hamburg gibt es ein paar richtig gute. So eine Shisha beruhigt ungemein, habe zu Hause auch eine«, antwortete Enno – sehr zur Überraschung von Mads. Er konnte sich Enno nicht in einer Shisha-Lounge vorstellen, allein schon wegen seines Alters, da dort eher jüngere Leute verkehrten.

»*Dejavu Shisha & Café*«, las Enno den Namen der Lounge, der auf einem großen Schild oberhalb der Fenster angebracht war. »Macht einen netten Eindruck.«

»Wir sind aber nicht zum Shisha-Rauchen hier«, erwiderte Mads augenzwinkernd, dann wurde er ernst: »Bitte kein Wort darüber, dass Christian Lenas Verlobter war. Für uns ist er ein Mordopfer, ohne persönlichen Bezug.«

»Wäre mir nie eingefallen, das zu sagen«, gab Enno zurück.

Sie traten ein. Keine zehn Gäste saßen in der Lounge, den Tellern und den Speisen auf den Tischen nach zu urteilen, wurde hier offenbar auch Kaffee und Frühstück angeboten.

Mads trat an den Tresen.

»Moin«, grüßte er.

»Moin. Wollt ihr frühstücken? Shisha gibt es ab 15 Uhr.«

»Nein, wir möchten mit Junus Kabak sprechen.«

»Mit Junus Abi?«, fragte der Mann, er war etwa Anfang zwanzig.

»Können Sie ihn bitte herholen?«

»Warum?« Der Angestellte schaute Mads streng an. Er war etwas größer als Mads und seine Oberarme verrieten, dass er häufig im Gym war.

»Ich mach das, Emir«, hörte Mads eine Stimme hinter sich. Als er sich umdrehte, erkannte er den Chef der Shisha-Lounge. Tim hatte ihnen ein Foto von ihm geschickt.

»Junus Kabak«, sagte er und reichte erst Mads die Hand, dann Enno. »Wie kann ich Ihnen behilflich sein?«

»Mads Johannsen, das ist mein Kollege Enno Janssen. Wir sind von der Ostseekriminalpolizei.«

»Polizei, dachte ich mir's doch, auch wenn Sie nicht wie ein Bulle aussehen. Wollen wir uns setzen?«

Mads nickte und sie folgten Kabak zu einem Tisch, wo sie alle Platz nahmen.

»Çay?«

»Gern«, kam Enno Mads mit einer Antwort zuvor, er hätte ablehnen wollen.

»Emir, bring uns drei Çay«, rief Kabak seinem Mitarbeiter zu.

»Kommt sofort, Junus Abi.«

»Sie haben den Laden im Griff«, bemerkte Enno. Er schien angetan zu sein von Kabak und dem Ambiente.

»Das ist auch wichtig, ohne Respekt geht es nicht. Sie müssen wissen, in unserer Kultur glauben alle Männer, sie wären Alphatiere, hätten Eier so dick, dass jeder Stier eifersüchtig wird. Deshalb hält man diese jungen Stiere allein mit Respekt in Schach. Etwas, was euch Deutschen leider immer mehr abhandenkommt. Respekt und Stolz.«

Mads sah das anders, doch das würde er jetzt nicht mit Kabak diskutieren.

Der Besitzer der Lounge war höchstens eins fünfundsiebzig groß, er trug einen schwarzen Rollkragenpulli, der für seine durchschnittliche Statur etwas zu eng war. Seine Haare waren sehr kurz, vermutlich um die tiefer werdenden Geheimratsecken zu überspielen, seine runde Brille passte zu seinem runden Gesicht. Seinen Charakter konnte Mads allerdings kaum einschätzen.

»Möchtest du noch was, Junus Abi?«, fragte Emir, als er die türkischen Tees servierte.

»Erst mal nicht.«

Emir nickte und ging zurück zum Tresen, während Junus ein Stück Würfelzucker nahm und es in sein Teeglas gleiten ließ. Enno nahm gleich zwei Stücke. Mads gönnte sich einen Schluck ohne Zucker.

»Kein Cheatday?«, fragte Kabak und schaute dabei auf die Zuckerstücke, die auf Mads' Untertasse lagen. »Sie achten wohl auf Ihre Ernährung.«

»Ich mag meinen Tee gern ohne Zucker, er verfälscht nur den Geschmack«, erwiderte Mads.

»Da ist was dran, aber ein türkischer Çay ohne Zucker ist wie ein Berliner ohne Füllung.« Kabak gönnte sich einen Schluck und schaute Mads dabei schweigend an, sein Blick war aufmerksam, als wäre er auf der Lauer, als witterte er Gefahr. »Sie sind aber sicherlich nicht hier, um mit mir über Çay zu philosophieren. Was verschafft mir die Ehre? Oder sind Sie vom Gesundheitsamt?« Kabak lachte gestellt und zuckte mit der Nase, damit die Brille nicht herunterrutschte.

»Wir sind wegen Christian Jung hier«, antwortete Mads.

»Was hat er angestellt?« Kabak lächelte etwas verkrampft. Es war nicht zu übersehen, dass ihm das Gespräch nicht schmeckte. Auf jeden Fall hatte der Name Christian keine positive Emotion bei ihm ausgelöst.

»Wir wissen, dass Sie und er sich ganz gut kennen, dass Sie befreundet sind«, antwortete Mads. Er wollte zunächst nicht erzählen, dass Christian ermordet worden war, er wollte Kabaks Reaktion testen.

»Befreundet ist wohl etwas übertrieben. Wir kennen uns, ich habe ihm das ein oder andere Mal aus der Patsche geholfen.«

»Inwiefern?«

»Wie man Freunden wie Christian halt aus der Patsche hilft.«

»Ich dachte, Sie wären nicht befreundet.«

»War eine Floskel.«

Kabaks Grinsen war so falsch wie seine Anspielung, dass er der gute Samariter sei. Mads mochte ihn nicht.

»Wie haben Sie Herrn Jung geholfen?«

»Wie wohl? Mit Geld.«

»Wofür?«

»Das wissen Sie nicht?« Kabak tat überrascht, dann hob er den Finger und schaute kurz zu Emir. »Noch einer Çay?«, fragte er in die Runde.

»Für mich nicht«, antwortete Mads.

»Ich nehme noch einen«, sagte Enno.

Er schien sich hier wohlzufühlen und bediente sich inzwischen zum wiederholten Mal an den Nüssen, die in einer Schale auf dem Tisch standen.

»Christian zockt gern, deswegen sind Sie doch hier. Hat seine Frau ihn angeschwärzt?«, fragte Kabak.

»Wen meinen Sie damit?«, tat Mads weiterhin unwissend.

»Seine Verlobte, seine Jugendliebe. Die hat ihn ganz schön an den Eiern. Christian verbiegt sich total, um ihr alles recht zu machen. Der Trottel zockt sogar über sein Limit in der Hoffnung, mal einen fetten Gewinn zu machen, um sie auf eine teure Hochzeitsreise einzuladen. Mir ein Rätsel, warum er diese Schnepfe heiraten möchte.«

»Vielleicht, weil er spielsüchtig ist und sie ihm helfen möchte«, giftete Mads zurück. So wie Kabak über seine Schwester sprach, hatte er Mühe, ruhig zu bleiben, doch Kabak durfte nicht wissen, dass er Christian bestens gekannt hatte, also riss er sich zusammen.

»So ein Quatsch. Christian ist nicht spielsüchtig, er ist halt gern ein echter Kerl. Wir Männer trinken schon mal einen über den Durst oder gehen ins Spielcasino, um ein bisschen zu zocken. So sind wir Jungs.«

Emir kam und servierte die beiden Çay.

»Selbst in meine Shisha-Bar darf er wegen dieser Emanze nicht«, fuhr Kabak fort. »Sie verbietet ihm alles, das muss echt anstrengend sein. Christian wäre besser beraten, wenn er sie verließe, aber das tut er, glaube ich, aus Mitleid nicht.«

»Aus Mitleid?« Mads atmete schwer, instinktiv ballte er die Faust und sein Bizeps spannte sich an.

»Sie scheinen die behinderte Fotze echt nicht zu kennen.« Kabak lachte dreckig. »Die sitzt im Rollstuhl. Eigentlich sollte die Tussi dankbar sein, dass sie einen gutaussehenden Kerl wie ihn hat und …«

Weiter kam Kabak nicht, weil Mads sich jetzt nicht mehr kontrollieren konnte und mit der Faust ausholen wollte, doch Enno schien das kommen gesehen zu haben. Er berührte Mads mit dem Fuß unter dem Tisch und Mads öffnete im letzten Moment die Faust, ehe er sie heben konnte. Er atmete lautstark aus und löste die Anspannung.

»Geht's Ihnen gut?«, fragte Kabak.

»Wie haben Sie Herrn Jung geholfen? Haben Sie ihm Geld geliehen?«, schaltete sich Enno ein.

»Schlaues Kerlchen«, erwiderte Kabak und schaute Enno zugleich verwundert und interessiert an. »Wissen Sie, an wen Sie mich erinnern?«

»Danny de Vito.« Enno lachte.

»Genau an den. Schon mal darüber nachgedacht, als Double aufzutreten?«

»Beantworten Sie bitte meine Frage«, gab Enno ruhig zurück. »Haben Sie Herrn Jung Geld geliehen?«

Mads ließ Enno gewähren, er stellte sich bei diesem Gespräch gar nicht so dumm an.

»Habe ich. Wie gesagt, der Trottel wollte den Jackpot knacken, dabei habe ich ihm immer gesagt, dass ihm das mit dieser Einstellung niemals gelingt. Trotzdem war er wie besessen. Gerade in den letzten Wochen hat das ein Ausmaß angenommen, das mir ein bisschen Sorgen bereitet hat.«

»Wie viel haben Sie ihm geliehen?«

»Knapp zehn Kilo.«

»Zehntausend Euro?«

»Exakt.«

»Sie haben ihm so viel Geld geliehen, obwohl Sie wissen mussten, dass Sie es nie wiedersehen würden? Wieso?«

»Wer sagt denn, dass ich es nicht wiedersehe?«

»Sie haben eben selbst erzählt, dass er in den letzten Wochen noch mehr in der Spielhalle war als sonst und gegen die Automaten keine Chance hatte«, erklärte Enno.

»Das heißt doch nicht, dass ich deshalb mein Geld nicht wiedersehe.« Kabak lächelte gekünstelt und schaute dabei Mads an. »Oder sind Sie deswegen hier? Hat er die Hand gehoben?«

»Christian Jung ist tot«, antwortete Mads. Es war an der Zeit, Kabak die Wahrheit zu sagen. Außerdem wollte Mads ihn mit dieser unerwarteten Antwort überraschen und sehen, wie sein Gegenüber darauf reagierte.

Kabak ließ sich nichts anmerken. »Hat er sich das Leben genommen?«, fragte er.

»Er wurde ermordet«, antwortete Mads.

»Da glauben Sie also, dass ich das getan haben könnte?« Noch immer schaute Kabak nur Mads an, er schien Enno gar nicht mehr zu beachten, der erneut ein paar Nüsse in seinem Mund verschwinden ließ.

»Wir glauben gar nichts, wir ermitteln. Wir wissen, dass Sie eine der Personen sind, die ihn zuletzt gesehen haben.«

Das war zwar gelogen, doch Mads wollte ihn damit aus der Reserve locken, ihn zu einer Aussage bewegen, die er sonst nicht machen würde. Menschen wie Kabak durfte man nicht mit Samthandschuhen anfassen.

»Und wenn schon. Welchen Grund sollte ich haben, Christian zu ermorden? Er schuldet mir Geld, man tötet doch nicht sein Investment.«

»Wann haben Sie Herrn Jung das letzte Mal gesehen?«

»Das weiß ich nicht so genau.«

»Woher wissen Sie dann, dass er es in den letzten Wochen mit dem Zocken übertrieben hat?«, hielt Mads dagegen.

Kabak holte Luft und richtete sich drohend auf, dabei bewegte er den Kopf, sodass es unangenehm in seinen Nackenmuskeln knackte.

»Das muss vor gut zwei Wochen gewesen sein.«

»Wann genau?«

»Nageln Sie mich nicht darauf fest. Ich glaube, es war der 15. oder 16. März, da war er hier in der Shisha-Lounge. Sie können gern meine Mitarbeiter fragen, wenn Sie mir nicht glauben.«

»Wo waren Sie am 24. März zwischen 20 und 24 Uhr?«, fragte Mads. Er hatte vorerst genug gehört und wollte Kabak durch die Frage nach seinem Alibi weiter unter Druck setzen, da seine Körpersprache deutlich zeigte, dass er nervös wurde.

11

»Bist du sicher, dass du nicht mit möchtest?«, fragte Jutta.

»Ja, triff dich mit deinen Mädels zum Skat, ich möchte ein bisschen am Strand frische Luft schnappen«, antwortete Lena.

»Dann sage ich lieber ab.«

»Das tust du ganz bestimmt nicht, da hätte ich ein schlechtes Gewissen«, entgegnete Lena, die es natürlich zu schätzen wusste, dass ihre über achtzigjährige Oma sich solche Sorgen um sie machte, dabei wollte sie das gar nicht.

Jutta schaute ihre Enkeltochter mit ihren mitfühlenden, warmherzigen Augen an, sie schenkte ihr ein Lächeln, dann berührte sie mit beiden Händen Lenas Gesicht.

»Du weißt, dass ich immer für dich da bin, mein Engel. Komme, was wolle, du kannst dich mit allem an mich wenden.«

»Das weiß ich, Oma, dafür bin ich dir auch unendlich dankbar, und jetzt ab mit dir zu deinen alten Schachteln, bevor sie ohne dich anfangen«, gab Lena schmunzelnd zurück.

»Ohne mich? Wer soll denn dann die Karten mischen?« Jutta lachte. »Zum Abendbrot bin ich wieder da, und wenn was ist, ruf mich an.«

»Mach ich, Oma.«

Jutta gab Lena einen Kuss auf die Wange und umarmte sie, dann verließ die kleine Frau Lenas Wohnung.

Das Frühstück mit Albert und Jutta und die Zeit danach mit ihr hatten Lena gutgetan und sie abgelenkt. In diesem Augenblick fühlte sie sich gut, auch wenn ihr Kopf voller Gedanken war, Gedanken, die sie weder mit ihrer Oma, ihrem Onkel oder Albert und erst recht nicht mit Mads teilen wollte.

Nicht weil sie ihnen nicht vertraute, sondern weil sie selbst nicht wusste, wohin diese Gedanken führen würden. Sie wollte das Andenken an Christian nicht beschmutzen und den männlichen Johannsens die Bestätigung geben, dass sie mit ihrer Einschätzung seiner Persönlichkeit die ganze Zeit richtig gelegen hatten.

Doch es war nun einmal Fakt, sie hatte im Keller in einem Karton etwas entdeckt, was ihr Sorgen bereitete: drei volle Flaschen Wodka. Wodka, von dem Lena nichts wusste. Christian war trockener Alkoholiker, daher hatten sie keinen Alkohol in der Wohnung gehabt. Er hatte zwar an einer Therapie teilgenommen, bei der trockenen Alkoholikern kontrolliertes Trinken beigebracht wurde, dennoch hatte Lena bald darauf bestanden, dass zu Hause kein Alkohol sein durfte, um Christian gar nicht erst in Versuchung zu bringen. Bisher hatte sie auch angenommen, dass er sich an diese Abmachung gehalten hatte, nie hatte sie geargwöhnt, dass ihr Verlobter heimlich trinken könnte.

Aber warum dann diese Wodkaflaschen?, überlegte sie.

Sie wusste, dass man Wodka nachsagte, bei trockenen Alkoholikern besonders beliebt zu sein, da man den Alkohol nicht roch und es dann nicht auffiel, wenn man rückfällig wurde. Aber hatte Christian genau diese Strategie angewendet, um Lena zu belügen?

Ihr Magen zog sich zusammen, weil sie nicht wusste, wie sie mit diesem Vertrauensbruch umgehen sollte.

»Es muss einen anderen Grund haben«, murmelte sie, sie konnte es nicht wahrhaben, dass Christian sie tatsächlich belogen haben könnte. Daher beschloss sie, noch einmal in den Keller und nicht an die Strandpromenade zu gehen. Sie hatte beim letzten Mal nicht alle Schränke und Kartons durchsucht, weil sie starke Schmerzen gehabt hatte, als sie mit der Krücke vor dem Regal gestanden hatte, um die Kartons von oben herunterzuholen. Vom Rollstuhl aus kam sie nicht daran.

»Bitte keine weiteren Überraschungen, Schatz«, sagte sie zu sich, als sie auf den Knopf im Fahrstuhl drückte.

Dass Christian ermordet worden war, war schlimm genug, aber wenn er sie in der letzten Zeit auch noch belogen hatte, wäre das für sie unerträglich.

12

Jemand hatte sich auf Amirs Artikel über den Mord gemeldet, da Amir jedoch an einem neuen Artikel arbeitete, der höchste Priorität hatte, hatte Emma angeboten, sich mit dem Informanten zu treffen.

»Bist du sicher, dass du das tun möchtest?«, fragte Amir, als Emma ihre Sachen zusammenpackte und den Rechner ausschaltete.

»Klar, bin eh gerade unterfordert.«

»Solange du nicht untervögelt bist«, witzelte Amir und hielt sich sofort die Hand vor den Mund.

»Im Bett läuft alles bestens mit Stefan, kann nicht klagen«, gab Emma augenzwinkernd zurück, obwohl das nicht ganz der Wahrheit entsprach. In den letzten Wochen hatten sie wenig Sex gehabt, da Stefan viel Stress und somit wenig Lust gehabt hatte.

»Ein gutes Sexleben ist wichtig für eine intakte Beziehung, viele davon gehen kaputt, weil es im Bett nicht mehr so recht klappen will.«

»Woher willst du das wissen? Es gibt garantiert Beziehungen, die auch wunderbar ohne viel Sex funktionieren. Wenn man schon ein paar Jahre mit einem Partner zusammen war, ist es doch normal, dass man nicht mehr so heiß aufeinander ist wie am ersten Tag.«

»Glaub mir, ich habe das erst gestern wieder in der GQ gelesen, es gibt sogar neueste Studien dazu. Ich sorge jedenfalls dafür, dass Pietro seinen Sex bekommt, nicht dass er auf dumme Gedanken kommt.«

»Das würde Pietro niemals tun. Er liebt dich und will dich heiraten«, entgegnete Emma.

»Es heißt nicht umsonst, Holzauge sei wachsam.«

»Übertreib nicht, du hast doch selbst Lust auf Sex, deswegen sagst du das«, lachte Emma.

»Stimmt, gerade mit Pietro. Da kriege ich nie genug.«

»Ich muss los. Wir sehen uns morgen.«

»Das will ich hoffen. Wenn was ist, ruf mich an.«

»Wird schon nix passieren, ist ja nur ein Informant.«

»Stimmt.«

Amir umarmte Emma. »Du solltest dir trotzdem überlegen, ob du dich nicht mit Mads darüber abstimmen solltest.«

»Warum?«

»Nicht dass er dir vorwirft, du würdest hinter seinem Rücken einen Artikel über seine Schwester schreiben, das würde er dir niemals verzeihen.«

»Ich schreibe keinen Artikel, ich treffe mich nur mit einem Informanten.«

»Wer's glaubt.« Amir schmunzelte.

»Nein, wirklich.«

Emma wusste, wie sensibel das Thema war und dass sie es sich mit der gesamten Johannsen-Familie verscherzen könnte, daher war sie noch immer fest entschlossen, keinen Artikel darüber zu schreiben. Was jedoch nicht hieß, dass sie keinen Hinweisen mehr nachgehen durfte.

Sie verabschiedete sich von Amir, verließ die Redaktion und ging zu ihrem Fahrrad. Der Informant wollte sich in Timmendorf mit ihr treffen, und da es von Niendorf nach Timmendorfer Strand mit dem Fahrrad nur gemütliche zehn Minuten dauerte, wollte Emma das gute Wetter an der frischen Luft genießen. Als Treffpunkt hatten sie die Bäckerei *Dallmeyers Backhus* im Edeka vereinbart, der Supermarkt lag in einer kleinen Passage an der Strandpromenade.

Als Emma ihr Ziel erreichte und gerade ihr Fahrrad anschloss, kam ihr Mads' Oma Jutta entgegen.

»Moin, Emma«, grüßte sie sie herzlich.

»Hallo, Jutta. Wie geht es dir?«, antwortete Emma und reichte ihr die Hand.

»Mit jedem Tag ein Stück besser.« Jutta lächelte.

»Das freut mich. Warst du heute bei Lena?«

»Wir haben gemeinsam gefrühstückt, jetzt bin ich wieder auf dem Weg zu ihr. Ich war mit meinen alten Schachteln ein paar Runden Skat spielen.«

»Wie schön! Wie geht es Lena heute?«

»Ich bin voller Hoffnung, dass sie den Tod von Christian bald gut verarbeiten wird. Sie hatte heute schon deutlich mehr Farbe im Gesicht als gestern.«

»Das freut mich sehr für sie. Ich kann so gut nachfühlen, was sie durchmacht. Auch wenn es sicherlich anfangs ein schwacher Trost ist, aber das Leben muss weitergehen.«

»Ich weiß, mein Kind. Wir Johannsens sind Stehaufmännchen. Wieso kommst du am Wochenende nicht auf Kaffee und Kuchen bei Lena und mir vorbei?«

»Das mache ich sehr gern, danke für die Einladung.«

»Lena mag dich und du bist die Einzige, die wirklich nachempfinden kann, wie sie sich fühlt. Mads, Gustav und Albert sind mit der Situation völlig überfordert, du weißt ja, dass sie Christian nicht sonderlich mochten und ich …« Jutta machte eine kurze Pause. »Mit über achtzig bin ich leider nicht mehr die Jüngste.«

»Du bist doch fit wie ein Turnschuh«, widersprach Emma, obwohl sie natürlich wusste, wie Jutta das meinte. »Ich bin für Lena da, egal wann, sie darf mich jederzeit anrufen und am Wochenende nehme ich mir sehr gern Zeit für sie.«

»Das ist lieb. Sag mal, hat sich jemand auf Amirs Artikel gemeldet?«

Emma überlegte kurz, ob sie Jutta die Wahrheit sagen sollte oder ob es sie verärgern würde, wenn sie erführe, dass sie sich mit einem Informanten traf. Doch dann entschied sie sich für die Wahrheit, sie konnte diese wunderbare alte Dame nicht anschummeln.

»Ja, ich bin gerade auf dem Weg, um mich mit jemandem zu treffen, der mir etwas Neues erzählen will«, antwortete sie.

Jutta zog die Brauen hoch. »Bist du jetzt an dem Artikel dran? Nicht mehr Amir?«

Diese Frage überrumpelte Emma ein wenig, und sie brauchte einen Moment, bis sie eine gute Antwort parat hatte. »Streng genommen verfolgt die Sache keiner mehr, aber da Amir gerade mit seinem neuen Artikel beschäftigt ist, dachte ich, dass ich mir das mal anhöre.«

»Wieso lasst ihr den Artikel ruhen?«

»Aus Rücksicht auf Lena. Außerdem bin ich mir sehr sicher, dass Mads es nicht so toll finden würde, wenn ich in der Vergangenheit von Christian herumstochere, ganz zu schweigen von Ihrem Sohn und dem Bürgermeister.«

Jutta lächelte und schaute Emma aus ihren warmen, gutmütigen Augen an. »Du bist doch eine verdammt gute und ehrgeizige Investigativjournalistin, seit wann lässt du dich von den paar Männern einschüchtern?«

»Ich weiß nicht, diesmal …«

»Vertrau einer alten Frau und mach die Arbeit, die du so liebst«, unterbrach Jutta sie. »Glaub mir, die Johannsen-Männer können jede Hilfe gebrauchen. Wir haben doch alle das gleiche Ziel: Den Mörder von Christian fassen, so schnell es geht, damit Lena mit der furchtbaren Sache abschließen kann.«

»Stimmt.«

»Siehst du, deswegen wäre es geradezu töricht, wenn du nicht mehr deinem journalistischen Instinkt folgst. Jede Wette, dass sich bei dir Personen melden, die sich niemals an die Polizei wenden würden.«

»Möglich.«

»Dann ist es beschlossene Sache. Mach deinen Job, und wenn einer der Johannsen-Männer dich unter Druck setzt, schick ihn zu mir.« Sie griff nach Emmas Händen. »Ich muss jetzt los, Lena das Abendessen machen, und du schenkst einer alten Frau eine kurze Umarmung.«

Das tat Emma nur zu gern. Juttas Worte rührten sie fast zu Tränen, weil sie es ihr hoch anrechnete, dass sie so viel von ihrer Arbeit hielt, und weil sie wusste, dass Mads ganz andere Töne angeschlagen hätte.

Emma schaute ihr noch eine Weile nach, wie sie sich entfernte, und beschloss, auf ihren Ratschlag zu hören. Sie hatte den Nagel auf den Kopf getroffen, genau deswegen war sie Journalistin geworden, um interessanten Geschichten nachzugehen.

Mit neuem Mut ging sie zum Edeka, betrat die Bäckerei und suchte nach dem Informanten, der sich Erno Metz nannte.

»Emma Falk?«, wurde sie kurz darauf von einem Mann angesprochen.

13

Haffkrug, 5. April

Enno fühlte sich gut, richtig gut. Er war erst aufgewacht, als der Wecker klingelte, das war ihm in den Wochen zuvor so fast nie passiert.

Die Entscheidung, öffentlich zurückzutreten war der richtige Schritt gewesen.

Clemens ärgert sich bestimmt noch immer schwarz, dachte Enno grinsend, als er sich anzog, um die Wohnung zu verlassen. Vor dem Spiegel setzte er sich seine Baskenmütze auf und begutachtete sein Aussehen.

»In your face, du Verräter«, sagte er, womit er Dr. Clemens Eisenbraun meinte, seinen alten Freund aus Schulzeiten, der jetzt Leiter der Lübecker Polizei war und Enno den Job als Dienststellenleiter in Timmendorf verschafft hatte, jedoch beim geringsten Gegenwind von Bürgermeister Lange und Gustav bereit gewesen war, Enno zu opfern.

Zum Glück hatte Enno das kommen sehen und rechtzeitig öffentlichkeitswirksam gekündigt, sodass Clemens nichts anderes übrig geblieben war, als in den sauren Apfel zu beißen und Gustav seinen alten Job zurückzugeben. Mehr Genugtuung hätte sich Enno nicht wünschen können.

Fröhlich pfeifend ging er zu seinem Fahrrad und radelte los. Es war ein sonniger Tag, sehr mild und bis zur Dienststelle brauchte er keine dreißig Minuten mit dem Rad. Die Fahrt entlang der Ostsee beruhigte Enno ungemein. Er bereute es keine Sekunde, nach Haffkrug gezogen zu sein, ebenso wenig wie seine Einwilligung, unter Gustav als Chef weiter in Timmendorfer Strand zu arbeiten. Bisher fühlte sich alles richtig an, selbst mit Mads wurde es besser. Der gemeinsame Einsatz am vergangenen Tag hatte sie enger zusammenwachsen lassen, fand Enno, zumindest hoffte er das.

Als er die Dienststelle erreichte, parkte Mads gerade seinen Wagen.

»Moin«, grüßte Enno seinen neuen Partner.

»Moin. Bist du mit dem Fahrrad hier?«

»Bei dem schönen Wetter dachte ich mir, warum nicht.«

»Gute Einstellung. Bewegung ist nie verkehrt, ich war eben noch joggen.«

Sie betraten die Dienststelle und gingen gemeinsam zur Küche, um sich Kaffee zu holen.

»Danke noch mal«, sagte Mads.

»Wofür?«

»Dass du mich gestoppt hast, sonst hätte ich diesem Dreckskerl ein Veilchen verpasst, das er nicht so schnell losgeworden wäre.«

»Dafür ist ein Partner da. Ich weiß ja, welch enges Verhältnis du zu deiner Schwester hast, da ist deine Reaktion nur verständlich.«

Mads erwiderte nichts darauf, er nahm stumm seinen Becher und beide gingen wortlos in ihr Büro.

Enno nahm an seinem Schreibtisch Platz, startete seinen Rechner und checkte, ob er neue Nachrichten bekommen hatte. Es waren nur zwei, die konnte er später beantworten.

»Hast du den Bericht geschrieben?«, fragte Mads und nahm einen Schluck Kaffee.

»Gestern Abend noch, müsste bereits in der Fallakte hinterlegt sein.«

»Ah, ich sehe ihn, danke.«

»Eine meiner leichtesten Übungen.«

Mads stand auf.

»Wohin?«

»Ich will ein paar Hinweise am Whiteboard anbringen und die nächsten Schritte überlegen.«

»Gute Idee«, sagte Enno und stellte sich zu Mads an die freie Wand, die fast komplett von dem großen Whiteboard eingenommen wurde. Mads hatte bereits einige Notizen dort angepinnt.

Jetzt schrieb er den Namen Kabak auf die freie Fläche und zeichnete eine Verbindung zu Christian und eine zu Charlie Fidler.

»Was hältst du von Kabak?«, fragte Mads.

»Ein aalglatter Typ, richtig einschätzen kann ich ihn nicht. Er hat Christian zehntausend Euro geliehen, lässt es aber wie Peanuts aussehen.«

»Um sich aus der Schusslinie zu holen?«

»Möglich, wobei allein die Rolex, die er trug, bestimmt vierzigtausend kostet.«

»Ist mir auch aufgefallen. Die Frage ist, ob sie echt ist und ob man mit einer Shisha-Lounge tatsächlich so viel Geld machen kann.«

»Schwarzgeld, ganz klar. Wer soll denn kontrollieren, wie viele Shishas am Abend über die Ladentheke wandern? Wenn er jede zweite nicht abrechnet, kommt da schon ein Batzen zusammen«, erklärte Enno.

»Auch das halte ich für möglich. Ist aber gerade nicht unsere Baustelle. Die entscheidende Frage ist, ob wir Kabak einen Mord zutrauen.«

»Du hattest ja die Idee mit dem Affekt ins Spiel gebracht, dass der Täter im Streit auf Christian eingestochen und ihn nicht mit der Absicht aufgesucht hat, ihn zu töten.«

»Worauf willst du hinaus?«

»Kabak hat gestern auf mich nicht den Eindruck gemacht, als wäre er leicht aus der Fassung zu bringen«, führte Enno seine Theorie aus. »Er wirkte die meiste Zeit überheblich und die Angestellten sind ihm gegenüber sehr loyal, vor allem dieser Emir. Würde sich so einer mit Christian an der Ostsee treffen, um sein Geld zurückzuverlangen?«

Mads antwortete nicht gleich, er legte den Finger an die Lippen, dann sagte er: »Er würde Christian nach Lübeck in seine Shisha-Lounge zitieren. Der Hund kommt immer zum Knochen.«

Enno nickte. »Das denke ich auch. Kabak dürfte damit raus sein.«

»Nicht so schnell, wir behalten ihn trotzdem im Auge. Tim soll schauen, was er über ihn findet, auch über diesen Emir. Möglich, dass Kabak einen seiner Lakaien losgeschickt hat, um Christian unter Druck zu setzen, und der Lakai hat die Nerven verloren.«

»Traust du Emir so was zu?«

»Ich traue jedem einen Mord zu«, gab Mads zurück, ging zu seinem Schreibtisch, nahm den Hörer und wählte Tims Nummer, dann stellte er auf Lautsprecher. »Moin, Tim.«

»Moin«, antwortete der.

»Enno und ich haben uns ein paar Gedanken gemacht und bräuchten deine Hilfe.«

»Klar, schieß los. Was kann ich für euch tun?«

»Wir brauchen mehr Informationen über Junus Kabak. Vor allem, was seinen finanziellen Status anbelangt. Nach eigenen Angaben hat er in Summe um die zehntausend Euro an Christian geliehen, über einen längeren Zeitraum. Allerdings wollte er den Eindruck erwecken, als wäre es ihm relativ egal, ob er das Geld zurückbekommt oder nicht, gleichzeitig hat er betont, dass sie nicht befreundet gewesen seien, sondern sich nur gut kannten. Da stellt sich mir die Frage, warum man jemandem, den man nur oberflächlich kennt, so viel Geld leiht.«

»Berechtigter Einwand«, sagte Tim. »Glaubst du, er wäscht sein Geld, indem er Kredite vergibt?«

»Daran hatte ich gar nicht gedacht, das wäre eine Option. Oder er hat uns belogen und in Wahrheit ein viel besseres Verhältnis zu Christian, als er zugeben möchte. Irgendwas gefällt mir an Kabak nicht, vielleicht findest du heraus, was mit ihm nicht stimmt.«

»Da ich eh schon an ihm dran bin, werde ich auch das berücksichtigen. Noch was?«

Mads schaute Enno an.

»Wenn du dabei bist, könntest du dich auch über einen Emir schlaumachen, er arbeitet für Kabak«, fügte Enno hinzu. »Anfang zwanzig, muskulös, etwas größer als Mads. Gehorcht Kabak scheinbar aufs Wort. Möglich, dass er die Drecksarbeit für ihn erledigt.«

»Den Nachnamen habt ihr nicht zufällig?«

»Nein, aber es würde mich nicht wundern, wenn du ihn auf dem Instagramprofil von der Shisha-Lounge findest. Als wir die Lounge betreten haben, habe ich einen Werbeflyer gesehen, auf dem das Instaprofil und ein Hashtag abgedruckt waren.«

»Das hilft mir weiter. Noch was?«

»Ja, Schau mal, ob es eine Verbindung zwischen Charlie Fidler und Kabak gibt«, bat Mads. »Fidler hat Gustav Kabaks Namen verraten, aber gleichzeitig behauptet, dass er mit ihm nichts zu tun hätte.«

»Ich schau mal, was ich finde«, sagte Tim.

»Danke, das war's fürs Erste. Melde dich, sobald du was hast.«

»Mach ich«, versprach Tim und Mads beendete das Gespräch.

»Wir sollten noch eine Querverbindung zwischen Fidler und Kabak machen«, schlug Mads vor.

»Mal ich gleich auf«, sagte Enno und zeichnete eine Linie von Kabak zu Fidler, darunter schrieb er:

Mehr als nur flüchtige Bekannte?

Dann ging er wieder zu seinem Schreibtisch.

»Was machen wir jetzt?«

»Hast du eine Idee?«

»Ehrlich gesagt nicht. Wir haben derzeit nur Kabak und Fidler. Es sei denn, deiner Schwester fällt noch was ein«, wagte Enno einen Vorstoß.

»Lena halten wir da raus. Die hat schon genug andere Sorgen«, erwiderte Mads und Enno nickte verständnisvoll.

»Was ist mit dem Artikel in der Ostseezeitung?«, schlug er dann vor.

»Was soll damit sein?«

»Könnte sich da nicht ein Leser darauf gemeldet haben.«

Mads verzog den Mund. »Glaube ich nicht, dann hätte sich Emma Falk bei mir gemeldet.«

Enno gab ein zweifelndes Geräusch von sich.

»Vertrau mir, Emma hätte sich gemeldet, weil sie weiß, dass es hier um meine Schwester geht.«

»Na, wenn du das sagst. Ich dachte, euer Verhältnis wäre nicht das beste.«

Mads lachte. »Emma und ich verstehen uns bestens, ich bin nur nicht immer mit ihrer Arbeitsweise einverstanden. Sie hat dich doch die ganze Zeit manipuliert, um an Informationen zu gelangen, weil sie wusste, dass ich sie ihr nicht geben würde, egal wie gut wir befreundet sind.«

»Na toll, gibt es eigentlich irgendjemanden, der mich nicht verarscht hat?«, entfuhr es Enno enttäuscht, da er tatsächlich angenommen hatte, dass Frau Falk ein schwieriges Verhältnis zu Mads hatte, aber ein gutes, ehrliches zu ihm.

»Nimm's nicht persönlich«, tröstete Mads, »sie ist eine verdammt gute und ehrgeizige Journalistin, das hat rein gar nichts mit dir zu tun. Komm.« Er stand auf.

»Wohin?«, fragte Enno. Er nahm es schon persönlich, dass Falk sein Vertrauen augenscheinlich auf so schäbige Weise missbraucht hatte.

»Zu Magnus Dahmke.«

»Wer ist das?« Enno sah Mads fragend an.

14

»Verdammt guter, sauberer und ausführlicher Bericht. Geht doch, Mads«, murmelte Gustav anerkennend, während er die Akte las, aber dann schlug er sich gegen die Stirn. »Du kleiner Dreckskerl. Den hat Enno geschrieben, jede Wette. Hast ihn also direkt für die Arbeit eingespannt, auf die du keine Lust hast.«

Gustav schnaubte verärgert. Das sah Mads ähnlich. Er wälzte alles, was ihm keinen Spaß machte, auf andere ab, das hatte er schon mit Lena so gemacht, und die hatte ihren Bruder gedeckt und sogar in Schutz genommen, indem sie behauptet hatte, dass ihr das Berichteschreiben Spaß mache.

»Wem macht das schon Spaß?«, brummte Gustav. Er hasste diese Arbeit genauso, aber Mads musste sich daran gewöhnen, so etwas auch mal selbst zu erledigen. Dass Enno das Spiel mitspielte, erstaunte ihn allerdings, immerhin war Enno vor Kurzem noch Mads' Chef gewesen, da erwartete er von Enno etwas mehr Widerstand.

So leicht lasse ich dich damit nicht durchkommen. Du wirst auch welche schreiben, nahm sich Gustav vor, während er den Bericht zu Ende las. Anschließend lehnte er sich zurück und sah auf den Bildschirm.

»Zehntausend Euro?«, murmelte er. Er konnte es nicht fassen, dass Christian diesem Kabak so viel Geld schuldete.

Es klopfte an der Tür.

»Der Herr Bürgermeister möchte dich sprechen«, sagte Petra.

»Er soll eintreten«, antwortete Gustav.

»Hab ich mir gedacht.«

»Warum hast du ihn dann nicht einfach durchgelassen?«

»Möchtest du meinen Job wegrationalisieren?«, gab Petra auf gewohnt schnippische Art zurück.

»Ganz sicher nicht, liebste Frau Wiese«, ertönte Alberts Stimme, der jetzt neben ihr in der Tür erschien. »Sollte der Holzkopf das tatsächlich mal tun, im Rathaus ist immer ein Platz für Sie frei.«

»Das weiß ich sehr zu schätzen. Darf ich Sie mit einem Espresso erfreuen?«, fragte sie.

»Wie könnte ich da Nein sagen, und wenn Sie für den alten Herrn hier auch einen machen, legen Sie bitte nur einen Keks dazu, er ist auf Diät.« Albert grinste breit.

»Ich werd dir gleich was mit Diät«, grollte Gustav.

»Ich lasse die Herren dann mal allein«, sagte Petra schmunzelnd und schloss die Tür.

»Woran denkst du gerade?«, fragte Albert, während er sich setzte.

»Ob sich Petra bei Enno auch solche schlechten Scherze erlaubt hat?«

Albert hob mahnend den Zeigefinger. »Du weißt nicht, was du an ihr hast. Deine Sekretärin sprüht vor Charme und Witz, dazu erträgt sie deinen Humor und deine Launen. Meine, Junge, Junge, die ist wie ein Geist. Du hörst sie nicht, du siehst sie nicht, und wenn sie dann plötzlich vor dir steht, wundert sie sich, dass man sich erschreckt.«

Gustav lachte auf, weil er die Szene sofort bildlich vor Augen hatte.

»Lach nicht. Ich weiß wirklich nicht, wie sie immer unerwartet hinter mir stehen kann, und dann berührt sie mich mit ihrem kalten Finger. Klar, dass mir da kurz das Blut in den Adern gefriert. Du an meiner Stelle hättest längst einen Herzinfarkt bekommen.«

»Ich?« Gustav legte die Stirn in Falten. »Du warst schon immer der Schreckhaftere von uns beiden.«

»Ganz sicher nicht.« Albert lehnte sich in seinem Stuhl zurück. »Wie war das Gespräch mit Kabak?«

»Er hat kein Alibi für die Tatzeit, laut dem Bericht von Enno war er an dem Abend zu Hause.«

»Könnte er der Täter sein?«

»Nach dem, was ich im Bericht über ihn gelesen habe, eher nicht. Er scheint finanziell gut aufgestellt zu sein, außerdem würde einer wie er den Schuldner zu sich bitten und sich nicht mit ihm an der Ostsee treffen.«

»Warum nicht? Weg von seiner Hood, damit ja kein Verdacht auf ihn fällt«, entgegnete Albert.

»Hood?« Gustav verdrehte die Augen.

»So sprechen die jungen Leute nun mal. Ich komme gerade vom Besuch in einer Schule. Muss doch wissen, was die Wähler von morgen über meine Gemeinde und ihren Bürgermeister denken.«

Gustav atmete hörbar aus. »Wir haben da ein ganz anderes Problem.«

»Welches?«

»Kabak behauptet, Christian um die zehntausend Euro geliehen zu haben, über einen längeren Zeitraum.«

»Wahnsinn.« Albert schüttelte ungläubig den Kopf. »Tja, welche Wahl haben wir?«

»Ich fürchte, keine. Wir können nur hoffen, dass nicht noch mehr solcher Überraschungen auf uns zukommen.«

15

Mads ärgerte sich ein wenig, dass er nicht schon früher auf Magnus Dahmke gekommen war. Er war Christians bester Freund gewesen und wie er ein Versager, jedenfalls nach Mads' Einschätzung. Einen festen Beruf hatte er nicht, er lebte von Job zu Job, arbeitete meistens schwarz auf dem Bau oder für Privatleute, wenn Malerarbeiten anstanden.

Lena hatte es nie gern gesehen, wenn Christian zu viel Zeit mit ihm verbrachte, da sie annahm, dass er es war, der Christian Flausen in den Kopf setzte und schlechten Einfluss auf ihn hatte. Seit sie wieder zusammengewesen waren, hatte Christian angeblich keinen Kontakt mehr zu Magnus gehabt, allerdings ging Mads nach seinen bisherigen Erkenntnissen davon aus, dass Christian seine Verlobte in dieser Hinsicht angelogen hatte, daher war es sicher sinnvoll, Magnus einen Besuch abzustatten.

Während der Fahrt zu ihm klärte Mads Enno über die Hintergründe auf.

»Freunde haben oft einen viel größeren Einfluss auf einen als die Familie, da würde es mich nicht wundern, wenn Magnus einen erheblichen Anteil daran hatte, dass Christian auf die schiefe Bahn geraten ist«, bestätigte Enno.

»Das finden wir gleich heraus«, sagte Mads und bog in die Ostseestraße ab, wo Magnus wohnte. Er kannte seinen Wohnort, da er vor Jahren einmal mit Christian zusammen bei ihm gewesen war.

Vor dem Wohnblock fand er einen Parkplatz, sie stiegen

aus und gingen zur Haustür. Wie es schien, lebte er immer noch hier, Mads klingelte.

»Dachgeschoss«, hörten sie eine Stimme aus dem Lautsprecher, dann ertönte der Türsummer.

»Kann es sein, dass er jemand anderen erwartet?«, fragte Enno, als sie eintraten.

»Garantiert. Ich weiß ja, dass er im Dachgeschoss wohnt.«

Enno ging zielstrebig zum Fahrstuhl und drückte auf den Knopf, dann schaute er kurz zu Mads auf. »Treppe?«

»Fahrstuhl passt«, antwortete Mads, der an sich lieber gelaufen wäre. Wie es schien, hatte Enno seine Gedanken erraten.

Als sie oben ankamen, wurde gerade eine Tür geöffnet.

»Moin, Magnus«, grüßte Mads.

»Du?«, sagte Magnus sichtlich überrascht. Seine Augen waren rot unterlaufen und sein trüber Blick verriet Mads, dass er sich wohl gerade eine hübsche Bong gegönnt hatte – der schwere, süßliche Geruch, der jetzt aus der Wohnung zog, bestätigte die Annahme.

»Ja, ich. Wir müssen uns mit dir unterhalten«, antwortete Mads.

»Jetzt?« Magnus wirkte irritiert.

Er war etwas kleiner als Mads und trug kein T-Shirt, sodass man seinen schlanken, recht sportlichen Oberkörper sah, der sehr blass war, wie Magnus' gesamte Erscheinung.

»Ja, jetzt.«

»Ehrlich, Digger, das ist gerade ziemlich uncool.«

»Dauert nicht lange«, gab Mads zurück und drängte Magnus bestimmt in die Wohnung.

»Hier ist nicht aufgeräumt und ich bin nicht allein.«

»Magnus, das ist mir scheißegal. Zwei Minuten und wir sind weg. Mach kein Drama daraus«, reagierte Mads ungehalten.

94

Magnus zog ein missbilligendes Gesicht. »Da wunderst du dich, dass keiner mit dir klarkommt. Immer gleich aggro.«

»Wo bin ich bitteschön aggro? Ich möchte mich kurz mit dir unterhalten, aber du bist derart zugedröhnt, dass man kaum mit dir reden kann, und das um eine Uhrzeit, zu der normale Menschen bei der Arbeit sind.«

»Da ist er wieder, der Obermoralist. Menschen, die nicht arbeiten, sind für dich Abschaum.«

»Das habe ich nicht gesagt«, entgegnete Mads und betrat den Wohnraum, der Wohnzimmer und Schlafzimmer zugleich war.

Magnus wohnte in einem kleinen Studio, das nur aus einem Zimmer, einem kleinen Bad und einer offenen Küche bestand.

Jetzt sah Mads auch den Grund, warum Magnus nicht wollte, dass sie hereinkamen. Auf dem Bett saß eine junge Frau, vielmehr ein Mädchen, in Unterwäsche.

»Wie alt bist du?«, fragte Mads das Mädchen, das eine Bong in der Hand hatte.

»Siebzehn, achtzehn.«

»Wie alt bist du?«, wiederholte Mads seine Frage.

Das Mädchen schaute Magnus an.

»Sie ist volljährig«, antwortete der.

»Ausweis.«

»Habe ich nicht dabei.«

»Zieh deine Sachen an und verschwinde, bevor ich dich auf die Polizeidienststelle mitnehme und deine Eltern informiere.«

»Bist du ein Bulle?«

»Ich bin Polizeibeamter und ich habe große Zweifel, dass du schon sechzehn bist.«

»Was soll die Scheiße, Digger?«, beschwerte sich Magnus.

»Du hältst die Klappe«, gab Mads zurück und schaute dann das Mädchen an. »Ich sagte, anziehen und raus hier. Wenn ich dich noch mal hier sehe, nehme ich dich fest und informiere deine Eltern.«

Das Mädchen erschrak bei Mads' schroffem Tonfall, zog sich hastig an und verließ das Wohnzimmer.

»Danke für nichts«, motzte Magnus.

Jetzt war es genug. Mads packte ihn und drückte ihn an die Wand. »Sei froh, dass ich dich nicht festnehme, weil du einem minderjährigen Mädchen Drogen verabreichst und sexuell gefügig machst.«

»Sie hat mich angegraben. Du spinnst doch.«

»Halt den Mund«, wurde Mads laut. »Wann lernst du endlich, Verantwortung für dein Leben zu übernehmen? Du wohnst noch immer in diesem mickrigen Loch, bekiffst und besäufst dich, hängst rum und lebst von der Hand in den Mund.«

»Ich arbeite.«

»Du?« Mads hätte Magnus am liebsten eine gelangt, konnte sich jedoch bremsen.

Es klingelte.

»Endlich, die Pizza«, meldete Magnus.

»Die muss warten. Wir beide werden uns jetzt erst mal unterhalten.«

»Das ist Freiheitsberaubung. Sagen Sie doch auch mal was«, regte sich Magnus auf und schaute zu Enno.

»Wir sind Polizisten«, erwiderte dieser ruhig. »Es dürfte in Ihrem eigenen Interesse liegen, zu kooperieren, da Sie gerade gegen einige Gesetze verstoßen haben, die eine Festnahme rechtfertigen würden.«

»Noch mal, sie hat mich angegraben und mir versichert, dass sie volljährig ist. Kann ich nicht wenigstens meine Pizza haben?«

»Erst beantwortest du meine Fragen«, bestimmte Mads. »Enno, kannst du bitte die Pizza in Empfang nehmen?«

»Mach ich«, antwortete Enno und verließ das Zimmer.

Mads hatte das nicht ohne Grund gesagt, er wollte nicht, dass Enno sah, was er jetzt tun würde. Nachdem Enno außer Sichtweite war, drückte Mads mit der rechten Hand, die er um Magnus' Hals gelegt hatte, zu und presste ihn gegen die Wand. Magnus röchelte.

»Du hörst mir jetzt ganz genau zu, du Wichser«, zischte Mads. »Deine Vorliebe für junge Mädels kenne ich, und ich sorge dafür, dass du in den Knast kommst, wo harte Jungs mit Typen wie dir entweder kurzen Prozess machen oder sie zu ihrer Bitch erklären. Es liegt an dir.«

»Ich kriege keine Luft«, keuchte Magnus. »Was willst du?«

»Dass du mir die Wahrheit über dich und Christian erzählst.«

»Scheiße, hat die kleine Schlampe …«

Jetzt konnte sich Mads nicht mehr zurückhalten, er schlug ihm mit der Faust auf die Nase. Sofort schoss Blut daraus hervor, Magnus schrie, doch Mads drückte ihn nur fester an die Wand, damit er Ruhe gab.

»Lena ist meine Schwester, du Trottel, das hast du dir gerade verdient. Wie gesagt, es liegt an dir, wohin das Ganze führt.«

»Lass mich los, ich sage alles, aber lass mich los, ich kriege keine Luft mehr«, gurgelte Magnus.

Mads lockerte den Griff langsam und Magnus presste sich die Hand auf die Nase.

»Was stimmt mit dir nicht? Christian hat schon recht, dass du ein Psycho bist«, schimpfte Magnus. »Du brauchst einen Therapeuten. Was sage ich, einen, mindestens drei. Verdammt noch mal.«

Mads holte erneut mit der Faust aus, Magnus duckte sich, doch Mads stoppte den Schlag kurz vor seinem Gesicht, er wollte ihm nur drohen.

»Klappe halten und Fragen beantworten«, sagte er kühl.

Mit Menschen wie Magnus kannte er kein Mitleid, in seinen Augen waren sie wie ein Krebsgeschwür, sie nahmen sich, wonach ihnen gelüstete, ohne Rücksicht auf die Gesellschaft, und wenn man sie etwas härter anpackte, taten sie, als wären sie die Opfer. Aber Magnus war kein Opfer, er war ein widerlicher Täter, und alles in Mads schrie danach, dass er ihn wegen Verführung Minderjähriger festnehmen sollte.

»Ist ja gut. Was willst du wissen?«, sagte Magnus und bewegte sich nach vorn.

»Du bleibst hier.«

»Entspann dich, Digger, ich wollte nur ein Taschentuch.«

Mads griff nach der Taschentuchpackung auf dem Couchtisch und reichte sie Magnus, der sich eines herauszupfte, dicke Röllchen daraus machte und sie sich in die Nasenlöcher stopfte.

»Du hast mir die Nase gebrochen«, klagte er.

»Jammer nicht, das hast du selbst zu verantworten. Außerdem ist sie nicht gebrochen.«

»Was willst du überhaupt von mir?«

»Hat jemand Lust auf Salamipizza?«, hörte Mads jetzt die fröhliche Stimme von Enno, der mit dem Pizzakarton in der Hand das Wohnzimmer betrat. Als er Magnus erblickte, schaute er entgeistert von einem zum anderen. »Störe ich gerade?« Er lachte etwas verkrampft.

»Mads hat mich geschlagen«, meldete Magnus, er schien erleichtert, dass er in Enno möglicherweise einen Verbündeten gefunden hatte.

»Ich habe nichts gesehen«, gab Enno zurück. »Nur dass Sie hier voll zugedröhnt Marihuana konsumieren, einer Minderjährigen Drogen verabreichen und sie bis auf die Unterwäsche ausgezogen haben, wahrscheinlich um sie zu missbrauchen.«

»Echt jetzt? Kein Wunder, dass niemand euch Bullen leiden kann. Ist der überhaupt ein Bulle?«, sagte Magnus und zeigte auf Enno.

Mads fand Ennos Antwort nicht nur schlagfertig, sie sagte ihm auch, dass er sich auf ihn als Dienstpartner verlassen konnte.

»Mein Vorschlag, wir nehmen uns jetzt alle ein Stück Pizza, das beruhigt die Nerven«, sagte Enno, legte den Karton auf den Tisch, öffnete ihn und reichte Magnus ein Stück. Dieser lehnte ab, also sah Enno fragend zu Mads, der ebenfalls den Kopf schüttelte. Die Geste wirkte ganz schön schräg, doch Enno ließ sich nicht aus der Ruhe bringen und biss selbst in das Stück.

»Die ist verdammt gut«, bemerkte er.

Magnus verfolgte das Schauspiel mit offenem Mund.

»Wann hast du Christian das letzte Mal gesehen?«, fragte Mads, er wollte endlich seine Antworten.

Magnus riss seinen Blick von Enno los und sah zu Mads. »Digger, keine Ahnung, ist schon eine Ewigkeit …«

Doch Mads ließ ihn nicht ausreden, Magnus verstand wohl keine andere Sprache. Er packte ihn und wiederholte seine Frage: »Wann hast du Christian das letzte Mal gesehen?«

»Entspann dich, vor ein paar Wochen.«

Mads ließ Magnus los. Es bestätigte seine Annahme, dass Christian Lena schon wieder angelogen hatte, dass er sein altes, beschissenes Leben hinter ihrem Rücken weitergeführt und sie in dem Glauben gelassen hatte, er hätte sich gebessert.

Einmal Junkie, immer Junkie, war Mads überzeugt.

»Warum habt ihr euch getroffen?«

Magnus verzog genervt das Gesicht.

»Ich möchte mich nicht erneut wiederholen«, drohte Mads.

»Er hatte Stress mit Lena«, rückte Magnus endlich heraus.

»Warum?«

»Weil sie ein Kontrollfreak ist, auch wenn dir das nicht gefällt. Sie wollte Christian am liebsten an der kurzen Leine halten, dabei hat er sich echt den Arsch aufgerissen, um ihr alles recht zu machen. Nur ihretwegen hat er sich so hoch verschuldet.«

»Wegen Lena?« Mads konnte nicht glauben, was er da hörte.

»Ja, wegen Lena. Sie hat Christian in den Tod getrieben.«

16

Niendorf

Emma war am Niendorfer Hafen, um dort ihre Mittagspause zu verbringen. Amir würde gleich zu ihr stoßen, er musste nur noch einen Anruf erledigen.

Als Emma gerade am *Ahoi Café* ankam, sah sie dort Lena in ihrem Rollstuhl in der Schlange warten.

»Hallo, Lena«, machte sich Emma bemerkbar und stellte sich neben sie.

Lena schaute auf. »Emma! Schön, dich zu sehen.«

»Das gebe ich gern zurück.«

»Möchtest du einen Kaffee?«

»Das war der Plan.«

»Was hältst du davon, wenn du uns einen schönen Platz suchst, und ich hole uns den Kaffee? Ich habe mich ja eh schon hier eingereiht.«

»Gute Idee, das wäre sehr lieb. Einen Latte bitte.«

»Mach ich.«

Emma suchte sich einen freien Tisch und setzte sich. Ihr Blick wanderte zu einem Segelboot, das gerade in den Hafen einfuhr, dann zurück zu Lena. Es schien ihr besser zu gehen, jedenfalls wirkte es so. Aber wer konnte schon in die Seele eines Menschen schauen?

Nachdem ihr Verlobter ermordet worden war, hatte es nach außen sicher auch recht schnell so ausgesehen, als würde sie mit seinem plötzlichen Tod klarkommen, weil sie sich rasch angewöhnt hatte, wieder zu lächeln und Teil der Gesellschaft zu sein.

Auch wegen Mads, gestand sie sich ein.

Sie hatte ihn in dieser schweren Zeit kennengelernt und er war ihr seitdem eine unglaubliche Stütze, auch wenn sie sich mit niemandem so schnell wegen Kleinigkeiten in die Haare kriegte wie mit ihm.

Jetzt, Jahre später, war sie an sich über die finstere Zeit hinweg, dennoch gab es immer wieder Situationen, in denen die Vergangenheit sie einholte und wie gelähmt zurückließ, weil der Mord an ihrem Verlobten tief in ihrer Seele eine Wunde hinterlassen hatte, die vermutlich niemals verheilen würde.

»Einmal der Latte«, holte Lena sie aus ihren Gedanken und reichte Emma den To-go-Becher.

»Das ist sehr lieb von dir. Was schulde ich dir?«

»Nur ein Dankeschön.«

»Danke.« Emma lächelte.

Lena nickte und nippte an ihrem Kaffee, für einen Moment war es still zwischen ihnen, gedankenversunken schauten sie zum Hafen.

Eine Möwe nahm auf dem Dach der Kajüte des eingelaufenen Segelbootes Platz und sah in ihre Richtung, dann drehte sie den Kopf, sah wieder in ihre Richtung, gab einen Laut von sich und flog schließlich davon.

Emma und Lena lachten, die kleine Szene hatte komisch ausgesehen.

»Was sie wohl über uns Menschen denkt?«, sagte Lena.

»Was sind das für hässliche Vögel!«, erwiderte Emma mit knarrender Stimme und Lena lachte herzlich auf.

Es war schön, sie lachen zu sehen.

Dann wurde Lenas Blick ernst, sie schaute Emma an. »Geht der Schmerz irgendwann vorbei?«, fragte sie.

»Das tut er«, antwortete Emma.

Lena nickte und nippte noch einmal an ihrem Kaffee.

»Darf ich dich was fragen?«, sagte sie dann.

»Klar, schieß los.«

»Du musst nicht antworten, wenn es zu intim ist.«

»Was möchtest du denn wissen?«, fragte Emma. Sie konnte sich schwer vorstellen, dass Lena ihr eine Frage stellen würde, die sie nicht beantworten wollte.

Lena räusperte sich. »Hast du deinem Verlobten Daniel blind vertraut?«

»Das habe ich, weil ich ihn geliebt habe, wir wollten heiraten. Wenn man seinem zukünftigen Mann nicht vertraut, wem dann?«

Wieder nickte Lena und blickte Emma nachdenklich an. »Ich habe Christian auch vertraut, manchmal sogar mehr als Mads, meinem Onkel oder meiner Oma. Mads hat Christian nie vertraut, er hat sich nur meinetwegen zusammengerissen, aber ich wusste, dass er Christian nicht mochte und ihn niemals an meiner Seite akzeptiert hat.«

»Mads liebt dich mehr als jeden anderen Menschen, das hat er mir immer wieder gesagt. Er will dich glücklich sehen.«

»Ich weiß, aber ...« Lena brach ab und schaute Emma aus großen, fragenden Augen an. »Ich frage mich, ob ich Mads gegenüber unfair war.«

»Du? Wie kommst du darauf?«

»Weil ich nicht auf ihn hören wollte, was Christian anbelangt.«

Eine leise Vorahnung stieg in Emma auf. »Hast du etwas herausgefunden?«, fragte sie behutsam.

»Leider.« Lena presste die Lippen zusammen, dann fuhr sie fort: »Ich habe Wodkaflaschen im Keller gefunden und Spielchips vom Casino in Kiel.«

Emma hob die Augenbrauen. »Glaubst du, dass er heimlich getrunken hat und im Casino war?«

»Ich weiß es nicht. Er hat mir geschworen, dass er nicht mehr trinken würde, und wenn nur in meiner Gesellschaft mal ein Gläschen Wein oder ein Bier, weil er diese Therapie für kontrolliertes Trinken gemacht hat. Aber selbst mit mir hat er wirklich sehr selten Alkohol getrunken, ich hatte nie einen Grund, an seinen Worten zu zweifeln, nur jetzt, wo ich diese Dinge im Keller gefunden habe, frage ich mich, ob ich die ganze Zeit zu blauäugig war oder ob es für das Ganze eine simple Erklärung gibt, die mir bloß gerade nicht einfallen möchte.«

Lenas Blick wirkte verloren, Emma sah ihr die Enttäuschung an. Die Enttäuschung darüber, dass sie sich in ihrem Verlobten geirrt haben könnte und Mads Recht gehabt hatte, und die Enttäuschung über sich selbst, weil sie so naiv gewesen war, auf Christians Lügen hereinzufallen.

Emma schaute auf ihren Kaffee und atmete tief durch. »Als Außenstehende kann ich das überhaupt nicht einschätzen. Mir gegenüber war Christian immer freundlich, ich möchte kein schlechtes Wort über ihn verlieren«, sagte sie schließlich. Sie meinte das ehrlich, weil es die Wahrheit war. Eine Wahrheit, die Mads natürlich nicht passte.

Christian hatte ihr nichts getan, sie hatte ihn als sympathischen Menschen in Erinnerung.

»Darf ich dich um einen Gefallen bitten? Mads darf aber nichts davon erfahren.«

»Klar, welchen?«

»Im Keller stehen noch unzählige Kartons in den oberen Regalen, an die ich sehr schlecht rankomme, wegen meiner Beine. Ich kann nur kurz stehen und das unter größten Schmerzen. Würdest du mir bei den Kartons helfen?«

»Logisch, wann immer du willst«, antwortete Emma. Natürlich war es für sie keine Frage, dass sie Lena helfen würde. Zudem war sie neugierig, persönlich und, wenn sie ganz ehrlich zu sich war, auch beruflich, denn so würde sie hoffentlich auf Hinweise stoßen, die ihr zu verstehen halfen, warum Christian ermordet worden war. Vielleicht würde es sogar Material für eine Story geben, wenn sie sich doch entschließen würde, sie zu schreiben. Eine Story, die auch ihr Chefredakteur Tobias nicht ablehnen konnte.

»Jetzt?«, fragte Lena.

17

Menschen wie Magnus und Christian lebten in einer Parallelwelt, die wenig mit der Realität zu tun hatte. In Mads' Augen waren sie Realitätsverweigerer. Christian war zudem Süchten gegenüber von Natur aus anfällig – egal ob Alkohol, Drogen oder Glücksspiel, er war bei allem ganz vorne dabei. Die Ausrede, dass er Lena eine luxuriöse Hochzeitsreise schenken wollte und deswegen sein Gehalt in der Spielhalle oder im Spielcasino auf den Kopf gehauen hatte, war geradezu lächerlich. Er war spielsüchtig, Punkt!

Zwar gab es inzwischen jede Menge Gesetze und Vorkehrungen, um Spielsucht in den Griff zu bekommen, indem die eingesetzten Summen in Spielhallen beschränkt wurden, damit Spielsüchtige sich nicht hoch verschuldeten. Dennoch gab es eine Menge Schlupflöcher, um Süchtigen weiterhin das Geld aus der Tasche zu ziehen.

So gesehen konnte Christian einem, wenn überhaupt, nur leidtun, weil die Sucht stärker gewesen war als seine Vernunft. Mads hatte dafür kein Verständnis, allerdings würde er Lena auch niemals einen Vorwurf machen, dass Christian rückfällig geworden war, angeblich ihretwegen.

»Christian ist nur zurück an den Roulettetisch, um Lena das zu bieten, was sie in seinen Augen verdiente«, hatte Magnus gesagt.

Als wäre es so einfach! Immer waren die anderen schuld an den Fehlern, die man beging. Dabei hatte Lena alles in ihrer Macht Stehende getan, um diesem Trottel zu helfen.

Mads kannte seine Schwester, sie war bescheiden. Eine

Hochzeitsreise in einem Fünf-Sterne-Hotel auf den Malediven gehörte nicht zu ihren geheimsten Träumen und das hatte sie von ihrem Verlobten auch garantiert nie eingefordert, das wäre ihr im Traum nicht eingefallen. Christian hatte sich diesen ganzen Mist selbst zuzuschreiben, und jeder, der versuchen würde, seine Schwester dahingehend in Misskredit zu bringen, würde es mit ihm zu tun bekommen.

»Kurzer Abstecher nach Niendorf an den Hafen?«, schlug Enno vor. »Ich hätte Lust auf ein Fischbrötchen und einen Kaffee.«

Sie waren mittlerweile zurück in ihrem Büro, hatten einige Mails abgearbeitet und waren erneut die Hinweise durchgegangen. Jetzt wollten sie nach Lübeck aufbrechen, um Charlie Fidler weiter über Junus Kabak auszufragen, sie hatten leider momentan keine anderen Ansatzpunkte.

Da Mads auch langsam hungrig wurde, willigte er in Ennos Vorschlag ein und so verließen sie ihr Büro, gingen zum Wagen und fuhren zum Hafen.

»Lena kann mächtig stolz auf dich sein«, bemerkte Enno.

»Wie meinst du das?«

»Du verteidigst deine Schwester wie ein Löwe.«

»Klar, sie ist meine jüngere Schwester, das würde doch jeder ältere Bruder tun.«

Enno schüttelte den Kopf. »Meiner nicht.«

»Warum?«

»Wir hatten nie das beste Verhältnis. Auch wenn du es dir vermutlich kaum vorstellen kannst, es ist nicht selbstverständlich, dass die Familie so blind zusammenhält wie ihr, komme, was wolle. Es heißt nicht umsonst, Familie kann man sich nicht aussuchen, Freunde schon.«

Da war etwas dran, das wusste Mads nicht zuletzt aus seiner Arbeit als Polizist, und er war dankbar, eine so wunderbare Familie zu haben, die ihm all die menschlichen Werte mitgegeben hatte, die ihm so viel bedeuteten. Allen voran seine Eltern und sein Onkel, aber vor allem Jutta und sein Opa Mikkel. Sinngemäß hatte Mikkel einmal gesagt: *»Die Familie bildet das Rückgrat und das Herz in deinem Leben, lieber Mads. Wir Männer sind das Rückgrat und die Frauen sind das Herz. Nur zusammen können wir jede Hürde und jeden Widerstand bezwingen. Das bedeutet leider auch, dass man deshalb manchmal Dinge tun muss, die einem nicht gefallen, zum Wohle der Familie.«*

Mads vermisste seinen Opa, den er als strengen, direkten und sehr ehrlichen Menschen mit einem starken Charakter und großem Gerechtigkeitssinn in Erinnerung hatte. Nachdenklich schaute er kurz aus dem Fenster Richtung Ostsee, dann zu Enno.

»Das tut mir leid für dich. Ich hoffe, dass du wenigstens Freunde hast, auf die du dich verlassen kannst.«

»Einer davon war Clemens«, seufzte Enno. »Ich scheine kein besonders gutes Händchen für so was zu haben.«

»Das Entscheidende ist, dass man sich und seinen Prinzipien treu bleibt, das hat mir Opa Mikkel immer gesagt. Solange man sich und seine Werten nicht infrage stellt, hat man schon mehr erreicht als die meisten anderen Menschen auf dieser Welt.«

»Dein Opa war ein kluger Mann. Ich habe in der kurzen Zeit, in der ich deinen Onkel vertreten durfte, einiges im Archiv über ihn gelesen. Der war echt ein harter Hund. Wie er Timmendorfer Strand und die Lübecker Bucht von dem Mob, den Drogen und dem organisierten Verbrechen gesäubert hat, das verdient Respekt. Die Kriminalstatistik sah vorher echt übel aus. Timmendorfer Strand war eine beliebte Route für den Drogenschmuggel nach Dänemark, in die ehemalige DDR und retour. Mikkel hat mächtig aufgeräumt. Er muss wirklich furchtlos gewesen sein.«

»Das war er, manchmal hatte ich echt Angst vor ihm«, sagte

Mads, doch er korrigierte sich sogleich: »Nein, nicht Angst, einen Heidenrespekt. Vermutlich habe ich deswegen als Kind nie Bonbons aus dem Tante-Emma-Laden gestohlen.«

»Leute wie er waren noch richtige Bullen, richtige Männer«, lachte Enno.

»Du meinst wohl, Polizisten«, erwiderte Mads augenzwinkernd, da er wusste, wie Enno das meinte. »Tja, es waren halt andere Zeiten, sagt Gustav. Die Polizei, vor allem Mikkel, hatte ganz andere Freiheiten, da wurden Methoden in der Verbrechensbekämpfung angewendet, die heute illegal sind.«

Enno legte den Kopf schräg. »Ist es denn besser so, wie es heute ist? Viele Kriminelle nehmen uns gar nicht mehr ernst. Denk nur an die No-go-Areas im Ruhrgebiet, in Berlin oder anderen Großstädten. Die Menschen müssen wieder Angst vor uns haben, damit wir die Kontrolle über unsere Großstädte zurückbekommen.«

»Sie sollten keine Angst haben, sondern Respekt, das hat mir Opa Mikkel beigebracht. Er war der festen Überzeugung, dass alle, insbesondere die Kriminellen, Respekt vor uns haben müssen, dann kehrt Ruhe ein.«

»Das las sich in den Akten aus dem Archiv ehrlich gesagt anders. Die Verbrecher hatten Schiss vor ihm. Ich hätte deinen Opa gern kennengelernt.«

Mads ließ das so stehen, da sie mittlerweile den Niendorfer Hafen erreicht hatten. Er suchte sich einen Parkplatz und sah noch im Augenwinkel, wie Emma und Lena in die entgegengesetzte Richtung gingen. Mads freute sich darüber, da er Emma bereits gebeten hatte, öfter mal nach Lena zu schauen, schließlich teilten die beiden ein ähnliches Schicksal, und er glaubte, dass sich Lena am ehesten Emma gegenüber öffnen würde.

Er nahm sich vor, Emma nachher oder am kommenden Tag zu einem Kaffee einzuladen und nachzuhorchen, ob Lena ihr vielleicht etwas anvertraut hatte, was sie sich ihm bisher nicht zu sagen getraut hatte, auch wenn Lena wusste, dass sie ihm alles erzählen und ihm blind vertrauen konnte.

Als Mads und Enno den Imbiss von Oli und Ali erreichten, sah ihnen Jörn strahlend entgegen.

»Sei mir gegrüßt, großer Thor. Moin, Enno«, sagte er.

»Moin«, erwiderten beide.

»Sagt nicht, dass ihr auch ein leckeres Fischbrötchen essen wollt.«

»Das ist der Plan«, antwortete Enno. »Was ist mit dir?«

»Ich hatte gerade eins und chille nur noch ein bisschen bei meinen lieben Freunden.«

»Moin«, meldete sich nun auch Oli zu Wort, der bis eben einen Kunden bedient hatte.

»Moin, Oli, können wir zwei Fischbrötchen haben? Dazu ein Wasser für mich und …« Mads schaute Enno fragend an.

»Eine Cola für mich bitte.«

»Du gefällst mir«, sagte Jörn grinsend. »Ich verstehe Thor nicht. Wie kann man für Wasser zahlen, wenn es kostenlos aus der Leitung kommt? Dann doch lieber das knappe Geld in eine leckere Cola investieren. Mit knappen Ressourcen muss man klug umgehen, hat mal jemand zu mir gesagt.«

»Lass mich raten, deine knappen Ressourcen sind wie immer das Geld?«, erwiderte Mads, der schon ahnte, worauf Jörn hinauswollte.

»Das hätte ich nicht besser sagen können. Wäre es da nicht klüger, wenn du dein Geld in eine Cola investierst und sie mir schenkst? Dann hätten wir beide was davon.«

»Beide?« Mads lachte.

»Was, wenn ich dir das nötige Kleingeld aus deinem Ohr zaubere und du deine Cola selbst bezahlst?«, mischte sich Enno ein.

»Geld aus meinem Ohr?«, staunte Jörn. »Das würde so einige meiner Probleme lösen.« Sofort griff er sich ans Ohr, um dort nach Münzen zu suchen.

Enno streckte gleichzeitig seine Hand aus und zauberte ein Zwei-Euro-Stück hinter Jörns anderer Ohrmuschel hervor, zeigte es Jörn und drückte es ihm in die Hand.

»Wow, wie cool ist das denn bitte?« Jörn war begeistert. »Darf ich das behalten?«

»Klar, kommt aus deinem Ohr, gehört also dir.«

»Macht Sinn. Danke, großer Houdini«, gab Jörn begeistert zurück. »Für eine Cola wird das aber nicht reichen, oder?« Er sah unsicher zu Oli, der wie Mads lachte.

»Passt schon, Jörn«, antwortete Oli und reichte ihm eine Dose über den Tresen.

»Wo ist eigentlich Ali?«, fragte Mads, während sich Oli wieder dem Belegen der Fischbrötchen widmete.

»Hat sich heute freigenommen«, erwiderte Oli knapp.

Seine Mimik passte nicht zu seinen Worten, doch Mads wollte nicht weiter nachbohren.

»Ich zahle«, meldete Enno.

»Nein, lass stecken«, entgegnete Mads.

»Alter vor Schönheit«, widersprach Enno.

»Bei Schönheit würde Mads immer verlieren«, sagte Oli grinsend und reichte ihnen die Brötchen und die Getränke.

Mads ließ Enno zahlen, dann verabschiedeten sie sich und gingen ein Stück am Hafen entlang.

»Die Fischbrötchen sind hier am leckersten«, sagte Enno, der sein Brötchen schon fast komplett aufgegessen hatte.

»Dem kann ich nicht widersprechen.«

Einen Moment herrschte Schweigen, während sie sich ihrem Essen widmeten und die Aussicht auf die Boote genossen.

»Wie war dein Eindruck von Magnus?«, fragte Mads schließlich.

»Er erschien mir ängstlich«, antwortete Enno und sah schmunzelnd auf Mads' Oberarme. »Was nicht wirklich verwundert.«

»Wenn wir ehrlich sind, hätte ich mich zurückhalten müssen. Gewalt ist keine Lösung für uns Polizeibeamte«, gab Mads zurück.

Sicher würde er in einer ähnlichen Situation wieder so handeln, doch er musste vorsichtig bleiben, weil er nicht einschätzen konnte, ob er Enno wirklich vertrauen durfte oder ob sein neuer Partner seine emotionalen Ausbrüche irgendwann gegen ihn verwenden würde.

»Da bin ich bei dir«, lenkte Enno ein, »aber manchmal ist das absolut gerechtfertigt, vor allem wenn die andere Seite auf stur schaltet und ein Verbrechen deckt.«

So dachte auch Mads. »Glaubst du, Magnus hat uns die Wahrheit erzählt?«, fragte er.

»Klar, trotz des ganzen Dopes, das er sich durch seine Bong reingezogen hatte, war der total eingeschüchtert, der hat gar nicht die Eier, dich zu belügen.«

»Vergiss das Dope. Jemand wie Magnus lügt von Natur aus, auch wenn er zugedröhnt ist«, entgegnete Mads.

»Trotzdem, er hat auf mich nicht den Eindruck gemacht, als würde er lügen.«

Mads war sich da nicht so sicher, er kannte Magnus, er war ein notorischer Lügner, aber in ihrer aktuellen Situation blieb ihm nicht viel anderes übrig, als Magnus zu glauben. Dass er an dem Mord an Christian beteiligt sein könnte, konnte er sich nicht vorstellen.

»Ich frage mich nur, woher Christian das Geld für das Casino hatte«, bemerkte Mads.

Magnus hatte ihnen erzählt, dass Christian vor einigen Wochen im Casino in Kiel gewesen sei und dort angeblich fast achttausend Euro verzockt habe. Daraufhin habe er sich Geld von Magnus leihen wollen, doch da dieser selbst ständig pleite war, habe er ihm nichts geben können.

Enno nickte. »Die Frage stelle ich mir auch, aber wie sollen wir das herausfinden? Sollen wir im Casino anrufen?«

»Die werden nicht wissen, woher das Geld stammt, nur, dass er gespielt hat.«

»Vielleicht war es sein Erspartes?«

Mads lachte spöttisch. »Christian hat nie irgendwas gespart, glaub mir, der hatte nur Schulden. Meine Schwester hat letztens erst sein Girokonto ausgeglichen.« Er schnaubte. »Die Frau, von der Magnus so dreist behauptet, dass sie Christian nicht guttäte.«

Er spürte, wie erneut die blanke Wut in ihm aufstieg, und er bereute fast, Magnus nicht noch härter angefasst zu haben.

»Espresso?«, fragte Enno, als sie sich dem *Ahoi Café* näherten.

»Gern, aber ich zahle diesmal«, sagte Mads und reichte Enno einen Zehneuroschein.

»Die Firma dankt«, erwiderte Enno, nahm den Schein und stellte sich in die Schlange, während Mads auf der großzügigen Terrasse Platz nahm und seinen Blick wieder Richtung Hafen wandern ließ.

Ob es noch jemanden gab, der wissen konnte, von wem sich Christian das Geld für das Casino geliehen hatte? Ein anderer Freund?

Ihm fiel keine weitere Person ein. Einem ersten Impuls folgend, wollte er Lena anrufen und sie fragen, ob Christian noch andere Freunde gehabt hatte, doch er entschied sich dagegen. Er konnte sich nicht vorstellen, dass es da jemanden gab, der ihm unbekannt war, immerhin war Christian wie er in dieser Ecke aufgewachsen, da kannte man sich gefühlt eine Ewigkeit. Außerdem war Lena lange mit ihm zusammengewesen, noch in jungen Jahren, daher wusste Mads sehr genau, mit wem Christian verkehrt hatte.

Wenn du ehrlich bist, weißt du das nicht, meldete sich ein kritischer Gedanke, denn nachdem Christian Lena in ihrer ersten Beziehung volltrunken geschlagen hatte, hatte sie sich von ihm getrennt. Christian hatte daraufhin die Lübecker Bucht verlassen, doch was er bis zu seiner Rückkehr getrieben hatte, wusste Mads nicht. Dass es Lena in dieser Hinsicht anders erging, bezweifelte er.

Ich muss mit Lena reden, dachte Mads und spürte, wie sich sein Kiefer vor Anspannung verkrampfte. Am Abend war er ohnehin mit ihr verabredet, sie würden sich bei Jutta treffen, und wenn die in der Küche wäre, um das Abendessen vorzubereiten, würde er das Thema ansprechen.

»Einmal Espresso«, sagte Enno.

Mads sah auf, er hatte Enno nicht kommen sehen.

»Danke.« Er nahm den Espressobecher entgegen. »Sag mal, wo hast du das mit dem Zaubertrick gelernt?«

Enno setzte sich. »Das ist lange her. Da ich weder der Hübscheste noch der Sportlichste und ganz sicher nicht der Größte war, musste ich mir was einfallen lassen, um die Mädels mit etwas anderem zu beeindrucken, also habe ich es mit Zaubertricks versucht.«

»Klingt logisch. Du hattest sicherlich Erfolg damit.«

»Nicht wirklich«, gestand Enno. »Alles andere wäre gelogen.«

Er seufzte und gönnte sich einen Schluck Espresso, Mads tat es ihm gleich.

Nachdem sie ihren Kaffee ausgetrunken hatten, gingen sie zurück zum Wagen und fuhren nach Lübeck zur Spielhalle, um sich mit Charlie Fidler zu unterhalten. Während der Fahrt sprachen sie noch einmal den Fall durch.

»Könnte Christian das Geld von Kabak haben?«, warf Enno ein, als Mads in die Mühlenstraße abbog.

»Unwahrscheinlich. Kabak hat gesagt, dass er Christian über einen längeren Zeitraum hinweg immer wieder Geld geliehen hat.«

»Er könnte es angespart haben.«

»Christian?« Mads gab ein spöttisches Geräusch von sich. »Ganz sicher nicht. Sobald er das Geld in der Tasche hatte, ist er losgegangen, um es zu verzocken. Süchtige sparen nichts. Wer immer ihm das Geld gegeben hat, hat es ihm in einer Summe gegeben.«

»Vielleicht weiß es ja dieser Charlie.«

»Das wäre uns zu wünschen.«

Als Mads in der Nähe der Spielhalle parkte, sah er im Rückspiegel, wie eine Person das Gebäude verließ.

Kabak!

Neben ihm ging eine weitere Person: Charlie Fidler.

18

Scharbeutz

Magnus tat die Nase noch immer höllisch weh. Inzwischen stand er im Bad und hatte schon das dritte Taschentuch kleingerissen, um die Blutung zu stoppen, doch es dauerte, bis der Druck wirkte.

»Fuck!« Er berührte vorsichtig seine Nase, worauf ein heißer Schmerz durch seinen Körper jagte. »Mads, du Wichser, warum musst du so ein Arschloch sein?«

Er kannte Mads seit der Schulzeit, er hatte schon immer eine geringe Hemmschwelle gehabt, was Handgreiflichkeiten anging. Dass so jemand überhaupt bei den Bullen arbeiten durfte, war ihm unerklärlich.

»Bloß weil dein Onkel ein Cop ist«, gab sich Magnus selbst die Antwort.

An sich hätte er ins Krankenhaus fahren müssen, da es sehr gut möglich war, dass Mads ihm die Nase gebrochen hatte, doch das konnte er sich nicht leisten, da er nicht krankenversichert war.

Leider!

Mads hatte ja keine Ahnung. Seit drei Monaten bezog Magnus kein Bürgergeld mehr, allerdings eher unfreiwillig, da das Amt herausbekommen hatte, dass er Nebeneinnahmen hatte. Magnus hatte das als Zeichen gesehen und sich daraufhin selbständig gemacht.

»Von wegen, aus mir wird nichts und ich schnorre mich durchs Leben, du weißt gar nichts von mir«, schimpfte Magnus.

Er war jetzt Kleinunternehmer im Networkmarketing, die

Geschäfte liefen nicht schlecht. Nebenbei verkaufte er Gras und mit der bevorstehenden Legalisierung von Cannabis hoffte er auf neue lukrative Einnahmequellen. Er hatte schon gute Ideen, wie er sein Cannabisbusiness legalisieren und richtig groß aufziehen könnte.

»Bald bin ich reich und dann scheiß ich dir auf die Motorhaube deines dämlichen Cabrios«, ätzte Magnus.

Instinktiv fuhr seine Hand an die Nase, doch er konnte die Bewegung gerade noch rechtzeitig unterbrechen. Jetzt half nur eines gegen den Schmerz und den Ärger: eine gechillte Bong. Magnus fühlte sich nach der Aufregung wieder völlig nüchtern.

Langsam tappte er ins Wohnzimmer zurück, da gab sein Handy ein Geräusch von sich. Er hatte eine Nachricht bekommen, sie war von Lina, die Mads eben erst aus der Wohnung gejagt hatte:

Ist der Bulle noch da?

Zum Glück nicht,

antwortete er.

Soll ich kommen?

Ich weiß nicht, bin gerade echt pissed.

Ich vermisse dich. Ich weiß, wie ich dich motivieren kann, wird dir gefallen,

schrieb Lina, dazu schickte sie ihm ein Foto von sich, nur im Höschen und mit lasziv herausgestreckter Zunge.

Komm,

antwortete Magnus. Das Foto erregte ihn, es war besser als die Bong.

Sex half ihm immer am besten, Druck abzubauen, und dass Mads innerhalb so kurzer Zeit ein zweites Mal vor seiner Wohnung aufkreuzen würde, schloss er aus. Außerdem war es Lina, die zu ihm wollte und ihn andauernd drängte, sich zu treffen.

In zwei Wochen wird sie sechzehn, von wegen, sie ist noch ein Kind, dachte Magnus, der selbst dreiunddreißig war. Warum machte Mads so einen Film daraus? Er hatte kein Verständnis dafür, schließlich zwang er Lina zu gar nichts.

»Ich habe keine Angst vor dir, Mads, nächstes Mal schlage ich zurück«, sagte Magnus selbstbewusst und spannte seinen Oberarm an.

Er wollte keine Angst vor Mads haben, das nahm er sich fest vor, denn es gab da eine andere Person, vor der er viel mehr Angst hatte: derjenigen, die Christian das Geld geliehen hatte.

19

Lübeck

Als Kabak Mads und Enno erkannte, veränderte sich sein Gesichtsausdruck sofort. Fidler zeigte keine Regung, er kannte bisher nur Gustav.

»Moin«, sprach Mads die beiden an.

Enno nickte nur kurz.

»Moin«, erwiderte Kabak, Fidler blieb zurückhaltend.

»Hatten Sie Glück?«, erkundigte sich Enno.

»Ich habe nicht gespielt«, antwortete Kabak.

»Was haben Sie dann in der Spielhalle gemacht?«, fragte Mads.

Enno sah ihm an, dass er von Kabaks Antwort nicht überzeugt war, ihm erging es nicht anders.

»Habe mich kurz mit Charlie unterhalten, er sucht einen Job.«

»Ist das so?« Mads schaute Fidler an.

»Ja, ja«, beeilte sich Fidler zu antworten, dabei nickte er viel zu schnell mit dem Kopf und blickte zu Kabak hoch, da er sogar etwas kleiner war als Enno.

»Was wollen Sie denn machen? Türsteher?« Mads sah auf Fidler herab, der unwillkürlich die Schultern straffte, um größer zu wirken.

»Er wird in der Küche aushelfen. Gutes Personal zu finden ist schwer, und ich vertraue Charlie, er hat früher schon als Küchenhilfe gearbeitet«, kam Kabak ihm zuvor.

»Das heißt, Sie kennen Herrn Fidler länger? Das hat sich bei unserem letzten Gespräch noch anders angehört«, gab Mads zurück.

»Man läuft sich immer mal über den Weg, gerade wenn man in der Gastro beschäftigt ist«, erklärte Kabak.

»Oder im Glücksspiel«, fügte Mads hinzu.

»Wollen Sie mir etwas unterstellen?«, reagierte Kabak gereizt.

»Nein, ich möchte nur verstehen, wie genau Ihre Beziehung zu Herrn Fidler ist.«

»Ich sagte doch, man läuft sich hin und wieder über den Weg. Charlie hat viel Pech im Leben gehabt, er hat es verdient, eine neue Chance zu bekommen.«

»Das stimmt, dafür bin ich Junus echt dankbar«, schaltete sich Fidler ein. »Wird Zeit, dass ich mein Leben wieder in den Griff kriege und weniger in der Spielhalle abhänge. Was hilft da besser als Arbeit?«

Kabak wandte sich zum Gehen. »Wenn Sie mich jetzt entschuldigen wollen, ich habe gleich ein wichtiges Gespräch mit einem Mitarbeiter.«

»Mit Emir?«, fragte Mads.

Kabak lächelte angestrengt und schob sich an Mads vorbei. Enno sah ihm missmutig nach, er hätte ihm gern noch ein paar Fragen gestellt, doch Mads machte keine Anstalten, Kabak zu stoppen, und Enno hielt sich zurück, da er davon ausging, dass Mads seine Gründe dafür hatte.

»Ich muss …«, begann Fidler.

»Auch zu einem Mitarbeitergespräch?«, fragte Mads trocken.

»Wir müssten Sie kurz sprechen«, mischte sich Enno ein, er wollte Fidler nicht mit einer fadenscheinigen Ausrede entwischen lassen.

»Worum geht es denn?«

»Um ihr Verhältnis zu Junus Kabak«, antwortete Mads.

»Was soll damit sein?«

»Wie lange kennen Sie sich schon?«

»Ein paar Jahre. Lübeck, vor allem die Gastroszene, ist klein.«

»Sie kennen sich also nicht aus der Spielhalle?«

»Nein. Junus zockt nicht.«

»Warum kam er dann von dort?«, fragte Enno.

»Weil er sich wegen des Jobangebotes mit mir unterhalten wollte, ich war halt da. Sie haben doch nicht Junus auf dem Kieker?«

»Es wundert mich, dass er Sie nicht in seine Shisha-Lounge einlädt, wenn er ein Jobangebot für Sie hat«, erwiderte Mads.

Eine ähnliche Frage schoss auch Enno durch den Kopf. Jemand wie Kabak würde niemals in die Spielhalle gehen, um Mitarbeiter zu rekrutieren, er war schließlich kein Bittsteller.

Fidler schaute sie ein wenig irritiert an und befeuchtete seine Unterlippe, ehe er sagte: »Er hat mir eine Nachricht geschrieben, ob ich Bock auf einen Job hätte, und da er gerade in der Nähe war, ist er kurz reingekommen. Junus ist ein Freund von schnellen Entscheidungen.«

Enno warf Mads einen Seitenblick zu, er wirkte ebenso wenig überzeugt von der Geschichte wie Enno.

»Darf ich die Nachricht sehen?«, fragte er daher.

»Ganz sicher nicht. Ich bezweifle, dass Sie überhaupt das Recht dazu haben«, reagierte Fidler zum ersten Mal etwas lauter.

»Wenn Sie es täten, würden Sie damit jeden Verdacht entkräften«, gab Enno zu bedenken.

»Was für einen Verdacht? Sie sind doch Bullen und wegen Christian Jung hier, oder nicht?«

Fidler schien sehr schnell eins und eins zusammengezählt zu haben, da sie sich ihm gegenüber bisher nicht als Polizisten zu erkennen gegeben hatten.

»Genau deswegen«, antwortete Enno.

»Christian war mein Kumpel, warum sollte ich ihn ermorden? Ich habe ihm immer wieder aus der Patsche geholfen«, ereiferte sich Fidler. »Junus ist ein anständiger Kerl, er hilft, wo er kann, er hat mir einen Job besorgt. Jemand wie ich kriegt nicht so leicht Arbeit, und er hat Christian immer mal wieder Geld zugesteckt. Warum sollte er ihm was antun wollen?«

»Sagen Sie es uns«, provozierte Mads ihn.

»Sie spinnen.«

»Wir fragen uns nur, warum jemand wie Junus Kabak Herrn Jung Geld leiht, obwohl die beiden nicht eng befreundet waren«, erklärte Enno.

»Das sagte ich doch, weil Junus ein großes Herz hat. Außerdem ist der Typ frisch. Ist es etwa verboten, anderen Geld zu leihen?«

»Hat Herr Jung Ihnen gegenüber den Namen Junus Kabak einmal erwähnt? Oder hat Herr Kabak Ihnen erzählt, dass er Herrn Jung Geld geliehen habe?«, bohrte Mads weiter.

»Christian hat den Namen mal fallen lassen. Man unterhält sich halt oder unterhalten Sie sich nicht mit Ihren Kumpels?«

»Was hat Herr Jung über Herrn Kabak erzählt?«

»Nicht viel, nur dass er es cool findet, dass Junus ihm immer wieder aus der Patsche geholfen hat.«

Mads ließ den gedrungenen Mann nicht aus den Augen. »Zu welchem Zinssatz?«

»Woher soll ich das wissen? Das müssen Sie Junus fragen. Wenn man wie Christian unter Druck steht, ist man gern bereit, einen besonderen Zinssatz zu zahlen. Von der Bank hätte er kein Geld mehr bekommen. Ich habe Christian immer wieder gesagt, dass er sich zusammenreißen muss, aber sein Drang war einfach zu groß, er konnte nicht aufhören. Sie wissen ja, am Spielautomaten kann man nicht so viel verzocken, aber dieser Trottel geht ins Casino nach Kiel, um da seine Kohle auf den Kopf zu hauen. Ihm war mit guten Worten nicht mehr beizukommen.«

»Hat er Sie auch nach Geld gefragt?«

»Klar, weil ich so blöd bin und mein knappes Geld ohne Zinsen verleihe«, ätzte Fidler. »Bin halt ein Samariter.«

»Von wem hat sich Herr Jung das Geld fürs Casino geliehen?«

»Keine Ahnung, das hat er mir nicht verraten. Vielleicht weiß Junus das.« Fidler trat unruhig von einem Bein aufs andere. »Noch mal, Sie verschwenden Ihre Zeit. Junus würde ihn doch nicht für die paar Kröten, die Christian sich wohl bei ihm geliehen hat, umbringen und damit sein geiles Leben aufs Spiel setzen. Nicht mal ich bin so blöd, für zwei Kilo in den Knast zu gehen. Außerdem habe ich meine Kohle. Das Kapitel Christian ist für mich damit erledigt.«

»Von wem haben Sie das Geld bekommen?«, fragte Mads überrascht.

»Kenne den Typen nicht. Jemand hat den Umschlag in den Briefkasten der Spielhalle geworfen, mit meinem Namen drauf.«

20

Junus Kabak hatte schlechte Laune. Er war zurück in seiner Bar und gönnte sich erst einmal eine Shisha, um runterzukommen.

Zum Glück hat Charlie richtig geschaltet, dachte er.

Das mit dem Job war gelogen, er war nur wegen des ominösen Briefumschlags in der Spielhalle gewesen, von dem Charlie ihm erzählt hatte.

Die Sache stellte ihn vor ein Rätsel. Warum löste jemand Christians Schulden ab? Er hatte keine zufriedenstellende Antwort darauf. Christian war tot, welches Interesse konnte da jemand haben, die Schulden von dieser Flasche zu bezahlen?

Junus zog an der Shisha, behielt den Rauch einen Moment in der Lunge, atmete dann langsam aus und versuchte Ringe mit dem Rauch zu machen, was ihm leider nicht so recht gelang.

Er hob den Finger und sofort kam ein Mitarbeiter zu ihm.

»Junus Abi, was möchtest du?«

»Bring mir einen Çay.«

»Mach ich sofort, Junus Abi.«

»Wo ist Emir?«

»Er fängt in einer halben Stunde an, ist bestimmt im Gym. Soll ich ihn anrufen?«

»Nein, lass ihm sein Gym«, antwortete Junus.

Sein Mitarbeiter entfernte sich und Junus zog an der Shisha. Diesmal gelang es ihm, Ringe zu machen.

Neunmal fallen, zehnmal aufstehen, dachte er. In diesem Spruch steckte sehr viel Wahrheit, er beschrieb sein Leben.

Junus hatte reichlich auf die Fresse bekommen, trotzdem war er immer wieder aufgestanden, einmal mehr, als er gefallen war, deshalb stand er nun aufrecht und erfolgreich da. Das würde er sich ganz sicher nicht von jemandem wie Christian kaputt machen lassen und erst recht nicht von einem Dorfpolizisten von der Ostsee, nur weil der ein paar Muskeln hatte.

Nicht Muskeln, sondern Verstand beherrschten die Welt, und Junus vertraute seinem Verstand, weil er das Einzige war, was ihn nie im Stich gelassen hatte.

»Möchtest du noch was, Junus Abi?«, fragte sein Mitarbeiter und reichte ihm das kleine Teeglas.

»Gerade nicht.«

Der Mitarbeiter nickte und ging zurück an den Tresen.

Junus legte ein Stück Würfelzucker in den Çay, rührte ihn um und gönnte sich einen Schluck. Dabei kreisten seine Gedanken weiter um die eine Frage: Wer hat Christians Schulden bezahlt? Ob derjenige auch die Schulden, die Christian noch bei ihm hatte, zahlen würde? Der Versager schuldete ihm eine ganze Stange Geld.

Der Polizei gegenüber hatte er nur achttausend erwähnt, aus Sorge, dass die tatsächliche Summe ihn nur verdächtiger machen könnte.

Ich hätte lieber zwei Kilo sagen sollen, wie Charlie, dachte Junus.

Bisher hatte Christian seine Schulden stets zurückgezahlt, wie auch immer er das angestellt hatte, daher hatte Junus ihm jedes Mal Geld geliehen, obwohl er in den letzten Monaten kein gutes Gefühl mehr dabei gehabt hatte, da Christian mit zwei Raten im Rückstand gewesen war.

Nachdem Emir ihm jedoch bei der ersten versäumten Rate eindringlich erklärt hatte, was passieren würde, wenn er nicht zahlte, hatte Christian das Geld recht schnell aufgetrieben. Die letzte Rate war noch offen und Christian leider tot, was das Eintreiben deutlich erschwerte.

Junus musste an ein Gespräch mit Christian denken, in dem er behauptet hatte, seine Verlobte sei gut bei Kasse, sie besitze Immobilien und ein dickes Sparkonto, und wenn alle Stricke rissen, würde sie bestimmt für ihn zahlen, allerdings würde er jetzt ganz sicher endlich eine Glückssträhne haben. Junus schnaubte leise. Von wegen.

Wer Christians Verlobte war, wusste er nicht, Christian hatte den Namen nie erwähnt und Junus hatte es nicht interessiert, doch das könnte sich jetzt ändern. Möglicherweise wusste sie, dass Charlie Christian Geld geliehen hatte, und sie war diejenige, die den Briefumschlag in der Spielhalle eingesteckt hatte. Der Mitarbeiter dort hatte keine Angaben zu dem Absender machen können, er hatte den Briefumschlag irgendwann gefunden und ihn Charlie ausgehändigt.

Junus rieb sich die Stirn. Es gab einige Baustellen, die Christians Tod mit sich brachte, und die größte hatte er selbst zu verantworten. Das machte ihm richtig schlechte Laune, denn wenn er nicht genau darauf achtete, was er als Nächstes tat, könnte ihm alles, was er besaß, mit einem Schlag weggenommen werden, und das bereitete ihm echte Sorgen.

Angst löst keine Probleme, ermahnte er sich.

Er leerte das kleine Teegläschen und bestellte mit einem kurzen Wink ein weiteres, obwohl ihm viel eher nach Alkohol war, doch um diese Uhrzeit wollte er sich nicht betrinken, er brauchte einen klaren Verstand.

Da fiel ihm plötzlich eine Person ein, die Christian schon einmal eine größere Summe geliehen hatte. Vielleicht hatte sie seine Schulden bei Charlie bezahlt?

Nein, das ergab keinen Sinn. Welchen Vorteil sollte die Person davon gehabt haben?

Der Mitarbeiter brachte ihm einen weiteren Çay und nahm das leere Glas mit. Wie automatisch ließ Junus ein Stück Würfelzucker in den Tee fallen und rührte um. Im selben Moment kam ihm eine Idee.

Das ist es!

Möglicherweise hatte die Person Christians Schulden erneut übernommen, um dann an dessen Verlobte heranzutreten und das Geld von ihr einzufordern. Natürlich mit einem fetten Zinsbonus.

Je länger Junus darüber nachdachte, desto plausibler erschien es ihm, gleichzeitig beantwortete es die Frage, wie er doch noch an sein Geld gelangen könnte. Er musste herausfinden, wer diese Verlobte war, und dann dafür sorgen, dass sie die Schulden von Christian übernahm. Das würde ein leichtes Spiel werden, eben weil ihr Verlobter tot war und sie sicherlich klug genug sein würde, zu wissen, was passieren konnte, wenn sie die Schulden ihres Verlobten nicht beglich.

Soweit er wusste, hatte Christian an der Lübecker Bucht gewohnt, dort hatte sich Emir wegen der überfälligen Rate auch erst kürzlich mit ihm getroffen, am 24. März, um genau zu sein, an dem Tag, an dem Christian ermordet worden war.

Junus musste mit Emir sprechen, dringend. Ihm durfte kein weiterer Fehler unterlaufen, da viel zu viel auf dem Spiel stand.

21

Emma lockerte ihren Unterkiefer, sie spürte, wie sich ihr Gesicht verspannte.

»Was bereitet dir Sorgen?«, fragte Amir.

Sie sah auf. »Wieso?«

»Süße, wenn du so mit dem Unterkiefer mahlst, muss dich was beschäftigen.«

Emma seufzte und drehte ihren Bürostuhl zu ihrem Kollegen. »Es geht um Christian und Lena. Ich habe Lena im Keller geholfen, ein paar Kisten zu sortieren, weil sie nicht an die oberen Regale rankommt.«

»Das ist doch sehr lieb von dir. Warum beschäftigt dich das?« Amir warf Emma einen prüfenden Blick zu.

»Es ist nicht so, wie du denkst.«

»Was denke ich denn?«

»Dass ich möglicherweise doch eine Story wittere.«

»Das war mir von Anfang an klar, ich kenne dich.«

»Ist aber nicht allein auf meinem Mist gewachsen.«

Amir hob die Augenbrauen. »Mads wird dich ganz sicher nicht dazu ermutigt haben und Lena wohl auch nicht.«

»Es war Jutta.«

»Jutta?« Amirs Augen weiteten sich.

»Du glaubst mir nicht?«

Amir überlegte kurz, dann sagte er: »Doch, irgendwie schon. Das könnte Jutta tatsächlich ähnlich sehen.«

»Ich bin ehrlich gesagt etwas überfordert damit«, gab

Emma zu. »Ich spüre, dass hinter dem Mord eine richtig große Story stecken könnte und dass unsere Leser ein Recht darauf haben, es zu erfahren, aber ich kann mir schon vorstellen, wie Mads dann reagieren wird. Er wird mir garantiert die Freundschaft kündigen.« Sie seufzte, als sie daran dachte, wie eindringlich Mads sie gebeten hatte, keine Story über den Mord zu bringen, und wie stark er betont hatte, dass er es diesmal persönlich nehmen würde, wenn sie es doch täte, da es hier auch um seine Schwester Lena ging.

»Mach dir keine Sorgen wegen Mads. Juttas Go ist ein Freifahrtschein erster Güte. Der Joker unter den Jokern. Wenn einer unantastbar bei den Johannsens ist, dann Jutta. Nicht mal der Bürgermeister wird sich trauen, gegen dich zu intrigieren, wenn sie hinter dir steht. Du hast freie Hand.«

»Sollte ich nicht trotzdem Mads informieren?«, wandte Emma ein. Wenn er wüsste, dass Jutta ihr ihren Segen gegeben hatte, würde er doch nichts mehr gegen ihre Recherchen haben können.

Amir sah sie kritisch an. »Ich sehe schon, Mads' Meinung ist dir trotz dieses Jokers sehr wichtig.«

»Irgendwie schon, immerhin sind wir Freunde, wir laufen uns oft über den Weg. Lena ist seine Schwester, bei keiner Person reagiert er so empfindlich wie bei ihr.«

Amir verzog skeptisch den Mund und bei dem Wort »Freunde« gab er ein übertriebenes Seufzen von sich.

»Sag nicht, was du denkst, weil das ganz sicher nichts damit zu tun hat«, bremste Emma vorsorglich jede Bemerkung.

»Du und Mads …«, Amir brach ab. »Aber gut, sag es ihm, wenn es dein Gewissen beruhigt.«

»Auf jeden Fall, in erster Linie auch wegen Lena. Überleg mal, was passieren würde, wenn Jutta sich nur mir gegenüber so nett geäußert hat, weil sie mich mag und möglicherweise meinen Ehrgeiz unterschätzt?«

»Ihr Wort ist Gesetz bei den Johannsen-Männern, außerdem würde Jutta dich niemals ins offene Messer laufen lassen.«

»Das würde ich ihr im Traum nicht unterstellen, ich kenne niemanden, der aufrichtiger ist als sie.«

Amir nickte. »So ist es.« Sein Blick wurde träumerisch. »So eine Oma hätte ich mir auch gewünscht, nicht diesen Drachen, den ich Oma nennen musste.«

»Du bist aber ziemlich gut geraten, trotz des Drachens bei euch zu Hause«, tröstete Emma ihn lächelnd. »Streng genommen müsste ich eigentlich Lena fragen, ob es ihr Recht ist, dass ich über den Mord recherchiere.«

»Lena solltest du da komplett raushalten, wenn du tatsächlich …« Amir unterbrach sich und grinste. »Vergiss es, du wirst diese Story schreiben, daran zweifle ich nicht. Trotzdem musst du den Artikel Tobias vorlegen, und wenn er ihn nicht absegnet, sei nicht enttäuscht. Mein Ratschlag an dich: Bevor du ihn Tobias schickst, zeig ihn Mads oder Jutta.«

»Das werde ich«, versicherte Emma, öffnete ihre Handtasche und fischte einen 50-Euro-Pokerchip aus dem Casino in Kiel daraus hervor.

»Warst du spielen?«, fragte Amir erstaunt.

»Nein, aber Christian. Der hier war im Keller und Lena hat mich gebeten, im Casino in Kiel anzufragen, ob Christian in den letzten Wochen dort gezockt hat.«

»Lass mich raten, du hast zugesagt.«

»Klar.«

22

Lübeck

»Fidler lügt«, stellte Mads fest, als er wieder mit Enno im Auto saß, um die nächsten Schritte zu besprechen.

»Das glaube ich auch. Er hätte unseren Verdacht leicht entkräften können, wenn er uns seinen Nachrichtenverlauf gezeigt hätte.«

»Stimmt, aber jemand wie Fidler möchte sich wichtigmachen. Hast du seine Hände gesehen?«

»Was war damit?«

»Das waren nicht die Hände einer Küchenhilfe, sondern eher die eines Bauerarbeiters, rau und brüchige Haut.«

Enno nickte. »Jetzt, wo du es sagst, ist es mir auch aufgefallen, aber wie können wir das beweisen?«

»Im Moment gar nicht, trotzdem bleiben wir an ihm dran. Ich kenne Leute wie Fidler, die sind nicht die Hellsten und machen gern Fehler. Anders als Kabak, der ist aus einem anderen Holz geschnitzt.«

»Den Eindruck hatte ich auch«, bestätigte Enno. »Er wirkte sehr selbstbewusst und überzeugt von seinen Worten.«

»Vielleicht möchte er genau das erreichen, er ist clever genug, um uns das glauben zu lassen.«

»Meinst du, er hat Charlie Fidler die Kohle im Briefumschlag zugesteckt?«

»Kann sein.«

»Aber warum? Christian ist tot, von ihm kann er sich das nicht mehr zurückholen«, wandte Enno ein, nahm seine Baskenmütze vom Kopf, um sich kurz zu kratzen, und setzte die Mütze anschließend wieder auf.

»Vielleicht weiß Fidler etwas, was Kabak geheim halten will, etwas, was wir nicht wissen dürfen. Das würde zumindest erklären, warum er in der Spielhalle war«, erklärte Mads. Dass Kabak wirklich zufällig in der Gegend gewesen war und dann auch noch ein Jobangebot für Fidler gehabt hatte, konnte er sich kaum vorstellen.

»Würde denn jemand wie Kabak einen wie Fidler nicht anders mundtot machen, als ihm Geld in den Arsch zu stecken? Verzeih den Ausdruck.« Enno lachte.

»Der Ausdruck passt.« Mads grinste, dann zuckte er die Schultern. »Darauf habe ich keine Antwort, aber wir finden es heraus.«

»Was schlägst du vor?«

»Wir gehen zu Kabak. Mal schauen, ob wir ihn etwas kitzeln können.«

»Ich mag es, Leute zu kitzeln«, erwiderte Enno schmunzelnd.

»Dann komm.«

Sie stiegen aus und gingen zu Fuß zu Kabaks Shisha-Lounge, die ebenfalls in der Mühlenstraße lag.

»Was, wenn er nicht da ist? Sollten wir nicht anrufen?«, fragte Enno.

»Regel Nummer eins: Einen Verdächtigen niemals anrufen, immer persönlich überraschen, soweit möglich. Vorherige Anrufe führen nur dazu, dass sich Verdächtige auf das Gespräch besser vorbereiten.«

»Klingt logisch.« Enno nickte anerkennend, während er versuchte, mit Mads Schritt zu halten.

Mads verlangsamte das Tempo, als er das merkte. Die letzten Monate hatte er allein ermittelt, da hatte er auf niemanden Rücksicht nehmen müssen, und er war es gewohnt, schnell zu gehen.

»Kurze Beine«, sagte Enno entschuldigend.

Als sie die Shisha-Lounge *Dejavu* fast erreicht hatten, sah Mads, wie eine weitere Person aus der entgegengesetzten Richtung auf die Lounge zusteuerte: Emir.

»Den schnappe ich mir, bevor er den Laden betritt. Stoß bitte nicht dazu«, sagte Mads und erhöhte wieder das Tempo.

Es gelang ihm, Emir rechtzeitig abzupassen, er sprach ihn an und sie blieben vor der Lounge stehen.

»Waren Sie im Gym?«, fragte Mads und sein Blick wanderte zu Emirs Sporttasche.

»Ich bin sportbesessen«, antwortete Emir und blickte auf Mads' Oberarm. »Sie sehen auch aus, als würden Sie gern ins Gym gehen.«

»So ist es, bin auch sportbegeistert.«

»Alles Natur?«

»Klar, alles andere ist Trickserei.«

»Das sage ich auch immer«, pflichtete Emir ihm begeistert bei, »aber meine Jungs wollen das nicht verstehen. Hauptsache Muskeln und Sixpack, nur was nützt dir ein dicker Bizeps, wenn du keine Ausdauer hast?«

»Gute Einstellung. Ganz zu schweigen davon, dass es viel gesünder für den Körper ist.«

»Genau. Die Jungs pumpen sich mit Anabolika voll und essen dann nur Reis und Hähnchen. Lächerlich.«

Emir schien gut gelaunt zu sein, Mads hatte offenbar über den Sport einen guten Zugang zu ihm gefunden. Hoffentlich blieb er so gesprächig.

»Spätestens mit fünfzig werden sie leider den Preis dafür bezahlen«, bestätigte Mads Emirs Worte. »Ich kenne Leute, die schwere Herzprobleme davon bekommen haben.«

»Und das nur, weil man keine Disziplin hat und sich für den schnelleren Weg entscheidet. Erfolg erlangt man halt nie ohne Anstrengung, das erfordert viel Disziplin und harte Arbeit, das sagt auch Junus Abi. Er ist der beste Beweis.«

»Junus' Erfolg motiviert dich also?«, fragte Mads. Er wechselte spontan zum Du, um die Plauderlaune Emirs voll auszunutzen.

»Auf jeden Fall. Junus hat bei null angefangen, mit nichts. Streng genommen sogar mit weniger als nichts, im Minus. Alle haben ihm damals gesagt, jemand wie er könne es niemals zu etwas bringen. Er hat nur einen Hauptschulabschluss, aber nicht, weil er dumm ist, sondern weil er in jungen Jahren arbeiten gehen musste. Sein Vater ist früh verstorben und seine Mutter saß im Rollstuhl, sie konnte nicht arbeiten, deshalb musste er Geld für seine Mutter und die drei jüngeren Geschwister verdienen«, erklärte Emir. Es war nicht zu übersehen, wie sehr er Kabak bewunderte. »Junus Abi ist häufig auf die Fresse gefallen, aber er ist immer einmal mehr aufgestanden, und jetzt schau dir an, was für ein geachteter Mann er heute ist.«

»Das verdient Respekt«, bestätigte Mads.

»Auf jeden Fall. Irgendwann werde ich auch so erfolgreich sein, reich und respektiert, wie Junus Abi.«

»Das wirst du, wenn du fleißig bist. Hast du schon eine Idee, wie?«, fragte Mads und überlegte, wie er das Gespräch jetzt am besten auf Christian lenken könnte. Er musste erfahren, wie gut Emir Christian kannte und welches Verhältnis Kabak und Christian tatsächlich gehabt hatten.

»Ich habe da ein paar Ideen, vielleicht eine Fitness-App.«

»Klingt gut, als Sportbegeisterter kannst du andere bestens motivieren.«

»Sage ich auch, aber Junus Abi ist nicht so überzeugt davon.«

»Bist du denn überzeugt?«

»Klar, aber so eine App kostet viel Geld, dazu das Marketing, obwohl ich echt ne Menge Jungs kenne, die für mich kostenlos Werbung machen würden, und das Gym, in dem ich trainiere.«

»Ich kenne auch viele Sportbegeisterte, ich kann deine App später in meinem Gym bewerben, wenn du magst.«

»Das würdest du tun?«

»Logisch, wir Sportler müssen doch zusammenhalten«, versicherte Mads. Offenbar hatte Emir völlig vergessen, dass er Polizeibeamter war, das würde Mads nutzen. »Hast du denn mal ausgerechnet, was das kosten würde?«, fragte er.

»Richtig viel, Bro. Mindestens fünfzig Kilo.«

»So viel hast du nicht?«

»Woher? Ich arbeite in einer Shisha-Lounge.«

»Warum fragst du nicht Junus?«

Emir seufzte. »Ich sagte ja, Junus Abi hält nicht viel von der Idee.«

»Hat er dir erklärt, weshalb?«

»Weil es Apps wie Sand am Meer gibt und ich kein Star bin. Niemand würde meine App runterladen.«

»Das ist aber nicht nett, immerhin hat er doch auch Leuten wie Christian oder Charlie Geld geliehen.«

»Dafür kriegt er fett Zinsen. Ich kann ihm nur Anteile geben«, antwortete Emir, und Mads wusste, dass er ihn bald da haben würde, wo er ihn haben wollte.

Emir vertraute ihm oder er bemerkte in seinem Redefluss gar nicht, worauf Mads hinauswollte. Vermutlich spielte auch die Enttäuschung über Kabak mit hinein, da der ihm kein Geld für seine Idee geben wollte.

»Emir, was treibst du hier? Junus Abi wartet auf dich«, hörte Mads da eine männliche Stimme.

»Bin doch schon da«, antwortete Emir genervt.

»Junus Abi möchte mit dir sprechen, du weißt, er hasst es, wenn er warten muss«, sagte der Mann, der jetzt in der Tür der Shisha-Lounge stand.

Emir sah ihn erschrocken an und ging schnellen Schrittes hinein. Der andere junge Mann trat auf den Bürgersteig und entfernte sich rasch, vermutlich hatte er gerade Feierabend. Mads ärgerte sich, dass er Emir nicht weiter hatte ausfragen können. Er würde ihn sich noch einmal vorknöpfen müssen. Allein.

Vielleicht in seinem Gym, überlegte Mads.

Jetzt trat Enno zu ihm.

»Und?«

»Emir hat Angst vor Kabak.«

»Angst oder Respekt?«, hakte Enno nach.

»Angst. Sein Blick eben, da lauert die nackte Angst. Auch wenn er mir gegenüber versucht hat, glaubhaft zu machen, dass er großen Respekt vor Kabak hat. Sein Blick sagt mir die Wahrheit.«

»Hat er sonst noch was Interessantes erzählt?«

»Emir ist sportbegeistert wie ich und möchte eine Sport-App rausbringen, nur fehlt ihm das nötige Kleingeld. Er scheint ehrgeizig zu sein und ein bisschen naiv. Träumt vom schnellen Erfolg. Genau die richtige Mischung für Menschenfänger wie Kabak.«

»Du glaubst, er missbraucht Emir für seine Zwecke?«

»Vermutlich. Komm«, antwortete Mads. Es war Zeit, Kabak auf den Zahn zu fühlen.

Beide betraten die Shisha-Lounge. Im hinteren Bereich entdeckte Mads Kabak und Emir, sie unterhielten sich angeregt. Er ließ seinen Blick weiter durch den Raum schweifen und stellte etwas Merkwürdiges fest.

»Möchtet ihr Shisha rauchen?«, unterbrach ein junger Mann seine Beobachtungen.

»Nein, wir wollen mit Ihrem Chef sprechen«, antwortete Mads.

»Er kann gerade nicht, er will nicht gestört werden«, erklärte der Kellner. »Wenn Sie ihm eine Nachricht hinterlassen, lasse ich sie ihm zukommen.«

Mads ignorierte den Vorschlag und ging an ihm vorbei zum Tisch von Kabak.

»Ich sagte doch, dass er nicht gestört werden will«, rief der Mann und lief ihm hinterher, um ihn aufzuhalten. Gerade als der Kellner ihn am Arm packen wollte, drehte sich Mads blitzschnell zur Seite und baute sich drohend vor dem anderen auf, der etwa so groß war wie er, allerdings deutlich beleibter.

»Ganz schlechte Idee«, knurrte Mads.

»Sie sollten auf meinen Kollegen hören. Nicht schön, wenn er Ihnen die Nase bricht, bevor Sie es überhaupt bemerken«, bemerkte Enno in locker leichtem Ton.

»Ist schon okay«, ertönte nun Kabaks Stimme. »Lass ihn in Ruhe. Bring uns lieber Çay.«

Emir stand auf und sah Mads missmutig in die Augen, als er an ihm vorbeiging.

»Was soll das?«, fragte er, doch Mads überging die Bemerkung.

»Sie scheinen mich ja richtig zu vermissen«, sagte Kabak, während Mads sich setzte. Er beachtete Enno gar nicht, als wüsste er, dass Mads hier den Takt vorgab. »Wie kann ich Ihnen helfen?«

»Wie kommt es, dass keine Frauen in Ihrem Laden arbeiten?«, fragte Mads. In anderen Shisha-Lounges gab es auch weibliches Personal, das war ihm beim Hereinkommen aufgefallen.

»Mit Männern hat man weniger Probleme und sie können zupacken, wenn sich mal ein Gast danebenbenimmt. Im Unterschied zu anderen Lounges wird in meiner Lounge auch Alkohol ausgeschenkt. Aber Sie sind doch sicherlich nicht hier, um mit mir über meine Einstellungspolitik zu diskutieren?« Kabak lächelte überheblich und zeigte seine viel zu weißen Zähne, denen man ansah, dass sie mit Veneers veredelt worden waren.

»Sind Ihre Mitarbeiter also mehr Schläger als Kellner?«, provozierte Mads.

»Es sind gute Jungs, denen ich vertraue, auf die lasse ich nichts kommen, sie sind fleißig und loyal. Ohne sie würde der Laden nicht laufen. Wollen Sie nicht endlich zu dem Grund kommen, aus dem Sie hier sind, oder lieben Sie diesen unsinnigen Smalltalk?«

»Was wissen Sie über das Geld, das sich Christian Jung ausgeliehen hat, um im Casino in Kiel zu spielen?«, fragte Mads.

Kabak hatte ihm schon viel mehr verraten, als ihm vermutlich lieb war, denn dass er seine Männer nicht wegen ihrer guten Gastrofähigkeiten ausgesucht hatte, sondern auch, um ihm bei seinen dreckigen Geschäften behilflich zu sein, war jetzt klar. Garantiert ging es um Geldgeschäfte.

»Nichts. Woher soll ich wissen, von wem Christian sich Geld geliehen hat, und dann auch noch wofür?«

Der Kellner kam und brachte die Getränke.

Enno griff sofort nach dem Löffel und rührte mit einer Gelassenheit den Würfelzucker in den Tee, als wäre er bei einem Kaffeekränzchen. Kabak dagegen wirkte deutlich angespannter und Mads musste sich zusammenreißen, den Mann nicht zu packen und die Wahrheit aus ihm herauszuschütteln.

»Warum nehmen Sie den Kreditgeber in Schutz? Haben Sie Angst vor ihm?«, fragte Mads, er ließ Kabak dabei nicht aus den Augen.

Dieser lächelte, doch seine Unsicherheit war nicht zu übersehen, sein linker Mundwinkel zuckte kurz.

»Sehe ich aus wie jemand, der Angst hat? Ich komme aus der Gosse, ich habe mein Leben lang dafür gekämpft, so erfolgreich zu sein, wie ich es jetzt bin. Mit Angst kommen Sie nicht an die Spitze.«

»Sie haben Angst, das ist nicht zu übersehen«, reizte Mads

ihn weiter. Er ahnte, dass man Kabak mit seinem Stolz aus der Reserve locken konnte.

»Ich habe vor niemandem Angst«, wurde Kabak lauter.

Der Kellner kam an ihren Tisch und flüsterte Kabak etwas zu.

»Wenn Sie mich kurz entschuldigen wollen«, sagte er, stand auf und folgte dem Kellner.

Mads schaute ihnen hinterher. Sie gingen zum Tresen, wo ein Mann Ende fünfzig stand, er wirkte unsicher. Kabak unterhielt sich mit dem Mann, der sich kaum traute, Kabak in die Augen zu sehen.

»Verzug mit einer Rate?«, flüsterte Enno.

Mads nickte nur. Emir schaute jetzt zu Mads, sein Blick war feindselig, als hätte er Kabak von dem Gespräch mit Mads erzählt und sein Chef hätte ihm den Kopf gewaschen, damit er der Polizei nicht noch einmal zu sehr vertraute.

Kabak klopfte dem Mann auf die Schulter, worauf dieser die Lounge verließ, dann kam Kabak zu ihnen zurück.

»Meine Herren, ich habe gleich einen wichtigen Termin, es tut mir leid. Kommen Sie doch heute Abend wieder oder vereinbaren Sie einen Termin, dann nehme ich mir alle Zeit der Welt.«

»Eine letzte Frage«, sagte Mads und stand auf.

»Gut, eine, dann muss ich los.«

»Warum haben Sie uns belogen?«

»Was meinen Sie?«

»Charlie Fidler hat zugegeben, dass er nicht für Sie arbeiten würde. Es gab kein Jobangebot«, log Mads.

23

»Einmal Döner mit allem«, sagte Charlie, als er an der Reihe war.

»Setz dich, Charlie, ich bring ihn dir«, erwiderte der Mitarbeiter, der hinter dem Tresen gerade etwas von dem großen Fleischspieß schnitt.

»Ich nehme mir noch einen Ayran.«

»Mach das, Bruder.«

Charlie öffnete den Kühlschrank, holte einen Ayran heraus und suchte sich einen freien Platz. Dann gönnte er sich einen kräftigen Schluck von dem salzigen Joghurtgetränk und wischte sich über die Lippen.

Das Gespräch mit den beiden Bullen hatte ihm nicht gefallen, vor allem dass dieser große muskulöse Schönling so dumme Fragen gestellt hatte.

Ich bin ganz sicher nicht das Bauernopfer, dachte Charlie und zog die Nase hoch. Die Zeit, dass er für andere Dreck gefressen hatte, war vorbei.

Er hatte Christian immer wieder aus der Patsche geholfen, obwohl er selbst oft knapp bei Kasse war. Niemand hatte Christian dazu gezwungen, sich Geld von dubiosen Leuten zu leihen, zumal er doch wusste, was das bedeutete.

Charlie hatte sich nie erklären können, warum Christian nicht mit dem Glückspiel aufgehört hatte, und das, obwohl er bereits einige Therapien gemacht hatte. Außerdem war er ein cleverer und gut aussehender Kerl aus einer gut bürgerlichen Familie gewesen und hatte, im Gegensatz zu Charlie, keine kaputte Vergangenheit.

Doch die Dämonen der Sucht hatten Christian stärker im Griff gehabt, als er es je zugegeben hatte. Dass er nur zockte, um das Geld für eine Hochzeitsreise auf die Malediven zusammenzubekommen, hatte Charlie nie geglaubt, Christian hatte einfach dieses Zockergen.

Es gab Menschen, die mussten zocken, ungeachtet der Konsequenzen, und während Charlie am einarmigen Banditen immer nur um kleine Summen zockte, hatte es Christian geliebt, um hohe Einsätze zu spielen. Angeblich, weil dann die Gewinne höher ausfielen, aber Charlie nahm an, dass es der Nervenkitzel gewesen war, der Christian immer wieder ins Casino und in die Spielhalle getrieben hatte.

Christian war für ihn seit jeher ein Rätsel gewesen. Er hatte nicht in die Spielhallen gepasst, er hatte eine tolle Frau, die ihn wirklich zu lieben schien, und trotzdem war er Teil dieser kranken, süchtigen Welt gewesen.

Im Gegensatz zu dir habe ich keine reiche geile Chick, die mich liebt. Was wäre wohl aus mir geworden, wenn ich eine hätte?, dachte Charlie. Er konnte einfach nicht begreifen, wie Christian dieses Glück aufs Spiel hatte setzen können.

Glücklicherweise war Charlie ein Stehaufmännchen, irgendwie kam er stets über die Runden. Es gab schlechte Zeiten, aber auch gute, und gerade war er auf der Sonnenseite des Lebens.

Er hatte in der vergangenen Woche neuntausend Euro im Lotto gewonnen, dazu kamen die zweitausend Euro, die er aus der anonymen Quelle bekommen hatte, und die knapp viertausend Euro auf der hohen Kante. Somit verfügte er über fünfzehntausend Euro an Geldmitteln, eine Summe, die er so noch nie in der Tasche gehabt hatte, und er war gewillt, das als gutes Zeichen zu sehen, als einen Wink des Schicksals. Obwohl er niemand war, der an diesen ganzen spirituellen Mist und die Floskeln glaubte, die diese irren linken, woken Bazillen von sich gaben. Das Wort Schicksal benutzten doch nur Leute, die mit dem goldenen Löffel im Mund geboren worden waren. Menschen wie Charlie, die in ihrem Leben mehr Dreck gefressen hatten, als woke Linke es je tun würden, wussten, was es bedeutete, wenn das Leben einen richtig fickte.

Genau deswegen war er jetzt bereit, dieses verschissene Leben selbst zu ficken. Mit fünfzehntausend Euro und einer verdammt geilen Geschäftsidee.

Zufrieden leerte Charlie den Ayranbecher.

»Einmal Döner mit allem, bittesehr«, holte ihn der Mitarbeiter aus seinen Gedanken.

»Bringst du mir noch einen Ayran?«, fragte Charlie.

»Meinem Stammgast immer«, sagte der Mann lachend und entfernte sich, während Charlie in seinen Döner biss. Er war scharf und triefte vor Soße, in der Brottasche war besonders viel Fleisch, genau wie Charlie es mochte.

Der Mitarbeiter kam zurück und reichte Charlie seinen Ayran. Er zog den Deckel ab und wollte gerade einen Schluck trinken, als jemand ihm das Getränk unvermittelt aus der Hand schlug.

»Was soll der Scheiß?«, rief Charlie.

»Halt die Fresse. Du kommst mit«, antwortete der Mann mit finsterem Blick.

24

Niendorf

Wer ist dieser Junus Kabak?, fragte sich Gustav.

Tim hatte zwar einiges zu seiner Person recherchiert, aber nicht viel über ihn herausgefunden, wobei er auch nicht besonders viel Zeit dafür gehabt hatte. Er würde in den nächsten Tagen bestimmt noch mehr liefern, davon war Gustav überzeugt.

»Das Essen war sehr lecker, Jutta«, bemerkte Albert und wischte seinen Teller mit einem Stück Brot aus.

»Schön, dass es euch geschmeckt hat. Ich hätte doch mehr kochen sollen«, erwiderte Jutta.

»Das war mehr als genug. Dein Sohn hätte mir nur fast nichts übrig gelassen«, scherzte Albert.

»Schlechter Witz. Wer von uns hat drei Teller leergegessen?«

»Es war einfach verdammt lecker, außerdem kann ich es mir erlauben und niemand kocht so gut wie Jutta.«

»Oder du bist zu knausrig, um dir auswärts ein warmes Mittagessen zu holen«, konterte Gustav.

»Der war gemein. Albert ist beim Essen niemals knausrig, das weißt du genau.«

»So ist es, Jutta. Ich bin Gustavs platte Witze gewohnt.«

Gustav verdrehte nur die Augen.

»Ich muss euch jetzt leider gleich rausschmeißen, meine Lieben, weil ich zu Lena möchte«, sagte Jutta und stand auf, um den Küchentisch abzuräumen. Auch Gustav und Albert wollten sich erheben, um ihr zu helfen, doch sie winkte wie gewohnt ab.

»Wie geht's meiner Patentochter?«, fragte Albert.

»Ich war vorhin bei ihr, da machte sie einen gefassten Eindruck. Sie wirkte nur etwas aus der Puste.«

»Aus der Puste?«, fragte Gustav.

»Ja, sie war im Keller, ein bisschen aufräumen.«

»Wieso gibt sie nicht Bescheid? Mit dem Rollstuhl in den Keller, das ist keine gute Idee.«

»Sie wollte dich nicht stören.«

»Lena stört mich niemals, das weiß sie doch«, empörte sich Gustav. »Ich hätte Mads vorbeigeschickt. Lena soll sich nicht überanstrengen.«

»Keine Sorge, Emma hat ihr geholfen.«

Albert verzog den Mund, worauf Jutta ihm die Hand auf die Schulter legte.

»Emma ist eine ganz Liebe. Sie unterstützt Lena in dieser schwierigen Zeit. Ich möchte, dass ihr sie gut behandelt.«

Gustav hob die Handflächen. »Ich habe nichts gegen Emma. Albert führt einen Kleinkrieg gegen sie.«

»Ich habe auch nichts gegen sie«, beeilte sich Albert zu versichern.

Gustav schmunzelte kaum merklich. Albert würde sich mit jedem streiten, nur nicht mit Jutta, bei ihr war er lammfromm, das wusste Gustav sehr genau.

»Gut, dann werdet ihr der jungen Dame sicher auch keine Steine in den Weg legen.«

»Was für Steine?« Albert und Gustav sahen sie erstaunt an. Gustav ahnte, dass seine Mutter etwas im Schilde führte.

»Ich habe sie gebeten, euch zu helfen.«

»Uns?« Gustav konnte seiner Mutter nicht folgen.

»Ja, euch. In diesem speziellen Fall könnt ihr jeden Hinweis brauchen, warum also auf Presse und Öffentlichkeit verzichten? Je schneller ihr den Täter findet, desto eher kann Lena mit dem Kapitel abschließen und ihr Leben weiterleben. Ein richtiger Neuanfang.«

Albert schaute Gustav hilfesuchend an, als erwartete er eine Reaktion von ihm.

Tatsächlich lag Gustav eine Erwiderung auf den Lippen, aber als er sah, wie seine Mutter ihn mit diesem liebevollen Lächeln anschaute, konnte er nichts mehr sagen, da Jutta an ihre Worte zu glauben schien.

»Solange Emma die laufenden Ermittlungen nicht behindert, ist es mir egal, was sie tut«, sagte er daher.

»Wunderbar, dann wirst du ihre Arbeit nicht behindern.« Nun sah Jutta Albert hoffnungsvoll an.

»Ich auch nicht, liebste Jutta. Ich wüsste nicht, wie sie der Gemeinde mit ihren Ermittlungen schaden könnte.«

Jutta nickte zufrieden. »Nun raus mit euch, meine geliebten Jungs, sonst komme ich zu spät zu Lena.«

»Sollen wir dich zu ihr fahren?«

»Die fünf Minuten gehe ich zu Fuß, das tut mir gut. Außerdem ist Meiko doch bei mir.«

Der Schäferhund, der bis eben still auf dem Küchenboden gelegen hatte, hob den Kopf und bellte.

Albert erhob sich und ging zu Meiko. »Pass auf Jutta auf. Du weißt, sie ist das Kostbarste, was wir haben«, sagte Albert und streichelte den Polizeischäferhund, der eigentlich Gustav gehörte.

Wieder bellte Meiko und Gustav streichelte ihn ebenfalls zum Abschied. Er war froh, dass seine Mutter so fit war, dass sie sich um Meiko kümmern konnte, wenn es ihm nicht möglich war.

»Wenn was ist, ruf uns bitte an«, sagte er dann.

»Mach ich. Jetzt umarmt mich und gebt eurer Mutter einen Kuss, so wie es sich für wohlerzogene Jungs gehört.« Sie lächelte und breitete die Arme aus.

Nach dem frühen Tod seiner Eltern hatten Jutta und Mikkel Albert wie ihren eigenen Sohn in die Familie aufgenommen und nie einen Zweifel daran aufkommen lassen, dass er nun auch ein Johannsen war.

Die beiden Männer umarmten Jutta und verließen dann die Wohnung.

»Noch ein kleiner Spaziergang zum Hafen oder musst du ein Schläfchen machen?«, fragte Albert.

»Das will ich überhört haben. Der Espresso an der Promenade geht auf deinen Nacken.«

»Kannst du denn dann noch schlafen?«

»Wieder so ein schlechter Scherz«, murrte Gustav.

Einen Moment gaben sie sich ihren Gedanken hin, während sie zum Hafen gingen, dann durchbrach Albert die Stille.

»Was glaubst du, was Lena im Keller gesucht hat?«

Gustav seufzte. »Die Frage stelle ich mir auch. Ich kenne meine Nichte, sie wird nicht ohne Grund dahin gehen. Soweit ich weiß, war sie, seit sie auf den Rollstuhl angewiesen ist, nicht mehr unten.«

»Glaubst du, es hat etwas mit Christian zu tun?«

»Ich fürchte schon. Vielleicht hat er ihr einen Grund gegeben, misstrauisch zu sein.«

»Nicht nur einen«, spottete Albert. »Was der sich die letzten Wochen erlaubt hat, war nicht mehr zu ertragen. Wie viele seiner Schulden sollte Lena noch übernehmen?«

»Das hat sich ja jetzt erledigt«, erwiderte Gustav und konnte sich gerade noch bremsen, »zum Glück« zu sagen.

»Willst du Lena danach fragen?«

»Auf keinen Fall, auch wenn es mich brennend interessiert. Lena wird auf mich zukommen, wenn sie es wissen soll, bis dahin halten wir beide die Füße still, ich möchte sie nicht unter Druck setzen. Sie hat es so schon nicht leicht.«

»Stimmt«, antwortete Albert.

Sie erreichten den Hafen. Ein leichter Wind kam vom Osten.

»Was machen wir mit Frau Falk?«

»Nichts, oder willst du dich mit Mama anlegen?«

»Ganz bestimmt nicht.« Albert erhob abwehrend die Hände. »Aber glaubst du, dass Mads es akzeptieren wird?«

Gustav lachte. »Ich will hoffen, dass er es nicht tut. Er wird Emma schon in Schach halten.«

Albert nickte anerkennend. »Guter Schachzug, wir zwei kommen gegen Jutta nicht an. Uns wickelt sie immer um den kleinen Finger, aber Mads hat bei ihr einen Stein im Brett, ihm kann sie keinen Gefallen abschlagen.«

»Genau. Vergiss Frau Falk, wir sollten uns überlegen, was wir mit Junus Kabak machen. Mein Gefühl sagt mir, dass er viel mehr mit dem Mord an Christian zu tun hat, als es bisher den Anschein erweckt. Dieser Charlie Fidler ist kein Mörder.«

»Ich hätte da eine Idee, sie wird dir aber nicht schmecken.«

»Was denn?«

»Wir sollten uns mit Zafer Kaya unterhalten.«

»Ganz sicher nicht.«

25

Emma war auf dem Weg nach Kiel, sie wollte sich im Casino umhören. In ihren Augen war es schlauer, abends dorthin zu fahren als tagsüber.

Inzwischen war sie auf der B76, sie hatte gerade Eutin hinter sich gelassen und hing nun hinter einem LKW fest, der für ihren Geschmack viel zu langsam fuhr. Leider erlaubte es der Gegenverkehr nicht, dass sie überholte, so blieb ihr nichts anderes übrig, als brav hinterherzuzuckeln.

Im Radio liefen die Nachrichten und zu ihrer Überraschung wurde am Ende kurz über den Mord an Christian Jung berichtet.

Die Polizei hat noch keine Hinweise auf den Täter,

las der Radiosprecher vor und ergänzte, die Polizei schließe nicht aus, dass Christian ein Zufallsopfer sein könnte.

»Ein Zufallsopfer?«, schnaubte Emma. An dieses Märchen konnte sie nicht glauben.

Christian war spielsüchtig gewesen, und sie wollte sich lieber gar nicht vorstellen, von wem er sich all das Geld dafür geliehen hatte.

Lena hatte ihr einiges über Christians Vergangenheit erzählt, ihr jedoch zugleich zu verstehen gegeben, dass sie immer zu ihm gehalten habe, weil sie ihn geliebt hatte und wusste, dass er tief in seinem Herzen ein guter Mensch war. Nur seine Süchte hatten den aus ihm gemacht, der er gewesen war und der er nie hatte sein wollen.

Dann hatte Lena jedoch zugegeben, dass sie wohl etwas zu naiv gewesen war, indem sie Christian blind vertraut hatte, weil sie glauben wollte, dass die Therapien bei ihm angeschlagen hatten und er seine Süchte im Griff hatte. Leider sprachen die Wodkaflaschen und der Pokerchip aus dem Casino in Kiel eine andere Sprache.

Emma hatte Lena daraufhin vorgeschlagen, sich im Casino umzuhören, zugleich hatte sie versucht, Lena zu beruhigen, dass das Ganze sicherlich einen banalen, logischen Grund habe. Allerdings hatte sie Lena versprechen müssen, Mads nichts davon zu erzählen und mit den Ergebnissen zuerst zu ihr zu kommen, bevor sie gemeinsam entschieden, ob sie Mads darüber in Kenntnis setzen sollten oder nicht.

Emma kannte auch den Grund dafür: Mads mochte Christian nicht, und falls die Sache im Casino harmlos war, musste Mads gar nicht erst davon erfahren.

Lena liebte Christian noch immer, sie wollte unbedingt glauben, dass er sie nicht belogen hatte, dass die Wodkaflasche, der Chip, die Schulden und all das nicht bedeuteten, dass er wieder auf die schiefe Bahn geraten war und Lenas Vertrauen missbraucht hatte.

Emma fand das reichlich naiv. Es zeigte ihr aber auch, wozu Liebe führen konnte, wenn der eine Partner nicht ehrlich war. Insofern war der Satz: »Liebe macht blind« nicht einfach so dahergesagt. Manchen machte sie wirklich blind, zuweilen so sehr, dass er für mahnende Worte von Freunden und Familie nicht mehr zugänglich war.

Emma hoffte dennoch, dass sie mit ihrem Gefühl falschlag und alle Anschuldigungen gegen Christian sich in Luft auflösten. Dass er nicht wegen seiner Spielsucht und der hohen Schulden ermordet worden war.

Inzwischen hatte Emma den Kieler Stadtbereich erreicht und bog zum Kieler Bootshafen ab, wo das Casino lag. Sie fand einen Parkplatz, stieg aus und ging mit schnellen Schritten zum Casino. Auf dem Weg hierher hatte sie bereits entschieden, sich nicht gleich als Pressevertreterin zu erkennen zu geben, um nicht mit einem Hinweis auf die Presseabteilung abgespeist zu werden. Sie wollte zunächst mit den Mitarbeitern ins Gespräch kommen und sich dann als Journalistin vorstellen.

Im Casino war noch wenig los, somit beste Voraussetzungen, um sich umzuschauen und vor allem umzuhören. An einem der Spieltische stand ein Croupier, der etwas gelangweilt wirkte, daher beschloss Emma, ihn zuerst anzusprechen.

»Moin. Möchten Sie spielen?«, fragte er.

»Nein, eigentlich nicht.«

Der Croupier sah sie überrascht an. »Nicht? Was führt Sie dann in unser Casino?«

»Es geht um einen Mann, der vor einigen Wochen bei Ihnen gewesen sein muss.«

Der Angestellte, der etwa Ende dreißig und etwas größer als Emma war, sah sie mitleidig an. »Ihr Mann? Hat er die Haushaltskasse verzockt?«

»Nein.« Emma lächelte, zückte ihr Handy und zeigte dem Croupier ein Foto von Christian.

»Wer ist das?«

»Christian Jung, der Verlobte einer sehr guten Freundin von mir. Er war hier, und ich würde gern wissen, ob Sie ihn gesehen haben.«

Der Croupier sah sich das Foto auf dem Handy genauer an. »Sagt mir nichts. Wann soll er hier gewesen sein?«

»In den letzten Wochen, vermutlich ungefähr vor einem Monat, könnten auch drei Wochen gewesen sein. So genau weiß seine Verlobte das nicht.«

»Was hat er denn verbrochen?«

»Nichts.«

»Deshalb sind Sie hier?« Er warf ihr einen skeptischen Blick zu.

»Na gut, wir nehmen an, dass er hier mehr Geld verzockt hat, als ihm guttat. Der Mann wurde ermordet. Um genau zu sein, bin ich Journalistin, aber Christian Jung war tatsächlich der Verlobte von einer sehr guten Freundin. Wir haben in seiner Jackentasche einen Pokerchip aus Ihrem Casino gefunden.«

»Tut mir leid für Ihre Freundin, aber ich kenne den Mann nicht. Wir weisen unsere Gäste immer darauf hin, verantwortungsvoll zu spielen. Wenn ich Ihnen einen Rat geben darf, gehen Sie über die Pressestelle. Die können Ihnen sicherlich weiterhelfen.«

Eine Frau kam auf sie zu, der Croupier nickte ihr zu und wandte sich zum Gehen. »Ihnen noch einen schönen Abend.« Damit verließ er den Spieltisch.

»Schichtwechsel?«, fragte Emma.

»Ich habe die letzte Schicht. Möchten Sie spielen?«

»Gerade nicht«, antwortete Emma. »Nicht viel los heute, oder?«

»Um 22 Uhr wird es voll.«

»Kennen Sie diesen Mann?«, fragte Emma und zeigte der Frau das Foto von Christian.

»Warum?«

»Ich bin Journalistin, der Mann wurde vor Kurzem an der Lübecker Bucht ermordet und seine letzte Spur führt in dieses Casino, danach verliert sich die Spur.«

Die Frau schaute sich das Foto erneut an und nickte.

»Er war hier, ja, aber er war nicht allein.«

26

Es war noch keine 8 Uhr, als Mads seine Joggingrunde Richtung Niendorfer Hafen beendete. Obwohl Samstag war, wollte er um 9 Uhr auf der Dienststelle sein. Solange er den Mörder von Christian nicht gefasst hatte, konnte er einfach nicht guten Gewissens das Wochenende genießen. Seine Freundin Victoria hatte großes Verständnis dafür, sie wusste, was es bedeutete, mit einem Polizeibeamten zusammen zu sein. Das Wochenende verbrachte sie daher mit ihren Eltern auf Sylt, sie waren zu einem Geburtstag eingeladen, auf den sie ihre Eltern begleitete.

Auf Höhe der *Seaside Lounge* kam ihm Emma entgegen, sie war offenbar auch so früh zum Joggen unterwegs. Mads blieb stehen und wartete auf sie.

»Moin!«

»Hallo, Mads. Schon so sportlich?«, fragte Emma und pustete sich eine Haarsträhne aus der Stirn.

»Geht dir doch nicht anders«, erwiderte Mads lächelnd.

»Na, ich dachte, dass du dir am Samstag etwas mehr Schlaf gönnst.«

»Ich muss gleich auf die Dienststelle. Verbrechen nehmen keine Rücksicht auf Wochenenden.«

Emma nickte. »Magst du was frühstücken?«

»Das schaffe ich leider nicht, sonst verspäte ich mich«, antwortete Mads, der an sich sehr gern etwas Zeit mit Emma verbracht hätte. »Danke übrigens, dass du dir Zeit für Lena nimmst.«

»Ist doch selbstverständlich. Sie ist nicht nur deine Schwester, sondern auch eine sehr gute Freundin von mir.«

»Ich weiß. Ich habe euch gestern gesehen, als ihr zusammen zu Lenas Wohnung gegangen seid.«

»Warst du im Auto unterwegs? Ich habe dich nicht gesehen.«

»Genau, sonst hätte ich schnell Hallo gesagt. Wie ist dein Eindruck von meiner Schwester?«

»Sie ist stark, sie wird darüber hinwegkommen, davon bin ich überzeugt.«

Mads seufzte. »Das wünsche ich mir sehr für sie. Worüber habt ihr gesprochen?«

»Fragst du mich gerade aus?«, tat Emma pikiert.

»Quatsch, ich möchte einfach nur wissen, was meine Schwester beschäftigt.«

»Alles nichts Wildes, wir haben uns über Frauenthemen unterhalten. Es hat Lena gutgetan, mal mit einer Frau zu sprechen, die keine Johannsen ist.«

Mads verstand sofort, was sie damit meinte. »Du gibst mir aber Bescheid, wenn etwas sein sollte?«, bat er dennoch.

»Mach dir keine Sorgen. Lena ist alt genug und viel stärker, als du vielleicht befürchtest.«

»Natürlich, aber ich weiß auch, wie sehr Lena diesen Idioten geliebt hat«, rutschte es Mads heraus.

»Ich hoffe, du sprichst so nicht in Lenas Gegenwart über Christian«, ermahnte Emma ihn.

»Wo denkst du hin?« Mads schüttelte den Kopf. »Hat sich eigentlich jemand auf Amirs Artikel gemeldet?«

Emma antwortete nicht sofort, sie schaute Mads an und ihr sonst so offener Blick veränderte sich, als würde sie überlegen.

»Ja, eine Person«, sagte sie dann.

»Was ist mit der Person?«

»Nichts, sonst hätte ich dir davon erzählt.«

»Was ist denn dieses Nichts?«

»Er hat Christian gegen 17 Uhr auf der Terrasse des *Café Hermannshöhe* gesehen«, antwortete Emma und warf Mads einen genervten Blick zu.

»Mehr nicht?«, bohrte Mads weiter. Er wollte selbst entscheiden, was in diesem Fall wichtig war und was nicht.

»Nein, ich sagte doch, dass ich dich sonst informiert hätte.«

»War er allein da?«

»Ja.«

Mads schwieg, er wusste nicht so recht, wie er diese Information bewerten sollte.

»Glaubst du, dass sich Christian dort mit seinem Mörder getroffen hat?«, fragte Emma. Ihr Gesichtsausdruck wirkte plötzlich nicht mehr genervt, sondern interessiert, fast neugierig.

»Das hätte dein Informant bemerkt. Ich brauche seine Kontaktdaten.«

»Tut mir leid, die kann ich dir nicht geben. Er wollte nicht mit der Polizei sprechen.«

»Emma?«, sagte Mads streng.

»Informantenschutz ist ein hohes Gut in Deutschland.«

»Das ist jetzt nicht dein Ernst?«

»Ich kann dir anbieten, ihn zu fragen, ob er sich mit dir unterhalten möchte.«

Mads schnaubte. »Das ist ja wohl kein ernst gemeinter Vorschlag.«

»Doch, Mads, und ich möchte dich bitten, das zu respektieren. Ich bin eh davon überzeugt, dass dieser mögliche Zeuge nichts Relevantes gesehen hat, sonst hätte er es mir erzählt. Er hat nur sein Gewissen beruhigen wollen, weil er Christian am Tattag gesehen hat.«

»Das geht aber offensichtlich nicht so weit, dass er dieses Wissen mit der Polizei teilen möchte. Finde den Fehler«, erwiderte Mads ungehalten.

»Es gibt Menschen, die wollen nicht mit der Polizei reden,

weil sie Angst haben, Teil der Ermittlungen zu werden. Sie möchten in Ruhe gelassen werden, etwas, was du leider nicht verstehen möchtest.«

»Es gibt auch keinen Grund, das verstehen zu wollen.« Mads schüttelte den Kopf. »Aber was rege ich mich auf. Du bist sturer als jeder Esel.«

»Danke für die Blumen, Mads, du bist echt der verständnisvollste Freund, den sich ein Mensch wünschen kann«, reagierte Emma gereizt und warf den Kopf nach hinten, wobei ihr die vorwitzige Haarsträhne wieder ins Gesicht fiel. Es wirkte unfreiwillig komisch, Mads musste lachen.

»Was ist so lustig daran?«, fuhr Emma ihn an und legte die Haarsträhne hinters Ohr, doch sie rutschte sofort wieder zurück.

Mads nahm sie und strich sie konzentriert zur Seite, dabei kamen sie sich näher und ihre Blicke trafen sich. Als Emma ihn so aus ihren großen blauen Augen anschaute, war jede Wut über sie verflogen.

»Danke«, sagte sie leise. »Ich rede mit ihm, versprochen.«

Mads wandte den Blick nicht ab, er lächelte kurz. »Ich danke dir«, sagte er dann.

Einen Moment schwiegen beide und Mads war der Erste, der zur Seite schaute.

»Ich muss los, sonst verspäte ich mich.«

»Sicher, dass du nicht kurz was essen magst?«, fragte Emma.

»Würde ich sehr gern, aber ich bin wirklich spät dran«, antwortete Mads, der plötzlich einen ganz trockenen Mund hatte. Er verabschiedete sich von ihr und lief nach Hause.

Auf dem Weg musste er ständig an den Moment denken, in dem sich ihre Blicke getroffen hatten. Es hatte etwas in ihm ausgelöst, was er gerade überhaupt nicht gebrauchen konnte, da er in einer glücklichen Beziehung war und obendrein den Mörder von Christian suchte.

Mach keinen Fehler, ermahnte er sich.

Als er kurz vor neun den Parkplatz vor der Dienststelle erreichte, sah er, wie sein Onkel gerade aus dem Wagen stieg und Meiko herausließ, der bei Mads' Anblick sofort bellte und freudig mit dem Schwanz wedelte. Dass Gustav ebenfalls am Wochenende arbeitete, war nichts Ungewöhnliches. Unter Enno als Polizeichef hatte es das kaum gegeben, da er nach der Devise verfuhr: Nur ein ausgeruhter Polizist ist ein produktiver und leistungsfähiger Polizist.

»Moin, Onkel«, grüßte Mads. Er ging zu den beiden und streichelte Meiko ausgiebig.

»Von wegen Onkel, hier heißt es Gustav, Herr Johannsen oder Chef. Wir sind im Dienst«, brummte Gustav, der großen Wert darauf legte, dass er während des Dienstes nicht als Onkel angesprochen wurde. Mads wusste das natürlich, doch es machte ihm einfach zu viel Spaß, ihn damit zu ärgern.

»Tja, streng genommen habe ich heute frei«, gab Mads grinsend zurück.

»Sobald du die Dienststelle betrittst, bist du Polizist.«

»Ich bin noch auf dem Parkplatz.«

»Willst du mich an einem Samstagmorgen wirklich ärgern?« Gustav schnaubte und Meiko gab ein kurzes Bellen von sich.

Im selben Moment fuhr ein weiteres Fahrzeug vor und jemand stieg aus.

»Enno!«, sagte Gustav überrascht. »Ich dachte, der arbeitet an Wochenenden nicht.«

»Das habe ich bis eben auch gedacht. Vielleicht hat er sein Handy im Büro liegen lassen, er ist ein bisschen vergesslich«, stichelte Mads.

»Moin, die Herren«, grüßte Enno und kam auf sie zu.

»Was machst du hier? Hast du nicht frei?«, fragte Gustav.

»Die Frage könnte ich euch genauso stellen«, antwortete Enno. »Ich bin im Team Mads, und ich weiß, dass er auch am

Wochenende arbeitet, um die Ermittlungen fortzusetzen, wie könnte ich da zu Hause hocken und mich langweilen?«

»Du weißt, dass das niemand von dir erwartet«, sagte Mads. Er wollte nicht, dass Enno nur wegen seines schlechten Gewissens zur Arbeit kam oder sich unnötig unter Druck setzte.

»Wir sind ein Team«, erwiderte Enno und hob die Faust.

»Gute Einstellung«, lobte Gustav. »Wir sollten reingehen und uns kurz abstimmen.«

»Kommt Albert auch?«, fragte Enno.

»Mach mir keine Angst«, entfuhr es Gustav, was Enno mit einem fragenden Blick quittierte.

»Das ist so ein Gustav-Witz, den keiner außer Albert versteht«, erklärte Mads.

Wer die beiden schon länger kannte, wusste, dass Gustav und Albert wie siamesische Zwillinge waren, sie konnten nicht ohneeinander, auch wenn sie sich ständig stritten und neckten. Daher schien Albert oft häufiger in der Dienststelle zu sein als ihm Rathaus.

Sie betraten das Gebäude, grüßten den Kollegen am Empfang und gingen durch die leeren Flure bis zu Gustavs Büro. An den Wochenenden war nur eine kleine Rumpfmannschaft hier, auch Petra hatte frei.

»Bedient euch an den Getränken und nehmt Platz«, sagte Gustav.

»Soll ich uns Espresso machen?«, fragte Mads.

»Du?« Gustav hob eine Augenbraue. »Nein, nein, das mache ich selbst. Ich möchte mir den Tag nicht mit einem schlechten Espresso vermiesen.«

»Kann der bei den berühmten japanischen Bohnen aus dem Luxus-Kaffeeautomaten überhaupt mies werden? Du drückst doch nur auf den Knopf«, zog Mads seinen Onkel auf.

»Banause«, schnaubte Gustav und verließ das Büro.

»Beim Espresso kennt dein Onkel keinen Spaß«, bemerkte

Enno schmunzelnd, nahm Platz und setzte seine Baskenmütze ab.

»Nicht nur da«, scherzte Mads und zog sich ebenfalls einen Stuhl heran. Meiko trottete zu ihm und machte es sich zu seinen Füßen bequem.

Während Mads sich ein stilles Wasser vom Tisch nahm, kam Gustav mit den drei Espressos zurück, reichte jedem einen und setzte sich anschließend Mads gegenüber. Dabei schaute er kurz zu Meiko, der jedoch keine Anstalten machte, seine Position zu verändern, obwohl sein Herrchen wieder da war.

»Er weiß halt, wer der coolste Johannsen ist«, bemerkte Mads.

Enno verfolgte das Schauspiel mit erstauntem Blick, dann gönnte er sich einen Schluck aus der Espressotasse.

»Vorzüglich. Besser geht es nicht«, lobte er.

»Danke«, antwortete Gustav.

Einen Moment herrschte Schweigen, während sie den feinen Espresso genossen, dann schob Gustav seine Tasse weg und beugte sich etwas vor.

»Wo stehen wir?«, fragte er.

Mads erzählte ihm kurz von den Gesprächen mit Fidler und Kabak, die Unterhaltung mit Emma verschwieg er jedoch, da sie in seinen Augen für die Ermittlungen noch nicht relevant war. Nur dass Emma und Lena sich getroffen hatten und er von Magnus erfahren hatte, dass Christian im Casino in Kiel achttausend Euro verzockt haben sollte, berichtete er.

»Also noch mehr Schulden«, sagte Gustav verärgert.

»Zweitausend wurden schon beglichen«, meldete Enno. »Die Frage ist nur, von wem und warum? Lena wird das sicherlich nicht getan haben. Wie auch? Sie hatte bestimmt keine Kenntnis davon.«

Gustav warf Enno einen unergründlichen Blick zu, dann sagte er: »Konzentriert euch nicht auf diese Nebensächlichkeit.

Möglicherweise hat Kabak das gemacht, damit Fidler ihm einen Gefallen schuldig ist. Ihr solltet an Kabak dranbleiben und euch im Casino umhören.«

»Das ist der Plan«, bestätigte Mads, und noch während er das sagte, hatte er eine plötzliche Ahnung, was die zweitausend Euro anbelangte, das wollte er vor Enno allerdings nicht ansprechen. Er würde Gustav unter vier Augen danach fragen.

»Gibt es noch mehr? Habt ihr mit Tim telefoniert?«

»Gestern Abend, er ist an Kabak und Emir dran, dauert noch etwas. Kabak scheint auf den ersten Blick sauber zu sein, aber wir sind uns sicher, dass er im großen Stil Geld verleiht.«

»Die Vermutung habe ich auch. Wahrscheinlich das Schwarzgeld aus seinen Shisha-Lounges«, mutmaßte Gustav.

»Klingt plausibel. Wer kann schon überprüfen wie viele Shishas da an einem Abend über den Tresen gehen. Glaubst du denn, dass Kabak ihm nur achttausend Euro geliehen hat?«

»Nur?« Gustav sah Mads erstaunt an.

»Du weißt, wie ich das meine, aber gut, anders gefragt: Würde jemand wie Kabak einen Schuldner für acht Kilo töten?«

»Achttausend Euro, nicht Kilo«, korrigierte Gustav ihn. »Es ist eure Aufgabe, das herauszufinden. Wie es scheint, ist Kabak bisher der einzige Verdächtige, den ihr habt.«

»Wir stehen ja noch am Beginn unserer Ermittlungen«, verteidigte sich Mads, da der leise Vorwurf in Gustavs Stimme nicht zu überhören war.

»Na dann los, was sitzt du hier rum?«

Mads verzog den Mund, diesen Kommentar hätte sich Gustav schenken können.

»Komm«, sagte Mads zu Enno und beide standen auf.

Meiko erhob sich ebenfalls.

»Du bleibst hier, du musst auf den Dicken aufpassen«, erlaubte sich Mads eine letzte Spitze gegen Gustav, worauf dieser etwas Unverständliches vor sich hin brummte.

Er streichelte Meiko, dann verabschiedete er sich von Gustav, Enno hob die Hand zum Gruß.

»Man könnte meinen, Meiko wäre dein Hund«, flüsterte er im Hinausgehen.

»Er ist meiner«, schimpfte Gustav. »Meiko, bei Fuß.«

Mads schloss grinsend die Tür hinter sich.

»Du und dein Onkel seid euch sehr nahe, oder?«, fragte Enno, als sie vom Parkplatz fuhren.

»Das stimmt, aber angesichts der Sprüche, die er so gegen mich raushaut, müsstest du eigentlich annehmen, dass er mich nicht leiden kann«, erwiderte Mads.

Nach all den Jahren mit ihm als Chef wusste er zwar, wie er Gustavs trockenen Humor zu nehmen hatte, dennoch fand er, sein Onkel schoss manchmal über das Ziel hinaus.

Enno wiegte den Kopf. »Ich kenne Gustav nicht so gut, aber in einer Sache bin ich mir sicher: Er würde niemals solche Sprüche raushauen, wenn er dich nicht lieben und dir vertrauen würde. Darin erinnert er mich an meinen Großvater. Er war der tollste Opa, den man sich wünschen kann. Niemand hat mich mehr zum Lachen gebracht als er, und je mehr er jemanden mochte, desto mehr Sprüche hat er rausgehauen.«

Ennos Augen leuchteten als er das sagte, und Mads verstand, worauf Enno hinauswollte, dennoch wäre es ihm lieber gewesen, wenn Gustav etwas weniger emotional reagieren würde.

Genau das sagt er auch über dich, meldete sich ein selbstkritischer Gedanke.

Einen Moment herrschte Schweigen, dann sagte Enno unvermittelt: »Bösdorf«, als Mads an dem Ortshinweis vorbeifuhr, und rümpfte die Nase.

»Was ist damit?«

»Eines der langweiligsten Käffer Deutschlands. Mehr Kühe als Einwohner, aber eine Polizeiwache. Rate mal, wer dort ein Jahr lang Däumchen drehen durfte mit dem Versprechen, danach eine verantwortungsvolle Position in der Lübecker Zentrale zu bekommen?«

»Du«, antwortete Mads schmunzelnd. »Ich wusste gar nicht, dass wir dort eine Wache haben. Gehört Bösdorf nicht zu Plön und somit zu Kiel?«

»Das weiß kaum einer und du hast recht, nur leider gab es ausgerechnet für dieses Kaff eine Übereinkunft zwischen Lübeck und Kiel, dass es einen Austausch geben kann.« Enno seufzte. »Ich wäre vor Langeweile fast gestorben. Das Spannendste war die Geburt eines Kalbes, bei der ich dem Bauern zur Hand gegangen bin.«

»Hast du den Job wenigstens danach bekommen?«

»Natürlich nicht, ich wurde nach Mönkhagen versetzt. Clemens hat mich die ganze Zeit hingehalten, er hat mich nach Strich und Faden verarscht. Erst als ich Polizeichef in Timmendorf wurde, dachte ich, dass er all seine Versprechen, mit denen er mich jahrelang hingehalten hatte, endlich einlösen wollte. Dabei hätte ich wissen müssen, dass Timmendorf ein paar Nummern zu groß für mich ist. Spätestens als ich hinter diesem großen, schweren Schreibtisch gesessen und mich ziemlich verloren gefühlt habe.«

Enno tat Mads leid. Wie es schien, hatte Dr. Clemens Eisenbraun ihn wie eine Schachfigur vor sich hergetrieben – allerdings hatte er die Rechnung ohne Albert und Gustav gemacht, die gnadenlos zurückgeschlagen hatten.

Sie erreichten Kiel und Mads parkte in der Nähe des Casinos.

»Warst du schon mal in einem?«, fragte Enno, als sie sich dem Eingang näherten.

»Nein, hat mich nie ernsthaft interessiert. Du?«

»Nicht in Deutschland, aber vor einigen Jahren in Vegas. Ich bin wirklich kein Zocker, aber die Automaten dort haben schon eine magische Anziehungskraft. Ich habe sogar 800 Dollar gewonnen.«

»Mit wie viel hast du den Automaten gefüttert?«

»Keine hundert Dollar. Das war mein tägliches Budget und ich habe mich eisern daran gehalten, egal wie groß die Versuchung war.«

»Kluge Entscheidung«, erwiderte Mads.

Ihn reizte die Stadt in der wüstenähnlichen Landschaft gar nicht, in seinen Augen war sie zu künstlich und im Sommer viel zu heiß, damit ungeeignet für jemanden, der am liebsten täglich draußen Sport treiben wollte. Zudem lag Vegas nicht am Meer. Wenn, würde es Mads nach Los Angeles ziehen. Vor Kurzem hatte er gute Freunde von Victoria kennengelernt, die dort lebten, und vor allem mit Tyler hatte er sich blendend verstanden, sie schrieben sich noch immer regelmäßig und Mads hatte sich fest vorgenommen, ihn irgendwann zu besuchen.

Wann das klappen würde, lag allerdings in den Sternen, da das Verbrechen keinen Urlaub kannte, und wenn Mads nach L. A. fliegen würde, dann für mindestens einen oder zwei Monate. An Urlaubstagen und Überstunden mangelte es ihm jedenfalls nicht.

»Geschlossen«, stellte Enno fest, als sie vor den verschlossenen Türen des Casinos standen. »Öffnet um 12 Uhr.«

»Dann haben wir noch knapp fünfzig Minuten. Wir könnten einen Kaffee im *Campus Suite* trinken.«

»Warum nicht«, stimmte Enno zu. »Obwohl ich gerade durch den Espresso von deinem Onkel sehr verwöhnt bin.«

Sie gingen zu dem Einkaufszentrum nebenan, wo das

Café recht zentral gelegen war. Drinnen herrschte reger Betrieb.

»Ist bei Studenten sehr beliebt«, bemerkte Enno. »Als ich in Bösdorf stationiert war, war ich öfter hier.« Er lachte schelmisch. »Meistens wusste das niemand, es war während der Arbeitszeit, ist aber niemandem aufgefallen. Wie auch? War ja nie jemand in der Wache.«

Mads reihte sich mit Enno in der Schlange ein. Zwei junge Frauen, vermutlich Studentinnen, beäugten ihn etwas genauer, doch als er zu ihnen schaute, drehten sie sich schnell um.

Mads wusste um seine Ausstrahlung und ehrlicherweise genoss er es auch, wenn hübsche Frauen ihm Beachtung schenkten, dennoch musste sich Victoria keine Sorgen machen, er war absolut treu.

»Du ziehst schon die Blicke auf dich.« Enno sah zu den beiden jungen Frauen.

»Sind nur Äußerlichkeiten«, gab Mads zurück, er wollte Enno keinen falschen Eindruck vermitteln.

Als sie an der Reihe waren, bestellte Mads für Enno und sich einen Coffee-to-Go und bezahlte.

»Was kriegst du?«, fragte Enno.

»Geht aufs Haus.«

»Danke. Die nächste Runde geht auf mich.«

Während sie an der Ausgabetheke warteten, ließ Mads seinen Blick erneut durch das Innere des Cafés wandern. Viel lieber hätte er jetzt mit Victoria hier gesessen und gemütlich einen Kaffee getrunken, als mit Enno zu ermitteln.

Plötzlich wurde Mads von hinten umarmt und als er sich umdrehte, drückte ihm die junge Frau einen fetten Schmatzer auf die Wange.

27

Kiel

Enno kam gerade nicht mehr mit bei dem, was hier vor sich ging. Er wusste nur so viel: Diese Frau war nicht Victoria. Er hatte sie zwar noch nie live gesehen, hatte jedoch erfahren, dass ihr Vater aus Äthiopien stammte und ihre Mutter Deutsche war, daher war ihre Haut deutlich dunkler, als man es hier im Norden gewohnt war. Diese junge Frau jedoch entsprach dem nordeuropäischem Typ, sie hatte dunkelbraune Haare, war attraktiv und leicht gebräunt.

»Sabrina«, sagte Mads überrascht.

»Was machst du in Kiel? Nach mir suchen?« Sie lächelte ihn schelmisch an.

Enno sah zu den zwei jungen Frauen, die Mads vorhin schon mit ihren Blicken fast ausgezogen hatten. Sie flüsterten miteinander, und Enno war sich sicher, dass es etwas wie »was findet er nur an dieser Tussi?« war.

Mads löste die Hände der jungen Frau von seinen Schultern. »Sabrina, bitte.«

»Ist ja gut, du Spielverderber. Freust du dich nicht, mich zu sehen?«

Mads sah Sabrina nur fragend, beinahe vorwurfsvoll an.

»Ich war bei einer Freundin, wir waren gestern feiern und ich wollte uns gerade den Katerkaffee besorgen«, antwortete sie. »Jetzt sag schon, was treibst du hier?«

»Arbeiten, sieht man das nicht?«

»In einem Café in Kiel?« Sie schien nicht überzeugt. »Lass uns doch zusammen abhängen.«

»Er arbeitet wirklich«, mischte sich Enno jetzt ein. Er

konnte kaum glauben, dass Sabrina ihn nicht bemerkt hatte, er stand schließlich genau neben Mads.

»Wer bist du?«, fragte Sabrina, sie überragte Enno deutlich.

»Mads' neuer Partner. Enno Janssen.«

»Ich heiße Sabrina. Freut mich.« Sie reichte ihm die Hand und wirkte plötzlich viel freundlicher, als freue sie sich wirklich, Enno kennenzulernen.

»Die Freude ist ganz meinerseits«, erwiderte Enno und ergriff ihre Hand. Ihr Händedruck war fest, dennoch hatte sie sehr zarte Hände.

»Wieso chillen wir nicht zu dritt?«, fragte sie.

Enno hatte nichts gegen den Vorschlag, da sie noch Zeit hatten und Sabrina sympathisch wirkte.

»Weil wir arbeiten«, erwiderte Mads mit genervtem Unterton. »Du bestellst den Kaffee und gehst zurück zu deiner Freundin.«

»Was für ein Spielverderber. Ist er zu dir auch immer so launisch?«, fragte Sabrina an Enno gewandt. »Egal, ich mag ihn trotzdem. Du musst wissen, Mads und ich haben eine Vergangenheit.«

»Wir haben keine Vergangenheit«, korrigierte Mads sie streng.

»Er war mit meiner Schwester zusammen, bevor er ihr das Herz gebrochen hat, so wie vielen anderen Mädels auch«, erklärte Sabrina mit einer Leichtigkeit in der Stimme, als wäre das etwas Lustiges.

Enno war sich nicht sicher, ob Sabrina einfach nur eine fröhliche, überdrehte junge Frau war oder ihnen etwas vorspielte. Aber so, wie sie Mads anschaute, war kaum zu übersehen, dass sie ihn mochte, was bei seinem Aussehen ja kein Wunder war.

»Komm, Enno«, sagte Mads und reichte ihm seinen Pappbecher.

»Bis zur nächsten schicksalsartigen Begegnung, Madsilein, dem Schicksal kann man nicht entgehen«, rief Sabrina ihnen nach.

Nur Enno drehte sich kurz zu ihr um, und der Blick, mit dem sie Mads hinterherschaute, war irgendwie unheimlich. Sie fixierte ihn regelrecht, als würde sie niemand anderen sehen als ihn.

Als sie auf dem Weg Richtung Casino und damit außer Hörweite waren, fragte Enno: »Möchtest du mir erzählen, was das gerade war, oder ist das privat?«

»Da ist nichts privat. Ich kenne Sabrina, seit sie ein Kind ist. Sie war schon immer so überdreht, ist immer ganz schön flirty unterwegs.«

»Hattest du was mit ihrer Schwester?«

»Ja, eine kurze Affäre, aber ich habe ihr nicht das Herz gebrochen oder ihr falsche Hoffnungen gemacht. Ich spiele immer mit offenen Karten.«

»Wenn ich so aussehen würde wie du, würde ich auch mit offenen Karten spielen, das Angebot an Frauen scheint ja unbegrenzt«, konnte sich Enno einen Spruch nicht verkneifen. Er war schon immer ein ganz anderer Typ gewesen und daran hatte sich bis heute nichts geändert. Die Frauen machten einen großen Bogen um ihn, wenn sie ihn denn überhaupt wahrnahmen.

»Das hat nichts mit dem Aussehen zu tun, das ist eine Sache des Prinzips. Sabrina ist noch jung, sie kapiert einige Dinge nicht. Für sie ist das Leben eine große Party und alles nur Fun.«

»Sie steht auf dich.«

»Nein, sie weiß, dass ich mit Victoria glücklich bin, außerdem war ich mit ihrer Schwester zusammen, nicht mit ihr«, beharrte Mads.

»Ich mag kein Sonnyboy sein wie du, aber ich bin nicht

blind. Sie steht auf dich, deswegen dieses Überdrehte, sie möchte dir imponieren, dir im Gedächtnis bleiben.«

»Ich bin in einer glücklichen Beziehung. Am besten vergisst du einfach, was du gerade gesehen hast. Andere könnten das falsch deuten.«

»Du hast nichts Verwerfliches getan, sie hat sich dir ja im wahrsten Sinne des Wortes an den Hals geworfen«, widersprach Enno, doch Mads reagierte nicht darauf, er schaute Enno nur an. »Angekommen, ich habe nichts gesehen. Was sollte ich auch gesehen haben?« Enno lachte.

Wie gern hätte er die Rollen mit Mads getauscht, nur für einen Tag, mehr nicht.

Inzwischen hatte das Casino geöffnet und sie traten ein.

»Moin, Ostseekriminalpolizei, Mads Johannsen, das ist mein Kollege Enno Janssen«, grüßte Mads die Dame am Tresen.

»Moin. Wie kann ich Ihnen helfen?«

»Es geht um einen Mann, der in den letzten Wochen bei Ihnen im Casino war. Wir möchten uns umhören, ob jemand ihn gesehen hat.«

Mads zückte sein Handy und zeigte der Dame das Foto von Christian.

Die schüttelte den Kopf. »Kann mich nicht an ihn erinnern, wobei ich erst seit letzter Woche wieder hier bin. Ich war im Urlaub.«

»Wir würden auch gern die Kollegen im Casino befragen.«

»Haben Sie Ihre Dienstausweise dabei?«, fragte die Frau freundlich. Sie wirkte sehr souverän im Umgang mit der Polizei und machte nicht einmal in einem Nebensatz eine Anspielung, dass sie einen Vorgesetzten hinzuziehen müsste. Es schien, als wäre sie es gewohnt, mit Polizisten zu sprechen.

Mads und Enno zeigten ihr die Dienstausweise.

»Danke«, sagte die Frau und machte eine einladende Handbewegung zum Innenraum.

»Unglaublich«, bemerkte Enno.

»Was?«

»Dieser Automat, das ist er.«

»Welcher Automat?«

»Na, der aus Vegas, an dem ich 800 Dollar gewonnen habe.« Ennos Augen weiteten sich und ein Gedanke huschte ihm durch den Kopf. Ob er nicht doch …?

»Ist es okay, wenn ich den Automaten mal kurz mit zwanzig Euro füttere?«, fragte er.

Mads sah ihn ungläubig an. »Wir sind im Dienst, was glaubst du, was das für einen Eindruck hinterlassen würde, wenn Polizeibeamte hier zocken?«

»Ich könnte ja zufällig daran vorbeikommen, Geld einwerfen, und so tun, als würde ich den Automaten testen.«

Mads klopfte Enno lachend auf die Schulter. »Das musst du nach Feierabend machen. Mein Rat ist allerdings: Vergiss es.«

Enno seufzte, zu gern hätte er sein Glück versucht, aber Mads hatte recht.

Sie traten zu einem Croupier am Black-Jack-Tisch.

»Moin, Lust auf eine Runde?«, fragte der.

»Nein, wir sind von der Polizei. Es geht um diesen Mann. Haben Sie ihn in letzter Zeit gesehen?« Mads zeigte ihm das Foto auf dem Handy.

Der Mann prüfte es genau, dann sagte er: »Nein, tut mir leid. Was ist mit ihm?«

»Er wurde ermordet und wir wissen, dass er vor einigen Wochen in diesem Casino war und eine große Summe verzockt hat.«

»Tut mir leid, da kann ich Ihnen leider nicht helfen.« Der Mann wirkte plötzlich reservierter, er schaute hoch in eine Kamera, als hoffte er auf Unterstützung.

Enno hätte es nicht gewundert, wenn gleich die Security

käme und sie aus dem Saal abführen würde aus Sorge, dass sie die Gäste stören könnten, doch Mads ließ sich nicht beirren und ging weiter zu den nächsten Tischen. Mit dem gleichen Ergebnis, die Mitarbeiter konnten sich nicht an Christian erinnern oder wollten es nicht. Allerdings schauten auch sie jedes Mal zur Decke, wo eine Menge Kameras angebracht waren.

Nun steuerte Mads eine Frau an, die am Roulette-Tisch arbeitete.

»Moin«, sprach er sie an.

»Moin. Machen Sie bitte Ihre Einsätze.«

»Keine Einsätze«, erwiderte Mads.

Enno hätte gern zehn Euro auf die 28 gesetzt, einfach um das Gespräch ein wenig aufzulockern, doch das kam natürlich nicht infrage.

»Wie kann ich Ihnen dann helfen?«, fragte die Frau.

Ein Pärchen trat zu ihnen und machte einen Einsatz.

»Bitte machen Sie Ihr Spiel«, sagte die Frau.

Enno juckte es in den Fingern, er schaute zu Mads, doch der schüttelte nur kurz den Kopf.

Als niemand mehr etwas setzte, warf die Frau die Kugel entgegengesetzt zur Drehrichtung in den Kessel.

Enno verfolgte gebannt, wo die Kugel liegen bleiben würde.

Sie landete auf einer Zahl.

»Nein«, platzte Enno heraus, es war die 28.

So viel Pech kann man doch gar nicht haben, dachte er und versuchte, sich seinen Ärger nicht anmerken zu lassen.

Das Pärchen hatte nichts gewonnen und verließ den Roulettetisch.

»Kennen Sie diesen Mann?«, fragte Mads jetzt und reichte der Frau sein Handy.

Sie schaute sich das Foto an, etwas gründlicher als die Kollegen zuvor.

»Ich denke nicht«, antwortete sie dann.

»Schauen Sie bitte genau hin. Der Mann ist groß, er müsste eigentlich auffallen.«

Die Frau starrte weiter auf das Display und presste die Lippen zusammen, schließlich erklärte sie: »Tut mir leid, sagt mir nichts.«

Mads steuerte auf den nächsten Tisch zu.

»Ich wusste, dass die 28 kommt.« Enno konnte den Satz einfach nicht zurückhalten.

»Warum hast du dann nicht gesetzt?«

»Du scherzt?« Enno schaute verwundert Mads an.

Mads schmunzelte nur.

Bevor sie den nächsten Tisch erreichten, steuerten zwei Männer auf sie zu, groß und muskulös in schwarzen Anzügen.

»Wollen Sie uns bitte folgen?«, sagte einer von ihnen.

»Warum nicht«, antwortete Mads. Wie es schien, hatte er keine Lust auf eine Konfrontation, Enno ebenso wenig.

Sie folgten den beiden Männern und betraten ein Büro.

»Guten Tag, die Herren. Sie sind von der Polizei?«, sprach sie ein Mann Ende fünfzig an. Er war etwas kleiner als Mads, hatte einen leichten Bauchansatz, graue, nach hinten gegelte Haare und trug einen hochpreisigen, exklusiven Anzug.

»Das sind wir. Mads Johannsen und das ist mein Kollege Enno Janssen«, antwortete Mads und reichte dem Mann die Hand, Enno tat es ihm gleich.

»Karl Weise, Sicherheitschef. Vielleicht kann ich Ihnen helfen.«

»Wie lange werden Ihre Kameraaufzeichnungen gespeichert?«

»72 Stunden, wie vorgegeben.«

»Nicht länger?«

»Nein, wir halten uns an die gesetzlichen Richtlinien. Worum geht es?«

»Um diesen Mann, der vor einigen Wochen in Ihrem Casino war und eine erhebliche Geldsumme verzockt hat.«

Mads reichte ihm sein Handy.

»Sagt mir leider nichts«, erklärte der Chef. »Euch, Jungs?« Er reichte das Handy weiter.

»Mir auch nicht«, sagte der eine, der zweite schaute sich das Foto etwas länger an, schließlich sah er auf.

»Den kenne ich. Er war hier. Hat versucht, Stress zu machen, weil er recht viel Kohle verzockt hat.«

»Wann war das?«

»Das müsste vor drei Wochen gewesen sein. Nageln Sie mich nicht fest, so genau kann ich mich nicht mehr erinnern, aber er war es. Es war schon sehr spät. Er war mit seinem Kumpel hier.«

»Sein Kumpel?«, fragte Mads erstaunt.

28

Spannungskopfschmerzen, mal wieder. Schuld daran war der Stress, den die Ermittlungen mit sich brachten. Gustav atmete tief durch und versuchte, seine Schultern zu lockern, während er mit Meiko über die Timmendorfer Promenade ging.

Noch immer hatten sie keine heiße Spur, nur diesen Junus Kabak, der allem Anschein nach ein mieser Kredithai war.

Vor einer Stunde hatte Albert ihn angerufen und vorgeschlagen, im *Café Wichtig* gemeinsam mittag zu essen, auch weil das Wetter so gut war, dass man gemütlich auf der Terrasse sitzen konnte. Gustav hatte zugestimmt. Er hatte nicht gefrühstückt und die Ablenkung tat ihm sicher gut. Mads hatte noch nicht angerufen, vermutlich war er in Kiel.

Wie es schien, verstand er sich gut mit Enno, was auch ein Stück weit an Enno lag, er hatte sich offenbar schnell an Mads' Persönlichkeit angepasst. Er war eben kein Alphatier wie Mads oder er. Unwillkürlich musste Gustav schmunzeln. Mads und er gerieten oft aneinander, obwohl Gustav gar kein Interesse daran hatte, sich mit seinem Neffen zu streiten, aber Mads verstand es wie kein Zweiter, die falschen Knöpfe bei ihm zu drücken. Alphatier eben.

Als Gustav die großzügige Terrasse des *Café Wichtig* erreichte, sah er auch schon Albert an einem freien Tisch sitzen, er unterhielt sich mit einer älteren Frau. Gustav gesellte sich zu ihnen.

»Sie haben selbstverständlich meine Stimme, Herr Lange. Ich habe ohnehin kein Wort von dem geglaubt, was da über

Sie erzählt wurde. Einen rechtschaffeneren Menschen als Sie, der sich so unglaublich für unsere Gemeinde einsetzt, kenne ich nicht. Mikkel hat recht behalten, als er sagte, dass Sie Bürgermeister werden müssen, damit unsere Gemeinde ein friedlicher Ort bleiben wird und zahlende Touristen anzieht.«

»Sie kannten meinen Vater?«, fragte Gustav erstaunt.

Die Frau lachte. »Sie erkennen mich bestimmt nicht wieder. Ich habe damals in der Buchhaltung gearbeitet, allerdings nur zwei Jahre. Die Liebe hat mich dann nach Köln geführt, aber seit zehn Jahren bin ich zurück.«

»Sagen Sie nicht, Sie sind Frau Wunderlich?«, fragte Gustav überrascht.

»Genau die. Ihr Papa wird immer in meinem Herzen bleiben, weil er so viel für unsere Gemeinde getan hat, und das angesichts all der Widerstände, denen er trotzen musste, ganz zu schweigen von den Lügen. Es erinnert mich an die Schmierenkampagne gegen Sie, lieber Herr Bürgermeister.« Sie hob den Zeigefinger und lachte kurz. »Aber Sie sind nicht umgefallen, genau wie Mikkel, weil die Gerechtigkeit immer siegen wird.«

»Danke für die lieben Worte, ich gebe mein Bestes. Nennen Sie mich doch bitte Albert«, sagte Albert und zeigte sein strahlendes Politikerlächeln.

»Gerne, lieber Albert. Du hast es schon früher verstanden, die richtigen Worte zu wählen. Nun muss ich aber los, meine Tochter wartet auf mich. Euch beiden einen schönen Mittag.«

»Ihnen auch.«

Albert stand auf und reichte der Frau die Hand.

»Tolle Frau«, schwärmte er, nachdem sie gegangen war.

Sie setzten sich.

»Das sagst du doch nur, weil sie dich gelobt hat.«

»Wo denkst du hin!«, echauffierte sich Albert, der seinen feinen Sonntagszwirn angezogen hatte, während Gustav nur

Hose und ein Poloshirt trug. »Alles, was sie gesagt hat, stimmt. Auch das über Mikkel. Ich erinnere mich noch sehr gut an die Widerstände in der CDU, als er mir geholfen hat, den Vorsitz zu übernehmen und mich als Bürgermeisterkandidat aufzustellen.«

»Wieso trägst du bei diesem schönen Wetter Anzug?«, fragte Gustav.

»Weil ich im Gegensatz zu dir arbeiten war. Ich hatte zwei Veranstaltungen, bin seit 6 Uhr früh auf den Beinen.«

»Du?«

»Ja, ich.« Albert grinste frech. »Im Juni sind Wahlen, ich kann mir keine Nachlässigkeit erlauben.«

»Wer soll dich denn schlagen? Die Schmierenkampagne von Dr. Eisenbraun und deinem internen Konkurrenten Lars Terveen bei der CDU ist ins Leere gelaufen.«

»Exakt, und warum das alles? Weil wir nicht nachlässig waren und uns mit Nachdruck gegen die Lügen der letzten Monate gestemmt haben.«

»Was wirst du mit Lars machen?«

»Er wird niemals mein Nachfolger werden. Wenn er in der CDU eine Zukunft haben möchte, dann höchstens als Flyerverteiler auf Wochenmärkten.«

Alberts Augen blitzten und Gustav wusste, dass das nicht nur so dahergesagt war, sondern dass Albert das ernst meinte.

Der Kellner kam und brachte Meiko eine Schale mit Wasser, dann nahm er die Bestellung auf.

»Übrigens gebe ich erst Ruhe, wenn ich auch Dr. Eisenbraun abgesägt habe.«

»Willst du dir den Stress wirklich antun? Es läuft doch alles gut für uns.«

Albert blickte Gustav entgeistert an. »Natürlich. Ich bin mir sicher, dass es Eisenbraun war, der der Presse gesteckt hat, dass ich einen unehelichen Sohn habe, von dem ich nichts wusste und der wegen Mordes im Knast schmort. Glaubst du, das vergesse ich? Glaubst du, Mikkel hätte das vergessen?«

»Nein«, antwortete Gustav.

Albert war seinem Vater viel ähnlicher als er, der von blinder Rache nicht viel hielt.

»Die Gelegenheit wird kommen, vertrau mir«, fuhr Albert fort. »Lass mich die Bürgermeisterwahlen gewinnen, dann habe ich genug politischen Rückhalt und werde mir gleich diesen Eisenbraun vorknöpfen. Er wird noch beten, dass er mir nie begegnet wäre.«

»Genug der Rachegelüste, wir müssen mit Mads sprechen.«

»Warum?«, fragte Albert.

Sie wurden kurz unterbrochen, als der Kellner die Getränke servierte.

»Ich hatte ein Gespräch mit ihm. Ich glaube, er weiß, dass wir die zweitausend Euro Schulden bei Fidler abbezahlt haben.«

»Sicher?«

»Ja, vertrau mir, ich kenne Mads.«

»Was ist mit Enno?«

»Der weiß nichts, und ich sorge dafür, dass es dabei bleibt.«

»Gut. Dann erzähl es Mads. Was machen wir mit Kabak und den Schulden?«

Gustav rieb sich die Stirn, sein Schädel brummte noch immer. »Ich halte es für keine gute Idee, ihm einem Umschlag mit achttausend Euro zu geben.«

»Warum?«

»Weil er unser Hauptverdächtiger ist. Überleg' mal, dass er Christian durchaus mehr als achttausend Euro geliehen haben könnte, was dann? Wenn wir ihm achttausend geben, wüsste er sofort, dass das Geld von der Polizei kommt, und dann findet er möglicherweise heraus, dass Christian Lenas Verlobter war.«

»Wie soll er das herausfinden? Er wird Ruhe geben, wenn er das Geld hat.«

»Nein, den Eindruck habe ich nicht. Er darf nicht wissen, dass Christian fast mit uns verwandt war. Mein Bauchgefühl sagt mir, dass er Christian viel mehr Geld geliehen, Mads aber eine andere Summe genannt hat, um nicht als Verdächtiger dazustehen. Er hat kein Alibi.«

»Dann müssen wir herausfinden, wie viel es tatsächlich ist.«

»Das war auch mein Gedanke. Nur wie?«

»Zafer Kaya.«

Gustav hob abwehrend die Hände. »Nein, wir werden nicht einen Clanchef kontaktieren, um an Informationen zu gelangen. Wir warten ab, was Tim und Mads herausfinden.«

»Du Holzkopf, warum Zeit verschwenden? Je eher wir das hinter uns bringen, desto besser für alle«, widersprach Albert.

Gustav rieb sich die Stirn. Im Grunde hatte sein bester Freund recht, dennoch wollte er nicht auf die Hilfe eines Clanchefs zurückgreifen, den sie vor einiger Zeit durch den Imbissbudenbesitzer Walter in Lübeck kennengelernt hatten.

Angeblich war Kaya geläutert und seine Geschäfte legal, doch Gustav konnte sich das nur schwer vorstellen.

Er überlegte, dann gab er sich einen Ruck. »Wir sprechen mit Kabak, wir drängen ihn in die Ecke, und wenn das nichts bringt, kontaktieren wir Walter, damit er uns den Kontakt zu Kaya herstellt.«

»Endlich redest du wie der Sohn von Mikkel.« Albert nickte zufrieden.

29

Niendorf

Emma wollte noch einen Anruf in der Redaktion tätigen, bevor sie in die *Seaside Lounge* gehen würde, um sich zuerst mit Lena und später mit Amir und Pietro zu treffen. Ihr Freund Stefan würde dann auch dazustoßen.

Sie wählte die Nummer über ihr Bürotelefon und wartete. Freizeichen.

Erst beim vierten Klingeln nahm ihr Informant ab.

»Metz«, meldete er sich.

»Hallo, Herr Metz, Emma Falk von der Ostseezeitung.«

»Moin. Wie kann ich Ihnen helfen?«

»Es geht um unser Gespräch. Ich wollte nur kurz nachhorchen, ob Sie sich nicht doch noch an etwas erinnern.«

»Leider nicht, ich wünschte, es wäre anders. Ich kann Ihnen leider nicht weiterhelfen.«

»Schade, manchmal erinnert man sich ja im Nachgang an Details, die einem entgangen sind.«

»Nicht in meinem Fall. Ich habe Christian Jung auf der Terrasse des *Café Hermannshöhe* gesehen. Allein, zumindest solange ich dort war, ich habe das Café vor ihm verlassen. Er wirkte irgendwie abwesend und starrte die ganze Zeit auf die Ostsee.«

Das hatte Metz bei ihrem letzten Gespräch nicht erwähnt.

Ob Christian da schon gewusst hatte, was auf ihn zukam? Sicher hatte er sich in der Nähe der Klippen mit jemandem treffen wollen, deshalb hatte er davor so nachdenklich im Café gesessen, aber er hatte bestimmt nicht damit gerechnet, dass es zu einer Auseinandersetzung mit tödlichem Ausgang kommen würde.

Christian war ein Stehaufmännchen gewesen, der sich irgendwie durchs Leben gemogelt hatte, und Emma nahm an, dass er auch diesmal gehofft hatte, zum wiederholten Male Aufschub zu bekommen. Aber dieses eine Mal war einmal zu viel gewesen.

»Hat Herr Jung in der Zeit mit jemandem telefoniert?«, erkundigte sich Emma.

»Ehrlich gesagt, habe ich nicht darauf geachtet. Ich beobachte die Leute für gewöhnlich nicht.«

»Saß er schon, als sie auf der Terrasse Platz genommen haben?«

»Ja.«

Also musste Christian schon recht lange auf der Terrasse gesessen haben. Hatte ihn das geplante Treffen mit seinem Mörder derart beschäftigt?

Emma hatte auch Lena gefragt, ob sie von seinem Besuch in dem Café wusste, doch sie hatte verneint. Er war unterwegs gewesen, mehr hatte sie dazu nicht sagen können. Das war in den Wochen davor im Übrigen ähnlich gewesen, er hatte ihr selten Bescheid gegeben, wenn er weggegangen war. Zudem hatte er sich streitlustig gezeigt und Lena hatte den Streit nicht eskalieren lassen wollen aus Sorge, dass er die Hochzeit abblasen könnte.

»Herr Metz, die Polizei ist gestern auf mich zugekommen«, setzte Emma neu an.

»Die Polizei? Was hat das mit mir zu tun?«

»Sie möchten sich gern mit Ihnen unterhalten.«

»Was ist mit Informantenschutz?«

»Der besteht nach wie vor. Ich habe der Polizei nicht verraten, wer Sie sind. Wenn Sie es ablehnen, werde ich die Polizei darüber informieren«, versprach Emma.

Metz antwortete nicht sofort, er schien zu überlegen. »Was schlagen Sie vor?«, sagte er dann.

»Reden Sie mit ihnen.«

Wieder herrschte einen Moment Schweigen. »Gut, aber nur am Telefon.«

»Danke, ich gebe Ihre Nummer weiter. Ein Mads Johannsen wird Sie anrufen.«

»Ist er mit Gustav Johannsen verwandt?«, fragte Metz sofort.

»Er ist sein Neffe.«

»Hoffentlich taugt er mehr als Gustav.«

»Sie kennen Gustav?«, hakte Emma nach. Nun verstand sie, warum Metz nicht mit der Polizei sprechen wollte. Es gab wohl eine gemeinsame Vergangenheit.

»Das ist eine lange Geschichte, am besten vergessen Sie, was ich gesagt habe. Mads soll mich anrufen, aber nicht heute. Ich möchte mich nicht jetzt gleich über die Johannsens ärgern.«

»Versprochen«, sagte Emma und beendete das Gespräch.

Was das wohl für eine Vergangenheit war?

Mads wird sich freuen, dachte sie, schaltete ihren Rechner aus, nahm ihre Tasche und verließ die Redaktion, da sie sich nicht verspäten wollte.

Auf dem Weg zur *Seaside Lounge* dachte sie weiter über Christian nach. Lena hatte ihn ganz sicher mehr geliebt als er sie, das stand für Emma außer Frage. Warum sonst hatte er sich Lena gegenüber wie ein Arschloch benommen?

Weil die Schulden ihn an die Wand gedrückt haben, gab sie sich die Antwort, doch sie war nicht zufriedenstellend. Es machte doch eine Beziehung aus, dass man Probleme und Hindernisse gemeinsam anging und sie aus der Welt schaffte, und Lena wäre die letzte Person gewesen, die Christian nicht aus der Patsche geholfen hätte, das hatte sie immer wieder unter Beweis gestellt.

Es sei denn, er hatte noch viel mehr Schulden, als Mads annimmt, und fürchtete, dass Lena irgendwann doch die Reißleine ziehen würde. Erst recht, wenn sie erfahren hätte, dass er weiter ins Spielcasino geht und wieder heimlich Alkohol trinkt, überlegte Emma.

So gesehen hatte sich Christian in einen Teufelskreis hineinmanövriert. Die Schulden zwangen ihn, wieder ins Casino und in die Spielhalle zu gehen, und der Druck der Gläubiger brachte ihn zurück zum Alkohol. Er wurde dünnhäutig und stritt sich daher öfter mit Lena, obwohl er sie noch immer liebte.

Emma nickte langsam, das wäre eine gute Erklärung für die Geschehnisse.

So ein Quatsch, hörte sie Mads' Stimme in Gedanken, *Christian hat den Nervenkitzel beim Zocken geliebt.*

Emma seufzte. Vermutlich lag die Wahrheit irgendwo dazwischen.

Wenig später erreichte sie die *Seaside Lounge,* genau in dem Moment, als auch Lena ankam.

»Das passt ja«, sagte Lena lächelnd.

Sie wirkte beinahe glücklich, als hätte der neue Tag noch ein Stück mehr Normalität in ihr Leben gebracht.

Emma freute das, sie umarmten sich und nahmen auf der Terrasse Platz.

»Meine zwei Lieblingsmenschen«, hörten sie da Jule rufen, eine sehr gute Freundin, die gerade Schicht in der *Seaside Lounge* hatte.

»Magst du dich zu uns setzen?«, fragte Lena.

»Würde ich sehr gern, aber ich muss schuften. Wenn ihr noch eine Stunde hier seid, stoße ich sofort dazu.«

»Das sollten wir hinkriegen, oder?«, fragte Emma an Lena gewandt. »Amir kommt auch in einer Stunde zusammen mit Pietro.«

Lena antwortete nicht sofort, sie schaute etwas verlegen

auf ihre Hände, wahrscheinlich war sie unsicher, ob sie sich so viele Leute antun wollte, was Emma in ihrer Situation absolut verstand. Dann sah sie auf. »Klar, würde mich freuen«, sagte sie.

»Perfekt. Was kann ich euch Schönes bringen?«, fragte Jule.

Emma und Lena gaben ihre Bestellung auf, dann sah Lena zur Promenade und weiter zum Strand.

Emma folgte ihrem Blick. Von der Ostsee wehte ein leichter Wind in ihre Richtung, aus der Ferne hörte Emma eine Möwe schreien, sie konnte sie allerdings nicht sehen.

Lena schaute wieder zu Emma und lächelte zurückhaltend. »Warst du in Kiel?«, fragte sie.

»Das war ich.« Emma nickte und überlegte, ob sie Lena die Wahrheit sagen oder etwas erfinden sollte, damit ihr Bild von Christian nicht noch mehr Schaden nahm.

»Und?«, drängte Lena.

Emma zögerte einen Augenblick, dann entschied sie sich für die Wahrheit. »Christian war da, er hat eine größere Summe verspielt und offenbar alkoholisiert dort Ärger gemacht, er wurde von der Security rausbegleitet.«

Lena erschrak. Ihre Gesichtszüge waren wie erstarrt, sie schien zu keiner Regung fähig, ihre Augen wurden feucht, dann biss sie sich auf die Unterlippe, um die aufkommenden Tränen zu unterdrücken.

»Weißt du, wie viel Geld er verspielt hat?«, brachte sie hervor, nachdem sie sich gesammelt hatte.

»Nein, das konnte mir niemand sagen. Aber Christian war nicht allein.«

»Wie, nicht allein?« Lena blickte sie verständnislos an.

»Ich weiß nicht, wer bei ihm war. Es soll ein Mann Mitte, Ende zwanzig gewesen sein.«

»Mitte zwanzig?« Lena runzelte die Stirn. »Magnus ist, glaube ich, dreiunddreißig, außer ihm wüsste ich niemanden, mit dem Christian abhängen könnte. Er hatte eigentlich keine Freunde, erst recht keine, die heimlich mit ihm ins Casino gehen würden.«

»Wer ist Magnus?«, fragte Emma interessiert. Sie hätte zu gern gewusst, wer diese ominöse Begleitung im Casino gewesen war.

»Der ehemalige beste Freund von Christian, seinetwegen ist er auf die schiefe Bahn gekommen.«

»Wo wohnt er?«

»Wenn er nicht umgezogen ist, noch in Scharbeutz.«

Jule unterbrach sie kurz, servierte ihnen die Getränke und eilte gleich weiter zum nächsten Tisch.

»Wenn du magst, finde ich das heraus«, bot Emma an. »Amir hat super Kontakte zum Bürgerbüro, wobei ich sicher bin, dass du auch einfach nur Mads fragen müsstest, der kann die Adresse sofort herausfinden.«

Lena sollte nicht bemerken, dass sie großes Interesse an Magnus hatte, für ihre mögliche Story, an der sie gerade feilte.

»Mach das bitte«, sagte Lena. »Ich möchte Mads da raushalten, vorerst. Was hältst du davon, wenn wir nachher kurz bei seiner alten Anschrift vorbeischauen?«

»Wir zusammen?«

»Ja, es sei denn, es macht dir zu viele Umstände, dann natürlich nicht. Ich möchte dich nicht …« Lenas Blick wirkte verzweifelt.

»Tust du nicht«, versicherte Emma. »Wir besuchen Magnus nachher gemeinsam. Aber erst machen wir uns eine schöne Zeit hier mit Amir, Pietro, Stefan und gleich noch Jule, abgemacht?«

»Abgemacht.«

30

Mads hatte für diesen Tag offiziell Feierabend. Enno hatte er nachhause geschickt und fuhr jetzt nach Scharbeutz, um sich mit Magnus Dahmke zu unterhalten, das wollte er allein tun. Er bereute es, dass er Magnus in Ennos Gegenwart geschlagen hatte. Zwar hatte Enno seinem Onkel seinen alten Job zurückgegeben, aber bedeutete das, dass er Enno deswegen blind vertrauen konnte? Mads war sich da nicht so sicher. Auch wenn Enno sich bisher nichts zuschulden kommen lassen hatte, durfte er sich in seiner Gesellschaft nicht zu viele Fehler erlauben. Enno war nicht Lena, und sein Gefühl sagte ihm, dass das Gespräch mit Magnus gleich etwas ruppiger werden würde, daher war es besser, wenn er sich allein mit ihm unterhielt. Der Securitymitarbeiter des Casinos hatte gesagt, dass Christians Begleitperson kurze schwarze Haare gehabt habe, deutlich kleiner als Magnus und vermutlich etwa Mitte zwanzig gewesen sei. Vielleicht kannte Magnus den Kerl.

Mads bog bei der *Ostsee Therme* rechts ab und hatte nun freie Sicht auf die Ostsee. Der Ausblick war jedes Mal wie Balsam für seine Seele, weil er die ganze Schönheit der Ostsee präsentierte, auch heute, an einem sonnigen Tag mit kaum einer Wolke am Himmel, aber diesmal war Mads mit seinen Gedanken woanders, bei Lena und diesem Versager, der ihnen selbst nach seinem Tod noch jede Menge Ärger machte.

Mads kam sich fast wie ein Getriebener vor, weil er versuchte, die einzelnen Puzzleteile so schnell wie möglich zu einem Bild zusammenzufügen, doch das war momentan kaum möglich, da er erst ein Prozent aller Teile gefunden hatte.

Das lag auch daran, dass sie mit so vielen Lügen zu kämpfen hatten. Natürlich lag es in der Natur des Menschen, zu lügen, das war für ihn als Polizist nichts Neues, er selbst schloss sich da nicht aus. Allerdings gab es Lügen und Lügen. Kleine alltägliche Schummeleien, die niemandem schadeten oder dem Gegenüber sogar schmeichelten und es erfreuten, waren nicht das Problem. Schlimm waren die Lügen, mit denen man das Vertrauen anderer missbrauchte, sich die Liebe des anderen erschlich und ihn eiskalt ausnutzte, sowohl finanziell als auch emotional.

Genau das hatte Christian mit seiner Schwester getan, daran bestand für Mads kein Zweifel. Auch wenn man nicht schlecht über Tote reden sollte, fiel es Mads gerade sehr schwer, Mitleid oder gar Verständnis für Christian aufzubringen, und obwohl er sich für den Gedanken schämte, war ein Teil von ihm zufrieden, dass Christian nicht mehr Teil von Lenas Leben war.

Mads bog in die Ostseestraße ab, parkte vor Magnus' Anschrift und stieg aus. Auf dem Weg zur Haustür kam ihm eine junge attraktive Frau entgegen und unwillkürlich musste er wieder an die Begegnung mit Sabrina denken. Dass Enno gesehen hatte, wie sie ihm um den Hals gefallen war, wurmte ihn. Er wollte nicht, dass falsche Gerüchte die Runde machten. Wäre er privat in Kiel gewesen, allein, hätte er sich gern ein wenig mit ihr unterhalten, ihre frische, unbekümmerte Art gefiel Mads, obwohl er wusste, dass Sabrina gern Grenzen austestete. Vermutlich, weil sie sich ihrer Anziehungskraft in der Männerwelt bewusst war. Er konnte sich gut vorstellen, dass es wenig Männer gab, die Nein zu ihr sagten. Er selbst gehörte jedoch zu diesen Männern, denn er war mit Victoria zusammen. Exklusiv.

Mads klingelte bei Magnus, aber niemand öffnete. Auch auf sein zweites und drittes Klingeln gab es keine Reaktion.

»Mist«, murmelte Mads.

Es war Samstag und inzwischen spät am Nachmittag, vielleicht war Magnus unterwegs, auch wenn er in Mads' Augen ein zugedröhnter Stubenhocker war, der an sich nie die Wohnung verließ. Immerhin hatte er sich bei seinem letzten Besuch Magnus' Handynummer geben lassen, er könnte ihn also anrufen.

Als er gerade sein Handy zücken wollte, kam ein Jugendlicher, kaum achtzehn, aus dem Wohnhaus, in der Hand hielt er einen Joint, den er gleich hinter dem Rücken versteckte.

»Moin«, grüßte Mads den Jugendlichen.

»Moin.«

»Sag mal, kennst du Magnus?«

»Klar, Digga, warum?«

»Wollte mir ein bisschen Dope von ihm besorgen, aber der Honk macht nicht auf, wahrscheinlich ist er mal wieder stoned«, antwortete Mads, bemüht, möglichst jung zu klingen.

Der Jugendliche lachte und zog den Joint hinter dem Rücken hervor. »Typisch Magnus. Also, eigentlich.«

»Eigentlich?«

»Diesmal muss ich ihn in Schutz nehmen, er ist am Strand.«

»Bei der Seebrücke?«

»Genau, zumindest da, wo sie mal hinkommen soll, wenn sie denn je fertig wird. Unser Stuttgart 21«, lachte der Jugendliche.

»Danke dir.«

»Dafür nicht, Digga. Ich hab aber keine Ahnung, ob Magnus noch Stoff hat, er hat vorhin schon so'n bisschen rumgedruckst, als ich ein paar Gramm mehr wollte.«

»Krieg ich hin.«

Mads verabschiedete sich und ging Richtung Strand. Bald

hatte er die Strandpromenade erreicht und blickte zu der Baustelle. Der Anblick erweckte wirklich nicht den Eindruck, als würde hier in Kürze eine Seebrücke eingeweiht werden, was Albert sicherlich freute, da er den Bürgermeister von Scharbeutz für unfähig hielt – ganz davon abgesehen, dass er die Gemeinde Scharbeutz in Konkurrenz zu seiner Gemeinde sah.

Der Strand war gut besucht und dank des schönen Wetters waren einige sogar im Wasser, obwohl die Ostsee noch recht frisch war.

Mads ging weiter Richtung *Bayside Hotel*, das in erster Reihe zum Strand lag und als Aushängeschild von Scharbeutz galt. Zusammen mit Victoria hatte er hier mal einen Wellnesstag im Hotel verbracht. Nicht gerade ein Schnäppchen, aber mit dem Angebot von mehreren Saunen und einem schönen Indoorpool war es das absolut wert gewesen.

Endlich entdeckte er Magnus, wie er am Strand auf dem Sand saß. Er war in Gesellschaft einer Frau, genauer gesagt, eines Mädchens. Dasselbe Mädchen, das er aus Magnus' Wohnung gejagt hatte. Kaum zu glauben, dass sich Magnus noch immer mit ihr traf.

Ob er sie mit Drogen gefügig macht?, überlegte Mads und ging zu den beiden.

»Moin«, machte er sich bemerkbar.

Magnus hatte ihm den Rücken zugedreht, sein Arm lag auf der Schulter der Minderjährigen.

»Moin«, antwortete er und drehte sich zu Mads um, erst jetzt erkannte er ihn, seine Mimik gefror.

Mads baute sich vor den beiden auf. »Was stimmt mit dir nicht? Warum triffst du dich noch immer mit der Minderjährigen?«

»Seit wann ist es verboten, am Strand abzuhängen?«, giftete das Mädchen zurück. »Ich werde hier zu gar nichts gezwungen.«

»Du weißt, wie alt er ist?«

»Mir doch egal. Er ist cool, wir verstehen uns blendend.«

»Wissen deine Eltern davon?«

»Meine Mutter ist eh den ganzen Tag am Saufen und mein Vater? Keine Ahnung, in welches Loch der sich verkrochen hat, um bloß keinen Unterhalt zu zahlen.«

Mads war sich nicht sicher, ob das Mädchen wirklich aus einem so kaputten Elternhaus kam. Wenn ja, tat sie ihm leid, allerdings hielt er es auch für möglich, dass sie ihn anlog, damit er sich Magnus nicht vorknöpfte.

»Mir egal. Du siehst jetzt zu, dass du Land gewinnst, und wenn ich dich noch mal mit Magnus erwische, nehme ich deine Personalien auf, dann sehen wir, ob du die Wahrheit sagst.«

»Musst du immer so stressen?«, regte sich Magnus auf.

»Ich sagte, du machst jetzt die Biege.« Mads schaute das Mädchen auffordernd an.

Sie verdrehte die Augen und stand auf. »Ich rufe dich an, Babe«, sagte sie und versuchte, Magnus einen Kuss zu geben, wobei dieser das Gesicht wegdrehte.

»Von wegen nur Freunde«, reagierte Mads scharf an das Mädchen gewandt, dann sah er wieder zu Magnus. »Wir beide haben ein Wörtchen zu reden.«

Magnus sprang auf und schubste das Mädchen gegen Mads. Darauf war er nicht vorbereitet gewesen, er ging mit dem Mädchen zu Boden.

»Verdammt«, brüllte Mads und rappelte sich auf. »Siehst du nicht, dass er dich nur verarscht?«

Er nahm die Verfolgung auf, während das Mädchen ihm nachrief: »Ich liebe ihn aber!«

Mads rannte Magnus hinterher, der sich kein Mal umdrehte und einfach nur lief. Er war wie auf Speed und viel schneller, als Mads es erwartet hatte. Außerdem hatte er einen

Vorteil: Er hatte keine Schuhe an, die Flipflops, die Mads neben ihm im Sand gesehen hatte, hatte dieser schlauerweise nicht angezogen. Mads dagegen trug Turnschuhe, im Sand nicht die beste Wahl, aber sie jetzt auszuziehen, würde wertvolle Sekunden kosten.

Mads erhöhte das Tempo, so konnte er Schritt halten, kam jedoch nicht näher an Magnus heran.

»Bleib stehen!«, rief Mads zum wiederholten Mal.

Magnus reagierte nicht.

Ein Hund steuerte auf ihn zu und Mads hoffte, dass er Magnus kurz aus dem Tritt bringen würde, doch das Gegenteil war der Fall. Der Hund lief zielstrebig zu Mads und sprang an ihm hoch. Mads konnte gerade noch nach rechts ausweichen.

»Verzeihen Sie, er will nur spielen«, hörte er den Hundehalter rufen, dabei hätte der wissen müssen, dass Hunde ab April an diesem Strandabschnitt nichts mehr zu suchen hatten, erst recht nicht ohne Leine.

Mads aktivierte seine Reserven, er durfte Magnus nicht entwischen lassen.

Endlich machte Mads einen Meter gut.

Zu viel Gras geraucht, das kostet Ausdauer, dachte er und erhöhte noch einmal das Tempo, motiviert, dass er weiter aufholen konnte.

»Bleib stehen«, rief er Magnus nach, doch dieser lief plötzlich Richtung Wasser und stürzte sich in die Wellen.

Trottel, dachte Mads und zog halb stehend, halb laufend seine Schuhe und Kleidung aus. Das kostete Zeit, aber so würde er im Wasser wendiger sein. Seine Boxershorts dienten ihm als Badehose.

Ohne zu zögern, rannte Mads ins Wasser, lief, so weit es ging, hinein und ließ sich dann in die kalten Fluten gleiten.

Magnus hatte Vorsprung, doch das Wasser war Mads' Element. Seit er laufen konnte, bewegte er sich sicher im Wasser, und er war nicht nur ein hervorragender Surfer, sondern auch ein exzellenter Schwimmer. Meter für Meter kam er Magnus näher.

Inzwischen hatten sie sich ein ganzes Stück vom Strand entfernt, die Strömung war hier etwas stärker und man konnte nicht mehr stehen.

Mads erhöhte den Takt, seine Arme prallten aufs Wasser, drängten es zur Seite und machten ihm den Weg frei. Magnus dagegen wurde immer langsamer.

Gleich, dachte Mads und schwamm noch ein Stück schneller.

Beim Schwimmen kam es auf die Körperhaltung und die richtige Technik an, die Körperspannung und den Blick nach unten, damit man eine Linie mit dem Wasser bildete.

Mads holte weiter auf und war sich nun sicher, dass Magnus ihm nicht mehr entwischen konnte. Doch plötzlich zappelte Magnus mit den Armen und sank nach unten. Entweder hatte ihn eine unerwartete Unterströmung erwischt oder er hatte einen Krampf im Bein.

Mads tippte auf Letzteres. Zügig glitt er durch das Wasser, tauchte unter und sah Magnus. Er packte seinen Arm und tauchte mit ihm auf.

»Mach jetzt keine Dummheiten«, rief er.

»Mein Bein, ein Krampf«, gurgelte Magnus, spuckte Wasser aus und hustete.

»Einfach Fresse halten«, knurrte Mads und schwamm mit Magnus an den Strand, dort zog er ihn aus dem Wasser.

»Was sollte der Scheiß?«, ließ Mads erneut seinen Frust heraus.

Magnus hustete kurz und heftig, er wirkte aber nicht so, als würde er medizinische Hilfe brauchen, dann stand er langsam auf.

»Du solltest sitzen bleiben«, warnte Mads ihn.

»Mir geht es schon besser«, antwortete Magnus. »War nur ein plötzlicher Krampf, du hast mich zum Glück schnell hochgezogen.«

»Das hätte dir erspart bleiben können, wenn du nicht wie ein Irrer weggerannt wärst«, gab Mads zurück. »Und dann auch noch ins Wasser laufen. Wie selten dämlich ist das?«

»Keine Ahnung, was mich da geritten hat. Sorry, ich war kurz in Panik.«

»Du solltest dein Hirn weniger mit Drogen vollballern, dann fährst du auch nicht solche Filme.«

»Du hast recht.« Magnus hustete, er war auffallend blass und seine Augen strahlten Angst aus, als hätte er begriffen, dass er fast sein Leben verloren hätte, wenn Mads ihn nicht gerettet hätte. »Das mit Lina ist vorbei, versprochen. Ich treffe mich nicht mehr mit ihr.«

»Das will ich für dich hoffen.«

Dass Magnus sich wirklich daran halten würde, sobald der erste Schock verdaut wäre, bezweifelte Mads leider.

»Was willst du überhaupt von mir? Ich habe dir doch schon alles erzählt«, jammerte Magnus jetzt.

»Das zu bewerten, überlass mal mir.«

Magnus zog ein genervtes Gesicht. »Was willst du denn hören?«

»Ich weiß, dass Christian im Casino in Kiel eine größere Summe verloren hat«, begann Mads.

»Wenn du wissen willst, woher er das Geld hat, da weiß ich nicht mehr, als ich dir beim ersten Mal verraten habe. Ich schwöre, Digga.«

»Es geht mir nicht um das Geld, es geht mir um Christians Begleitung.«

»Wie, Begleitung?« Magnus sah ihn verständnislos an. »Er war doch mit Lena zusammen. Christian hatte keine andere Freundin.«

Das hätte noch gefehlt, dachte Mads und sein Magen zog sich zusammen.

»Ein junger Kerl, Anfang, Mitte zwanzig«, erklärte er, »kleiner als du, vermutlich so um die eins fünfundsiebzig, kurze schwarze Haare.«

»Sagt mir nichts.«

»Hatte Christian neben dir noch mit anderen Kontakt?«

»Ich glaube nicht. Du kennst ihn doch, er war noch nie der Socialiser.«

»Magnus, wenn du mich anlügst, kriegen wir ein Problem. Christian war mit diesem Typen im Casino.«

»Ich kenne so jemanden nicht und auch sonst niemanden. Lena hat Christian ganz schön in Beschlag genommen, vermutlich weil sie Angst hatte, dass er rückfällig werden könnte. Ehrlich, Digga, ich lüge dich nicht an.«

Mads musterte Magnus skeptisch und überlegte, ob er ihm glauben konnte, schließlich sagte er: »Du willst mir wirklich weismachen, dass Christian dir gegenüber nie andere Personen erwähnt hat, wenn ihr euch getroffen habt? So wie ich euch kenne, habt ihr doch bestimmt Gras geraucht.«

»Kein Gras, nur MDMA, Gras hätte Lena gerochen«, rutschte es Magnus heraus.

»MDMA, die kleinen Pillen, die die Zunge lockern.« Mads nickte wissend. »Sicher, dass Christian da nicht aus dem Nähkästchen geplaudert hat?«

»Doch, hat er, aber nur über Lena. Hat erzählt, dass er sie nicht enttäuschen will, dass sie die Richtige ist, um eine Familie zu gründen, weil sie ihm all seine Fehler nachsieht und einen guten Charakter hat. Nur mit der …« Magnus brach ab.

»Nur was?«, hakte Mads nach. Es war nicht zu übersehen, dass Magnus wieder etwas zu viel verraten hatte.

»Nichts, nur, dass er Lena wirklich geliebt hat. Ehrlich, Digga, Christian war in Love mit deiner Sis. Was ihn halt umgetrieben hat, war, dass er broke war, ihr nichts bieten konnte, finanziell von ihr abhängig war und dass sie ihn deshalb steuern konnte. Als Mann, als richtiger Mann, wer möchte das schon?«

»Was wolltest du noch sagen?«, bohrte Mads weiter.

»Vergiss es.«

»Magnus?«

Er hob die Handflächen. »Er war drauf, hat so dahergeredet. Es ging um den Sex mit deiner behinderten Schwester, dass das nicht so …«

»Halt die Klappe«, schoss es aus Mads heraus, und fast wäre ihm die Hand ausgerutscht, weil er ahnte, was Christian bemängelt hatte. *Du hast die Liebe meiner Schwester nicht verdient,* dachte er.

»Magnus, ich frage dich ein letztes Mal: Hat Christian etwas von anderen Freunden erzählt, von Kreditgebern?«

»Nein, nicht mehr, als ich dir verraten habe, ich schwöre bei allem, was mir heilig ist.«

Magnus wich seinem Blick nicht aus, daher war Mads geneigt, ihm zu glauben.

»Du hattest doch Kontakt zu Christian, als meine Schwester sich damals von ihm getrennt hat«, begann er ein neues Thema.

»Klar, er war mit den Nerven am Ende, ein Wrack. Die Sache hat ihn innerlich zerbrochen, vor allem weil er wusste, dass er ein Arschloch war und es verdient hatte, dass sie sich von ihm trennt. Er ist in ein tiefes Loch gefallen und ich war für ihn da.«

»Er ist doch nach Süddeutschland gezogen«, erwiderte Mads.

Soweit er wusste, hatte Christian der Lübecker Bucht den Rücken gekehrt – nicht ganz freiwillig. Mads hatte ihm Druck gemacht, dass er hier keine Ruhe finden würde.

Lena hatte damals eine schwere Zeit durchgemacht und Mads hatte um jeden Preis verhindern wollen, dass der Idiot sich ihr mit irgendwelchen falschen Schmeicheleien wieder annäherte. Wer einmal eine Frau schlug, tat das immer wieder, so Mads' Überzeugung, außerdem schloss er aus, dass ein Alkoholiker je wirklich trocken werden könnte.

»Er war nie in Süddeutschland, er war in Kiel«, sagte Magnus jetzt zu Mads' Erstaunen.

Eine weitere Lüge! Aber damit hatte Magnus unbewusst eine interessante Info preisgegeben. Christians Begleitung im Casino wohnte offenbar in Kiel.

»Was weißt du über die Zeit in Kiel?«, fragte Mads.

31

Gothmund

Gustav und Albert hatten beschlossen, einen kleinen Abstecher zu Tante Irma zu machen. Als Gustav nach seiner Strafversetzung noch in der Gothmunder Wache Dienst geschoben hatte, hatte er einen sehr engen Kontakt zu der einhundertunein Jahre alten Frau aufgebaut. Sie waren zwar nicht verwandt, aber die freundschaftliche Verbindung war über die Zeit so eng geworden, dass Albert und Gustav sie einfach »Tante« nannten und wie ein echtes Familienmitglied behandelten.

Gustav sah jeden Tag nach ihr und ihrem eigensinnigen Kater Oscar, bei dem man nie wissen konnte, ob er einen freundlich begrüßen oder einem die kalte Schulter zeigen würde. Dennoch hatte Gustav den Kater nicht weniger lieb.

In den letzten Wochen hatte Tante Irma gesundheitlich nicht gut ausgesehen, aber seit ein paar Tagen hatte Gustav den Eindruck, dass sich ihr Zustand stabilisiert hatte. Selbst Oscar wirkte wieder deutlich fröhlicher. Es war nicht zu übersehen, dass er an seinem Frauchen hing, er wich ihr nie von der Seite, und in den Wochen, als es Irma nicht so gut ging, war auch er sehr niedergeschlagen gewesen.

Gustav parkte vor Irmas Reetdachhaus, und kaum waren sie ausgestiegen, kam Oscar zu ihm angerannt, sein Blick war auf die Tüte gerichtet, die Gustav in der Hand hielt.

»Mach dir keine Hoffnungen, alter Freund. Oscar ist wegen des sauteuren Filetfleisches hier, nicht weil er dich vermisst hat«, scherzte Albert.

»Hauptsache, er ist überhaupt hier«, erwiderte Gustav,

dann beugte er sich zu Oscar und sagte: »Gleich gibt es leckeres Filet, lieber Oscar.«

Der Kater miaute und lief hinter das Haus Richtung Terrasse, wo sicherlich Tante Irma auf ihrem Loungesessel saß und das schöne Wetter bei leiser klassischer Musik genoss. Gustav und Albert folgten ihm.

»Moin, Tante Irma«, sagte Albert.

Irma wollte schon aufstehen, doch Gustav bremste sie. »Bleib sitzen!«

»Meine Lieben, was für eine schöne Überraschung, lasst euch drücken«, sagte die kleine zierliche Frau, in ihren Augen funkelte ehrliche Freude.

Beide umarmten Irma, während Oscar sich an Gustavs Bein rieb und miaute.

»Da hat es wohl einer auf die leckeren Filets abgesehen«, lachte Irma.

»Soll er gleich kriegen«, erwiderte Gustav.

Albert nahm neben Irma Platz, was Gustav kopfschüttelnd beobachtete.

»War klar, ich hole den Kaffee und den Espresso«, kommentierte Gustav die Szene.

»Ich helfe dir beim Kuchen«, sagte Irma und ruckte schon wieder auf ihrem Loungesessel nach vorn. »Ich habe heute extra einen gebacken, als hätte ich geahnt, dass ihr beiden noch vorbeikommt.«

»Du sollst dir doch nicht so viel Arbeit machen«, sagte Gustav. Er wollte nicht, dass sich Irma überanstrengte.

»Ist doch nur ein Blech.« Irma stützte die Hände auf die Sessellehne.

»Bleib sitzen, Tante Irma. Gustav bringt uns den Kuchen«, sagte Albert und grinste Gustav breit an.

Den störte das kein bisschen, er fühlte sich bei Irma schon fast so zu Hause wie bei seiner Mutter. Er und Albert hatten mittlerweile sogar einen Zweitschlüssel zu ihrem Haus, für alle Fälle. Ein Vertrauensbonus, den Gustav zu schätzen wusste.

Oscar folgte Gustav in die Küche und miaute.

»Ist ja gut, du kommst als Erster dran, dabei weiß ich genau, dass dir Tante Irma heute schon leckeres Futter gegeben hat, du Nimmersatt. Kann es sein, dass du zugenommen hast?«

Der Kater legte den Kopf schräg und kniff beinahe tadelnd die Augen zusammen, was Gustav zum Lachen brachte. Routiniert bereitete er einen kleinen Futternapf für Oscar vor und stellte ihn auf den Boden. Der Kater machte sich sofort darüber her und schmatzte leise, während Gustav Kaffee und Espresso für alle vorbereitete. Zum Schluss nahm er drei Stücke Kuchen vom Blech, legte sie auf je einen Teller, stellte alles auf ein Tablet und ging, begleitet von Oscar, zurück auf die Terrasse.

Tante Irma lachte, vermutlich über einen von Alberts platten Witzen. Ihr Lachen war ansteckend, sie liebte Alberts Humor – warum auch immer.

Oscar sprang geschmeidig auf die Lehne des Loungesessels, balancierte auf der schmalen Lehne entlang, als wäre das seine leichteste Übung, und nahm anschließend elegant auf Irmas Schoß Platz.

»Tante Irma, du hast dich wieder selbst übertroffen«, stellte Albert fest, nachdem er ein Stück Kuchen gekostet hatte.

»Sehr lieb von dir. Wie geht es Lena?«

»Jeden Tag ein Stück besser«, antwortete Gustav.

»Das freut mich sehr. Lena ist eine Johannsen, sie ist stark. Ich möchte, dass du den restlichen Kuchen zu ihr und Jutta bringst.«

»Das geht doch nicht, Tante Irma, du hast dir so viel Arbeit damit gemacht«, entgegnete Gustav.

»So, wie du dich freust, wenn Oscar dein Filetfleisch vertilgt, so erfreut es mein Herz, wenn meine Liebsten meinen Kuchen mögen«, erklärte Irma mit einem liebevollen Lächeln.

Wie hätte Gustav ihrer Bitte da widersprechen können.

»Danke, da werden sich Mama und Lena sehr freuen.«

»Habt ihr schon etwas Neues in dem Mordfall erfahren?«, fragte Irma.

»Bisher haben wir noch keine heiße Spur, aber wir werden den Mistkerl schnappen.«

»Das werdet ihr, ganz sicher. Das ist auch für Lena sehr wichtig. Je schneller ihr ihn festsetzt, desto eher kann sie mit dieser Tragödie abschließen.«

Darüber dachte Gustav ähnlich, daher setzte er alles daran, diesen Fall erfolgreich abzuschließen, und nahm ohne zu zögern Alberts Hilfe in Anspruch. Überhaupt ließ er ihm bei diesen Ermittlungen mehr durchgehen, als bei anderen Fällen, wo es ihm am liebsten wäre, wenn Albert sich mehr heraushielte.

»Davon bin ich überzeugt, ihr beide seid ein Traumduo, wie Derrick und Harry. Außerdem habt ihr Mads«, sagte Irma.

»Dann bin ich aber Derrick und Albert Harry, mein Assistent«, witzelte Gustav.

»Als bescheidener Norddeutscher stelle ich mich gern hinten an«, gab Albert zurück, worauf Gustav sich fast an seinem Espresso verschluckt hätte.

Albert war vieles, aber ganz sicher nicht bescheiden.

Irma lachte und klatschte in die Hände, sie mochte die kleinen Sticheleien zwischen den beiden. Oscar hob kurz den Kopf und gähnte, nur um sich gleich wieder auf Irmas Schoß auszustrecken. Einen Moment herrschte Schweigen, während sich alle dem Kuchen widmeten.

»Können wir dir noch irgendetwas Gutes tun, Tante Irma?«, fragte Gustav schließlich.

»Danke, Ihr Lieben, ich habe alles. Moritz war für mich einkaufen.«

»Wenn du was brauchst, ruf mich an. Albert und ich müssen jetzt nach Lübeck, die bösen Jungs jagen. Ich schau morgen nach dir.«

»Macht das, aber seid ja vorsichtig, ich möchte keinen Kummer euretwegen haben.«

»Wir sind die Vorsicht in Person«, erwiderte Albert und leerte seine Espressotasse. »Besten Dank für den Kuchen.«

»Vergesst nicht, die restlichen Stücke für Jutta und Lena mitzunehmen. Den Abwasch mache ich gleich, darum müsst ihr euch nicht kümmern.«

»Das wird Albert gern erledigen. Er liebt es, Teller zu waschen«, erklärte Gustav und verkniff sich ein freches Grinsen.

»Nichts lieber als das«, bestätigte Albert mit einer Gelassenheit, die Gustavs Stichelei ein wenig die Spitze nahm.

Mit leisem Klappern stellte er das Geschirr zusammen und verschwand in der Küche, während Gustav und Irma auf der Terrasse blieben.

»Wenn Lena jemanden zum Reden braucht, ich habe immer ein offenes Ohr für sie. Manchmal ist es besser, wenn man seinen Kummer nicht nur mit der Familie teilt«, sagte Irma.

»Das werde ich Lena vorschlagen, aber ich glaube, sie ist gerade gern allein, sie braucht Zeit für sich«, gab Gustav zurück.

Ob er Lena den Vorschlag wirklich unterbreiten würde, konnte er nicht sagen. Er wollte nicht, dass Lena die alte Frau mit ihrem Kummer belastete. Sie sprachen noch ein wenig über den Garten, dann kam Albert mit der Kuchentransportbox in der Hand auf die Terrasse.

»Wir können«, sagte er. »Vier Stücke habe ich dir gelassen, Tante Irma.«

»Kind, du kannst gern alles mitnehmen.«

»Kommt nicht infrage, du hast dir die Arbeit gemacht, du sollst sie essen, wobei ich schon jetzt weiß, dass der Dicke sich morgen ein Stück stibitzen wird.«

»Welcher Dicke?« Gustav schnaufte. »Komm, bevor mir noch ein Spruch rausrutscht.«

Sie verabschiedeten sich von Irma und gingen zum Auto. Als Gustav gerade losfahren wollte, kam Oscar um die Ecke geflitzt und schaute zu ihnen. Sein Blick wirkte seltsam, als würde ihn ein Gedanke beschäftigen. Gustav senkte das Fahrerfenster und sah ihn fragend an, doch Oscar miaute nur kurz, blickte Gustav an, dann rannte er wieder zurück zu Tante Irma.

»Eigensinniger Kater, aus dem soll einer schlau werden«, bemerkte Albert.

»So wie bei dir«, konterte Gustav und startete den Motor. »Aus dir wird auch niemand schlau.«

»Weil ich schlau bin.«

»Wie Oscar.«

Albert nickte und grinste breit.

Auf dem Weg zu Kabaks Shisha-Lounge in der Mühlenstraße in Lübeck sprachen sie noch einmal ausführlich über die Ermittlungen.

Da Gustav vor der Lounge keinen Parkplatz fand, drehte er um und schnappte sich einen auf Höhe des Dönerimbisses gegenüber, den er im Vorbeifahren gesehen hatte. Kaum ausgestiegen, wären sie fast mit Charlie Fidler zusammengestoßen.

»Moin«, sagte Gustav.

»Moin«, antwortete Fidler. Es war ihm anzusehen, dass er am liebsten weitergegangen wäre, er schaute Gustav nicht an.

»Was ist denn mit Ihrem Gesicht passiert?«, fragte Gustav. Fidler sah übel zugerichtet aus. Ein paar Pflaster klebten in seinem Gesicht.

»Vom Fahrrad gestürzt.«

»Sieht mir nicht danach aus«, entgegnete Albert.

»Meine Herren, ich muss leider. Sie entschuldigen mich.«

Fidler nickte ihnen kurz zu und überquerte die Straße, als hätte er Sorge, dass die beiden ihn aufhalten könnten, um ihn weiter zu befragen.

»Das war niemals ein Sturz«, bemerkte Albert.

»Davon gehe ich auch aus. Er wurde zusammengeschlagen. Die Frage ist nur, von wem?«

»Ist doch offensichtlich, von Kabak.«

»Warum?«

»Weil er Fidler auf Spur bringen will. Jede Wette, dass er etwas über Christian und Kabak weiß, was wir nicht wissen dürfen.«

Gustav nickte, das klang naheliegend. »Dann wird es höchste Zeit, dass wir Kabak mal ein bisschen provozieren.«

»Überlass das mir, ich weiß, wie man mit Leuten wir Kabak redet.«

»Mach mir keine Angst«, scherzte Gustav, dann wurde er ernst. »Du vergisst offenbar, dass das hier offizielle Ermittlungen sind. Du hältst dich zurück, ich leite die Ermittlungen und stelle die Fragen.«

»Spielverderber«, maulte Albert, »ich weiß, wie ich so jemanden anpacken muss, aber gut, dann machen wir es so, wie du vorschlägst, und wenn es nicht fruchtet, rufen wir Walter an.«

Gustav seufzte, weil er wusste, dass es Albert ernst damit war. Er hätte lieber auf die Unterstützung von jemandem wie Zafer Kaya verzichtet, dennoch willigte er ein.

Sie betraten die Shisha-Lounge, die recht gut besucht war.

Gustav ließ seinen Blick umherwandern, konnte Kabak allerdings nicht entdecken. Er kannte ihn bisher nur vom Foto aus der Fallakte.

»Moin, freie Platzwahl«, sprach sie ein Kellner an.

»Wir sind keine Gäste. Ostseekriminalpolizei. Wir möchten mit Junus Kabak sprechen.«

»Warum?«

»Ich wüsste nicht, was Sie das angeht«, antwortete Gustav bestimmt. »Können Sie ihn bitte herbringen?«

»Junus Abi ist nicht da.«

»Wo ist er?«

»Keine Ahnung, als mein Chef ist er mir keine Rechenschaft schuldig.«

Gustav warf Albert einen Blick zu, seine Miene sagte, dass er dem Angestellten ebenfalls nicht glaubte.

»Weiß denn einer, wo Herr Kabak sein könnte?«

»Noch mal, er ist unser Chef, er kommt und geht, wie es ihm beliebt.« Die Stimme des Kellners, der etwas kleiner war als Gustav, wurde plötzlich aggressiv.

Ein Kollege von ihm, der deutlich muskulöser war, schaute nun auch in ihre Richtung. Es roch nach Ärger, doch das war kein Grund für Gustav, sich einschüchtern zu lassen.

»Sie haben sicherlich seine Handynummer«, sagte er.

»Was ist hier los?«, fragte der muskulöse Kellner und trat zu ihnen.

»Die beiden sind von der Polizei, sie wollen mit Junus Abi sprechen.«

»Junus Abi ist nicht da. Kommen Sie Montag wieder oder hinterlassen Sie eine Nachricht, die wir ihm später übergeben.«

»Sie haben garantiert die Handynummer von Herrn Kabak«, wiederholte Albert Gustavs Worte.

»Und Sie sicherlich einen Dienstausweis«, blaffte der Mann zurück.

Gustav zückte seinen Ausweis und reichte ihn dem Mann. Der schaute ihn sich etwas genauer an und setzte plötzlich einen seltsamen, fast überraschten Blick auf. Er sah Gustav prüfend an, dann gab er ihm den Ausweis zurück. Albert schien ihn nicht zu interessieren.

»Wieso haben Sie seine Handynummer nicht?«, fragte er.

»Ein Kollege von Ihnen war doch schon hier und hat sich mehrmals mit Junus Abi unterhalten.«

»Ich weiß, das war mein Mitarbeiter Mads. Wir sind gerade zufällig in der Gegend und wollten uns mit Herrn Kabak unterhalten, auch weil wir Herrn Fidler getroffen haben.«

»Hat die Ratte wieder Lügen erzählt?«, platzte der Mann heraus.

Gustav zählte stumm eins und eins zusammen.

»Haben Sie Charlie Fidler so zugerichtet?«, fragte Albert.

Gustav warf ihm einen mahnenden Blick zu, diese Frage hätte er selbst so nie gestellt.

»Vermöbelt? Was wollen Sie mir unterstellen?«, reagierte der Kellner giftig und machte einen Schritt auf Albert zu, der jedoch keinen Zentimeter zurückwich.

Albert verabscheute Gewalt, dennoch war er sich nie zu schade für eine Schlägerei, er war kein Feigling. Alte Schule von Mikkel Johannsen, er hatte Ihnen beigebracht, niemals den Schwanz einzuziehen.

»Können Sie uns bitte die Handynummer geben?«, fragte Gustav erneut.

»Habe ich nicht«, antwortete der Mann und lächelte arrogant.

»Irgendjemand hier wird wohl die Handynummer haben.«

»Hat keiner. Sie sollten gehen.«

»Wir gehen nirgendwohin. Wenn Sie mir die Handynummer nicht geben, lasse ich die Shisha-Lounge augenblicklich räumen«, drohte Gustav.

»Das können Sie nicht.«

»Sie haben keine Ahnung, was wir alles können«, bestätigte Albert.

Der Mann wurde plötzlich unsicher.

»Was ist hier los?«, fragte ein anderer, der gerade die Lounge betreten hatte, er war deutlich älter als der Muskulöse.

»Da sind Sie ja, endlich. Wir möchten uns kurz mit Ihnen unterhalten«, sagte Gustav.

»Wer sind Sie?«

»Bullen«, erklärte der kleinere Kellner, der noch immer neben ihnen stand.

»Scheint wohl irgendwo ein Nest zu geben«, reagierte Kabak gereizt. »Was wollen Sie von mir?«

»Das erfahren Sie, wenn wir zwei Minuten allein haben«, entgegnete Gustav in ruhigem Ton.

Kabak machte eine kurze Kopfbewegung und seine Mitarbeiter entfernten sich.

»Arbeiten Sie mit diesem blonden Schönling zusammen? Der war doch schon zweimal bei mir.«

»Er ist mein Mitarbeiter. Ich bin Chef der Ostseekriminalpolizei«, erklärte Gustav.

»Bin ich so wichtig, dass mich der Polizeichef persönlich an seinem freien Samstag beehrt?«

»Kriminelle nehmen keine Rücksicht auf Wochenenden«, gab Gustav zurück und sah Kabak an. Dieser senkte zuerst den Blick.

»Werde ich jetzt etwa verdächtigt?«, fragte Kabak.

»Nein, reine Routine. Wir möchten nur einiges verstehen, vor allem Ihr Verhältnis zu Christian Jung. Wie kann man einer Person, die man nur flüchtig kennt, so viel Geld leihen?«

»Das sagte ich schon Ihrem Mitarbeiter, ich mochte Christian. Ich habe eine Schwäche für Loser und er hat seine Schulden immer rechtzeitig bezahlt. Warum hätte ich ihm kein Geld leihen sollen? Es war ja nicht der Rede wert.«

»Zehntausend Euro sind nicht der Rede wert?«, fragte Albert.

»Für mich sind zehn Kilo ein Fliegenschiss«, entgegnete Kabak, seine Augen funkelten.

»Sie haben meinem Mitarbeiter erzählt, es seien achttausend Euro gewesen«, berichtete Gustav ihn.

»Acht oder zehn, ich bitte Sie, ist das wichtig?«

»Nicht, wenn es ein sehr guter Freund ist und man keine Zinsen nimmt. Sie nehmen doch Zinsen, oder?«, provozierte Gustav weiter.

»Ich möchte Sie bitten, meinen Laden zu verlassen. Ich muss mir Ihre Anschuldigungen nicht länger gefallen lassen.«

Gustav gab Albert ein Zeichen, zu gehen.

»Wir fangen gerade erst an«, zischte Albert im Hinausgehen.

»Sie sehen mich zittern.« Kabak grinste hämisch, doch sein Blick wirkte angespannt.

Ein wenig hatten sie Kabak in die Ecke gedrängt. Er hatte gute Nerven bewiesen, aber mehr würde er nicht preisgeben, davon war Gustav überzeugt. Er kannte Männer wie Kabak, sie ließen sich nicht so einfach in die Ecke drängen, da musste man schon schwerere Geschütze auffahren, und Gustav wusste auch, wie.

»Wieso bist du rausgegangen?«, beschwerte sich Albert, als sie draußen standen.

»Weil er nicht mehr erzählt hätte, die eine Bemerkung ist ihm nur rausgerutscht.«

»Hättest mich machen lassen sollen.«

»Albert, lass den Unsinn. Einen wie Kabak kannst du nicht an die Wand reden, dafür ist er zu abgebrüht. Immerhin hat er uns einen kleinen Vorteil verschafft. Wir wissen, dass er Christian mehr als achttausend Euro geliehen hat. Vermutlich sogar deutlich mehr als zehntausend Euro.«

»Genau deswegen hätten wir ihn weiter unter Druck setzen sollen.«

»Wie denn?«

»Die Gäste rausschmeißen und Kabak Feuer unterm Hintern machen. Das hätte er verstanden.« Albert schien mit Gustavs Entscheidung überhaupt nicht einverstanden.

»Was dann? Mit welcher Begründung lässt du einen Gastrobetrieb räumen? Wir sind hier nicht in Timmendorf. Für Dr. Eisenbraun wäre das ein gefundenes Fressen, um gegen mich zu schießen.«

Albert holte Luft und schaute Gustav an, dann atmete er aus und sagte: »Vermutlich hast du recht.«

»Nicht nur vermutlich.«

»Na gut. Eines wissen wir jedenfalls, Kabak hat viel mehr Dreck am Stecken, als er uns weismachen möchte. Wir müssen herausfinden, wie hoch die Summe ist, die Christian ihm geschuldet hat, und wir müssen herausfinden, warum er Fidler vermöbelt hat.«

»Der wird uns gegenüber nichts aussagen.«

»Dann eben bei Mads.«

»Er soll sein Glück versuchen, aber nicht mehr heute. Er hat schon genug um die Ohren. Am Montag.«

»Da gebe ich dir ausnahmsweise recht«, schnaufte Albert. »Haben wir noch Zeit für ein Stück Marzipantorte bei Niederegger?«

»Da fragst du?«, erwiderte Gustav schmunzelnd.

»Was machen wir wegen Kabak?«

»Wir rufen Walter an, aber zuerst gehen wir zu Niederegger.«

32

Lübeck

Junus Kabak war außer sich. Am liebsten hätte er etwas zerschlagen, seinen Frust herausgeschrien oder seine Faust in irgendetwas versenkt, doch nichts davon tat er, weil er eines gelernt hatte im Leben: nicht emotional werden und nicht die Nerven verlieren. Fast wäre es vorhin so weit gewesen, als der Bulle und sein Partner, dieser Lackaffe, der aussah wie ein Politiker, ihn von oben herab behandelt hatten, als wäre er irgendein Dönerverkäufer oder Teppichhändler.

Nachdem die beiden gegangen waren, hatte sich Junus in seine Lounge gesetzt, die nur für ihn und seine speziellen Gäste reserviert war.

»Çay und Baklava, Junus Abi«, sagte sein Mitarbeiter.

»Danke, Cem. Die beiden Bullen waren doch vor mir im Laden. Was haben sie erzählt?«

»Nicht viel, Du bist ja schon kurz darauf reingekommen. Ich habe mir ihre Ausweise geben lassen. Der Kräftigere mit den vollen dunkelblonden Haaren hat denselben Nachnahmen wie dieser andere Bulle, der hier war.«

»Johannsen?«

»Genau. Gustav Johannsen.«

»Sicher?«

»Ganz sicher, Junus Abi.«

»Gut, sehr gut. Lass mich kurz allein«, sagte Junus, dabei war nichts gut, überhaupt nichts.

Cem nickte und ging.

Vater und Sohn, beide bei der Polizei, das war schon seltsam. Noch seltsamer war in seinen Augen jedoch, dass der Polizeichef höchstpersönlich ihn aufsuchte. Irgendetwas fühlte sich hier nicht richtig an.

Warum hat der Polizeichef so ein gesteigertes Interesse an dem Fall? Warum ist er nicht mit diesem Mads hergekommen, der erklärt hat, dass er die Ermittlungen leiten würde? Und wer ist dieser schleimige Typ im Anzug?

Junus rief Cem zu sich.

»Ja, Junus Abi?«, sagte Cem.

»Wie heißt der Bulle in dem viel zu teuren Anzug?«

»Das weiß ich nicht.«

»Ich dachte, du hast dir die Ausweise geben lassen?«

Cem wirkte plötzlich etwas unsicher.

»Cem?«

»Ich hab nur den von dem Dunkelblonden gesehen.«

»Warum nicht den von dem anderen?«

»Daran habe ich nicht gedacht, außerdem kamst du da gerade rein.«

»Nächstes Mal lässt du dir von jedem Bullen den Ausweis zeigen, ist das klar?«

»Ja, Junus Abi.«

»Geh mir aus den Augen.«

Cem schluckte und entfernte sich.

Junus ballte instinktiv die Faust. Dieser Mann war kein Bulle.

Aber wenn das wirklich so war, warum hatte er Gustav Johannsen begleitet? Welches Interesse hatte er an den Ermittlungen?

Junus musste vorsichtig sein und er brauchte dringend Informationen über die Johannsens und ihren schleimigen Freund.

Ich lasse mir nicht nehmen, was ich mir mit viel Schweiß aufgebaut habe, dachte er und ermahnte sich zugleich, nicht die Nerven zu verlieren.

Erst mal muss Emir die Identität der Verlobten herausfinden, dann kümmere ich mich um die Johannsens und ihren Anzugtypen.

33

Manchmal klebte das Pech an ihm wie eine zweite Haut, und ständig hatte das Schicksal etwas dagegen, dass er aus diesem Teufelskreis herauskam und ein neues geregeltes Leben führte. Erst war er von einem der Männer von Junus zusammengeschlagen worden, weil er angeblich gesungen hatte, dabei hatte er geschwiegen. Dieser große blonde Bulle, der eher wie ein Surfer auf Hawaii aussah, hatte Junus angelogen, sicherlich um ihn zu testen, und Junus hatte nichts Besseres zu tun gehabt, als ihn zusammenschlagen zu lassen. Ihn!

Charlie schüttelte verärgert den Kopf.

Er mochte kein Engel sein, aber er war auch keine Ratte.

Nachdem der Schläger von Junus ihn genug vermöbelt hatte, hatte Junus eingelenkt und ihm offenbar geglaubt.

Dass er nun aber ausgerechnet Gustav Johannsen und seinem arroganten Partner über den Weg hatte laufen müssen, war ein denkbar schlechtes Zeichen. Garantiert waren die beiden auf dem Weg zu Junus und würden ihm wieder irgendwelche Lügen erzählen, um Junus nervös zu machen.

Noch mal lasse ich mich aber nicht zusammenschlagen, dachte Charlie. Er würde Lübeck für eine Weile den Rücken kehren und zu seiner Schwester nach Leipzig fahren. Vorher musste er allerdings sein Geld zurückgewinnen, daher betrat er erneut die Spielhalle.

»Moin, Charlie«, grüßte der Mitarbeiter.

»Moin.«

»Was machst du hier?«

»Was wohl?« Charlie schaute Dario verwundert an.

»Du hast doch gestern Abend 'ne Menge Kohle verzockt.«

»Die hole ich mir jetzt zurück. Mach mir lieber einen Kaffee, extra stark«, entgegnete Charlie.

»Wie du meinst.«

Aus lauter Frust und Anspannung wegen des feigen Angriffs war er am vergangenen Abend noch in die Spielhalle gegangen, um Ablenkung zu suchen, dabei hatte er fast fünf Kilo verzockt und damit auch seine Geschäftsidee, sich selbständig zu machen. Aber Charlie brauchte das Geld. Sobald er die fünf Kilo gewonnen hätte, würde er nie wieder einen Fuß in die Spielhalle setzen.

Bei dem Gedanken lachte er höhnisch auf. *Jetzt höre ich mich schon an wie Christian.* Der hatte auch immer wieder was davon gefaselt, dass er mit dem Zocken aufhören würde, sobald er seine Schulden abbezahlt und genug Geld für eine Hochzeitsreise gewonnen hätte.

Süchtige hören nie auf, dachte Charlie und fütterte den Automaten.

Dario brachte ihm seinen Kaffee, der fürchterlich schmeckte, aber genau so hatte Charlie ihn sich gewünscht.

Es würde eine lange Nacht werden, da Charlie vorhatte, den Automaten so lange zu füttern, bis der Jackpot geknackt war. Der Automat war längst überfällig.

Im Augenwinkel bemerkte Charlie, wie jemand die Spielhalle betrat.

Charlie erstarrte.

Es war Junus Kabak.

Das konnte nur bedeuten, dass die Bullen wieder irgendwelche Lügen erzählt hatten und Junus ihm eine weitere Abreibung verpassen würde.

»Moin, Charlie«, sprach Junus ihn an.

»Digga, ich hab nichts gesagt, ich bin keine Ratte«, ging

Charlie sofort in die Verteidigung, doch Junus legte seinen Arm um Charlies Schulter.

»Entspann dich, ich habe einen Job für dich.«

34

Niendorf

Die Zeit mit Emma, Amir und den anderen hatte Lena gutgetan und sie etwas abgelenkt. Danach waren sie zu Magnus gefahren, doch das Gespräch war nicht so informativ gewesen, wie Lena gehofft hatte. Andererseits war sie auch erleichtert, dass Magnus nichts erzählt hatte, was sie emotional getroffen hätte. Insofern war sie froh, dass es keine neuen bösen Überraschungen gegeben hatte, denn sie machte sich ohnehin viel zu viele Gedanken, ob sie ihren Verlobten überhaupt je richtig gekannt hatte. Vor allem, weil ein Satz von Magnus noch immer in ihr nachhallte: *»Sei mir nicht böse, Lena, aber du musst zugeben, dass du Christian ganz schön kontrolliert hast.«*

Das hatte Lena getroffen. Sie hatte das nie so empfunden, sie hatte Christian doch all seine Freiheiten gelassen, ebenso wie sie ihre gehabt hatte. Sie war auch kein eifersüchtiger Mensch, eher empathisch, und sie ließ sich manchmal viel zu schnell einlullen.

Gut, sie hatte schon darauf geachtet, dass Christian Spielhallen und Casinos fernblieb, und auch vom Alkohol hatte sie ihn ferngehalten, weil sie wusste, was das alles aus ihm gemacht hatte. Seine Süchte hatten ihre erste Beziehung beendet und sie wollte verhindern, dass sich das wiederholte, jedoch nicht, um Christian zu kontrollieren oder ihm das Leben schwer zu machen.

Es war nur, weil ich ihn geliebt habe, dachte sie enttäuscht.

Nach dem Abstecher zu Magnus hatte Emma sie an der Strandpromenade abgesetzt, Lena wollte sich am Hafen einen

Kaffee holen, ein wenig die Boote anschauen und dann nach Hause. Jutta, Gustav und Albert hatten sich angekündigt.

Über mangelnde Fürsorge konnte sie sich nicht beklagen, ihre Familie und ihre Freunde waren für sie da, ließen sie aber auch in Ruhe, wenn sie spürten, dass Lena das Alleinsein brauchte. Mit Emma wuchs sie gerade immer enger zusammen, weil sie am ehesten von allen ihre Lage verstand, schließlich hatte auch sie ihren Verlobten auf dramatische Weise verloren. Außerdem hatte Lena bei ihr nicht das Gefühl, dass sie insgeheim froh war, dass Christian aus ihrem Leben verschwunden war, weil Emma ein gutes Verhältnis zu ihm gehabt hatte.

Ganz im Gegensatz zu Mads. Natürlich war auch er für Lena da und las ihr jeden Wunsch von den Lippen ab, dennoch zeigte er nicht diese aufrichtige Anteilnahme an seinem Tod. Er würde alles in seiner Macht Stehende tun, um den Mörder zu finden, das wusste Lena, allerdings nicht als letzte Ehrerweisung für Christian, sondern für sie.

Bei Gustav und Albert lagen die Dinge ähnlich, wobei sie ihnen das aufrichtige Mitgefühl eher abnahm. Nur bei Jutta hatte sie keinen Zweifel, dass sie wirklich traurig war.

Lena erreichte das *Ahoi Kaffee*, holte sich einen Kaffee und rollte zu einer Bank auf der Terrasse, da sie endlich einmal wieder nicht im Rollstuhl sitzen wollte. Sie stellte den Becher ab, rastete die Bremse des Rollstuhls ein und hievte sich auf die Bank. Dann widmete sie sich ihrem Kaffee und genoss die ruhige Stimmung im Hafen, doch nach einer Weile wanderten ihre Gedanken wieder zu dem Fund im Keller. Sie hatte mit Emma ein paar weitere Kartons durchsucht und noch mehr Wodkaflaschen entdeckt, die nur bestätigten, dass Christian heimlich Alkohol getrunken hatte.

Von wegen kontrolliertes Trinken.

Lena spürte, wie ihr Tränen in die Augen stiegen, doch sie wollte nicht weinen. Nicht über diese Enttäuschung.

Ich habe dich wirklich geliebt, es gab keinen anderen für mich. Ich habe dir blind vertraut, aber anscheinend war ich nicht gut genug für dich, damit du mir auch vertraust, dachte sie und biss sich auf die Unterlippe.

Wie viel Geld Christian wohl im Casino verzockt hatte, und wer war dieser ominöse Kerl, der Christian begleitet hatte? Vielleicht war es doch an der Zeit, mit Mads zu sprechen.

Aber wollte sie das alles wirklich wissen?

Ein Teil in ihr sagte: Ja! Sie musste wissen, was Christian für Geheimnisse gehabt hatte und was das für ihre Beziehung bedeutet hatte.

Der andere Teil sagte: Nein! Sie wollte Christian so in Erinnerung behalten, wie sie ihn vor seinem Tod erlebt hatte. Er war nicht mehr unter ihnen, was nützte es da, weiterzugraben? Sollte man die Toten nicht in Ruhe lassen?

Da war etwas Wahres dran, ebenso wahr war jedoch, dass Lena zu denen gehörte, die den Dingen immer auf den Grund gehen würden, und sie wusste, dass sie sich am Ende stets für die Wahrheit entscheiden würde. Auch wenn das bedeutete, dass sie sich eingestehen müsste, dass Christian sie die ganze Zeit verarscht hatte, dass sie zu naiv gewesen und auf seine schönen Augen und seine blumigen Worte hereingefallen war.

Ihr Keller war groß, es gab noch mehr Kartons und Regale, die sie durchsuchen müsste, aber ein Gefühl sagte ihr, dass sie das allein tun sollte. Wer wusste schon, welche dunklen Geheimnisse sie noch entdecken würde? So sehr sie Emma vertraute, so wusste sie auch, dass Emma und Mads eine ganz besondere Freundschaft pflegten, und wenn Mads sie ausfragen würde, würde Emma ihm die Wahrheit erzählen. Momentan wollte Lena allerdings nicht, dass Mads erfuhr, was Christian im Keller versteckt hatte, weil es seine schlechte Meinung von ihm nur untermauern würde.

Eine Taube lenkte Lenas Aufmerksamkeit auf sich, sie flog direkt neben einer Möwe und fast wirkte es auf sie, als wären sie ein Pärchen.

»Moin«, hörte sie plötzlich die Stimme eines jungen Mannes.

»Hallo«, antwortete Lena und schaute zu dem Mann auf.

Er hatte ein süßes Lächeln und strahlte viel positive Energie aus.

»Bist du Lena?«, fragte er.

»Ja. Kennen wir uns?«, erwiderte sie.

»Nein, aber ich bin ein guter Freund von Christian«, antwortete der Mann.

Noch ein Geheimnis?, dachte Lena.

»Woher kennst du dann mich?«

»Christian hat mir oft von dir erzählt. Ich habe in der Zeitung von seinem schlimmen Tod gelesen und deshalb nach dir gesucht«, erklärte der Mann. »Darf ich mich zu dir setzen?«

»Klar.«

»Mein Beileid. Es tut mir unglaublich leid. Christian hat immer nur von dir geschwärmt.«

»Was hat er denn erzählt?«

»Wie sehr er dich liebt und dass er nur spielt, um dir eine Hochzeitsreise auf die Malediven zu schenken.«

Diese Worte zu hören, berührten Lena gerade sehr, weil sie trotz allem das Gefühl hatte, dass Christian auch sie aufrichtig geliebt hatte und nur wieder rückfällig geworden war, weil er sie mit einer viel zu teuren Luxusreise hatte überraschen wollen.

»Wie heißt du überhaupt? Christian hat mir nie von dir erzählt«, sagte sie.

»Er wollte nicht, dass du weißt, dass er wieder spielt. Er wollte dir eine ganz besondere Hochzeitsreise schenken.« Der Mann lächelte freundlich. »Ich heiße Emir.«

35

Leichter Nieselregen. Die Ostsee war heute etwas wilder als die Tage zuvor, die Wellen peitschten gegen den Strand, gegen die Pfeiler der Seebrücke.

So früh war kaum eine Person im Wasser, außer ihm. Er saß auf seinem Surfbrett und versuchte die Wellen, die Ostsee und die Natur zu bändigen, mit ihr eine Einheit zu werden, den Kopf frei zu bekommen, dem Gefühl von wahrer Freiheit nahe zu sein. Was für den Vogel seine Flügel waren, war für Mads sein Surfbrett. Nirgends fühlte er sich freier und mehr mit der Natur verbunden als auf dem Surfbrett. Nirgends war sein Respekt gegenüber den Naturgewalten größer, weil er wusste, dass die kleinste Unaufmerksamkeit ihn vom Brett holen würde.

Man konnte die Natur nicht besiegen, jeder, der das glaubte, war ein Idiot. Aber man konnte mit der Natur in Einklang sein, so wie es Mads gerade auf seinem Surfbrett tat, als er die Welle von rechts geschmeidig nahm, als wären sein Surfbrett und die Welle ein Liebespaar, das niemand trennen konnte.

Adrenalin schoss durch seinen Körper, er ließ sich von der Welle tragen und glitt schließlich an den Strand.

»Moin, großer Thor«, grüßte ihn Jörn.

»Moin, Jörn«, sagte Mads und zog sein T-Shirt an.

»Manchmal frage ich mich, ob du nicht eher Aquaman bist. So wie die Wellen dir gehorchen, würden dir sicherlich auch die Fische gehorchen.«

Mads lachte. »Thor reicht, Jörn. Was machst du hier so früh?«

»Morgen-Yoga.«

»Morgen-Yoga?«, wiederholte Mads erstaunt.

»Soll ich den Blick als Bewunderung deuten?«

Mads lachte. »Das sollst du. Zeig ihnen, wer der wirkliche Yoga-Meister ist.«

»Das werde ich, großer Thor, auch wenn ich noch vieles lernen muss, aber die Energie ist mit mir und ich lasse mich von Energie leiten. Sind wir am Ende nicht alle Staub und Schatten?« Jörn lachte, beugte sich vor, hob etwas Sand auf und ließ ihn durch die Finger gleiten.

»Wir sehen uns«, antwortete Mads. Er wusste, dass der Spruch aus dem Film Gladiator stammte, doch die Verbindung zum Yoga erschloss sich ihm nicht.

Mads zog seine Flipflops an, während Jörn weiterzog, dann nahm er sein Surfbrett und verließ den Strand. Da er noch Zeit hatte, wollte er in der *Seaside Lounge* frühstücken. Dazu hoffte er insgeheim, dass er dort auf Emma treffen würde. Er musste sich dringend wegen Lena mit ihr unterhalten.

Am vergangenen Abend hatte er sich mit seiner Schwester getroffen und sie hatte ein wenig herumgedruckst, was Emma und den Keller anbelangte. Er hatte sie nicht unter Druck setzen wollen, da sie es gerade nicht leicht hatte, aber er kannte sie und wusste, dass sie ihm etwas verschwieg, und Emma wusste bestimmt, was es war.

Vor der Terrasse der *Seaside Lounge* stellte er sein Surfbrett ab, dann betrat er das Restaurant. Bei dem Nieselregen hatte es keinen Sinn, draußen zu sitzen, auch wenn einige Schirme aufgestellt waren. Außerdem hatte er Emma nicht gesehen und so, wie er sie kannte, würde sie an einem solchen Tag drinnen sitzen.

»Moin, Mads«, begrüßte Jule ihn, umarmte ihn und gab ihm einen Kuss auf die Wange.

»Emma und Amir sind auch da, falls du zu ihnen möchtest.«

»Warum nicht, bringst du mir das Übliche?«

»Klar, ein bisschen Abwechslung wäre ja auch zu langweilig«, stichelte Jule, was Mads nur mit einem müden Lächeln quittierte.

Er hatte Emma und Amir bereits entdeckt und ging zu ihrem Tisch, Emma saß mit dem Rücken zu ihm.

»Moin«, machte er sich bemerkbar.

»Moin, großer Thor«, erwiderte Amir in Anspielung auf Jörn, da sie sich gut kannten. »Kein Wetter ist zu schlecht, um zu surfen, oder machst du das nur, um anzugeben?«

»Da ich der Einzige im Wasser war, wüsste ich nicht, für wen ich angeben sollte«, entgegnete Mads.

»Ich meine eher deinen Auftritt hier mit Muskelshirt, durchs Surfen aufgepumpten Bizeps, nassen Haare und dem selbstbewussten Blick …« Amir lachte. »Du weißt, was ich meine.«

»Es ist zu früh für so einen Scheiß«, erwiderte Mads grinsend.

»Hallo, Mads, setz dich doch zu uns«, sagte Emma, die nun ebenfalls aufgestanden war.

Sie umarmte Mads und er sog ihren dezenten Duft ein. Wie so häufig hatte sie ihre langen blonden Haare zu einem Zopf zusammengebunden.

Mads setzte sich neben sie. An sich hätte er sich lieber mit ihr allein unterhalten, da er aber wusste, dass Emma und Amir keine Geheimnisse voreinander hatten, konnte er auch gleich mithören.

»Lasst es euch schmecken«, sagte Mads, da die zwei bereits ihr Frühstück vor sich stehen hatten.

»Danke«, erwiderte Emma. »Hast du Erno Metz angerufen?«

»Ja, er weiß leider nichts Neues. Das einzig Interessante war, dass er glaubt, beobachtet zu haben, dass Christian an dem Tag nervös und angespannt war. Was meine Theorie bestätigen würde, dass Christian sich nicht zufällig mit dem Täter getroffen hat.«

»Das denke ich auch«, bestätigte Emma. »Jetzt müssen wir nur herausfinden, wer diese Person war.«

»Wir?« Mads hob die Augenbrauen.

»Du, natürlich«, korrigierte sich Emma und schaute dabei Amir an.

»Ja, ich. Du hattest versprochen, dass du nichts in der Richtung unternehmen wirst.« Mads' Ton wurde etwas rauer und er hoffte, dass ihr diese Bemerkung nur so herausgerutscht war.

»Tue ich nicht. Dass du jeden Versprecher von mir gleich auf die Goldwaage legen musst«, empörte sich Emma, verschränkte die Arme und zog einen Flunsch, wobei ihre Grübchen zum Vorschein kamen, die Mads so mochte. Sie sah einfach süß aus, wenn sie sich aufregte.

»Das ist wichtig Emma«, blieb er dennoch streng. »Ich gehe davon aus, dass der Verbrecher aus dem Umfeld der Kredithaie kommt. Mit solchen Leuten ist nicht zu spaßen, außerdem möchte ich nicht, dass in irgendwelchen Artikeln mit Schmutz nach meiner Schwester geworfen wird.«

»Traust du mir das wirklich zu?« Emmas Augen blitzten und Mads spürte, dass er damit übers Ziel hinausgeschossen war.

»Nein, tue ich nicht. Verzeih.« Er sah Emma entschuldigend an.

Ihre Blicke trafen sich, sie war sauer auf ihn, das sah er sofort, doch kurz darauf entspannten sich ihre Gesichtszüge wieder und sie seufzte leise.

»Kinder, kann man nicht mal in Ruhe frühstücken, ohne dass ihr zwei euch gleich an die Gurgel gehen müsst?«, kommentierte Amir die Szene, doch sein Grinsen sagte Mads, dass er ihnen gern zuhörte, wenn sie sich kabbelten.

»Du sagst es, Amir. Aber das ist typisch Mads, er möchte jedem seinen Willen aufzwingen«, bemerkte Jule, die in diesem Moment mit Mads' Frühstück zu ihnen kam.

Mads verzog nur den Mund. Obwohl sie gut befreundet waren, glaubte Mads, dass Jule es ihm bis heute nicht verziehen hatte, dass er sich damals von ihr getrennt hatte, nur deshalb drückte sie ihm ständig irgendwelche Sprüche rein. Aber Mads war in seinen Beziehungen schon immer konsequent gewesen. Wenn er nicht genügend Gefühle entwickelte, keine wahre Liebe, hatte er stets die Konsequenzen daraus gezogen, statt sich durch eine Beziehung zu quälen, aus welchen Gründen auch immer. Das war nie sein Stil gewesen.

»Guten Appetit«, sagte Emma und Mads widmete sich seiner Bowl.

Nach einer Weile fragte er: »Du hast in den letzten Tagen viel Zeit mit Lena verbracht. Wie ist dein Eindruck von ihr?«

»Den Umständen entsprechend. Christian war ihre erste große Liebe, es wird einige Zeit brauchen, bis sie darüber hinweg ist. Egal was für ein Mensch Christian war.«

Mads nickte. »Was erzählt sie dir so?«

»Wie meinst du das?«

»Ihr werdet doch über bestimmte Themen sprechen oder schweigt ihr euch die ganze Zeit an.«

»Nein, tun wir nicht, das hatte ich dir doch schon erzählt, wir sprechen über Frauenthemen. Warum fragst du sie nicht selbst?«

»Weil ich gerade dir gegenübersitze und davon ausgegangen bin, dass wir sehr gut befreundet sind. Ist es verboten, dich nach meiner Schwester zu fragen?«

»Nein, ist es nicht. Aber bei dir weiß man nie …«

»Warum musst du es immer so kompliziert machen? Lena ist meine Schwester, glaubst du etwa, ich will nicht ihr Bestes?«

»Doch, natürlich. Ich kenne euer enges Verhältnis, aber ich kenne auch dich. Wenn du mir so eine Frage stellst, steckt meist mehr dahinter.«

»Können wir bitte frühstücken ohne Zickenkrieg?«, schaltete sich Amir in die Diskussion ein.

»An mir liegt es nicht«, schmollte Emma und verschränkte die Arme.

»Ach? Also bin ich wieder schuld, dass du mir eine einfache Frage nicht beantworten kannst?«

Mads kannte Emma, wenn sie so herumdruckste, hatte Lena ihr Dinge anvertraut, die er nicht wissen sollte, oder sie waren im Keller auf etwas gestoßen, das seine negative Meinung über Christian nur bekräftigen würde.

»Es geht hier um Lena. Woher soll ich wissen, ob sie einverstanden ist, dass ich dir die Inhalte unserer Gespräche wiedergebe? Ich bin nicht nur mit dir, sondern auch mit ihr befreundet. Ich würde es genauso uncool finden, wenn Amir dir Sachen über mich verrät, ohne es mit mir abzustimmen.«

»Das ist doch lächerlich.« Mads schüttelte verärgert den Kopf. »Wieso musst du so stur sein? Schon mal auf die Idee gekommen, dass das, was ihr im Keller gefunden habt, wichtig für meine Ermittlungen sein könnte?«

»Glaubst du, dass Lena ihrem Bruder wichtige Hinweise verschweigen würde?«, konterte Emma.

»Auf jeden Fall nicht bewusst. Sie hat ihre große Liebe verloren, von der wir alle wissen, dass er eine Flasche war und meine Schwester ausgenutzt und belogen hat. Lena ist in dieser Angelegenheit nicht objektiv, und als ich dich gebeten habe, dich um sie zu kümmern, habe ich das sicherlich nicht gesagt, damit du mir gegenüber anschließend auf stur schaltest.«

»So ist das also! Du wolltest, dass ich für dich deine Schwester ausspioniere«, rief Emma.

Amir klatschte einmal laut in die Hände. »Stopp! Vorschlag zur Güte: Emma fragt Lena, ob sie mit dir über ihre Gespräche reden darf.«

»Das tut sie ganz bestimmt nicht. Ich werde meine Schwester selbst fragen«, erwiderte Mads. Er wollte nicht, dass Lena etwas von dieser Unterhaltung erfuhr, damit sie nicht argwöhnte, er würde ihr nicht vertrauen.

Emma sah Mads schweigend an, ihre Stirn war in Falten gelegt und es war nicht zu übersehen, dass sie richtig sauer auf ihn war. Dabei war er es, der jeden Grund hatte, verärgert zu sein, weil sie nicht verstehen wollte, dass er nur im Interesse von Lena handelte.

»Süße, wir müssen los, sonst kommen wir zu spät zu der Besprechung mit Tobias«, sagte Amir. »Jule, kannst du mir bitte die Rechnung bringen?«

Mads löffelte wortlos seine Bowl weiter, er wusste gerade nicht, was er sagen sollte, ohne zu riskieren, dass Emma es wieder in den falschen Hals bekam.

Jule kam zu ihnen und Amir zückte sein Portemonnaie. »Für die Zicke auch«, sagte er mit einem Lächeln und schaute Mads an.

»Ich kann meine Rechnung schon selbst zahlen.«

»Ich sagte doch, Zicke.« Amir grinste. »Du bist an meinen Tisch gekommen, also zahle ich.«

»Danke«, gab Mads zurück und musste schmunzeln, weil Amirs Gesichtsausdruck irgendwie komisch aussah.

»Geht doch«, sagte Amir.

»Haben sich die beiden wieder gestritten?«, fragte Jule.

»Du kennst sie«, antwortete Amir und zahlte die Rechnung.

Emma und Amir verabschiedeten sich von Mads. Er aß

seine Bowl zu Ende, winkte Jule zu und ging anschließend nach Hause, um sich für die Arbeit frisch zu machen.

Den Gesprächsverlauf mit Emma hatte er sich anders vorgestellt. Dass sie so dichtmachte, sagte ihm, dass sie etwas wusste, was er nicht wissen sollte, und das hatte etwas mit Christian zu tun. Vermutlich hatte er so richtig Scheiße gebaut und Emma und Lena hatten das herausbekommen. Vielleicht würde er mal ein längeres Gespräch mit Lena führen müssen und ihr klarmachen, dass er sie nur beschützen wollte und deshalb alles wissen musste, was sie wusste, auch, was sie im Keller gefunden hatten.

Ich bin nicht dein Feind, dachte Mads, als er seine Wohnung verließ, um zu seinem Dienstwagen zu gehen und zur Dienststelle zu fahren.

Noch immer nieselte es, der Himmel war grau. Die sonnigen Tage zuvor schienen nie existiert zu haben. Das war typisch für diese Jahreszeit an der Ostsee, das Wetter konnte schnell kippen. Mads störte das jedoch nicht.

In seinem Büro in der Dienststelle saß Enno bereits hinter dem Schreibtisch und grüßte ihn gut gelaunt.

»Als hätte ich geahnt, dass du jeden Augenblick ins Büro kommst, habe ich dir schon mal einen Kaffee mitgebracht.« Enno schaute schmunzelnd auf die große runde Wanduhr, die 8:58 Uhr anzeigte.

»Danke«, sagte Mads und setzte sich.

»Ich habe mir das ganze Wochenende über Gedanken gemacht«, begann Enno.

»Worüber?«

»Wer die Begleitung von Christian war. Wenn wir den finden, dann finden wir den Mörder.«

»Wie kommst du darauf?«

»Weil niemand ihn kennt, und weißt du, warum ihn niemand kennt?«

»Hau raus.«

»Weil er mit Christians Sucht in Verbindung steht. Wir gehen davon aus, dass Christian sterben musste, weil er seine Schulden nicht zurückzahlen konnte. Also muss er diesem Mann vertraut haben, wenn er mit ihm ins Casino geht, und sein Begleiter weiß, dass Christian dort eine größere Summe verzockt hat. Mich würde es nicht wundern, wenn dieser Mann auch Kenntnis davon hat, von wem Christian sich das Geld geliehen hat. Genauso wenig würde es mich wundern, wenn diese Person Junus Kabak heißt.«

Mads nickte anerkennend. »Das klingt schlüssig. Zu deiner Info, ich habe mich am Wochenende noch mal mit Magnus unterhalten und er hat mir verraten, dass sich Christian in der Zeit, nachdem sich Lena von ihm getrennt hatte, nicht in Süddeutschland aufgehalten hat, sondern in Kiel.«

Enno pfiff leise. »Kiel! Und wie es der Zufall will, begleitet dieser Typ Christian genau in der Stadt ins Casino. Er wohnt in Kiel, da lege ich mich fest. Wir müssen diesen Kerl finden.«

Mads dachte ähnlich.

»Was hältst du davon, wenn Tim sich da mal schlaumacht? Christian wird doch in Kiel eine Meldeadresse gehabt haben.«

»Sehr gute Idee«, lobte Mads. »Wenn er da gelebt hat, wird er Spuren hinterlassen haben, und wenn die einer findet, dann Tim.«

Gerade als Mads zum Hörer greifen wollte, klingelte sein Bürotelefon.

»Moin. Mads am Apparat«, meldete sich Mads.

»Hier ist jemand, der dich sprechen möchte«, sagte der Kollege vom Empfang.

»Wer und warum?«

»Das hat er nicht verraten, auch nicht seinen Namen. Nur, dass es dringend sei.«

»Ich komme«, sagte Mads und beendete das Gespräch. Er

konnte sich nicht vorstellen, wer ihn so unbedingt sprechen wollte.

»Am Empfang wartet jemand auf mich, bin gleich zurück«, meldete er an Enno gewandt.

»Eine weitere Verehrerin?«, scherzte Enno mit breitem Grinsen.

»Es ist ein Mann, daher schließe ich das aus.«

»Heutzutage darf man nichts ausschließen«, gab Enno augenzwinkernd zurück. »Ich werde in der Zwischenzeit den Bericht schreiben, mit den neuen Angaben von dir.«

»Mach das«, sagte Mads und verließ das Büro.

Als er am Empfang ankam, wollte er seinen Augen nicht trauen. Dort stand – Charlie Fidler!

36

Timmendorfer Strand

Sie durften Kabak nicht unterschätzen. Auch wenn er am Samstag beinahe die Nerven verloren hätte, machte er im Grunde nicht den Eindruck, als würde er die Polizei als ernstzunehmende Bedrohung wahrnehmen. Dennoch war Gustav überzeugt, dass Kabak etwas mit Christians Tod zu tun hatte – entweder selbst oder als Auftraggeber, indem er einen seiner Lakaien beauftragt hatte, Christian in die Mangel zu nehmen.

Leider kamen sie nicht so gut voran, wie er es sich wünschte. Tim war noch immer dabei, Informationen über Kabak zu sammeln, aber was er bisher hatte, reichte nicht, um Kabak ausreichend unter Druck zu setzen.

Gustav rückte seinen Schreibtischstuhl zurecht und öffnete die digitale Fallakte. Ein neuer Bericht von Mads und Enno lag vor, er rief ihn auf und fing an zu lesen.

»Sie haben auch nichts, das ist weder Fisch noch Fleisch«, murmelte er und las weiter.

»Interessant«, sagte er dann. Wer wohl der Mann aus Kiel war? Noch interessanter fand er allerdings, dass Christian nach der Trennung von Lena nicht in Süddeutschland gelebt hatte, sondern in Kiel. Eine weitere Lüge von Christian.

Doch leider brachten sie diese neuen Hinweise auch nicht den entscheidenden Schritt weiter. Er nahm sich vor, schnellstmöglich eine Besprechung einzuberufen, damit sich das Team synchronisieren und die nächsten Schritte abstimmen konnte.

Es klopfte an der Tür und Petra erschien im Türrahmen.

»Moin, Cheffe, der beste Bürgermeister Deutschlands bittet um Audienz.«

»Lass ihn rein.« Gustav winkte Albert zu sich, der jetzt hinter Petra aufgetaucht war, dann sah er wieder zu seiner Sekretärin. »Wenn du schon mal hier bist, kannst du bitte für heute Mittag oder den späten Nachmittag eine Besprechung ansetzen?«

»Sollte ich hinkriegen.«

»Das war eine sehr freundliche Ankündigung, liebe Frau Wiese. Darf ich wohl um einen Espresso bitten?«, fragte Albert.

»Den hatte ich bereits fest eingeplant. Möchtest du auch einen?«, antwortete Petra und blickte zu Gustav.

»Den Tag will ich erleben, an dem Gustav Nein zu einem Espresso sagt«, zog Albert seinen besten Freund auf.

»Du scheinst zu vergessen, dass es hier um meine Espressobohnen geht«, gab Gustav zurück, ihm war gerade nicht nach flachen Witzen.

»Ich bringe Ihnen beiden den Espresso«, sagte Petra.

»Sehr aufmerksam, und ich heitere den störrischen Norddeutschen auf.« Albert schloss die Tür hinter sich. »Wo drückt denn der Schuh? Warum so schlecht gelaunt?«

»Ist das so offensichtlich?«

»Ein Pokerface hast du nicht.«

Gustav seufzte. »Ich habe eben herausgefunden, dass Christian nach der Trennung von Lena in Kiel gelebt hat.«

»Du scherzt?«

»Sehe ich so aus?«

»Nein, nicht wirklich.« Albert schnaubte. »Noch eine Lüge. Mein armes Patenkind.«

»Lena muss das nicht erfahren.«

»Hast du es Mads erzählt?«

»Werde ich, heute in der Besprechung.«

»Wann findet sie statt?«

»Petra schickt dir den genauen Termin und den Ort.«

»Sehr aufmerksam, ich schaufele mir selbstredend Zeit dafür frei«, erwiderte Albert, als wäre es das Natürlichste auf der Welt, dass der Bürgermeister bei einer internen Polizeibesprechung dabei war.

»Sonst geht es dir noch gut?«, schimpfte Gustav.

»Was ist denn jetzt schon wieder los?«

»Das ist eine interne Polizeibesprechung mit Polizeibeamten, meinen Mitarbeitern, da hat ein Bürgermeister nichts zu suchen.«

»Dass du immer so kleinlich sein musst. Jede helfende Hand sollte dir willkommen sein und du weißt, dass der Bürgermeister polizeiliche Befugnisse …«

»Albert«, unterbrach Gustav seinen Freund.

Albert hob abwehrend die Hände.

»Entspann dich, ich wusste doch, dass du dir einen schlechten Scherz erlaubst. Außerdem bin ich völlig ausgelastet, mit Wahlkampfveranstaltungen.«

»Wieso habe ich da meine berechtigten Zweifel?«

»Was anderes, gibt es eigentlich schon einen Termin für die Beerdigung?«, erkundigte sich Albert.

»Nein, noch nicht. Die Leiche ist nicht freigegeben, sie ist in der Rechtsmedizin.«

»Warum? Die Obduktion war doch schon.«

»Weil ich hoffe, dass wir erst den Täter finden und dann die Leiche bestatten.«

»Ermittlungen können sich manchmal wie Kaugummi ziehen«, hielt Albert dagegen.

»Mach mir keine Angst. Aber du hast recht. Gib mir noch eine Woche, dann kümmere ich mich um alles.«

»Lass mich das übernehmen. Du kümmerst dich um den Mörder, ich kümmere mich um den ganzen administrativen

Rattenschwanz, den eine Bestattung mit sich bringt. Weißt du, wie er bestattet werden wollte?«

»Nein, das müsste Lena wissen.«

»Ich frage sie.«

»Frag Mama, sie weiß das bestimmt auch.«

»Mach ich.«

Es klopfte kurz an der Tür und Petra trat mit einem Tablett ein, auf dem zwei Espressotassen standen.

»Einmal der Espresso mit den feinen japanischen Bohnen und einmal der mit den Bohnen aus Nörgelhausen.«

Albert lachte über Petras platten Scherz, Gustav hingegen nahm seine Espressotasse schweigend entgegen.

»Danke Ihnen.« Albert zwinkerte ihr zu.

»Ich lasse die Herren mal allein«, sagte Petra und verließ das Büro.

»Schlagfertig ist sie.«

»Solche dummen Sprüche haut sie an sich nur raus, wenn du da bist. Du bist kein guter Umgang für sie«, murrte Gustav.

»Trink lieber deinen Espresso, du bist heute sehr angespannt.«

Gustav widmete sich seinem Espresso und für eine Weile herrschte Schweigen. Er spürte, wie er ruhiger wurde. Zum Schluss griff er sich den Keks von der Untertasse und sah Albert an.

»Wir sollten Walter anrufen.«

»Deswegen bin ich hier«, gab Albert zurück.

Gustav wählte über das Bürotelefon Walters Nummer.

»Walter am Apparat«, ertönte es aus dem Telefonlautsprecher.

»Moin, Walter. Gustav hier. Neben mir sitzt Albert. Du bist auf Lautsprecher.«

»Moin, Walter«, meldete sich Albert.

»Wenn das keine Überraschung ist. Wie geht es euch?«,

sagte Walter, seine Stimme klang erfreut, doch dann fügte er sorgenvoller hinzu: »Ich hoffe, ihr habt keine schlechten Nachrichten.«

»Wir brauchen leider deine Hilfe«, antwortete Albert.

»Wieso leider? Dafür sind Freunde da. Wie kann ich euch helfen? Geht es um Christian?«

»Genau. Er hat sich von einem zwielichtigen Kredithai Geld geliehen und wir kommen nicht so recht an ihn ran.«

»Verstehe, das ist doch Walters Spezialgebiet. Ich höre mich gern in der Unterwelt für euch um. Wie ihr wisst, bin ich bestens vernetzt, soll ich nach Lübeck kommen?«

Gustav wusste, wie übermotiviert Walter sein konnte, dabei begab sich der Imbissbudenbesitzer aus Köln in seiner Selbstlosigkeit oft selbst in Gefahr. Die Kölner Kollegen Brandt und Aydin konnten ein Lied davon singen, deshalb wollte Gustav nichts riskieren.

»Danke für das Angebot, aber das ist nicht nötig«, erwiderte er rasch. »Wir brauchen nur eine Vermittlung und deine Einschätzung, ob es sinnvoll wäre, diese Person ins Boot zu holen.«

»Um wen geht es?«

»Um Zafer Kaya. Ein Verdächtiger aus Lübeck, Junus Kabak, ist wie Kaya türkischer Herkunft, vielleicht weiß Kaya Dinge über ihn, die der Polizei verborgen sind. Wenn er uns denn helfen würde.«

Walter lachte auf. »Wenn euch einer helfen kann, dann Zafer Abi. Er hat einen Cousin in Lübeck, das wisst ihr ja. Mit dem hatten wir uns doch in Lübeck in der Dönerbude getroffen.«

»Ich erinnere mich«, bestätigte Albert.

»Jungs, ich rufe Zafer Abi gleich an. Dann melde ich mich bei euch.«

»Danke dir«, sagte Gustav und beendete das Gespräch.

»Das ist ein wahrer Freund«, schwärmte Albert. »Er hätte

sofort alles stehen und liegen gelassen, um nach Lübeck zu kommen.«

»Das stimmt. Aber mir reicht es schon, dass ich auf dich aufpassen muss.«

»Lächerlich. Wer hier wohl auf wen aufpasst«, erwiderte Albert.

Gustav brummte nur etwas Unverständliches, dann klingelte auch schon sein Bürotelefon, es war Walter.

»Ihr habt Glück. Zafer Abi ist in Lübeck. Er erwartet euch in einer Stunde im *Sultan Palast*.«

37

»Tobias ist nicht ganz abgeneigt«, stellte Amir fest, als er und Emma aus dem Büro ihres Redaktionsleiters kamen und zu ihren Schreibtischen gingen.

»Er hat aber auch gesagt, dass er vorher alles sehen möchte und sich vorbehält, den Inhalt mit Lange abzustimmen«, entgegnete Emma und setzte sich.

»Leider. Das ist schlimmer, als hätte er Gustav gesagt.« Amir zog sich seinen Stuhl zurecht.

»Ich glaube kaum, dass Gustav in der Hinsicht entspannter wäre.«

»Vermutlich nicht, aber Lange wird den Artikel gleich kategorisch ablehnen. Es ist Wahlkampf, da will er ganz sicher nicht, dass wir über irgendwelche Kredithaie oder die Mafia in seiner geliebten Gemeinde schreiben. Er möchte die Wahlen gewinnen.«

Emma zuckte die Achseln. »Wer soll Lange noch schlagen? Er hat mit sämtlichen Intrigen aufgeräumt und Gustav zurück in den Chefsessel geholt. Die letzten Umfragen sehen ihn vorn.«

»Ein Grund mehr für Tobias, es sich mit Lange nicht zu verscherzen. Meine Stimme kriegt der arrogante Schnösel jedenfalls nicht, und Pietros auch nicht.«

»Bist du dir sicher?«

»Ja!« Amir sah sie forschend an. »Du willst ihn doch wohl nicht wählen, nach allem, was er dir angetan hat.«

»Ich bin noch unschlüssig.«

Amir schüttelte ungläubig den Kopf.

»Er gehört zur Johannsen-Familie«, verteidigte sich Emma. »Ich bin mir sicher, dass alle Johannsens ihn wählen.«

»Logisch, aber du bist keine Johannsen«, entgegnete Amir.

»Zum Glück.«

»Trotzdem, ich bin sehr gut mit Mads und Lena befreundet und Jutta habe ich auch sehr gern, das geht dir doch nicht anders. Es fühlt sich nicht richtig an, den Gegenkandidaten zu wählen, oder würdest du Jutta beichten, dass du Albert deine Stimme nicht gegeben hast, wenn sie dich fragt?«

»Sie wird mich nicht fragen, weil Jutta durch und durch anständig und ein sehr liebevoller Mensch ist.«

»Aber wenn sie es doch tut? Oder Mads fragt doch und er erzählt es Jutta?«

Amir seufzte. »Mads würde ich das leider zutrauen.«

»Also gibst du Lange deine Stimme?«

»Welche Wahl habe ich denn? Aber nur wegen Jutta, damit das klar ist.«

»Was ist mit Pietro?«

»Der wählt, was ich wähle.« Amir presste die Lippen zusammen. »Du verstehst es gut, einem ein schlechtes Gewissen zu machen.«

»Solange du eines hast, mache ich mir keine Sorgen. Bei Mads wäre ich mir da nicht so sicher«, erwiderte Emma. Die Unterhaltung beim Frühstück hing ihr immer noch nach. Wie konnte Mads erwarten, dass sie die Gespräche mit einer Freundin ausplauderte?

»Ich glaube, du tust Mads unrecht.«

»Wie bitte?« Emma sah ihn fassungslos an.

»Er macht sich Sorgen um seine Schwester und möchte nur wissen, ob es ihr gut geht.«

»Mag sein, aber dann sollte er mit seiner Schwester reden und nicht mich benutzen, um an vertrauliche Details zu kommen.«

»Gib's zu, du hast ihm auch deshalb nichts erzählt, weil du Sorge hast, er könnte herausfinden, dass du an einer Story dran bist.«

Emma atmete aus, Amir hatte sie ertappt. »Ein wenig vielleicht«, gestand sie dann ein.

»Ich weiß es, Süße, und trotzdem halte ich es nach wie vor für einen Fehler.«

»Was?«

»Dass du Mads keinen reinen Wein einschenkst. Du hättest ihm erzählen sollen, dass du die Hintergründe recherchierst, völlig losgelöst von Lena. Dass es dir um eine Verbindung zwischen Christian und den Kredithaien und Geldwäsche geht.«

»Da kennst du Mads aber schlecht, der würde mir nur irgendwelche Vorwürfe machen.«

»Du hast noch den Jutta-Joker.«

»Jutta möchte ich aus all dem raushalten, ich habe einen viel besseren Plan.«

»Du?« Amir horchte auf.

»Ja, ich. Schau nicht so«, antwortete Emma. »Tobias muss Lange überhaupt nichts vorlegen, weil ich den Artikel Mads zeigen werde, sobald er druckreif ist.«

»Sicher?«

»Ganz sicher. Dann wird er nämlich sehen, dass es in dem Artikel nicht um Lena geht, sondern nur um die bösen Jungs.«

Amir nickte anerkennend. »Du bist nicht nur hübsch, sondern auch verdammt clever.«

Emma lächelte, während sie insgeheim mit ihren Zweifeln kämpfte, ob das wirklich der richtige Weg war. Der Streit in der *Seaside Lounge* ließ sie einfach nicht los, weil sie sich ungerecht behandelt fühlte, doch Mads würde sich garantiert nicht dafür entschuldigen.

Es war verrückt, mit niemandem geriet sie sich so schnell in die Haare wie mit Mads, zugleich hatte sie kaum jemanden lieber um sich als ihn. Ein Gedanke, für den sie sich manchmal schämte, da sie in einer glücklichen Beziehung mit Stefan war. Mads war wie Feuer und Eis.

»Hat sich dein Kontakt aus dem Bürgeramt gemeldet?«, fragte Emma, um sich abzulenken.

»Noch nicht. Aber wenn eine herausfindet, wo Christian gewohnt hat, nachdem Lena ihn aus der Wohnung geworfen hat, dann sie.«

»Lena hatte mal erwähnt, dass er in Süddeutschland gelebt haben soll.«

»Das werden wir bald erfahren.«

Amirs Telefon klingelte.

»Wenn man vom Teufel spricht«, sagte er und nahm das Gespräch an. Emma verfolgte das Gespräch gebannt.

»Moin, mein Engel, hast du was für mich?«, sagte Amir.

Was die andere Person sagte, konnte sie nicht hören, da Amir nicht auf Lautsprecher gestellt hatte. Er nickte nur, machte große Augen, dann sagte er: »Das ist unglaublich. Du bist die Beste, vielen lieben Dank.«

Amir legte auf und grinste Emma an.

»Und?«, fragte sie.

»Ich habe die Anschrift.«

»Super. Wie weit im Süden ist es?«

»Nicht im Süden. In Kiel.«

Emma konnte ihre Überraschung kaum verbergen. »Dann sollte ich so schnell wie möglich hin.«

»Ich werde dich begleiten. Wer weiß, vielleicht finden wir dort auch heraus, wer mit Christian im Casino war.«

»Das wäre gut«, erwiderte Emma.

Während sie ihre Sachen zusammenpackte, überlegte sie kurz, ob es nicht besser wäre, diese Information mit Mads zu teilen, doch sie entschied sich dagegen.

Ganz sicher nicht, er war vorhin zu gemein zu mir.

38

Während Mads an den Empfang gegangen war, wo er von jemandem erwartet wurde, hatte Enno den Bericht, den er bereits am Sonntagabend zu Hause geschrieben hatte, um die neuen Informationen ergänzt. Seit er mit Mads in einem Team war, hatte sich einiges an seiner Einstellung zur Arbeit geändert. Es hatte ihn beispielsweise überhaupt nicht gestört, am Samstag in die Dienststelle zu kommen, und ebenso wenig, an seinem heiligen Sonntag den Bericht für Gustav zu schreiben.

Zwar waren er und Mads noch nicht lange Partner, aber Enno hatte ein verdammt gutes Gefühl, er war hochmotiviert, und das nicht nur, um Mads zu gefallen, Enno hatte Pläne. Allerdings wusste er, dass er sich den Respekt von Mads erst erkämpfen musste. Auch als er noch sein Chef gewesen war, hatte Enno nie das Gefühl gehabt, dass Mads ihn respektierte – ganz im Gegensatz zu Gustav, dessen Wort hatte Gewicht bei Mads.

Vielleicht ist es der Onkelbonus, überlegte Enno.

In diesem Moment kam Mads zurück.

»Was war denn los?«, fragte Enno.

»Stell dir vor, es war Fidler, er will mit uns reden. Sieht sehr nachdenklich aus, irgendetwas muss ihn umtreiben.«

»Wo ist er jetzt?«

»Im Besprechungsraum, damit wir uns in Ruhe mit ihm unterhalten können.«

»Haben wir dafür nicht Vernehmungsräume?«, erkundigte sich Enno.

»Ja, aber Fidler ist freiwillig zu uns gekommen, er soll nicht den Eindruck bekommen, dass wir ihn verdächtigen.«

»Kluge Entscheidung.«

»Komm.«

Sie verließen das Büro, machten einen kleinen Umweg über die Küche, holten Kaffee und gingen weiter zum Besprechungsraum.

Enno fragte sich, was Fidler hier zu suchen hatte. In die Polizeistation zu kommen, sah ihm gar nicht ähnlich. Enno hatte eher den Eindruck, dass Fidler immer den Weg des geringsten Widerstandes nehmen würde. In seinen Augen war er jemand, den viele als Lebenskünstler bezeichnen würden, er jedoch eher als Versager, der nichts richtig konnte und somit auch nichts zu Ende brachte.

Als sie den Besprechungsraum betraten, saß Fidler nur da und starrte auf den Tisch. Er wirkte geradezu abwesend und schien kaum zu bemerken, dass die Beamten im Raum waren.

»Moin«, machte sich Enno daher bemerkbar. »Kaffee?«

Fidler sah auf, seine Augenlider flackerten. »Warum nicht«, sagte er dann und Enno reichte ihm einen Becher.

»Ist schwarz. Falls Sie Milch und Zucker wollen, bringe ich Ihnen was.«

»Nein, passt.« Fidler gönnte sich einen Schluck, während Enno und Mads sich ihm gegenüber hinsetzten.

»Worüber möchten Sie mit uns sprechen?«, fragte Mads.

Fidler wirkte plötzlich wieder abwesend, er starrte erst Mads, dann Enno mit leerem Blick an.

»Herr Fidler, was immer Ihnen auf dem Herzen liegt, wir sind für Sie da«, sagte Enno, um ihm eine Brücke zu bauen, damit er sich ihnen gegenüber öffnete. Es war nicht zu übersehen, dass ihn etwas beschäftigte, etwas so Wichtiges, dass er die Polizei, vermutlich seinen Erzfeind, aus freien Stücken aufsuchte.

»Ich …«, begann Fidler und starrte in den Kaffeebecher, dann schaute er auf, sah Enno an und stand auf. »Nichts, das war eine ganz dumme Idee.«

39

Niendorf

Es war die erste Nacht, in der Lena nicht geweint hatte, daher fühlte sie sich jetzt auch nicht so matt wie die letzten Tage.

Langsam realisierte sie, dass Christian tot war und nichts auf der Welt ihn mehr zurückholen würde. Dass sie die schöne Rede, die sie für ihre Hochzeit vorbereitet hatte, nicht mehr für ihn würde halten können. Dennoch spürte sie nicht mehr diese Leere, die Angst, nicht zu wissen, was jetzt kommen würde, was aus ihr werden würde. Nicht zu wissen, welche Geheimnisse im Keller und im Leben von Christian noch auf sie warteten.

Am Sonntag war sie nicht mehr in den Keller gegangen, um weiter in Christians Leben zu spionieren, sie hatte nicht mehr den Drang verspürt, auch jetzt nicht.

Was auch an Emir lag. Dass sie auf ihn getroffen war, hatte sich als Glücksfall erwiesen. Er hatte ihr einiges über Christian erzählt, Dinge, die Magnus nicht erzählt hatte und die ihr die Kartons mit den Wodkaflaschen im Keller nicht offenbart hatten.

Christian habe immer nur von ihr geschwärmt, betont, dass sie zu gut für ihn sei. Dinge, die man als Frau gern von seinem Mann hörte. Außerdem habe er nur wieder gespielt, weil er ihr eine Hochzeitsreise habe schenken wollen.

Leider lag genau da das Problem. In die Spielhalle oder ins Casino zu gehen, mit der Absicht, dort viel Geld zu gewinnen, war von vornherein zum Scheitern verurteilt. Dennoch hatte er es getan, er war zu naiv gewesen und mit den Schulden kam auch die Trinksucht zurück. Ein Teufelskreis. Wie konnte Lena ihm da ernsthaft böse sein?

Es machte sie traurig, weil er nicht offen mit ihr gesprochen hatte, er wusste doch, dass er ihr blind vertrauen konnte. Lena hätte alles getan, um ihn aus dieser Spirale des Elends herauszuhelfen. Alles, ohne Bedingung.

Emir hatte erklärt, dass sein männlicher Stolz ihm dabei im Weg gestanden hätte, und Lena hatte ihm geglaubt.

Sie und Emir hatten sich auch am Sonntag wieder getroffen. Er hatte sie abgeholt und sie waren nach Travemünde gefahren, hatten ein Eis gegessen und über Christian gesprochen.

Er war ihr auf Anhieb sympathisch gewesen, seine Gegenwart tat ihr gut, er gab ihr das Gefühl, dass es sich lohnte, weiterzuleben und sich nicht dem Kummer zu ergeben. Ganz zu schweigen davon, dass er ihr mit Worten zu schmeicheln wusste, zudem sah er gut aus und hatte ein umwerfendes Lächeln.

Und noch einen Vorteil hatte Emir: Er war nicht Teil ihres Freundeskreises, er überlud sie nicht mit Fürsorge, er war einfach er.

Ob sie ihn nicht doch ein bisschen zu viel mochte?

»Nein«, sagte sie laut. Das war komplett abwegig, sie hatte ihre große Liebe verloren, da war man mit seinen Gedanken nicht gleich beim nächsten Mann. So eine Frau war sie nicht. Dennoch hatte sie am vergangenen Abend und auch heute an Emir denken müssen. Vermutlich weil sie gerade sehr empfindsam war, sich einsam fühlte und weil Emir es unglaublich gut verstand, ihr das Gefühl zu geben, dass sie eine wunderbare Frau war, die es verdiente, glücklich zu sein.

Ihr Handy vibrierte. Sie hatte eine neue Nachricht von Emir bekommen:

Guten Morgen, wie geht es dir heute?

Guten Morgen, ich fühle mich ganz gut. Danke der Nachfrage. Was ist mit dir?

Die Antwort ließ nicht lange auf sich warten. Lena fand es süß, dass sich Emir nach ihrem Wohlbefinden erkundigte.

Mir auch. Ich habe heute Mittag geschäftlich in Scharbeutz zu tun, wenn du magst, hole ich dich in einer Stunde ab und wir frühstücken zusammen. Nur, wenn du wirklich möchtest, ich möchte mich nicht aufdrängen.

Das tust du nicht, dachte Lena und tippte die Antwort in ihr Handy:

Sehr gern. Hier ist meine Anschrift.

Doch bevor sie auf Senden drückte, stockte sie. War es wirklich clever, Emir ihre Anschrift zu geben? Sie kannte ihn gar nicht so richtig. Am Sonntag hatten sie sich am Hafen getroffen und dort einen Kaffee getrunken, anschließend waren sie nach Travemünde gefahren.

Lena schüttelte den Kopf, nein, die Sorge war völlig unberechtigt.

Sehr gern. Hier ist meine Anschrift. Gib Bescheid, wenn du da bist, dann komme ich raus,

antwortete sie und schickte ihre Adresse.

Mach ich. Bis gleich. Ich freue mich.

Ich mich auch,

antwortete Lena.

Das war nicht gelogen, sie freute sich wirklich auf Emir, da sie noch ein paar Fragen an ihn hatte, was Christian anbelangte. Sie musste wissen, wie viele Schulden er bei wem hatte.

Lena ging ins Badezimmer, um sich frischzumachen. Sie wusch sich das Gesicht und schaute ihr Spiegelbild an. Ihre Augen wirkten nicht mehr so traurig und waren nicht mehr komplett von kleinen roten Äderchen durchzogen. Selbst die Müdigkeit und Abgeschlagenheit sah man ihr nicht an.

Sie war fast mit sich zufrieden.

»Etwas Schminke und schon sehe ich deutlich frischer aus.«

Lena griff zum Rouge, doch mitten in der Bewegung hielt sie inne.

Ich muss heute mehr über Emir erfahren, dachte sie. *Bisher habe ich ihn nur über Christian ausgefragt, aber ich weiß nicht, wer er ist, wie er Christian kennengelernt hat, und ich muss wissen, ob er auch gern spielt. Und welchen Beruf er hat, wenn er heute Mittag beruflich nach Scharbeutz muss.*

40

Timmendorfer Strand

»Was war das denn für eine Nummer?«, fragte Enno.

»Gute Frage. Vielleicht wird Charlie Fidler der Druck zu hoch und er wollte singen«, antwortete Mads, der mit dem Verlauf des Gesprächs auch alles andere als zufrieden war.

Natürlich hatten sie versucht, Fidler aufzuhalten, auf ihn eingeredet, dass er sicher sei und nichts befürchten müsse, aber Fidler war nicht darauf eingegangen und hatte die Dienststelle verlassen.

»Also weiß er, wer Christian ermordet hat?«

»Keine Ahnung. Auf jeden Fall weiß er sicherlich einiges, was Kabak anbelangt.«

»Wieso Kabak?«

»Es ist doch kein Zufall, dass er so übel zugerichtet aussieht und wenig später bei uns auf der Dienststelle auftaucht«, erklärte Mads. »Das hat ihm einer von Kabaks Männern angetan, und ich kann mir auch vorstellen, warum.«

»Warum?«

»Vermutlich bin ich daran nicht ganz unschuldig. Du erinnerst dich an unser Gespräch mit Kabak?«

»Klar, du meinst den Moment, als du gebluft und gesagt hast, Fidler hätte uns gegenüber zugegeben, dass er nicht für Kabak in der Küche arbeiten wird?«

»Genau, deswegen kann es nur etwas mit Kabak zu tun haben, dass Fidler hier aufgekreuzt ist«, antwortete Mads.

Enno nickte und stand auf.

»Wohin?«

»An unsere heilige Wand, ein paar Hinweise anbringen.«

Mads erhob sich ebenfalls und sah zu, wie Enno Notizen und Querverbindungen ergänzte, zum Schluss malte Enno um die Namen Kabak und Fidler einen Kreis, dann schrieb er unter Fidler:

Kronzeuge?!

Da hatte Mads einen Einfall.

»Es könnte auch sein, dass Fidler von Kabaks illegalen Machenschaften weiß, diese aber möglicherweise nicht mit unserem Mordfall in Verbindung stehen.«

»Würde mich nicht wundern. Wäre das dann nicht eher was fürs LKA oder BKA?«

»Nein, Kabak ist Teil unserer Ermittlungen, wir bleiben dran. Wenn wir zwei Fliegen mit einer Klappe schlagen können, umso besser«, entgegnete Mads, obwohl es ihm zusehends Bauchschmerzen bereitete, welche Dimension die Ermittlungen annahmen. Es könnte sehr gefährlich werden, denn wenn Fidler wirklich so ein wichtiger Kronzeuge war und Kabak eine Menge Geld gewaschen hatte, würde Kabak sicherlich nicht vor Mord zurückschrecken, um sein Imperium zu schützen.

»Was, wenn Christian auch zu viel wusste und deswegen sterben musste?«, überlegte Enno laut und tippte sich mit dem Zeigefinger gegen die Lippen.

»Warum sollte Christian von Kabaks illegalen Machenschaften wissen?«

»Weil er sich Geld bei Kabak geliehen und öfter Charlie Fidler getroffen hat. Vielleicht hat Fidler im alkoholisierten Zustand etwas ausgeplaudert?«

»Da hat Christian seine Chance gewittert«, beendete Mads Ennos Gedanken.

»Genau. Er hat um ein Treffen mit Kabak gebeten, um ihn

zu erpressen. Möglicherweise hat er gehofft, dass Kabak ihm seine Schulden erlässt, wenn er das Geheimnis für sich behält.«

»Das würde bedeuten, dass Kabak nicht einen seiner Lakaien zu dem Treffen geschickt hat, sondern selbst hingegangen ist. Ein Zeuge will gesehen haben, dass Christian sehr angespannt war an dem Tag.«

»Wer wäre das nicht, wenn er einen Mafiaboss erpresst?«, gab Enno zurück.

Mads nickte langsam, das alles klang ziemlich plausibel, allerdings mussten sie es erst beweisen und dafür mussten sie Fidler davon überzeugen, mit ihnen zu kooperieren.

Sein Bürotelefon klingelte, Mads schaute aufs Display und nahm den Hörer ab.

»Moin, Onkel«, meldete er sich etwas gedankenlos und schaltete den Lautsprecher ein.

»Moin, Chef, nicht Onkel«, erwiderte Gustav, seine Stimme klang angestrengt.

»Wie kann ich dir helfen?«

»Ich bin gerade auf dem Weg nach Lübeck, und rate mal, wen ich eben im Auto vom Parkplatz habe fahren sehen?«

»Wen?« Mads konnte seinem Onkel nicht folgen, aber die Ironie in seiner Stimme war nicht zu überhören.

»Charlie Fidler. Was hat der Kerl bei uns auf der Dienststelle zu suchen gehabt?«

»Er wollte sich mit mir unterhalten.«

»Wollte?«

»Er hat es sich anders überlegt und ist wieder gefahren.«

»Warum hat er es sich anders überlegt? Lass dir doch nicht alles aus der Nase ziehen«, fluchte Gustav.

»Woher soll ich das wissen? Vielleicht weil er es mit der Angst zu tun bekommen hat.«

»Hast du ihm etwa mit rechtlichen Konsequenzen gedroht?«

»Ich bin kein Anfänger, Gustav. Ich habe ihm jede Unterstützung zugesagt, die mir möglich war. Ich habe auf ihn eingeredet, aber es hat nichts geholfen.«

»Das stimmt, Gustav«, mischte sich Enno ein. »Ich war bei dem Gespräch dabei. In meinen Augen hat sich Fidler über seinen eigenen Mut erschrocken und daraufhin die Flucht ergriffen. Jemandem wie Kabak fällt man nicht so einfach in den Rücken.«

Mads nahm wohlwollend zur Kenntnis, dass Enno für ihn Partei ergriff, denn er hatte den Eindruck, dass Gustav nur angerufen hatte, um Dampf abzulassen.

»Wie auch immer. Fidler muss etwas Wichtiges wissen, sonst hätte er sich nicht die Mühe gemacht, nach Timmendorf zu fahren, und es muss derart von Bedeutung sein, dass er Angst hat.«

»Wir gehen davon aus, dass es was mit den illegalen Geschäften von Kabak zu tun hat. Vermutlich geht es um viel mehr Geld als die paar Kröten, die er Christian geliehen hat. Außerdem nehmen wir an, dass auch Christian von den krummen Geschäften wusste und deshalb sterben musste. Jemand wie Kabak wird sich sein Imperium von einem wie Fidler oder Christian nicht zerstören lassen.«

»Klingt nachvollziehbar. Warum hast du Fidler dann nicht aufgehalten oder mich kontaktiert? Einen Kronzeugen wie ihn kann man doch nicht einfach so hinausmarschieren lassen. So dämlich kann man gar nicht sein.«

»Ich wollte dich bei deinem Kaffeekränzchen mit Albert nicht stören«, konterte Mads. Er musste sich nicht alles gefallen lassen.

»Mads!«, wurde Gustav laut.

»Entspann dich, damit tust du niemandem einen Gefallen«, war jetzt die Stimme von Albert zu hören und Mads fühlte sich sofort bestätigt. Die beiden waren mal wieder zusammen unterwegs.

»Hör auf Albert, entspann dich«, sagte er. »Alles andere treibt nur deinen Blutdruck in die Höhe, und keine Sorge, Enno und ich fahren gleich nach Lübeck und schnappen uns Fidler.«

»Ihr beide fahrt erst mal nirgendwohin. Tim ist dabei, zu prüfen, ob Christian in Kiel eine Meldeanschrift hatte. Schließt euch mit ihm kurz, ich habe ihn gerade angerufen.«

»Genau das wollte ich schon vorhin tun«, kam es etwas kleinlaut von Enno, da Gustav ihm zuvorgekommen war.

»Was ist mit Fidler? Er könnte in großer Gefahr sein«, gab Mads zu bedenken.

»Den suchen Alb…, den suche ich nachher auf. Ihr unternehmt nichts«, sagte Gustav.

Mads war schon jetzt klar, dass Albert ihn begleiten würde, aber er wollte den Streit in Ennos Gegenwart nicht eskalieren lassen.

»Ihr meldet euch, sobald was ist«, fuhr Gustav fort, »und ruf bitte Petra an, dass die Besprechung heute abgesagt wird. Ich möchte euch beide in Kiel sehen.«

»Was, wenn Tim keine Anschrift findet?«

»Verdammt, Mads. Dann klappert ihr die Spielhallen in Kiel ab und sucht nach Informationen.«

»Sonst noch was?«

»Nein, das reicht wohl«, antwortete Gustav und beendete das Gespräch.

»Dein Onkel war ziemlich geladen«, kommentierte Enno das Telefonat.

»Das war noch die freundliche Version«, erlaubte sich Mads einen Scherz.

Enno lächelte etwas gequält.

»Lass uns Tim anrufen«, sagte Mads.

»Das wollte ich längst. Leider war dein Onkel schneller mit seinem Auftrag.«

»Mach dir keinen Kopf«, tröstete Mads ihn. »Gustav kann manchmal wie eine Diva sein, aber er beruhigt sich auch bald wieder. Vielleicht hat er ja gar nicht so unrecht.«

»Womit?«

»Dass wir in Kiel nach Spuren suchen sollten. Jemand wie Christian wird auch dort in Spielhallen unterwegs gewesen sein. Spätestens nach dem Casinobesuch hätte mir das klar sein müssen.«

Insgeheim machte sich Mads Vorwürfe, dass er in Kiel nicht gleich die einschlägigen Spielhallen besucht hatte. Wenn Christian nach der Trennung von Lena dort gelebt hatte, war er garantiert weiter zocken gegangen.

Mads stand auf und nahm seine Waffe.

»Wohin?«

»Nach Kiel. Auf dem Weg dahin telefonieren wir mit Tim.«

41

Gustav war auf hundertachtzig.

»Beruhig dich, nicht dass du während der Fahrt einen Herzinfarkt bekommst und uns beide in Gefahr bringst«, scherzte Albert.

»Ich verstehe Mads nicht. Er ist doch nicht erst seit gestern bei der Polizei. Wenn jemand wie Fidler zu uns kommt, lässt man den nicht einfach wieder zur Tür hinausspazieren.«

»Was hätte er denn machen sollen? Fidler hat es sich anders überlegt. Hätte er ihn festnehmen sollen?«

»Er hätte mich dazu holen sollen, nein müssen.«

»Du meinst, bei dir wäre es anders gelaufen?« Albert legte die Stirn in Falten.

»Ganz dünnes Eis, mein Lieber.«

»Das sind Fakten, alter Freund. Du warst Mads gegenüber gerade nicht fair. Wir beide wissen, dass er ein verdammt guter Polizist ist, wie wirkt das wohl auf ihn? Wenn du ehrlich bist, weißt du, dass du zu hart warst.«

Gustav lag eine Antwort auf der Zunge, doch er bremste sich und atmete hörbar durch die Nase aus.

»Vielleicht ein bisschen«, gab Gustav dann zu, da Alberts Argumentation nicht von der Hand zu weisen war.

Gustav war nun mal ein emotionaler Mensch und so eine Gelegenheit wie vorhin bekam man nicht jeden Tag geboten, da musste man mehr draus machen.

»Das ist wenigstens ein Anfang. Übrigens könnte sich das Gespräch mit Kaya noch als sehr wertvoll erweisen.«

»Warum?« Gustav war noch immer nicht überzeugt, dass es eine so gute Idee war, sich Hinweise von einem Clanchef zu holen und ihm damit das Gefühl zu geben, dass man auf seine Hilfe angewiesen war.

»Weil Kabak ein viel größerer Fisch ist, als es bisher den Anschein hat. Wenn er Gelder in Millionenhöhe wäscht und wir beide ihn überführen können, was glaubst du, was das für meine Kandidatur als Bürgermeister bedeuten würde?«

»Wir beide nehmen niemanden fest, wenn nur die Polizei und das bin ich.«

»Dass du einem dauernd das Wort im Mund verdrehen musst.«

»Ich verdrehe gar nichts, ich stelle nur fest.«

Albert gab ein abfälliges Geräusch von sich. »Da hatte ich die naive Hoffnung, dass du weniger mürrisch sein würdest, wenn du deinen Chefposten zurückhast, aber wie ich sehe, ändern sich manche Dinge nie.«

»Da stimme ich dir zu. Genauso wie es sich wohl nie ändern wird, dass du noch immer glaubst, mehr Polizist als Bürgermeister zu sein.«

»Ich möchte dich an die Gemeindesatzung …«

»Komm mir nicht schon wieder damit«, unterbrach Gustav ihn. »Wir beide kennen die Wahrheit. Du hast es geliebt, Polizist zu sein, und bist nur wegen Papa in die Politik gegangen, und als du Bürgermeister wurdest, hat Mikkel dich auch noch dazu ermutigt, weiter polizeiliche Aufgaben zu übernehmen.«

»Du bist gerade echt unerträglich«, gab sich Albert eingeschnappt. »Ich habe das gemacht, weil ich Mikkel wie einen Vater geliebt habe und weil ich eingesehen habe, dass er recht hat. Unsere Gemeinde war ein Ort des Verbrechens. Drogen, Geldwäsche, Mafia, Korruption. Allein Wegen Mikkels Einsatz ist unsere Gemeinde sauber geworden. Willst du mir das jetzt zum Vorwurf machen? Gerade du? Du wolltest doch lieber als Kapitän zur See über die Weltmeere schippern, wie im Traumschiff und bist nur Polizist geworden, weil Mikkel es so gewollt hat, weil er auch für dich einen Plan hatte. Manchmal muss man eben Dinge tun, die man nicht will, für eine größere, bessere Sache. Das nennt sich Verantwortung übernehmen!« Alberts Gesicht zeigte Enttäuschung, er sah Gustav an, dann wandte er seinen Blick ab und schaute aus dem Beifahrerfenster.

Einen Moment herrschte Schweigen. Albert hatte recht, mit jedem Wort, das er gesagt hatte, daher gab sich Gustav einen Ruck.

»Verzeih, manchmal bin ich ein unsensibles Arschloch. Wir beide sind das Ergebnis von Mikkels Vorstellung einer sicheren Gemeinde.«

Albert rührte sich nicht, auch nicht, als Gustav ihm auf die Schulter klopfte.

»Es tut mir leid, wirklich.«

Albert starrte stumm nach draußen, er schien ernsthaft zu schmollen.

»Übertreib es nicht.«

Endlich drehte Albert den Kopf zu ihm. »Dafür habe ich was gut bei dir.«

»Ich kann mir schon denken, was.«

Albert schmunzelte. »Bis wir den Mörder haben, weiche ich dir nicht von der Seite.«

Gustav seufzte, dann nickte er, da er wusste, dass er Albert nicht loswerden würde, bis sie Christians Mörder hatten. Sie waren eine Familie und Christian war ein Teil davon, da sah er es als seine Pflicht, dass sie einander halfen, unabhängig von seinem Spaß an Ermittlungen.

In gewisser Weise fand er es sogar bewundernswert, dass Albert so entschlossen war, denn er tat ja am Ende nichts

Schlechtes, er gab vielmehr vollen Einsatz, um einen Mörder zu finden oder jetzt Kabaks Verbrechen aufzudecken.

Sie passierten das Holstentor und wenig später parkte Gustav vor dem *Sultan Palast*. Als sie das Restaurant betraten, sahen sie Zafer Kaya mit einer anderen Person an einem Tisch sitzen. Es war sein Cousin, den Gustav bereits kannte.

»Moin«, grüßte er die beiden.

Kaya und sein Cousin erhoben sich.

»Moin, die Herren. Nehmen Sie doch bitte Platz«, bat Kaya.

Sie setzten sich, dann bestellte Kaya türkischen Tee und Baklava bei einem Kellner, der sogleich zu ihnen gekommen war.

»Walter hat mich vorhin angerufen. Er meinte, sie bräuchten meine Unterstützung«, begann er.

»Eher Informationen als Unterstützung«, korrigierte Gustav ihn. Er wollte nicht, dass Kaya den Eindruck gewann, sie wären von ihm abhängig.

»In welcher Sache? Das hat Walter nicht erwähnt.«

»Es geht um Kabak«, antwortete Albert.

»Junus Kabak?«

»Kennen Sie ihn?«, fragte Gustav.

»Man läuft sich über den Weg. Er betreibt in der Nähe eine Shisha-Lounge, hat noch zwei weitere in Lübeck, wenn ich mich nicht irre.«

»Das tun Sie nicht. Sie sind sehr gut informiert. Deswegen wollten wir mit Ihnen sprechen«, erwiderte Albert.

Kaya schien sich über das Kompliment zu freuen, ein kleines Lächeln huschte ihm über das Gesicht.

Der Kellner brachte ihnen Tee und Gebäck, dann entfernte er sich wieder und Gustav widmete sich seinem Çay.

Nicht schlecht, kommt aber nicht an meinen Espresso ran, dachte er.

Albert hatte sich inzwischen am Baklava bedient.

»Das ist verdammt lecker«, stellte er fest.

»Dann sollten Sie mich in Köln in meinem Restaurant besuchen kommen. Dort bereiten wir es täglich frisch zu. Ich habe extra Bäcker aus Gaziantep eingestellt, dem Ursprung des Baklava.«

»Danke für die Einladung, wenn ich in Köln bin, komme ich ihr gern nach.«

Gustav war überrascht über diese Antwort, da Albert sein Image als Politiker sehr wichtig war. Wollte er da wirklich mit einem Clanchef gesehen werden? Allerdings hatte Albert bei diesen Worten sein typisches Politikerlächeln aufgesetzt und Gustav nahm an, dass es nur Show war, um Informationen von Kaya zu bekommen.

»Was wissen Sie über Herrn Kabak, was wir nicht wissen?«, fragte Gustav.

»Dafür müsste ich wissen, was Sie wissen.«

»Ehrlich gesagt, nicht viel. Er hat sich bisher polizeilich nichts zu Schulden kommen lassen.«

»Hätte mich auch gewundert. Junus ist ein schlauer Kopf. Ein Selfmade-Millionär, der immer peinlichst drauf achtet, dass er sauber ist.«

»Ist er das denn?«

Kaya antwortete nicht sofort, er gönnte sich einen Schluck aus seinem Teeglas.

»Alles, was Sie sagen, bleibt unter uns«, versicherte Albert. »Kein Wort verlässt diesen Tisch. Sie können uns vertrauen.«

»Ich vertraue Ihnen, weil Walter für Sie bürgt. In meiner Position hat man viele Feinde und wenige Freunde, aber noch weniger Menschen, denen man wirklich vertrauen kann. Einer dieser ganz wenigen ist Walter. Er spricht nur in den höchsten Tönen von Ihnen, ebenso wie über seine Kölner Freunde Aydin und Brandt. Über Sie hat er erzählt, dass Sie selbstlos einige Waisenkinder aus der Ukraine in Ihrem Kinderheim aufgenommen und sie in neue Familien vermittelt hätten.«

Albert nickte. »Das war das Mindeste, was ich tun konnte. Walter hat viel mehr Anerkennung verdient, schließlich hat er diese armen Kinder aus dem Krieg gerettet, nicht ich.«

»Ein bescheidener Politiker, das gefällt mir. Einer, der anpackt, statt glorreiche Reden über sich selbst zu schwingen.«

»Was können Sie uns über Herrn Kabak sagen?«, hakte Gustav noch einmal nach, dieses Rumgeschleime brachte ihn nicht weiter.

»Sie sind wie Kommissar Brandt aus Köln, sehr direkt. Ich mag das. Ich bin auch so.«

»Dann lassen Sie uns zu den interessanten Inhalten kommen. Wäscht Kabak Schwarzgeld?«

Kaya antwortete nicht sofort und Gustav sah, wie sein Cousin kaum wahrnehmbar mit dem Kopf schüttelte. Vermutlich wollte er nicht, dass Kaya mit ihnen darüber sprach, der wirkte wie die Ruhe selbst, er rührte in seinem Teeglas und gönnte sich einen Schluck. Dann schaute er Gustav eindringlich an.

»Das hier ist inoffiziell, ich möchte mit keiner Silbe erwähnt werden und ich biete auch keine offizielle Unterstützung an. Wir verstehen uns, hoffe ich.«

»Wir stehen zu unserem Wort, immer, und ja, wir verstehen uns«, erwiderte Gustav, dabei wandte er seinen Blick nicht von Kaya ab.

»Ich sagte ja, Junus ist ausgesprochen clever und verschlagen. Er wäscht seit Jahren Gelder, indem er Kredite vergibt und damit seriöse Unternehmen finanziert, auch mithilfe von Spielhallen wäscht er über Strohmänner Geld. Es ist ein ausgeklügeltes System, deswegen konnten Sie ihn bisher nicht packen.«

»Erhält er dabei auch Unterstützung von einem Charlie Fidler?«

42

Kiel

Emma bog in die Küterstraße ab, wo Christian nach der Trennung von Lena gewohnt haben sollte. In der Nähe der Anschrift fand sie einen Parkplatz und gemeinsam mit Amir stieg sie aus.

Wohnblock klebte hier an Wohnblock, jeweils im Erdgeschoss waren unterschiedliche Läden angesiedelt. Die Straße erinnerte sie ein wenig an die Fressgasse in Mannheim, wo sie eine Zeit lang mit ihrem Verlobten gelebt hatte, bevor er im Urlaub an der Ostsee brutal ermordet worden war. Sie hatte eine schöne Zeit in Mannheim gehabt und noch immer pflegte sie Freundschaften dort, aber sie war nicht mehr zurückgekehrt. Ihre Eltern wohnten in Köln, daher war sie öfter dort zu Besuch, doch bei diesem Anblick nahm sie sich vor, einmal wieder einen Abstecher nach Mannheim zu machen, um im *Café Moha* einen Kaffee zu trinken, der vom Inhaber selbst frisch geröstet wurde. Natürlich durfte auch ein Besuch im *DOLCEAMARO* nicht fehlen, dem Hotspot in Mannheim mit Blick auf den herrlichen Park am Wasserturm. Dazu ein Gläschen Wein.

Noch während sie darüber nachdachte, war ihr klar, dass es eine Idee war, die man sich vornahm, dann aber aus den verschiedensten Gründen nicht umsetzte, weil man andere Prioritäten hatte oder der Alltag es nicht zuließ. Bei Emma kam jedoch ein anderer Grund hinzu: Angst.

Sie wollte nicht mit der Vergangenheit konfrontiert werden, ihrem Leben mit ihrem Verlobten in Mannheim. Es war schon schwer genug gewesen, das Ganze zu verarbeiten, aber in Mannheim würde sie zu intensiv daran erinnert werden, wie glücklich sie mit Daniel gewesen war. Er war der erste Mann, den sie hatte heiraten wollen, und noch immer gab es Momente, in denen sie der Mord einholte, wie aus dem nichts, wie ein Blitzschlag. Sie war dann wie gelähmt, unfähig zu jeglicher Reaktion.

»Aufpassen«, rief Amir und schubste sie zur Seite.

»Was?«

Nur um Haaresbreite verfehlte Emma eine Laterne, die sie überhaupt nicht wahrgenommen hatte.

»Wo bist du wieder mit deinen Gedanken?«

»Wenn ich das wüsste«, lachte Emma, dann zeigte sie nach vorn. »Hier müsste es sein.«

»Stimmt. Was jetzt?«

»Ich schlage vor, wir fragen die Mitarbeiter im Kiosk, dann hören wir uns im Wohnblock um.«

»Hört sich nach einem guten Plan an.«

»Emmas Pläne sind immer hervorragend.«

»Darauf erwartest du hoffentlich keine Antwort«, gab Amir grinsend zurück.

»Hey«, tat Emma empört, dann betraten sie den Kiosk.

»Moin«, grüßte sie ein Mann um die sechzig. Er sortierte gerade einige Produkte ins Regal.

»Moin. Wir sind Journalisten von der Ostseezeitung«, sagte Emma.

»Presse? Ist in der Nachbarschaft schon wieder was passiert?«

»Wieder?«, fragte Amir.

»Letzte Woche hat hier so ein Idiot seine Frau abgestochen, weil er sie mit einem anderen Kerl im Bett erwischt hat.«

»Kranke Welt«, kommentierte Amir das Gehörte.

»Sie sagen es, und es wird immer kränker. Die Menschen werden immer egoistischer und gewaltbereiter.«

»Deswegen ist es wichtiger denn je, dass es Menschen wie Sie und uns gibt, die jedes Mal zeigen, dass Gewalt keine Lösung ist.«

»Da haben Sie recht. Warum sind Sie hier?«

»Es geht um einen Mann, der hier im Wohnblock gewohnt haben soll. Wir wollten uns umhören, ob das so ist. Vielleicht erinnern Sie sich an die Person.«

»Wen meinen Sie denn?«

Amir zückte sein Handy und zeigte ihm ein Foto von Christian.

Der Mann schaute sich das Foto an und reichte das Handy gleich wieder zurück.

»Den kenne ich, leider«, antwortete er dann.

42

»Wo wollen wir anfangen?«, fragte Enno, als sie im Auto saßen. Mads hatte gerade Eutin hinter sich gelassen.

»In den Spelunken am Seehafen.«

»Im Rotlichtviertel?«

»Genau da. Mich würde es nicht wundern, wenn Christian sich in den Spielhallen dort rumgetrieben hat.«

Mads' Handy klingelte, es war wie immer mit der Freisprecheinrichtung seines Dienstwagens gekoppelt.

»Moin, Tim«, nahm er das Gespräch an. Sie hatten ihn zuvor nicht erreichen können, daher freute sich Mads, dass er jetzt zurückrief.

»Moin. Bist du unterwegs?«

»Mit Enno auf dem Weg nach Kiel.«

»Hast du die alte Anschrift von Christian schon?«

»Nein, wir wollten uns so lange in den Spielhallen vor Ort ein wenig umhören. Lass mich raten, du hast sie?«

»Gut geraten. Deswegen rufe ich an.«

»Schieß los.«

»Christians letzte gemeldete Anschrift in Kiel war in der Küterstraße.«

»Da werden wir direkt hinfahren. Hast du noch was herausgefunden?«

»Ja, er war dort nicht allein gemeldet.«

»Hat er in einer WG gewohnt?«, fragte Enno.

»Hört sich eher nach einer Beziehung an«, widersprach Tim. »Die zweite gemeldete Person hieß Melissa Lauer.«

»Lebt sie noch da?«, fragte Mads.

»Nein, sie ist umgezogen. Wollt ihr die aktuelle Anschrift?«

»Auf jeden Fall«, antwortete Mads. Diese Melissa konnte ihnen sicherlich noch mehr Geheimnisse über Christian erzählen.

»Als hätte ich es geahnt«, sagte Tim. »Ich habe bereits einiges über Melissa herausgefunden und euch die Infos vor diesem Anruf gemailt. Sie ist polizeilich noch nicht in Erscheinung getreten.«

»Super. Hast du sonst Neuigkeiten?«, fragte Mads.

»Nicht viel, aber vielleicht etwas Interessantes über Kabak und Emir.«

»Was?«

»Emir ist der Sohn eines Cousins von Kabak.«

Mads pfiff leise. »Familie, das erklärt so einiges.«

Er wusste, welchen Wert die Familie gerade bei Südländern hatte, daher konnte Kabak Emir auch rumscheuchen, wie er wollte, und Emir hielt schön brav den Mund.

»Hast du was über Emir herausgefunden?«, fragte Enno.

»Er scheint sauber zu sein. Nichts Gravierendes. Strafzettel wegen zu schnellen Fahrens. Wenn die Familie Dreck am Stecken hat, weiß sie es sehr gut zu verstecken.«

»Bleib dran, da muss es was geben. Enno und ich gehen von Geldwäsche in großem Stil aus. Vermutlich indem er Kredite zu überhöhten Zinsen vergibt«, sagte Mads.

»Möglich, den Verdacht hatte auch Gustav geäußert. Ich bin dabei, mir die Firmenstruktur anzuschauen. Mit ein bisschen Glück komme ich an die Bilanzen und Abschlussrechnungen vom Finanzamt, da stehen andere Daten drin als in den offiziellen Büchern. Vor allem die Rechnungen könnten interessant sein.«

»Das wäre sehr gut. Es wäre auch spannend, zu wissen, ob das Finanzamt den Verdacht hat, dass bei Kabak Geld gewaschen wird.«

»An der Sache bin ich dran. Mein Kontakt vom Finanzamt konnte diesbezüglich noch keine verbindliche Aussage treffen, nur so viel. Im Jahr 2011 gab es eine Prüfung, bei der aber nichts Belastbares gefunden wurde. Dabei wissen wir alle, dass Shisha-Bars der perfekte Ort für Schwarzgeldgeschäfte sind.«

»Wem sagst du das. So viele Shishas, wie da am Abend über den Tisch gehen. Wenn da nur jede zweite offiziell eingebongt wird, dürften das im Jahr Millionen an Schwarzgeldern sein«, bestätigte Enno.

»Er hat mindestens drei Shisha-Bars in Lübeck, so viel habe ich schon herausgefunden.«

»Wenn wir ihm Schwarzgeldgeschäfte nachweisen können, könnten wir eine Verbindung zu unserem Fall herstellen«, bemerkte Mads. Er hatte das Gefühl, dass sie endlich auf der richtigen Spur waren und es nur eine Frage der Zeit wäre, bis sie herausfinden würden, welchen krummen Geschäften Kabak nachging.

»Ich bin dran. Übrigens habe ich noch etwas Aufschlussreiches herausgefunden.«

»Hau raus.«

»Charlie Fidler war von 2011 bis 2012 Geschäftsführer in einer von Kabaks Shisha-Lounges.«

»Fidler?« Mads konnte nicht glauben, was er da hörte.

»Genau, Fidler.«

»Er war also ausgerechnet dann Geschäftsführer, als es die Steuerprüfung gab«, stellte Enno fest und schüttelte den Kopf.

»Du sagst es, und ich glaube nicht an Zufälle. Riecht ganz danach, dass Kabak einen Strohmann brauchte und deswegen Fidler eingestellt hat. Wir müssen mehr darüber wissen.«

»Auch darum kümmere ich mich. Mein Kontakt beim Finanzamt sucht die Unterlagen und die Person, die damals für die Überprüfung zuständig war. Sprecht ihr mit Fidler?«

»Das macht Gustav. Enno und ich sind …« Mads brach ab.

»Nein, streng genommen bin nur ich laut Gustav unfähig dazu.«

»Da hat sich Gustav offenbar schneller eingelebt, als es dir lieb ist«, kommentierte Tim diese Worte.

»Du kennst Gustav, wenn er nicht meckert, vor allem mit mir, ist er nicht ausgeglichen«, erklärte Mads.

»Ich halte mich da wie immer bescheiden raus. Also informiere ich Gustav?«

»Mach das, er ist eh gerade in Lübeck.«

»Wird erledigt.«

»Hast du noch was?«

»Gerade nicht. Aber ich melde mich, sobald es was Neues gibt.«

»Besten Dank«, gab Mads zurück und beendete das Gespräch.

»Die Schlinge zieht sich langsam zu«, bemerkte Enno.

»So ist es, und ich bin gewillt, sie so eng zu ziehen, dass Kabak nichts anderes übrig bleibt, als zu gestehen.«

»Glaubst du, dass Fidler deswegen bei uns war? Wegen seiner Zeit als Geschäftsführer?«

»Würde Sinn machen. Mal schauen, ob es Gustav und Albert wirklich gelingt, ihn zum Reden zu bringen.«

»Hört sich an, als hättest du Zweifel daran.«

Mads zuckte die Schultern. »Nur ein Erfahrungswert, was meinen Onkel und Albert anbelangt.«

»Die beiden scheinen ein eingespieltes Team zu sein, wobei es schon seltsam ist, dass ein Bürgermeister bei laufenden Ermittlungen mitmischt. Ist er nicht ausgelastet?«

Mads stieß ein Lachen heraus. »Das fragt sich so mancher. Albert würde erklären, dass er seine Arbeitsabläufe perfekt optimiert und besondere polizeiliche Befugnisse als Bürgermeister hat. Nebenbei macht er Wahlkampf damit, dass er sich aktiv für die Sicherheit in seiner Gemeinde einsetzt.«

»Wenigstens ein Politiker, der nicht nur quatscht, sondern mit anpackt, das werden die Wähler zu schätzen wissen. Aber das mit den polizeilichen Befugnissen ist nur ein Scherz, oder?«

»Nein, ist es nicht«, antwortete Mads und klärte Enno über die Zusammenhänge auf, die bis zu seinem Opa Mikkel zurückreichten. »Gustav versucht es einzudämmen, was bei einem Charakter wie Albert nicht so leicht ist«, fügte er abschließend hinzu.

»Interessante Familie, das erklärt so einiges. Ich persönlich finde das übrigens nicht schlimm, sondern eher gut, wenn sich Politiker aktiv an der Verbrechensbekämpfung beteiligen. Leider wohne ich in Haffkrug, sonst hätte Albert Lange meine Stimme sicher. Deine Stimme hat er sicherlich auch«, sagte Enno und schaute nach draußen.

»Na klar, jeder in der Familie wählt Albert, sonst kriegen wir es mit meiner Oma zu tun«, scherzte Mads.

So im Gespräch erreichten sie die Kieler Innenstadt.

»Wohin?«, fragte Enno.

»Zu der ersten Meldeanschrift, da hören wir uns ein wenig um. Jemand wie Christian wird sicherlich manchem in Erinnerung geblieben sein, danach fahren wir zu der Exfreundin und stellen ihr ein paar Fragen.«

»Klingt gut.«

»Wir werden sehen«, erwiderte Mads vage, denn im Grunde wollte er lieber gar keine Details über die Beziehung zwischen Christian und dieser Melissa wissen. Lena hatte ihm erzählt, dass Christian nach ihrer Trennung in keiner Beziehung mehr gewesen sei. Angeblich habe er Zeit für sich gebraucht und sich um seine Süchte gekümmert, weil er nur ein Ziel gehabt habe: Lenas Liebe zurückzugewinnen.

Noch eine Lüge, dachte Mads genervt, während er in die Küterstraße abbog.

Er parkte gegenüber der Anschrift, und als er ausstieg, sah

er aus dem Augenwinkel ein Fahrzeug, das ihm irgendwie bekannt vorkam, allerdings wollte er nicht glauben, dass es ausgerechnet dieses Auto war.

»Ein Kiosk im Erdgeschoss«, sagte Enno und lenkte ihn damit ab. »Würde mich nicht wundern, wenn die Mitarbeiter dort Christian kennen. Wenn er Alkoholiker war, dann wird er sich da öfter seinen Stoff besorgt haben.«

»Versuchen wir unser Glück.«

Mads und Enno überquerten die Straße und betraten den Kiosk. Ein älterer Mann hinter dem Tresen bediente gerade einen Kunden. Sie warteten, bis der Kunde den Kiosk verlassen hatte, dann machte sich Mads bemerkbar.

»Moin. Wie kann ich euch helfen?«, fragte der Mann.

»Wir sind von der Ostseekriminalpolizei.«

»Von der Polizei?« Der Mann wirkte irritiert. »Sagen Sie nicht, Sie sind wegen Christian hier?«

»Wegen Christian Jung, genau. Wer hatte denn noch Interesse an ihm?«

»Zwei Journalisten.«

»Hieß eine von ihnen Emma Falk? Blond, groß?«

»Ja, Sie kennen sie?«

Es fiel Mads schwer, seine Wut herunterzuschlucken. Emma hatte ihn belogen. Sie war hier, um einen Artikel über Christian zu schreiben.

So einen Vertrauensbruch hätte er ihr nicht zugetraut.

43

Auch wenn Mads es zu verbergen versuchte, Enno entging nicht, dass er mächtig angesäuert war, weil Emma Falk hier gewesen war.

Enno konnte noch nicht durchschauen, was zwischen Emma und Mads lief, aber diese emotionalen Reaktionen, wenn es um Emma ging, hatten eine Bedeutung. Ihn persönlich störte es nicht, dass Emma hier gewesen war, sie machte nur ihren Job als Journalistin.

»Was haben Sie den Journalisten über Herrn Jung erzählt?«, fragte Mads.

»Das, was ich weiß und auch Ihnen erzählen werde. Durfte ich das nicht?«, erwiderte der Mann nervös.

»Nein, alles gut. Sie haben keinen Fehler gemacht. Wie gut kannten Sie Herrn Jung?«, schaltete sich Enno ein, da er sah, dass Mads eine schärfere Bemerkung auf der Zunge lag.

»So gut, wie man seine Kunden eben kennt. Er war regelmäßig im Kiosk, um Zigaretten und Alkohol zu kaufen.«

»Er wohnte über dem Kiosk, richtig?«

»So ist es.«

»Mit seiner Freundin?«

»Genau. Er ist zu ihr gezogen.«

»Melissa Lauer?«, vergewisserte sich Enno.

»Ihren Nachnamen kenne ich nicht, aber der Vorname war Melissa.«

»Was wissen Sie über sie?«

»Dazu kann ich nur so viel sagen: Da hatten sich die beiden Richtigen getroffen.«

»Das heißt?«, hakte Mads nach.

»Sie war Alkohol und vor allem Drogen nicht abgeneigt. Manchmal roch es tagelang nach Gras auf dem Flur. Wir waren alle froh, als sie ausgezogen ist.«

»Wie war die Beziehung?«

»Toxisch, soviel ich weiß. Es gab wohl öfter Streit, aber sie sind nicht voneinander losgekommen. Das habe ich von Nachbarn gehört. Mir gegenüber waren sie immer recht freundlich, und wenn ich sie zusammen gesehen habe, wirkten sie sehr vertraut, einander zugeneigt.«

»Wissen Sie, wer die Beziehung beendet hat?«

»Soviel ich weiß, war es Christian. Er wollte plötzlich sein Leben ändern, er hatte einen Therapieplatz.«

»Wo war der?«

»Keine Ahnung, er hat es nur mal so in einem Nebensatz erwähnt. Er wirkte nachdenklich, als würde er etwas im Leben verpassen, wenn er so weitermacht. Ehrlich gesagt, hatte ich den Eindruck, dass er ein guter Junge ist und nur die ein oder andere falsche Abzweigung im Leben genommen hat. Außerdem hatte ich den Eindruck, dass er lieber nicht trinken wollte, aber gegen seine Dämonen nicht ankam. Ganz anders als Melissa, die stand auf Drogen und wollte ihr Leben nicht ändern.«

»Ist er noch mal hier gewesen, nachdem er ausgezogen ist?«

»Ja, im Sommer letzten Jahres. Er war gut gelaunt. Erzählte, dass er sein Leben wieder in den Griff gekriegt hätte.«

»Hat er gesagt, warum?«, hakte Mads nach.

Im Sommer letzten Jahres waren Christian und Lena wieder ein Paar geworden, das wusste auch Enno.

»Das habe ich ihn nicht gefragt, ich habe mich für ihn gefreut. Er ist ein netter Kerl, wenn da nicht der Alkohol gewesen wäre. Aber ich hatte den Eindruck, dass er das in den Griff bekommen hatte, jedenfalls wirkte er so auf mich. Vielleicht eine neue Liebe? Wenn einen Menschen etwas ändern kann, dann doch Liebe, oder?« Der Mann lächelte.

»Ganz sicher«, bestätigte Enno. Das war seine ehrliche Meinung, aber er sah, dass Mads da anderer Ansicht war.

Enno dagegen war sich sicher, dass es nichts Stärkeres als die Liebe gab und dass sie jedes Problem der Welt lösen konnte, wenn man nur bereit war, ihr zu vertrauen.

Aber vielleicht hatte Christian seiner Liebe zu Lena nicht gänzlich vertraut.

44

»Wissen Sie ob Christian Ärger mit jemandem hatte?«, fragte Mads. Dass die Liebe einen Menschen wirklich ändern konnte, hielt er für ein Gerücht. Vielleicht kurz, aber auf lange Sicht fielen die Menschen doch wieder in alte Muster zurück. Christian hatte das einmal mehr bewiesen, er hatte Lena von vorne bis hinten belogen. Was war das für eine Liebe?

»Da fragen Sie mich was.« Der Mann blies die Wangen auf und entließ anschließend geräuschvoll die Luft. »Ich denke nicht, aber er war öfter knapp bei Kasse, da habe ich ihn anschreiben lassen. Er hat seine Schulden aber jedes Mal bezahlt.«

»Haben Sie sich nie Gedanken darüber gemacht, warum er knapp bei Kasse war?«

»Drogen für die Freundin. Er hat auch immer Lose gekauft und Lotto gespielt. Gehofft, damit nie wieder arbeiten zu müssen.« Der Mann lachte. »Dabei weiß man doch, dass nur die Betreiber gewinnen. Nicht jeder kann ein Chico sein. Glauben Sie denn, dass Christian Schulden hatte und deswegen ermordet wurde?«

»Sie wissen davon?«, fragte Enno.

»Das hat mir die hübsche Journalistin erzählt.«

»Hat sie Ihnen auch gesagt, warum sie mit Ihnen über Christian sprechen wollte?«, übernahm Mads wieder.

»Weil sie einen Artikel über den feigen Mord schreiben möchte.«

»Hat sie das so gesagt?«

»Na ja, nicht direkt. Ich habe auch nicht nachgefragt, aber es ist doch offensichtlich. Warum sollte sie mir sonst diese Fragen stellen? Journalisten schreiben nun mal Artikel. Wenn es hilft, den Mörder zu fassen, ist das doch eine gute Sache.«

»Wenn«, kommentierte Mads knapp, er sah das nämlich etwas anders.

»Gibt es in der Nachbarschaft jemanden, der beide gut kannte?«, schaltete sich Enno wieder ein.

»Dazu kann ich Ihnen nichts sagen. Ich hatte nicht den Eindruck, dass sie bei den Nachbarn gut integriert waren. Auf der anderen Seite, wer kennt schon wirklich seinen Nachbarn in der Großstadt?«

»Vielen Dank, dass Sie sich die Zeit genommen haben. Sollte Ihnen noch etwas einfallen, rufen Sie mich an«, sagte Mads und reichte ihm seine Visitenkarte.

Dann verabschiedeten sie sich und verließen den Kiosk.

»Wirklich weiter bringt uns das nicht«, kommentierte Enno das Gespräch, als sie draußen vor der Wohnanlage standen.

»Wir wissen, dass er in einer toxischen Beziehung war und schon da Geldprobleme hatte, die er durch Lotto, Lose oder Glücksspiel lösen wollte.«

»Er hat seine Schulden immer zurückbezahlt, hat der Kioskbesitzer gesagt«, gab Enno zu bedenken.

»Das stimmt. Vermutlich, weil er sich an anderer Stelle Geld geborgt hat. Das typische Schneeballsystem. Irgendwann funktioniert es nicht mehr, weil die Schulden zu hoch werden und dann bricht das ganze System zusammen.«

»Du meinst so, wie wenn man zwei Kreditkarten hat und mit der einen die Schulden der anderen bezahlt?«

»Genau so. Die Frage ist, von wem er damals das Geld bekommen hat und ob der Gläubiger da bereits Junus Kabak war. Wenn ja, ist klar, dass er ihm über einen längeren Zeitraum Geld geliehen und Christian aus dem Berg von Schulden vermutlich nicht mehr rausgekommen ist. Möchte mir gar nicht vorstellen, welche Zinsen Kabak nimmt.«

»Würde das dann nicht eher für einen Suizid sprechen?«, wandte Enno ein.

»Nein, würde es nicht, wenn Christian über Kabaks Schwarzgeldgeschäfte mehr wusste, als es Kabak lieb war. Vielleicht hat Christian ihn erpresst und damit versucht, den Kopf aus der Schlinge zu ziehen. Leider hat er nicht mit eingerechnet, dass jemand wie Kabak sich nicht erpressen lässt.«

»Klingt schlüssig. Jetzt müssen wir nur noch herausfinden, ob Kabak Christian schon damals Geld geliehen hat.«

»Nur?« Mads lachte auf. Wenn das so einfach wäre.

»Was machen wir jetzt?«, fragte Enno.

»Die Nachbarn befragen und anschließend die Ex aufsuchen.«

Enno drückte auf den ersten Knopf in der Reihe der Klingelanlage neben der Haustür. Als niemand öffnete, drückte er die nächste. Der Summer ertönte und sie betraten das Gebäude. Eine ältere Dame erwartete sie an der offenen Wohnungstür, doch sie wollte oder konnte keine näheren Angaben zu Christian machen. Ob sie log, konnte Mads nicht einschätzen.

Auch die nächsten beiden Bewohner konnten nichts über ihn sagen.

»Irgendwie wortkarg, die Leute«, kommentierte Enno das Geschehen.

Sie klapperten noch die restlichen Nachbarn ab, doch das einzig Interessante erzählte eine Nachbarin, die sich fürchterlich über Christians Exfreundin aufregte, da sie eine empathielose Schlange gewesen sei, die Christian unterdrückt habe. Ein regelrechtes Mannweib.

»Was, wenn die Frau recht hat?«, fragte Enno, als sie zur Anschrift von Melissa Lauer fuhren, die zwar noch immer in Kiel wohnte, aber jetzt in der Zastrowstraße, knapp zwei Kilometer entfernt.

»Was meinst du?«

»Na, dass diese Melissa ein regelrechtes Mannweib ist. Ich hatte mal einen Kollegen, der so eine Ehefrau hatte. Jeder wusste, dass sie ihm nicht guttut, weil sie ihn ständig herumkommandierte und kontrollierte, aber der Arme kam nicht von ihr los. Emotionale Abhängigkeit.«

»Mir herzlich egal, was für eine Frau sie ist. Mich interessiert nur, welche Verbindung sie zu Christians Schulden hat und ob sie Kabak kennt, er ist unser Mann. Nachdem Fidler zusammengeschlagen wurde, gibt es da fast keinen Zweifel, allerdings scheint er sich in Sicherheit zu wiegen, dass wir ihm den Mord nicht nachweisen können«, erwiderte Mads.

»Stimmt auch wieder. Nur fällt mir gerade nicht ein, wie wir die Querverbindung finden wollen.«

»Mir auch nicht, deswegen unterhalten wir uns jetzt mit dieser Frau.« Mads zuckte die Achseln. »Gut möglich, dass das Gespräch eine Sackgasse ist. Das gehört leider zur Ermittlungsarbeit dazu.«

»Wem sagst du das. Ich bin Meister im Sackgassen Finden«, erwiderte Enno lachend.

Mads bog in die Zastrowstraße ab und fand gleich vor der Anschrift einen Parkplatz. Lauer wohnte in einem Backsteingebäude, vermutlich aus den Fünfzigern oder Sechzigern, mit vielen Wohneinheiten. Es wirkte jedoch nicht heruntergekommen, sondern wie ein übliches Wohnviertel der Durchschnittsbevölkerung.

Dass Tim auch die Anschrift der Exfreundin herausgefunden hatte, rechnete Mads seinem Kollegen hoch an, Tim dachte eben mit.

Als sie gerade aussteigen wollten, klingelte Mads' Handy, es war Arndt Schumacher, ein Polizeibeamter aus Lübeck und enger Freund der Familie.

»Moin, Arndt«, nahm Mads das Gespräch an, es lief noch über die Freisprecheinrichtung.

»Moin, Mads, du bist nicht zufällig in Lübeck?«

»Nein, in Kiel.«

»Schade, ich hätte dich gern zu einem Kaffee eingeladen.«

»Mein Onkel ist in Lübeck, der wird sich bestimmt freuen. Worum geht es?«

»Ich wollte mich erkundigen, wie es Lena geht, und fragen, ob meine Frau oder ich was für euch tun können.«

Mads lächelte. »Danke für das Angebot. Lena stabilisiert sich langsam, das wird schon. Aber ich weiß es sehr zu schätzen, dass du anrufst.«

»Du weißt, wenn was ist, können du, Gustav und natürlich auch Lena sich jederzeit bei mir oder meiner Frau melden.«

»Das wissen wir.«

»Habt ihr schon Hinweise gefunden? In welche Richtung gehen eure Ermittlungen?«

»Wir nehmen an, dass es um Schulden geht«, erklärte Mads. »Junus Kabak, ein zwielichtiger Kerl, hat Christian wohl eine größere Summe geliehen.«

»Kabak kenne ich. Dass er Dreck am Stecken hat, weiß jeder in meinem Team, aber der Kerl versteht es, jedes Mal ungeschoren davonzukommen. Glaubst du, dass er oder einer seiner Männer Christian auf dem Gewissen hat?«

»Wir wissen es nicht, halten es aber für möglich.«

»Wenn ich helfen kann, lasst es mich wissen«, wiederholte Arndt.

»Solltest du Infos über Kabak haben, würde sich Gustav freuen.«

»Dann rufe ich ihn gleich an. Vielleicht hat er Zeit für einen Kaffee.«

»Mach lieber einen mehr daraus«, scherzte Mads.

»Wieso zwei …« Arndt brach ab und lachte. »Albert ist bei ihm?«

»Klar, oder hast du schon mal siamesische Zwillinge gesehen, die getrennte Wege gehen?«

»Sei nett zu Gustav«, erwiderte Arndt scherzhaft. »Auch wenn dein Onkel dauernd darüber schimpft, freut er sich insgeheim, dass Albert ihn begleitet, und wir beide wissen, dass Albert ein verdammt guter Polizist wäre.«

»Er ist nun mal Bürgermeister«, hielt Mads schmunzelnd dagegen. Es tat gut, mit Arndt zu sprechen. Sie tickten ähnlich, nicht nur fachlich, sondern auch privat.

»Einigen wir uns darauf, dass er beides hervorragend kann«, erwiderte Arndt. »Ich rufe jetzt mal Gustav an. Wenn du was brauchst, melde dich.«

»Mach ich. Danke dir«, antwortete Mads und beendete das Gespräch.

»Arndt muss ein enger Freund von euch sein«, kommentierte Enno das Gespräch.

»Ist er. Auf ihn können wir uns bedingungslos verlassen.«

»Ich weiß. Er hat mächtig Stimmung gegen Gustavs Ablösung gemacht und sich offen mit Clemens angelegt, ohne Rücksicht auf seinen eigenen Job. Clemens hat mir gegenüber irgendwann verärgert angemerkt, dass die Zeit der Polizisten à la Schimanski vorbei sei, er aber keine Handhabe gegen Arndt habe, weil dessen Stellenwert bei der Lübecker Polizei zu hoch sei.«

»Wenn er das getan hätte, hätte das einen richtigen Krieg bedeutet. Glaub mir, noch schlimmer als seine eigene Absetzung wäre es für Gustav, wenn sehr gute Freunde seinetwegen büßen müssten.«

»So schätze ich deinen Onkel auch ein.«

Sie stiegen aus und gingen zu dem Wohnhaus, Enno klingelte bei Melissa Lauer und sofort ertönte der Summer.

»Erster Stock«, stellte Enno mit Blick auf die Klingelanlage fest, dann gingen sie in den Flur und über die Treppe nach oben, wo sich bereits eine Wohnungstür öffnete.

Eine Frau Ende zwanzig, etwa eins siebzig groß mit normaler Figur und langen schwarzen Haaren stand vor der Tür.

Da Tim ihnen ein Foto von Lauer geschickt hatte, erkannte Mads sie gleich. Sie war ein ganz anderer Typ als seine Schwester. Nicht etwa hässlich oder ungepflegt, es war ihre ganze Art. ihr Blick hatte etwas Raues, Verschlagenes, sie wirkte in gewisser Weise überheblich.

»Ihr seid nicht der Paketbote, oder?«, stellte sie mit einer überraschend tiefen Stimme fest.

»Wir sind von der Ostseekriminalpolizei«, antwortete Enno.

»Was habe ich mit der Polizei zu tun? Hat sich wieder jemand beschwert, dass ich Gras rauche?«

»Nein, es geht um Ihren Exfreund.«

»Um welchen?«

»Christian Jung.«

»Was hat der Versager wieder angestellt?«

»Er wurde ermordet«, kam Enno Mads zuvor, dem eine andere Frage auf der Zunge lag.

»Sie scherzen?« Lauer wirkte erschrocken.

»Ich wünschte, es wäre so. Er wurde erstochen, und wir versuchen nun mühsam herauszufinden, wer einen Grund dafür haben könnte.«

»Was wollen Sie da von mir?«

»Frau Lauer, können wir die Unterhaltung bitte in der Wohnung fortführen? Der Flur ist sicherlich kein geeigneter Ort für so ein Gespräch.«

»Na gut, kommen Sie rein, es riecht aber nach Gras. Ich hoffe, Sie nehmen mich deswegen nicht fest.«

»Seien Sie unbesorgt«, beruhigte Enno sie mit einem kurzen Lachen, was Mads vollkommen überflüssig fand.

Auf dem Flur hatte es schon nach Gras gerochen, aber der Gestank im Wohnzimmer war um einiges intensiver, da hier ein Joint im Aschenbecher lag, den Lauer sich offenbar gerade angesteckt hatte.

»Sie sind wirklich Polizisten?«, fragte Lauer und musterte dabei erst Mads, dann Enno. Ungleicher konnten Kollegen ja kaum sein.

»Von der Ostseekriminalpolizei«, bestätigte Enno erneut.

»Darf ich Ihre Ausweise sehen? Heutzutage kann man nicht sicher genug sein. Wer sagt mir denn, dass Sie nicht die Geldeintreiber von Christians Gläubigern sind?«

»Sie wissen also von Herrn Jungs Schulden«, stellte Mads fest.

»Klar, er hat mich ja beklaut.«

»Wie haben Sie darauf reagiert?«, fragte Enno.

»Am Anfang habe ich ihm das durchgehen lassen und versucht, ihm zu helfen. Aber seiner Spielsucht war nicht Herr zu werden, also habe ich mich von ihm getrennt.«

»Sie haben sich von ihm getrennt? Da haben wir was anderes gehört«, bohrte Mads nach.

»Was denn? Von wem denn? Ich muss das ja wohl am besten wissen. Fragen Sie doch diese behinderte Schlampe, zu der er zurückgegangen ist. Die hat ihn natürlich mit Kusshand genommen, weil sich ja sonst keiner erbarmen würde, sie zu ficken«, platzte Lauer heraus.

Wäre sie ein Mann gewesen, wäre Mads handgreiflich geworden. Dass sie so über seine Schwester sprach, war kaum zu ertragen.

»Wissen Sie, bei wem Herr Jung Schulden hatte?«, fragte er, bemüht, ruhig zu bleiben.

»Woher soll ich das wissen? Fragen Sie doch diese Rollstuhlbitch, vielleicht weiß sie es. Dass Christian spielsüchtig war, war mir klar, aber dass er dazu noch blind und dumm ist, war mir neu.«

»Blind und dumm?«, hakte Enno nach.

Lauer machte eine ausladende Geste und zeigte dann auf sich. »Ich bitte Sie. Er hatte mich. Wie kann man da zu so einer Fotze absteigen, die im Rollstuhl hockt? Liebe?« Lauer schnaubte abfällig. »Liebe macht blind, aber sicherlich nicht dumm. Christian brauchte ihr Geld, das war der einzige Grund.«

»Wenn Sie die Beziehung beendet haben, warum regen Sie sich noch derart über Herrn Jung auf?«

»Weil …« Lauer brach ab. »Sie haben mir noch immer nicht Ihre Dienstausweise gezeigt. Kann ich die sehen? Sonst muss ich Sie bitten, meine Wohnung zu verlassen.«

Enno zückte seinen Ausweis, Mads folgte seinem Beispiel. Lauer schaute sich Ennos Ausweis nur flüchtig an, dem von Mads schenkte sie mehr Aufmerksamkeit. Sie blickte ihn kritisch an.

»Sie sind nicht mit dieser Lena verwandt, oder?«

»Sie ist meine Schwester«, antwortete Mads.

Lauer presste die Lippen zusammen, ihre Augen funkelten, dann lächelte sie überheblich. Mads sah ihr an, dass ihr ihre Worte nicht leidtaten, im Gegenteil.

»Ich habe mit Christian Schluss gemacht und seitdem keinen Kontakt mehr zu ihm gehabt. Für alles Weitere sollten Sie Ihre Schwester fragen. Ich kann Ihnen nicht helfen.«

»Das heißt, dass Herr Jung Sie seitdem nicht mehr kontaktiert hat?«, bohrte Mads nach und versuchte, den Ärger über diese unmögliche Frau herunterzuschlucken.

»Nein, hat er nicht. Ich würde ihn nicht mal mit der Kneifzange anfassen. Aber das hat sich ja jetzt eh erledigt.«

»Hat Herr Jung Ihnen gegenüber nie von seinen Schulden erzählt? Von wem er sich das Geld geliehen hatte?«, wollte Enno wissen.

»Nein, hat er nicht. Hat mich auch nicht interessiert. Was

ist das für ein Mann, der seine Freundin nicht mal zum Essen einladen kann, weil er sein Gehalt lieber in der Spielhalle verzockt?«

»In welchen Spielhallen hat er sich denn aufgehalten?«, fragte Mads. Er würde dort nach weiteren Hinweisen suchen, da Lauer ihnen scheinbar nicht weiterhelfen konnte, und selbst wenn sie mehr wusste, würde sie nichts verraten.

»Meistens war er in dieser Spelunke unten am Hafen, bei den Nutten. Würde mich nicht wundern, wenn er da gleichzeitig seinen Schwanz in eine der Fotzen gesteckt hat.«

Mads gab Enno ein Zeichen, zu gehen. Er hatte genug gehört. Die beiden Beamten verabschiedeten sich von ihr. Als sie rausgingen, leuchtete Lauers Handy auf, das auf dem Tisch lag. Im Augenwinkel konnte Mads das Foto der anrufenden Person erkennen.

45

Travemünde

Die Sonne kam hinter den Wolken hervor und es war mild, daher beschlossen Lena und Emir, auf der Terrasse des *Café Niederegger* Platz zu nehmen. Als Nordlicht fror Lena ohnehin nicht so schnell.

Zuvor hatten sie sich ein sehr gutes Frühstück gegönnt und Emir hatte vorgeschlagen, jetzt noch ein Eis oder eine Marzipantorte bei *Niederegger* zu essen.

Die Zeit mit Emir verging wie im Flug. Lena genoss seine Gesellschaft, er war unglaublich charmant und rücksichtsvoll und irgendwie schien er immer zu wissen, welche Worte sie gerade hören wollte.

»Ich verstehe nicht, warum Christian dich nie erwähnt hat«, sagte Lena, und das meinte sie ernst, da Personen wie er Christian gutgetan hätten.

»Vermutlich weil er nicht wollte, dass du herausfindest, dass er wieder in der Spielhalle ist und zockt. Ich habe Christian immer wieder gesagt, dass er das nicht tun soll, dass er sich dir anvertrauen soll. So wie er immer von dir geschwärmt hat, war mir klar, dass du, dass ihr gemeinsam eine Lösung findet, dass du ihn nicht hängen lässt.«

»Natürlich nicht, ich habe ihn geliebt«, versicherte Lena.

»Daran hat Christian nie gezweifelt. Das war halt so ein Männerding, er wollte der Ernährer der Familie sein.«

»Wenn man zusammen ist, zählt doch nur das Wir«, gab Lena verständnislos zurück. »Wir wollten heiraten, und er wusste, dass ich mit alten Rollenbildern nie viel anfangen konnte.«

»Sehr schade, dass er das scheinbar nicht angenommen hat. Wer weiß, vielleicht würde er noch leben.«

Lena schluckte, weil Emir recht hatte.

Hätte Christian sich ihr anvertraut, hätten sie gemeinsam einen Weg gefunden. Sie hätte niemals zugelassen, dass die Schulden ihrem Glück, ihrer Ehe und ihrer Liebe im Weg standen.

Die Kellnerin kam und nahm ihre Bestellung auf.

»Wenn ich gewusst hätte, was für eine tolle und sympathische Frau du bist, hätte ich bei Christian viel mehr Druck gemacht«, sagte Emir lächelnd, nachdem sie gegangen war.

»Dich trifft keine Schuld. Ich habe mit ihm zusammengelebt und nicht mal gemerkt, wie groß seine Probleme waren«, entgegnete Lena. Sie fand es süß, was Emir über sie sagte.

»Doch, ich habe die Augen davor verschlossen, obwohl jeder weiß, dass man gegen die Bank immer verliert, aber Christian war besessen davon, gegen die Bank zu gewinnen, deshalb hat er sich immer weiter verschuldet.«

Das sah Christian ähnlich. So war er auch gewesen, bevor Lena sich von ihm getrennt hatte, in der Zeit, als Alkohol, Drogen und Spielsucht einen komplett anderen Menschen aus ihm gemacht hatten, den sie nicht wiedererkannt hatte. Ein Mann, der ihr Angst gemacht hatte.

Allerdings hatte sie angenommen, dass Christian dank der Therapien all das hinter sich gelassen hatte und wieder der Christian war, in den sie sich als Jugendliche unsterblich verliebt hatte.

Erneut wurden sie kurz von der Kellnerin unterbrochen, die ihnen Getränke, Torte und Eis brachte.

»Du darfst dir keine Vorwürfe machen«, wiederholte Lena dann. »Weißt du denn, wie viele Schulden Christian hatte?«

»Die Marzipantorte ist der Hammer«, sagte Emir statt einer Antwort und teilte ein weiteres Stück mit der Gabel ab. »Probier bitte.«

Er streckte die Gabel in ihre Richtung und sie nahm das Angebot an, von seiner Torte zu kosten.

»Sehr lecker«, bestätigte sie und lächelte.

Emir nickte, dann wurde er wieder ernst. »Zu deiner Frage, ich weiß, mit wie viel er ungefähr im Minus war.«

»Wie viel?«

»Willst du das wirklich wissen?«

»Ja.«

»Achtzigtausend.«

Lenas Magen zog sich zusammen.

46

Lübeck

»Lass mich das machen«, sagte Gustav, als der Kellner mit der Rechnung kam.

»Meine Stadt, meine Gäste, meine Rechnung«, entgegnete Arndt Schumacher.

»Ich hätte nichts dagegen, wenn der Dicke zahlt«, scherzte Albert.

»Wer ist hier dick?«, mokierte sich Gustav. »Sag dem eitlen Bürgermeister, dass er eine Brille braucht.«

»Ohne Albert wäre dir doch langweilig«, sagte Arndt lachend.

»Wahre Worte«, hakte Albert sogleich ein und sah Gustav an. »Merk dir das.«

»Ich bin trotzdem nicht dick.«

»Eigenwahrnehmung und Fremdwahrnehmung«, gab Albert schmunzelnd zurück, dann schaute er wieder zu Arndt. »Das habe ich dir noch gar nicht erzählt, da wollte der mürrische Däne mir doch letztens wirklich weismachen, dass Mads sein Ebenbild in jungen Jahren wäre, dass er auch einen Sixpack und so beachtliche Oberarme gehabt hätte.«

Arndt grinste frech. »Lieber Gustav, ich kenne dich ja schon sehr lange, du warst immer sportlich und sahst echt gut aus, was du übrigens noch immer tust, aber ganz ehrlich, Mads ist eine andere Liga. Weder Albert noch ich oder du kommen da ran. Keiner von uns.«

»Du also auch nicht, Albert, hast du gehört? Jetzt guck nicht so dämlich und zahl die Rechnung«, grummelte Gustav mit heiterem Unterton.

»Die übernehme ich«, blieb Arndt standhaft.

Der Kellner schaute etwas überfordert von einem zum anderen, da zückte Arndt kurzerhand einen Geldschein und gab ein großzügiges Trinkgeld dazu. Dann wandte er sich wieder an die beiden Freunde: »Ich höre mich wegen Kabak um. Wenn ihr noch was braucht, lasst es mich wissen.«

»Danke. Du kannst dich auch jederzeit mit Tim und Mads absprechen«, gab Gustav zurück.

»Auch von mir ein großes Dankeschön«, fügte Albert hinzu.

»Kannst du mir noch einen Gefallen tun?«, bat Gustav zum Abschluss.

»Lass mich raten.« Arndt zwinkerte. »Kein Wort, dass Albert dich in dieser Sache unterstützt.«

»Genau. Ich bin gerade erst wieder zurück in Timmendorf und möchte Dr. Eisenbraun keine Steilvorlage liefern.«

»Der ist politisch eh fast am Ende, er weiß es nur nicht. Der wird sich gar nichts mehr trauen«, giftete Albert.

Arndt sah ihn ernst an. »Gustav hat recht. Besser, das bleibt im kleinen Kreis.«

»Danke, wenigstens einer, der mitdenkt«, erwiderte Gustav.

»Okay, Jungs, ich muss zurück ins Büro. Meldet euch, wenn was ist.«

»Machen wir, und du, wenn du was hast.«

Die Runde verabschiedete sich, dann gingen sie in entgegengesetzter Richtung auseinander. Gustav und Albert wollten als Nächstes Charlie Fidler einen Besuch abstatten.

»Arndt ist ein richtig anständiger Kerl. Dass er in der schweren Zeit, zu dir, zu uns gehalten hat, rechne ich ihm hoch an.«

»Nicht nur du«, bekräftigte Gustav. »Ich hätte es ihm nicht mal übelgenommen, wenn er sich zurückgehalten hätte. Er hat Frau und Kind, er braucht den Job.«

Arndt und er kannten sich seit vielen Jahren und Gustav wusste, dass er sich immer auf ihn verlassen konnte. Der Lübecker Kollege gehörte wie er zur alten Schule, sie hatten die Polizeiarbeit auf der Straße gelernt und waren sich daher für unkonventionelle Methoden nicht zu schade.

»Das hätte ich auch nicht. Er ist halt bei Willy Klausen in die Lehre gegangen, er war sein bester Mann, als Willy noch die Mordkommission in Lübeck geleitet hat, und du weißt, was Mikkel damals über die Lübecker gesagt hat.«

»Willy ist die einzige Person, der ich in diesem Schuppen vertraue«, antwortete Gustav und nickte.

Sein Vater war sehr gut mit Willy befreundet gewesen, Gustav erinnerte sich lebhaft an ihn. Er genoss jetzt seinen wohlverdienten Ruhestand.

»Was hältst du von Kaya?«, fragte Gustav dann, um auf ihren aktuellen Fall zurückzukommen.

»Ich glaube und vertraue ihm.«

»Ernsthaft?« Gustav schaute Albert ungläubig an.

»Ja, und weißt du, warum? Weil es sehr plausibel klingt, was er da sagt. Christian hat Schulden bei Kabak, vermutlich viel mehr, als wir beide es uns gerade vorstellen können, und er hat Charlie Fidler zusammenschlagen lassen. Außerdem vertraut Walter Kaya.«

»Das aus dem Mund eines Politikers«, gab Gustav spöttisch zurück. »Ich dachte, du willst dich mit Gestalten wie Kaya nicht in der Öffentlichkeit zeigen, oder hast du dich von seinem Charme einlullen lassen?«

»Ich?«, empörte sich Albert. »Hast du je gesehen, dass mich jemand mit seinem Charme einlullt? Ich bin nur ausgesprochen zielorientiert. Kaya hat uns eine Tür geöffnet, durch die wir nur durchgehen müssen. Welche Vergangenheit Kaya hat, juckt mich nicht. Ich habe Informationen über ihn eingeholt, er ist seit einigen Jahren politisch aktiv und hat seitdem ausschließlich saubere Unternehmen gegründet.«

»Einmal Krimineller, immer Krimineller«, hielt Gustav dagegen, er genoss den Kontakt zu Kaya lieber mit Vorsicht.

»Lass das nicht Walter hören, der war auch mal auf der schiefen Bahn.«

»Bei Walter liegen die Dinge doch ganz anders, dessen Naivität und Gutmütigkeit haben ihm in jungen Jahren Ärger eingebrockt, weil Menschen wie Kaya es hervorragend verstanden haben, ihn zu manipulieren.«

Albert schmunzelte. »Reg dich ab. Es gibt noch einen Grund, warum ich Kaya vertraue.«

»Welchen?«

»Lena. Ich will Kabak des Mordes überführen, damit wir den Fall abschließen können und meine Patentochter endlich diesen ganzen Mist hinter sich lassen kann.«

»Das ist auch mein Ziel, aber nur um es klarzustellen: Wer Kabak des Mordes überführt und den Fall abschließt, werden Mads oder meine Wenigkeit sein, die Polizei, nicht der Bürgermeister der Gemeinde Timmendorfer Strand.«

»Das sind doch nur Details.« Albert winkte ab.

»Wichtige Details«, korrigierte Gustav seinen besten Freund. »Was, wenn Kaya uns in eine Falle laufen lässt?«

»Was für eine Falle?«

»Er hat sicherlich auch hier die eine oder andere Shisha-Lounge und Kabak ist ein Konkurrent, ihm die Polizei auf den Hals zu hetzen, seine Geschäfte zu stören, käme ihm bestimmt gelegen.«

»Du schaust zu viele Gangsterfilme.«

»Ich?«

»Ja, du. Wie oft hast du *Der Pate* geschaut?«

»Was hat das damit zu tun?«

»Ist es ein Gangsterfilm?«

»Das ist Filmkunst«, murrte Gustav. »Marlon Brando und Al Pacino, das ist purer Genuss. Der Film war für 11 Oscars nominiert, und 1973, als der Film in die Kinos kam, war ich noch ein Kind.«

»Bleibt trotzdem ein Gangsterfilm«, zog Albert ihn auf.

»Wer hat mich denn fünfmal ins Kino begleitet?«, stichelte Gustav.

»Kann mich nicht erinnern«, erwiderte Albert trocken.

Inzwischen waren sie an der Spielhalle angekommen und Gustav holte rasch sein Handy aus der Jackentasche, da er es während des Gesprächs mit Kaya auf lautlos gestellt hatte.

»Tim hat mehrmals versucht, mich anzurufen«, stellte er fest.

»Lass das ja nicht Mads hören.«

»Warum?«

»Ich erinnere mich schwach daran, dass du ihn mal rundgemacht hast, weil er auf seinem Handy nicht erreichbar war.«

Gustav nickte. »Zu Recht. Er war bei einem Date, während ich es im Dienst strategisch auf lautlos gestellt habe. Ein himmelweiter Unterschied.«

»Nie um eine Ausrede verlegen.« Albert schüttelte den Kopf.

Gustav grummelte etwas vor sich hin und rief Tim zurück.

»Moin, Tim, du wolltest mich erreichen? Ich war bei einem Treffen mit Zafer Kaya, danach noch mit Arndt unterwegs, dabei habe ich komplett vergessen, dass das Handy die ganze Zeit lautlos war.«

»Kann passieren«, erwiderte Tim. »Bist du noch in Lübeck?«

»Bin ich, mit Albert.«

»Gut. Ich hatte vorhin ein Gespräch mit Mads. Er meinte, ihr wolltet Charlie Fidler einen Besuch abstatten.«

»Wir sind gerade auf dem Weg zu ihm, wir hoffen, ihn in der Spielhalle anzutreffen. Kannst du mir vorsorglich die Handynummer und die private Anschrift von ihm schicken?«

»Geht gleich an dich raus.«

»Besten Dank. Weswegen hast du versucht, mich zu kontaktieren?«

»Es geht um Fidler«, erklärte Tim. »Ich habe da was Spannendes herausgefunden. 2012 gab es eine Prüfung seitens des Finanzamtes bei Kabak.«

»Aha, was kam dabei heraus?«

»Nichts wirklich Belastbares. Ich stehe noch im Austausch mit einem guten Kontakt vom Finanzamt. Er will sehen, dass ich die eingereichten Rechnungen und Bilanzen sowie die Zahlen bekomme. Vielleicht gelingt es mir, darin Unregelmäßigkeiten zu finden.«

»Mach das. Ich erinnere nur an den Fall, wo ein Eisdielenbesitzer jede dritte verkaufte Eiskugel steuerlich nicht gemeldet hat. Dummerweise hat der Depp die Zutaten für das Eis als Ausgaben geltend gemacht, so sind die Ermittlungsbehörden und das Finanzamt ihm auf die Schliche gekommen.« Gustav lachte leise.

»Das ist meine Hoffnung«, bestätigte Tim. »Auf der anderen Seite scheint Kabak extrem vorsichtig zu sein. Wir sollten uns also nicht zu große Hoffnungen machen. Aber es gibt da noch was viel Interessanteres.«

»Schieß los, ich bin ganz Ohr.«

»Ich sagte ja, eigentlich geht es um Charlie Fidler. Er hat ein Jahr lang als Geschäftsführer in einer der Shisha-Lounges gearbeitet, in der Zeit, als die Steuerprüfung war, also 2011 bis 2012.«

»Glaubst du, er war nur ein Strohmann, für den Fall der Fälle?«, fragte Gustav.

»Möglich. Vielleicht finde ich dazu noch was heraus.«

»Vielen Dank, Tim, das war sehr gute Arbeit. Melde dich, sobald du was hast. Wir werden Fidler jetzt mal ein bisschen in die Mangel nehmen«, erklärte Gustav und beendete das Gespräch.

»Was sagt Tim?«, fragte Albert.

»Fidler war ein Jahr lang Geschäftsführer in einer der Shisha-Lounges von Kabak.«

»Nicht dein Ernst.«

»Doch, genau in dem Jahr, in dem es eine Steuerprüfung gab.«

»Dann ist Fidler unser Mann, der liefert uns Kabak«, schlussfolgerte Albert begeistert.

»Wenn wir ihn zum Reden bekommen.«

»Überlass das mir. Ich weiß, wie man solche Leute aus der Reserve lockt.«

»Du?« Gustav hob die Augenbrauen. »Du überlässt das Reden schön mir.«

Kaum hatte er das gesagt, öffnete sich die Tür der Spielhalle und Charlie Fidler trat heraus. Als er die beiden Männer erkannte, rannte er ohne zu zögern mitten durch den fließenden Verkehr über die Straße.

»Verdammt, das hatten wir doch schon. Bleiben Sie stehen«, rief Gustav und nahm die Verfolgung auf. Albert blieb an seiner Seite.

Sie erreichten die andere Straßenseite, Fidler lief Richtung Innenstadt.

Plötzlich blieb Albert stehen, doch darauf konnte Gustav keine Rücksicht nehmen.

Bestimmt ein Muskelkrampf, ist halt kein Polizist, dachte er und rannte weiter Fidler hinterher in die Königstraße. Er kam ihm immer näher.

»Bleiben Sie stehen, wir wollen Ihnen nichts«, rief Gustav, aber Fidler dachte gar nicht daran. Er lief weiter und hätte fast eine Frau mit Kinderwagen umgerannt, die in letzter Sekunde ausweichen konnte. In diesem Moment sah Gustav einen Mann auf einem E-Scooter an sich vorbeirauschen.

»Hast du nicht gedacht, oder?«, hörte er Albert rufen. Leise surrend kam er Fidler näher, drehte dann nach rechts ab und stellte sich Fidler in den Weg, der nicht rechtzeitig ausweichen konnte und heftig mit ihm zusammenstieß. Beide stürzten, samt E-Scooter.

»Nicht bewegen«, rief Gustav. Seine Waffe ließ er stecken, da er nicht davon ausging, dass Fidler ihnen gefährlich werden könnte, und da er ihn nicht noch mehr verunsichern wollte.

Albert rappelte sich langsam auf, nun kam auch Fidler auf die Beine.

»Warum sind Sie weggelaufen?«, fragte Gustav streng.

»Ist so ein Reflex, wenn ich Bullen sehe«, antwortete der.

»Herr Fidler, wir möchten Ihnen helfen«, sagte Albert.

»Sie mir? Seit wann wollen Bullen mir helfen?«

»Wir wissen, dass Sie heute Morgen auf der Dienststelle waren, um mit uns zu sprechen, es sich dann aber anders überlegt haben«, sagte Gustav.

»So ist es, ich habe meine Meinung geändert. Soll vorkommen. Ist ein freies Land.«

»Das bestreiten wir ja gar nicht. Wir denken nur, es ist ein Zeichen, dass Sie sich auf den Weg gemacht haben, weil Sie verstanden haben, dass es so nicht weitergehen kann.«

»Doch kann es. Es muss immer weitergehen.«

»Herr Fidler, wir wissen, dass Kabaks Jungs Sie so zugerichtet haben, und Sie wissen besser als wir, dass es nicht bei dieser einen Bedrohung bleiben wird. Sie können Junus Kabak nicht vertrauen.«

»Ach, Ihnen aber schon?«

»Ja, ich gebe Ihnen mein Wort darauf. Als Mensch, nicht als Polizeibeamter.« Gustav streckte seine Hand aus. Er wusste, dass bei Menschen wie Fidler das Wort eines Mannes noch etwas zählte.

Fidler schaute zu Gustav auf, er mahlte mit dem Unterkiefer und schien zu überlegen.

»Wir können Sie beschützen, das wissen Sie. Wir können Sie auch vor der Polizei und dem Finanzamt beschützen«, fuhr Gustav fort. »Wir wissen, dass Sie 2011 als Geschäftsführer für eine der Shisha-Lounges von Kabak eingestellt wurden. Das Ganze wird jetzt neu aufgerollt. Kabak wird die nächsten Monate viel Gegenwind bekommen, und was glauben Sie, wen er als Erstes ans Messer liefern wird, bevor es ihm an den Kragen geht?«

»Wie genau wollen Sie mir helfen?«, fragte Fidler. Seine Miene zeigte weniger Gegenwehr als eben und Gustav wusste, dass er ihn so weit hatte. Jetzt musste er nur noch liefern.

47

Mads glaubte Melissa Lauer kein einziges Wort, sie wusste mehr, als sie preisgegeben hatte. So wie sie verhielt sich keine Person, die sich von jemandem getrennt hatte, das konnte Mads aus eigener Erfahrung beurteilen. Jedes Mal, wenn er sich getrennt hatte, war für ihn die Sache beendet gewesen, da wurde er nicht mehr so emotional, wie Lauer sich eben gezeigt hatte. Andererseits wusste er natürlich, dass sich die Verlassene nach einer Trennung manchmal nicht mit der Situation abfinden konnte, dem Ex nachstellte und ihm gegenüber ungerecht wurde. Insofern glaubte er eher der Version des Kioskbesitzers, der im Gegensatz zu Lauer erzählt hatte, dass Christian sich von ihr getrennt habe, nicht umgekehrt, und er sah keinen Grund, an den Worten des Mannes aus dem Kiosk zu zweifeln.

»Hast du das Foto auf dem Display gesehen?«, fragte Enno, als sie wieder auf der Straße standen.

»Ist mir nicht entgangen. Der Mann hatte starke Ähnlichkeit mit dem, den der Securitymitarbeiter des Casinos als Christians Begleitung beschrieben hat.«

»Genau das ist mir auch durch den Kopf gegangen. Jede Wette, das ist der Typ und er wohnt in Kiel.«

»Wir sollten Tim anrufen«, schlug Mads vor.

»Aber wonach soll er suchen?«

»Auf dem Display stand Brat.«

Enno schlug sich gegen die Stirn. »Natürlich, Brat könnte Bruder bedeuten. Ist gängiger Slang heutzutage. Was hältst du davon, wenn wir eine kurze Mittagspause im *Peter Pane* machen, der Hunger ruft und die Burger da sind der Hammer«, schlug Enno vor. »In der Zwischenzeit findet Tim heraus, ob Lauer einen Bruder hat und wo der wohnt.«

»*Peter Pane*?« Mads hob die Augenbrauen. »Wie wäre es mit was Gesundem statt einem Burger?«

»Hey.« Enno machte eine entschuldigende Geste. »In einem Burger sind Gurken, Tomaten und Salat, wenn das nicht gesund ist, was dann? Man kann das Patty auch ohne Brötchen bestellen.«

»Warum nicht«, gab Mads nach. So wie Enno davon schwärmte, bekam er Lust auf einen Burger.

»So mag ich das.«

Sie stiegen ins Auto und Mads fuhr zur Fußgängerzone, wo das Lokal lag. Er wollte dort parken und sich nach dem Essen in der zweifelhaften Spielhalle umhören, in der Christian verkehrt hatte, sie lag fußläufig davon entfernt.

Während der Fahrt rief er Tim an, der versprach, sich vorrangig um Lauers Bruder zu kümmern.

Etwas später betraten Mads und Enno das Restaurant, es war gut besucht. Beide bestellten einen klassischen Burger, auch Mads. Ohne Brötchen war es einfach kein richtiger Burger.

»Der Besuch bei Lauer könnte sich doch noch gelohnt haben«, bemerkte Enno.

»Das denke ich auch. Selbst wenn sie nichts mit dem Mord zu tun hat – sollten wir über sie an Christians Begleitung im Casino rankommen, werden wir nicht nur erfahren, wie viel Geld Christian an dem Abend im Casino verzockt hat, sondern auch, von wem er sich das Geld geliehen hat.«

»Das hoffe ich, es würde uns in dem Fall ein ganzes Stück nach vorn bringen, und wenn Gustav es schafft, Fidler zum Singen zu überreden, haben wir Kabak an den Eiern.«

»Wenn er es schafft.«

»Glaubst du nicht?«

»Doch, eigentlich schon. Es gibt da nur ein Problem. Wenn es uns mit Fidlers Hilfe gelingt, Kabak der Geldwäsche zu überführen, bedeutet das nicht, dass wir ihn auch des Mordes überführen können. Da brauchen wir mehr als nur Geldwäsche.«

Mads musste erneut an das Gespräch mit Lauer denken. Etwas an ihrem Verhalten störte ihn mächtig. Nicht ihre arrogante Art, ihr überheblicher Blick oder ihre Lügen, es war etwas anderes, was Mads gerade nicht greifen konnte. Er hoffte, dass der Mann, den sie für Lauers Bruder hielten, ihm darauf eine Antwort würde geben können. Natürlich hätte er sie vor dem Hinausgehen noch auf den Anruf ansprechen können, aber er hielt es für besser, das Überraschungsmoment zu nutzen, sollte Tim zeitnah seine Adresse herausfinden.

Die Kellnerin brachte ihnen die Getränke und Burger.

»Lass es dir schmecken«, sagte Enno und biss herzhaft hinein.

Mads folgte seinem Beispiel und verzichtete auf Messer und Gabel, ein Burger schmeckte so gleich viel leckerer.

»Habe ich übertrieben?«, fragte Enno.

»Nein, der ist wirklich gut«.

Während sie aßen, sprachen sie noch über den Fall, diskutierten über ihre Möglichkeiten und die nächsten Schritte.

»Einmal die Rechnung bitte«, sagte Enno dann, als die Kellnerin ihre leeren Teller abräumte.

Mads zückte seine Geldbörse, aber Enno bremste ihn.

»Geht auf meinen Nacken, war immerhin meine Idee.«

»Das ist sehr freundlich. Danke dir«, antwortete Mads.

Enno bezahlte und sie verließen das Restaurant. Da sich Tim noch nicht gemeldet hatte, beschlossen sie, die berüchtigte Spielhalle am Hafen aufzusuchen, die Spelunke, wie Lauer sie genannt hatte.

Als sie eintraten, saßen einige Personen vor den Automaten, unter ihnen jedoch nicht eine Frau, was Mads wieder einmal in der Annahme bestärkte, dass Frauen die vernünftigeren Menschen waren. Sie schauten sich kurz um.

»Was wollt ihr?«, sprach sie ein Mitarbeiter an, der sie schon länger interessiert beobachtet hatte.

Mads trat an den Tresen. »Wir sind von der Ostseekriminalpolizei.«

»Polizei? Ihr beiden?« Der Mitarbeiter schien nicht überzeugt, er warf vor allem Enno einen seltsamen Blick zu. »Ihr habt doch sicherlich eure Dienstausweise dabei.«

Mads reichte ihm den Ausweis.

»Und der?«, fragte der Mitarbeiter, der etwa Anfang zwanzig war.

»Die eine Sekunde werden Sie noch haben, oder, junger Mann?«, entgegnete Enno und händigte ihm auch seinen Ausweis aus.

Der Mitarbeiter prüfte die Dokumente eingehend.

»Die sind wirklich echt?«

»Sie machen wohl Witze.« Enno schüttelte den Kopf.

»Na ja, solche Ausweise kann doch heute jeder drucken, und hier steht gar nicht, dass ihr von der Polizei Kiel seid.«

»Wir sind von der Ostseekriminalpolizei aus Timmendorfer …«

»Ist gut, Enno, der Kleine hier will den Helden spielen«, unterbrach Mads ihn und zückte seine Handschellen. »Was hältst du davon, wenn wir dich mit auf die Dienststelle nehmen? Dann kannst du sehen, wie echt wir sind.«

»Alles easy, kein Grund, Stress zu machen. Ich glaube es euch ja, war nur ein Spaß. Man muss halt vorsichtig sein, gerade hier.« Der Mitarbeiter, der deutlich schmächtiger war als Mads, lachte schief.

»Wie heißt du überhaupt?«, fragte Mads. Er ging ebenfalls

bewusst zum Du über, um die Hemmschwelle des anderen niedrig zu halten.

»Riccardo, ihr könnt mich aber Ricco nennen. Und ihr?«

»Das ist Enno und mein Name ist Mads.«

»Ihr seid ein ziemlich ungleiches Paar. Avengers trifft auf Spaceballs«, sagte er lachend.

»Schlechter Scherz«, bemerkte Mads kühl.

»War nicht böse gemeint. Wollt ihr einen Kaffee?«

»Mit Milch und Zucker bitte«, antwortete Enno, Mads lehnte dankend ab.

»Arbeitest du hier Vollzeit?«, fragte Mads.

Im Augenwinkel registrierte er, wie Enno einen bestimmten Automaten mit seinem Blick fixierte, während Ricco sich an der Kaffeemaschine zu schaffen machte.

»Denk nicht mal dran, wir sind beruflich hier«, flüsterte Mads ihm zu.

»Habe nur geschaut.«

»Einmal Kaffee mit Milch und Zucker. Du willst sicher keinen Kaffee? Keine Angst, musst ihn nicht bezahlen, ich bin allein hier. Der Chef ist selten da, der nimmt es aber auch nicht so genau. Außerdem kriegt eh jeder Kaffee für lau, wenn er hier spielt.«

»Danke, gerade nicht. Arbeitest du Vollzeit?«, wiederholte Mads seine Frage.

»Mehr oder weniger. Solange, bis ich genug Kohle zusammen habe, um in Hollywood eine Schauspielschule zu besuchen.«

»Ist dein Englisch so gut?«, fragte Enno interessiert und trank einen Schluck von seinem Kaffee.

»Schulenglisch, alles darüber hinaus lerne ich dann in Hollywood, wenn ich berühmt werde.«

Mads hätte sich am liebsten gegen die Stirn geschlagen, dieser Kerl war an Naivität nicht zu überbieten. Blieb nur zu hoffen, dass er wenigstens Christian kannte. Er zückte sein Handy und öffnete ein Foto von ihm.

»Hast du diesen Mann gesehen?«, fragte er.

Ricco schaute nur kurz darauf und gab ihm das Handy wieder zurück. In Mads' Augen konnte er das Foto gar nicht richtig erkannt haben.

»Klar.«

»Sicher?«, hakte Mads nach.

»Logisch, ich weiß doch, wie Chris aussieht.«

Mads wurde hellhörig.

»Wann hast du ihn das letzte Mal hier gesehen?«

»Steckt er in der Scheiße? Chris ist echt korrekt, aber ziemlich naiv.«

»Inwiefern?«

»Der glaubt wirklich, dass er hier den Jackpot knacken kann.« Ricco lachte auf. »Meint, dass früher oder später jeder Automat den Jackpot ausspucken muss. Er ist überzeugt, die passende Formel dafür zu haben.«

»Die aber nicht aufgegangen ist«, schlussfolgerte Enno.

»Natürlich nicht, ich bitte euch. Ich mag Chris, und ich habe ihm immer wieder gesagt, dass er eine Therapie braucht. Er ist wirklich in Ordnung, aber er scheint einen richtigen Drachen zu Hause zu haben.«

»Einen Drachen?«, hakte Mads nach.

»Seine Freundin, so eine hübsche Schickimicki-Braut. Er will sie heiraten, aber sie will wohl unbedingt auf die Malediven, und Chris hat es sich in den Kopf gesetzt, die Reise für sie zu gewinnen.« Er tippte sich vielsagend an die Stirn. »In der Spielhalle. Finde den Fehler.«

»Wann hast du ihn das letzte Mal gesehen?«

»Gute Frage. Das müsste schon ein paar Wochen her sein …« Ricco unterbrach sich und legte den Zeigefinger an die Nase. »Ja, einige Wochen. Echt seltsam, normalerweise kommt er mehrmals die Woche. Ich hoffe, das bedeutet nichts Schlechtes. Mit diesen Kredithaien ist ja nicht zu spaßen.«

»Welche Kredithaie meinst du?«, fragte Mads. Offenbar waren sie bei Ricco genau an den richtigen Mann geraten.

Der Mitarbeiter schaute Mads beinahe erschrocken an. »Vergesst, was ich gesagt habe.«

»Ricco, dafür ist es zu spät. Von welchem Kredithai hat Christian Jung gesprochen?«

Ricco wiegte den Kopf und presste die Lippen zusammen, ehe er sagte: »Ich möchte Chris echt nicht in die Pfanne hauen. Wir sind Kumpels.«

»Du haust ihn nicht in die Pfanne. Von welchem Kredithai sprichst du?«, bohrte Mads weiter und warf Enno einen flüchtigen Blick zu. Hoffentlich begriff er, was er meinte: Sie durften noch nicht erzählen, dass Christian ermordet worden war, damit Ricco keine Angst bekam.

Ricco atmete hörbar aus. »Das bleibt aber jetzt bitte unter uns. Ich bin echt kein Kameradenschwein.«

»Na klar, versprochen.«

»Ich glaube, der Typ heißt Junus. Muss ein richtiges Arschloch sein.«

Mads hatte mit keiner anderen Antwort gerechnet. »Warum hat er sich dann Geld von ihm geliehen?«, fragte er.

»Ist doch logisch, wer gibt schon einem Spielsüchtigen Kohle, wenn nicht solche Wichser wie dieser Junus? Natürlich mit fetten Zinsen.«

»Warum hat Herr Jung sich dann das Geld ausgerechnet bei ihm geliehen, wenn er wusste, was dieser Junus für einer ist?«, hakte Enno nach.

Ricco lachte. »Du hast echt keine Ahnung. Das nennt sich Abwärtsspirale. Wenn du hier landest, bist du drin, dann kommst du da so schnell nicht mehr raus, und Leute wie Junus packen dich an den Eiern. Die sind wie Blutsauger, lassen dich nicht mehr los. Ehrlich, wenn ihr schon mal hier seid, solltet ihr euch Chris zur Brust nehmen und Klartext mit ihm reden. Klar, er hat viele Schulden, aber wie soll er sie je zurückzahlen? Könnt ihr mit ihm schnacken?«

»Das werden wird«, erwiderte Mads. »Hat Herr Jung dir erzählt, wie viel Geld er Junus schuldet?«

»Keine Ahnung, Digger, locker mehr als fünfzig Kilo, das ist ihm mal so rausgerutscht. Chris ist echt nicht zu beneiden. Auf der einen Seite diese Frau, die ein paar Nummern zu groß für ihn ist, die er aber dringend heiraten will, und dazu jemand wie Junus, der ihm im Nacken sitzt.« Ricco legte den Kopf schräg. »Wisst ihr, wo er gerade steckt? Warum habt ihr überhaupt so viele Fragen? Er hat doch keine Scheiße gebaut und eine Bank überfallen?«

»Hat er nicht«, antwortete Mads knapp, er wollte Ricco noch nicht die ganze Wahrheit erzählen. »Hat Herr Jung mal berichtet, dass er Ärger mit Junus hatte? Hat Junus ihn bedroht?«

»Dafür ist Junus sich zu schade, für solche Aktionen hat er seine Jungs mit den Muskeln. Trotzdem hat Chris keine Angst, er lässt sich nicht einschüchtern, und ich glaube, irgendwie hat er jedes Mal die Kohle rangeschafft. Wenn eine Tür sich schließt, öffnet sich eine andere, sagt er immer.«

»Weißt du, woher er die Kohle hatte?«, erkundigte sich Mads. Er konnte sich sehr gut vorstellen, dass seine Schwester Christian regelmäßig aus der Patsche geholfen hatte. Wie sinnlos das gewesen war, hatte Mads soeben gehört. Sie hätte das Geld genauso gut aus dem Fenster werfen können.

»Keine Ahnung. Hat er sich bestimmt irgendwie zusammengeschnorrt, hier und da. Ich habe ihm auch mal einen Hunni geliehen.«

»Wer noch? Kennst du jemanden?«

»Da fragst du mich was.« Ricco kratzte sich am Kopf.

»Denk bitte nach, das ist wichtig«, drängte Mads.

»Ehrlich, Mann, ich hoffe, ihr redet keinen Scheiß und wollt Chris in Wirklichkeit an die Eier, dann wäre ich echt sauer auf euch. Mit dir kann ich es vielleicht nicht aufnehmen, aber ich bin zäh, auch wenn ich skinny aussehe. Hab schon so manchen hier rausgekickt. Deinen kleinen Kumpel haue ich bestimmt weg. Ich bin nämlich kein Kameradenschwein.«

»Dann beantworte meine Fragen und erzähl nicht so einen Dünnschiss«, wurde Mads laut und beugte sich etwas über den Tresen.

»Entspann dich, war nicht persönlich gemeint.« Ricco hob beschwichtigend die Handflächen. »Ich hab manchmal eine vorlaute Klappe. Das bringt der Laden hier so mit sich.«

»Wie auch immer. Denk nach, von wem hat sich Christian Jung Geld geliehen?«

»Wenn, von Sandro. Der müsste überhaupt mehr wissen, mit ihm hängt Christian gern ab.«

»War dieser Sandro mal mit Herrn Jung hier?«

»Seit einigen Monaten nicht mehr, aber als Chris noch in Kiel gelebt hat, waren sie oft gemeinsam hier. Die sind echt dicke, viel mehr als ich und Chris.«

»Weißt du, wo er wohnt?«

»Keine Ahnung. Irgendwo in Kiel. Nicht so weit weg, glaube ich, er kam immer zu Fuß her. Ihn habe ich auch lange nicht mehr gesehen.«

»Wie heißt Sandro mit Nachnamen?«

»Lauer, Sandro Lauer.«

48

Niendorf

Emma ging die Strandstraße entlang, sie wollte ihre Gedanken sortieren und sich am Hafen einen Kaffee holen. Die Gespräche in Kiel hatten einiges zu Tage gebracht, einiges, was sie so noch nicht einschätzen konnte.

Wenn sie sich recht erinnerte, hatte Lena erzählt, dass Christian nach ihrer Trennung in Süddeutschland gelebt und keine neue Beziehung gehabt habe.

Was für eine dreiste Lüge, dachte Emma.

Leider hatten sie seine Exfreundin in Kiel nicht ausfindig machen können, aber Amir hatte versprochen, sich darum zu kümmern.

Wenn sie so über Christian und seine Beziehung zu Lena nachdachte, musste sie sich eingestehen, doch zu blauäugig gewesen zu sein. Mads hatte noch nie viel von ihm gehalten und Emma hatte nicht selten den Eindruck gehabt, dass er seinem Schwager in spe gegenüber nicht fair war, dass er Christians Vergangenheit zum Anlass genommen hatte, ihn nicht zu mögen. Dabei konnten Menschen sich ändern, und in ihren Augen war Christian ein Paradebeispiel dafür gewesen, was Liebe erreichen konnte. Sie hatte ein ganz anderes Bild von ihm gehabt, sie hatte die beiden nie streiten sehen, sie hatten vielmehr vertraut, verliebt und sehr glücklich gewirkt.

Ganz schön naiv, dachte Emma, *und unglaublich traurig für Lena.*

Seine Lügen allein mit seinen Süchten zu entschuldigen, fand Emma zu simpel. Sie folgte mittlerweile eher Mads' Ansicht, dass Christian charakterlich schwach gewesen war. Aus den Gesprächen in Kiel wusste sie, dass Christian auch damals getrunken hatte und in die Spielhalle gegangen war, und dass er eine toxische Beziehung zu dieser Melissa gehabt haben sollte. Zudem sei er ständig knapp bei Kasse gewesen. Aber sie hatte nichts erfahren, was sie dem Mörder näher brachte, nur eine ganze Reihe Informationen, die Christian in einem richtig schlechten Licht dastehen und Lena sehr naiv wirken ließen.

Leider war Lena in der Hinsicht kein Einzelfall, das wusste Emma aus ihrer Arbeit als Journalistin. Die Medien waren voll von diesen Schicksalen. Frauen, intelligente Frauen, fielen auf diese Blender herein, die die Liebe der Frauen schamlos ausnutzten. Loverboys waren nur eines dieser Phänomene.

Emma war schon fast auf der Höhe des Niendorfer Hafens, als vor ihr in kurzer Entfernung ein Wagen am Straßenrand parkte. Der Fahrer stieg aus, die Beifahrertür öffnete sich und Lena stieg langsam aus. Sie hielt sich am Dach fest, während der Mann ihr den Rollstuhl brachte. Sie umarmten sich herzlich, dann stieg der Mann in den Wagen und fuhr los.

Emma bekam plötzlich eine Gänsehaut. Sie hatte diesen Südländer noch nie gesehen, er war groß, sportlich und sah nicht schlecht aus, aber was machte Lena bei ihm?

Ein Gedanke schoss ihr durch den Kopf, der sie frösteln ließ.

Hoffentlich irre ich mich, dachte Emma und erhöhte das Tempo, um Lena einzuholen.

49

Lübeck

Mach ein Mal in deinem Leben etwas richtig, dachte Charlie Fidler, als er sich an einen Tisch im *Café Niederegger* in der Lübecker Innenstadt setzte.

Es war seine Idee gewesen, hierher zu gehen. In dem edlen Café fühlte er sich sicher, hier würde Junus nicht nach ihm suchen, und wenn die Bullen sich nicht an ihre Verabredung hielten, würde er einfach aufstehen und gehen. Angesichts der großen Zahl an Gästen, die hier waren, würden die Bullen bestimmt keine Szene machen.

Obwohl, bei diesem Anzugträger war sich Charlie nicht so sicher, er sah nicht so aus, wie man sich einen Bullen vorstellte.

»Ihr seid ein seltsames Team. Sind Sie der Boss?«, fragte Charlie.

»Ich bin der Polizeichef der Ostseekriminalpolizei.«

»Das heißt, was Sie sagen, ist Gesetz? Ich kann mich darauf verlassen?«

»Wenn ich jemandem mein Wort gebe, ist das verbindlich, da können Sie sicher sein«, antwortete Gustav Johannsen. Sein Blick war direkt, er zwinkerte nicht und Charlie war geneigt, ihm zu glauben.

»Was ist, wenn sich uns so ein schmieriger Politiker in den Weg stellt?«, wandte Charlie ein, er war noch nicht gänzlich überzeugt und schaute sich kurz um, sah jedoch nichts Verdächtiges. »Mich würde es nicht wundern, wenn Junus den einen oder anderen geschmiert hat. Ich weiß, dass zum Beispiel der Lübecker Bürgermeister gern privat in Shisha-Lounges verkehrt, immer im Backstagebereich in Begleitung junger Frauen.«

So ganz stimmte das nicht, aber Charlie wollte ein wenig dramatisieren, um den möglicherweise naiven Bullen zu verstehen zu geben, dass man Junus nicht unterschätzen durfte. Schließlich hatte es seine Gründe, warum er bisher noch nicht im Knast gelandet war.

Charlie spürte plötzlich, wie sein Unterkiefer vor Anspannung schmerzte.

»Da komme ich ins Spiel«, meldete sich der Typ im Anzug zu Wort, der sich zuvor als Albert Lange vorgestellt hatte.

»Wie genau?«

»Ich bin Bürgermeister der Gemeinde Timmendorfer Strand, und glauben Sie mir, der Lübecker Bürgermeister ist für niemanden eine Gefahr.«

»Sie haben ihn in der Tasche?«

Lange nickte. »Nicht nur ihn. Ich bin nicht ohne Grund seit über dreißig Jahren Bürgermeister meiner Gemeinde.«

»Das muss was heißen, wenn man in diesem Bonzenviertel so lange an der Macht ist.« Charlie schaute auf die Menükarte. »Darf ich noch was bestellen, bevor Sie mir meine Freiheit nehmen?«

»Bestellen Sie, wonach Ihnen ist. Der Bürgermeister zahlt«, antwortete Johannsen und ein kurzes Lächeln, das fast schelmisch wirkte, huschte ihm übers Gesicht. »Außerdem nimmt Ihnen niemand Ihre Freiheit, im Gegenteil, wir geben sie Ihnen zurück. In Wirklichkeit hat Junus Kabak Ihnen Ihre Freiheit genommen. Ein Blick in den Spiegel sollte Sie daran erinnern.«

Johannsen hatte recht. Charlie hatte immer loyal zu Junus gestanden, nicht nur einmal die Drecksarbeit für ihn erledigt, und wie hatte Junus es ihm gedankt? Er hatte ihn zusammengeschlagen, weil die Polizei ihn kurz nervös gemacht hatte. Wie konnte Junus Loyalität erwarten, wenn er ihn wie Dreck behandelte?

Da hatte er plötzlich eine Idee, wie er vielleicht sogar noch zusätzlichen Gewinn aus der Sache schlagen könnte.

»Ich kann euch Junus liefern«, sagte er mit verschwörerischem Unterton. »Ich war eine Zeit lang als Strohmann bei ihm in der Geschäftsführung, und zwar als er Wind davon bekommen hat, dass eine Steuerprüfung ansteht. Junus wäscht Geld im ganz großen Stil. Die Einnahmen aus den Shisha-Lounges sind allesamt getürkt.«

»Das haben wir bereits vermutet. Können Sie das auch beweisen?«, fragte Lange.

»Wissen Sie, wie viel Geld er Christian Jung geliehen hat?«, fügte Johannsen hinzu.

»Ja, es waren fast sechzig Kilo, das hat mir Christian anvertraut. Eine Summe, die ihm echt zu schaffen gemacht hat. Er wollte seine Verlobte damit nicht behelligen, er hatte richtig Schiss, dass es den Todesstoß für seine Beziehung bedeutet hätte, zumal er nicht sonderlich beliebt war in der Familie. Nur die Oma seiner Verlobten stand wohl zu ihm. Der Bruder soll ihn regelrecht gehasst haben und der Onkel war nur oberflächlich nett, der mochte ihn auch nicht wirklich.«

»Sie scheinen gut informiert zu sein über die Familienverhältnisse von Herrn Jung«, bemerkte Johannsen.

»Nicht so richtig. Christian hat nicht viel verraten. Ich weiß nur, dass dieses Mädel Lena heißt. Christian war da ziemlich eigen, er hat nüchtern nie über seine große Liebe gesprochen. Nur wenn er betrunken oder auf Drogen war, aber dann meistens unverständliches Zeug. Christian war echt ein cooler Typ, charakterlich in Ordnung, allerdings hatte er so seine Probleme. Mal hat er von seiner Verlobten geschwärmt, dann wieder gejammert, dass sie ihn mit ihrer Gutbürgerlichkeit geradezu erdrücken würde. Was ihn am meisten gestört hat …«

In diesem Moment wurden sie vom Kellner unterbrochen, der ihnen die Bestellung brachte.

»Die Marzipantorte hier ist phänomenal«, erklärte Charlie und teilte sofort ein Stück von seinem Kuchen ab.

Johannsen gönnte sich einen Schluck Espresso und nickte anerkennend, während der schnöselige Bürgermeister mit dem Zahnpastalächeln sich ebenfalls ein Stück Torte genehmigte.

»Da gebe ich Ihnen recht«, sagte er.

»Was hat Herrn Jung am meisten gestört?«, hakte Johannsen nach, sein Blick wirkte sehr interessiert.

»Na, die Familie. Alle bis auf die Oma hielten nichts von ihm. Sein Plan war es, nach der Hochzeit mit Lena weit wegzuziehen. Am besten nach Bayern, um da noch einmal bei null anzufangen. Er wollte weg von diesem ganzen Mist hier. Ich habe ihn ermutigt, weil ich auch einen Neuanfang für mich möchte.«

»Wie wollte er denn seine Schulden abbezahlen?«, fragte Johannsen.

»Das war seine Achillesferse.« Charlie sah die beiden Herren eindringlich an. »Wenn wir schon mal bei Geld sind, das hier gibt es nicht umsonst.«

»Was meinen Sie?«, fragte Johannsen vorsichtig.

»Na, ich riskiere doch nicht meine Zukunft, wenn für mich nichts dabei herausspringt.«

»Was soll denn für Sie rausspringen?«

»In der Engelsgrube ist gerade ein Fischimbiss zu mieten, den würde ich gern übernehmen. Habe das mal durchgerechnet. Mir fehlen noch knapp zwölftausend Euro.«

»Wir von der Polizei …«, begann Johannsen, doch der aalglatte Typ fiel ihm ins Wort.

»Das sollte kein Problem sein, wenn Sie uns belastendes Material zuspielen, das Kabak ins Gefängnis bringt. Ich kümmere mich persönlich darum, es gibt einige Förderprogramme für Jungunternehmer. Sie haben mein Wort.«

»Ihres auch?«, fragte Charlie. Aus irgendeinem Grund vertraute er dem Bullen mehr als dem Politiker.

»Das haben Sie, wenn wir mit Ihrer Hilfe Kabak anklagen können.«

»Auf jeden Fall. Ich bin nicht so dumm, wie ich aussehe.« Charlie lachte. »Junus und all die anderen unterschätzen mich, aber ich habe da einen schönen USB-Stick mit reichlich Daten und Zahlen, der euch interessieren dürfte.«

»Deal«, antwortete Lange.

Charlie schaute Johannsen an.

»Deal«, bestätigte dieser und reichte Charlie die Hand, um die Abmachung zu besiegeln.

»Alte Schule, das gefällt mir.«

»Wissen Sie, ob Herr Kabak in den letzten Wochen Druck bei Herrn Jung gemacht hat, weil er seine Schulden zurückwollte?«

»Klar, das hat Christian fast wahnsinnig gemacht, dazu hat dann auch noch seine Tussi gestresst. Christian war da ziemlich dünnhäutig, hat geglaubt, im Casino schnell Geld machen zu können. Er konnte einem echt leidtun. Bleib mal gelassen und denk vernünftig nach, wenn alle auf dich draufhauen. Unmöglich. Aber zum Glück waren nicht alle so. Ich nicht und seine Ex auch nicht.«

»Welche Ex?«, fragte Gustav.

»Na, die, die wieder die Nähe zu ihm gesucht hat. Christian hat viel mit ihrem Bruder abgehangen.«

»Wie heißt diese Ex?«

»Keine Ahnung, Melanie oder so.«

»Versuchen Sie sich bitte zu erinnern.«

»Wie gesagt, Christian hatte es nicht so mit Namen und über sein Privatleben hat er kaum gesprochen, aber ich habe gesehen, dass sie sich regelmäßig geschrieben haben. Ich hab da nicht weiter nachgebohrt. Nur einmal, wieder im Suff, hat er sie kurz erwähnt und gemeint, dass er sie nie richtig geliebt habe, aber auch nicht allein sein könne. Er war traurig, weil die Familie der Ex ihn nicht ausgegrenzt hat und er ganz dicke mit ihrem Bruder ist, was er von dem arroganten Bruder seiner großen Liebe leider nicht sagen konnte. Dann hat er noch gesagt, dass das Leben manchmal ein richtiges Arschloch ist. Ich habe ihn gut verstanden. Leute wie Sie, aus gutem Hause, können das kaum nachvollziehen.«

»Da irren Sie sich gewaltig. Als Polizeibeamter verstehe ich das nur zu gut«, erwiderte Johannsen.

»Nein, tun Sie nicht«, widersprach Charlie. »Sie nehmen Jungs wie mich und Christian fest, aber die Geschichten, die hinter unseren Schicksalen stehen, die interessieren Sie nicht.«

Johannsen schwieg und fast hatte Charlie den Eindruck, als würde der Bulle endlich verstehen, was er meinte.

»Ich will Christian ja nicht in Schutz nehmen, dass er seine Verlobte mit seiner Ex betrogen hat, war uncool, trotzdem muss man verstehen, dass er echt unter Druck stand. Er hat diese Lena wirklich geliebt, aber das mit ihm war wie bei einem Tier, das man in die Ecke drängt.«

»Hat er sie tatsächlich betrogen?«, fragte der Bürgermeister.

»Nicht sexuell, glaube ich. Keine Ahnung, weiß ich nicht. Aber wenn ich mir in einer Beziehung heimlich mit meiner Ex schreibe, ist das dann nicht dasselbe wie betrügen?«

»Warum haben Sie ihm nicht gesagt, dass es nicht in Ordnung ist, dass er heimlich Kontakt zu dieser Melanie hat?«, fragte Johannsen und in seinen Augen schien Wut aufzublitzen.

»Keine Ahnung, nicht meine Baustelle, und wie gesagt, er hat es als Druckausgleich gebraucht. Melissa hat ihm keine Vorwürfe gemacht.«

»Melissa?«

Charlie lachte und nickte. »Ja genau, Melissa hieß sie, jetzt erinnere ich mich an den Namen. Habe ihn das ein oder andere Mal auf dem Handydisplay gesehen, als sie ihm geschrieben hat.«

50

Kiel

Auf Tim war wie gewohnt Verlass. Er hatte die Anschrift von Sandro Lauer herausgefunden und bestätigte damit Ricos Aussage. Sandro Lauer wohnte nicht weit entfernt von der Spielhalle, keine fünfzehn Minuten zu Fuß.

»Was das wohl zu bedeuten hat? Christians Begleitung aus dem Casino ist der Bruder seiner Ex«, sagte Enno.

»Das muss uns Sandro Lauer erklären. Er wird garantiert wissen, wie viele Schulden Christian hatte oder zumindest, was er an dem Abend verzockt hat. Wenn wir Glück haben, weiß er außerdem, ob der Gläubiger Christian gedroht hat.«

»Du meinst Junus Kabak?«

»Genau den.«

»Was machen wir, wenn er bestreitet, mit Christian im Casino gewesen zu sein?«

»Dann wissen wir, dass er lügt.«

»Was uns aber nicht weiterhilft.«

»Und ob es das tut.«

»Inwiefern?«, fragte Enno.

»Weil wir ihn dann mit ins Casino nehmen. Die Securitymitarbeiter, die an dem Abend Schicht hatten, werden ihn wiedererkennen, und wenn er es war, haben wir Lauer dort, wo wir ihn haben wollen, in der Ecke. Meinetwegen soll er ruhig lügen.«

»Das ist verdammt clever«, erwiderte Enno. »Er weiß nicht, dass wir einen Joker haben. Das Mittel der Täuschung, wie beim Zaubern.«

»Wie kommst du jetzt darauf?«

»Zauberei ist am Ende nur eine Täuschung, mehr nicht.«

»Ein guter Vergleich«, stimmte Mads zu.

Bald erreichten sie die Willestraße, wo Lauer wohnte, und Enno wies zu einem Restaurant.

»Im *Block House* war ich auch schon lange nicht mehr«, stellte er fest. Das Steakhouse war vor allem in Norddeutschland bekannt und beliebt.

»Hast du schon wieder Hunger?«

»Ich liebe Essen«, lachte Enno und fasste sich an den Bauch. »Zu einer leckeren Mahlzeit kann ich selten Nein sagen.«

»Dann hast du was mit meinem Onkel gemein«, scherzte Mads.

»Das habe ich schon gehört, Gustav ist ein absoluter Gourmet. So weit bin ich ehrlich gesagt noch nicht.«

»Das halte ich für ein Gerücht, er isst einfach gern, verpackt es aber nett, damit er kein schlechtes Gewissen hat.« Mads schmunzelte, dabei lag die Wahrheit irgendwo in der Mitte.

»Hier müsste es sein«, stellte Enno fest, als sie vor der richtigen Hausnummer standen. »S. Lauer, das kann nur er sein.« Er drückte auf die Klingel.

Keine Reaktion.

Enno klingelte erneut.

Nichts.

»Vielleicht ist er auf der Arbeit.«

»Möglich«, sagte Mads und drückte ein drittes Mal auf die Klingel. Er wollte Lauer nicht anrufen, sondern den Vorteil, ihm Auge in Auge gegenüberzustehen, nicht aus der Hand geben.

Noch immer tat sich nichts, bis plötzlich doch die Haustür aufging und ein Jugendlicher aus dem Gebäude trat.

»Moin«, sprach Mads ihn an.

»Moin.«

»Kennst du einen Sandro Lauer?«

»Nein, wer soll das sein?«

»Er wohnt hier.«

»Der Name sagt mir nichts. Wir sind aber auch erst vor zwei Wochen hergezogen«, erklärte der Junge, hob die Hand zum Gruß und entfernte sich.

»Wollen wir einen anderen Nachbarn fragen?«, schlug Enno vor.

»Nein, wir versuchen später unser Glück«, antwortete Mads, da sah er, wie ein Wagen am Straßenrand parkte.

Ein Mann stieg aus. Sandro Lauer.

Da Tim ihnen ein Foto von Lauer geschickt hatte, gab es keinen Zweifel, dass er es war. Sie gingen zu ihm, doch er schien die beiden Beamten gar nicht zu bemerken, sein Blick klebte an seinem Handy.

»Moin«, machte sich Mads bemerkbar.

»Moin«, antwortete Lauer, ohne aufzuschauen, und ging weiter.

»Können Sie bitte kurz stehen bleiben?«

»Wie bitte?«, fragte Lauer, erst jetzt schaute er Mads an. »Kennen wir uns?«

»Wir sind von der Ostseekriminalpolizei«, antwortete Mads, zunächst ohne ihre Namen zu nennen. Zwar nahm er nicht an, dass Christian ihm den vollen Namen seiner Verlobten verraten hatte, aber er wollte lieber auf Nummer sicher gehen. Nach allem, was sie bisher herausgefunden hatten, war Christian sehr bemüht gewesen, Lenas Identität vor seinen Freunden, von denen Lena nichts wusste, geheim zu halten. So gesehen hatte er ein echtes Doppelleben geführt.

»Von der Polizei? Wurde ich geblitzt?«, fragte Lauer erstaunt.

»Es geht nicht um Sie, sondern um Christian Jung.«

»Sagen Sie nicht, die Leute vom Casino haben ihn doch angezeigt.«

»Nein, aber wir wissen von dem Sicherheitsmitarbeiter, dass Sie ihn an dem Abend begleitet haben und es Streit gab.«

»Tja, Christian war betrunken und hat sein ganzes Geld verzockt, alles Geld, was er dabei hatte. Klar, dass er da wütend war. Es ist aber niemand zu Schaden gekommen.«

»Wir müssen noch etwas genauer über den Abend sprechen, Herr Jung wurde ermordet«, erklärte Mads, um zu testen, wie Lauer reagierte.

Der erschrak kurz, doch dann wirkte sein Blick wieder gefasst, fast als würde er sich nicht darüber wundern.

»Das ist kein Scherz?«

»Nein. Wir sollten die Unterhaltung in Ihrer Wohnung fortführen.«

»Das denke ich auch. Das ist echt ein Schock.«

Lauer schluckte, er schien erst jetzt zu realisieren, dass Mads sich keinen Scherz erlaubte.

Die beiden Beamten folgten ihm in das Gebäude.

»Bevor ich es vergesse, darf ich Ihre Dienstausweise sehen?«, fragte er im Hausflur.

Mads und Enno zeigten ihre Ausweise vor, Lauer warf einen kurzen Blick darauf und reichte sie dann kommentarlos zurück. Offenbar wusste er wirklich nicht, wer Mads war, oder er verstand es sehr gut, das zu überspielen.

Sie folgten ihm in die Wohnung, wo Lauer seine Schuhe auszog und den Rucksack in die Ecke stellte. Im Wohnzimmer setzten sie sich.

»Jetzt noch mal in Ruhe. Christian ist wirklich tot?«, fragte Lauer.

»Er wurde am 24. März am Brodtener Steilufer erstochen«, antwortete Enno.

»Brodtener Steilufer? Sagt mir nichts.«

»Das liegt zwischen Niendorf und Travemünde«, erklärte Enno weiter, während Mads Lauer nicht aus den Augen ließ. Er hoffte, dass seine Körpersprache irgendetwas verraten würde, doch da war nichts.

»Wie gut kannten Sie sich?«, wollte Mads wissen.

»Recht gut. Christian war mit meiner Schwester zusammen, als er nach Kiel gezogen ist.«

»Wie haben die beiden sich kennengelernt?«

Lauer lachte und zeigte auf sich. »Daran war ich schuld. Ich habe meine Schwester zum Bowlen mitgenommen und die zwei haben sich auf Anhieb gut verstanden. Das will was heißen, meine Schwester ist nicht gerade einfach.«

»Was meinen Sie damit?«

»Na ja, sie ist sehr dominant. Ein Weichei kommt für sie nicht in die Tüte. Aber Christian ist auch keiner, der sich für einen Spruch zu schade ist, vor allem, wenn er betrunken ist.«

»Wie war die Beziehung zwischen ihm und Ihrer Schwester?«, fragte Enno.

»Wie Beziehungen halt sind. Beide sind keine einfachen Charaktere und meine Schwester kann schon mal laut werden. Sie hat echt Temperament«, Lauer grinste. »Aber sie haben sich geliebt. Wollten eine Familie gründen.«

»Warum ist nichts daraus geworden?«, fragte Mads.

Lauer schaute ihn an, seine Augen wurden schmal und etwas blitzte in seinem Blick auf, was Mads nicht deuten konnte.

»Meine Schwester hat die Geduld mit ihm verloren«, sagte er dann.

»In welcher Hinsicht?«, hakte Enno nach.

»Wenn du eine Familie gründen willst, musst du klar im Kopf sein und nicht ständig in Spelunken abhängen, deine Kohle verballern und saufen. Ich glaube, Christian war noch nicht bereit für eine Familie, er wollte Spaß am Leben haben. Gerade nach der schrecklichen Beziehung mit seiner Ex. Aber meiner Schwester blieb nichts anderes übrig, als die Beziehung zu beenden, obwohl sie ihn noch geliebt hat.«

»Sie wissen es«, stellte Mads fest.

»Was?«

»Wer wir sind und dass wir bereits mit Ihrer Schwester gesprochen haben«, erklärte Mads. Er glaubte Lauer kein Wort. Melissa hatte ihn sicherlich über das Gespräch mit der Polizei informiert, als er sie angerufen hatte.

»Was soll ich über Sie wissen?«, gab sich Lauer unwissend.

»Tun Sie nicht so. Hat Ihre Schwester Sie angerufen?«, fragte Mads, um ihm bewusst eine Falle zu stellen.

»Nein, ich war auf der Arbeit.«

»Also hatten Sie heute keinen Kontakt zu Ihrer Schwester?«

»Nein, ich sagte doch, dass ich auf der Arbeit war.«

»Lassen Sie das. Wir haben gesehen, dass Sie Ihre Schwester angerufen haben. Ihr Foto war auf dem Display ihres Handys zu sehen, sie hat Sie als ›Brat‹ abgespeichert.«

Lauer schluckte, sein rechter Mundwinkel zuckte und er schaute Mads aggressiv an.

»Na, wenn schon, das hat nichts zu bedeuten«, erwiderte er scharf.

»Doch, hat es. Warum lügen Sie uns an?«

»Weil Melissa meine Schwester ist. Würden Sie für Ihre Schwester nicht auch lügen?«

Das würde er, doch das war jetzt nicht das Thema.

»Warum belügt uns Ihre Schwester?«, sagte Mads stattdessen.

»Woher soll ich das wissen?« Lauer fuhr sich mit der Hand durch die Haare. »Ich sagte doch, Melissa ist kein einfacher Charakter, zu viel Feuer, aber sie hat Christian aufrichtig geliebt und er hat sie heftig verletzt, als er sich von ihr getrennt hat. Ohne eine Erklärung war er einfach weg. Keiner wusste wohin, und dann taucht er vor einigen Monaten wieder hier auf, als wäre nichts gewesen.«

»Hat er Ihnen erzählt, was er in der Zeit gemacht hat?«, wollte Mads wissen.

»Nein, hat er nicht. Er brauchte Kohle, da habe ich mich umgehört und ihm einen Kontakt verschafft.«

»Um wie viel ging es?«, fragte Mads.

»Siebentausend.«

Mads hob die Brauen. »Siebentausend Euro, und das, obwohl Sie wussten, dass er spielsüchtig ist?«

»Er hat mir versichert, dass er in Therapie ist und nur noch aus Spaß spielt, nicht um den Jackpot zu knacken. Außerdem wäre bald eine Geldanlage fällig, davon würde er dann mir, oder besser gesagt meinem Kontakt, die Kohle zurückzahlen.« Lauer schnaubte. »Ich habe meinen Kopf für diesen Idioten hingehalten, und dann lasse ich mich auch noch dazu überreden, ihn ins Casino zu begleiten. Da ist er völlig abgestürzt. Hat alles verzockt, und ich habe für den Trottel gebürgt.«

»Hat Ihre Schwester ihm auch Geld geliehen?«

»Ich glaube schon, aber das müssen Sie sie fragen. Frauen machen manchmal dumme Sachen, wenn sie lieben.«

»Hat Ihre Schwester ihn denn noch geliebt?«

»Klar, sie hat nie damit aufgehört.«

51

Sandro Lauer hatte kein Alibi für die Tatzeit und laut eigener Aussage hatte er Christian das letzte Mal im Casino gesehen.

»Glaubst du ihm?«, fragte Mads, als sie zurück zum Wagen gingen.

»Nicht wirklich, der Kerl ist verschlagen, aber ob ich ihm einen Mord zutraue, weiß ich nicht. Du?«

»Ich auch nicht. Die siebentausend Euro sind allerdings kein Pappenstiel. Christian konnte das Geld nicht zurückzahlen, vielleicht hat sich Lauer deshalb mit ihm getroffen und ihn zur Rede gestellt, es kommt zum Streit und dann zückt er das Messer.«

»Nur haben wir überhaupt nichts in der Hand, was das beweisen könnte. Nicht den kleinsten Hinweis in diese Richtung. Gegen Kabak hätten wir mehr«, gab Enno zurück.

»Was meinst du?«

»Wir wissen, dass Christian ihm fast sechzigtausend Euro schuldet, und er wird sicherlich Wind davon bekommen haben, dass Christian im Casino alles verzockt hat. Möglicherweise hat er sogar von den neuen Schulden gehört und seine Investition in Gefahr gesehen. Also sucht er Christian persönlich auf, um ihm klarzumachen, dass er sein Geld haben möchte. Es kommt zum Streit, den Rest kennst du.«

»Sechzigtausend ist eine Menge Geld, dafür könnte sich Kabak wirklich höchstpersönlich auf den Weg gemacht haben, aber auch hier fehlt uns der endgültige Beweis. Christian hat sich in eine Situation hineinmanövriert, aus der er allein niemals herausgekommen wäre. Ich frage mich, warum er das nicht geschnallt hat.«

Enno zuckte die Schultern. »Sucht. Frag mal einen Heroinsüchtigen, warum er nicht kapiert, dass Heroin stärker ist als sein Ego und ihn nie wieder loslassen wird.«

Süchte ließen sich in seinen Augen nicht mit Rationalität erklären. Wenn es so einfach wäre, würde es sicher keine Süchtigen mehr geben, denn wer wollte sich schon jeden Tag Drogen spritzen, schachtelweise Zigaretten rauchen oder sich betrinken, bis der Verstand völlig ausschaltet.

Mads nickte. Sie hatten inzwischen das Auto erreicht und stiegen ein.

»Ich frage mich, wie viel Geld die Ex Christian geliehen hat«, sagte Mads, nachdem er den Motor gestartet hatte. Sie wollten noch einmal zu ihr fahren.

»Nicht nur du.«

»Auf jeden Fall hat Melissa Lauer gelogen, und ich möchte wissen, warum.«

»Weil sie sich aus der Schusslinie bringen möchte. Sie weiß, dass Christian ermordet wurde, und wenn dann plötzlich die Polizei vor der Tür steht, möchte sie garantiert nicht den Eindruck erwecken, als könnte sie ihm noch nachtrauern, weil der Tote die Beziehung beendet hat. Daher hat sie gesagt, sie selbst hätte Schluss gemacht.«

»Das war keine gute Idee. Sie war nie eine Verdächtige. Mit der Wahrheit fährt man immer am besten, da kann einem nichts passieren. Jede Lüge fliegt früher oder später auf.«

»Meinst du, sie könnte es gewesen sein?«

»Eifersucht ist ein starkes Motiv«, erwiderte Mads. »Jetzt haben wir wohl zwei Verdächtige.«

»Ich bin gespannt, was Gustav und der Bürgermeister herausgefunden haben.«

»Da sagst du was.«

Kaum hatte Mads das ausgesprochen, klingelte sein Handy, er nahm das Gespräch über die Freisprechanlage an.

»Moin, Onk… Gustav.«

»Moin, Mads«, brummte Gustav. »Seid ihr noch in Kiel?«

»Sind wir. Wie war dein Gespräch mit Charlie Fidler.«

»Wir haben ihn.«

»Was heißt das?«

»Dass ich ihn nicht noch mal habe gehen lassen. Er wird als Kronzeuge gegen Junus Kabak aussagen. Wenn es stimmt, was er sagt, und wenn er uns tatsächlich belastendes Material auf einem USB-Stick liefert, wird Kabak für sehr lange Zeit ins Gefängnis wandern.«

»Bedeutet das, dass Kabak Christian ermordet oder den Auftrag dazu gegeben hat?«

»Nein, tut es nicht. Christian hat hohe Schulden bei Kabak gehabt, aber Fidler weiß nicht, ob Kabak ihn deswegen ermordet hat oder ermorden ließ.«

»Also habt ihr nichts.«

»Mal halblang«, wehrte sich Gustav etwas lauter. »Wir bringen einen großen Fisch in den Knast. Wir reden hier von Geldwäsche und Schwarzgeld in Millionenhöhe, außerdem haben wir noch etwas Interessantes herausgefunden.«

»Das wäre?«

Mads' Blick sagte Enno, dass er nicht besonders überzeugt zu sein schien.

»Christian hatte eine heimliche Geliebte.«

»Tatsächlich. Hieß sie zufällig Melissa Lauer?«

»Woher weißt du das?«

»Weil Enno und ich auch unsere Hausaufgaben machen. Melissa war die Ex, mit der Christian zusammen war, nachdem Lena den Vogel in die Wüste geschickt hatte. Aber statt nach Süddeutschland zu gehen, ist er nach Kiel gezogen. Dort hat er Melissa kennengelernt, sie kamen zusammen …«

»Sie waren wieder zusammen, als Christian mit Lena verlobt war. Vergiss die Vergangenheit«, unterbrach Gustav seinen Neffen.

»Wenn du mich ausreden lassen würdest, hätte ich das noch erwähnt.«

»Dein Onkel lässt die Leute nie gern ausreden«, hörte Enno die Stimme des Bürgermeisters aus dem Hintergrund.

»Von wem habt ihr diese Info?«

»Von ihrem Bruder, Sandro Lauer. Er war mit Christian im Casino, als der rausgeworfen wurde. Es ist ihm offenbar zufällig herausgerutscht, dass Christian vor einigen Monaten wieder Kontakt zu ihm und zu seiner Schwester gesucht habe. Christian hat sich über Sandro siebentausend Euro geliehen, auch von Melissa hat er Geld bekommen.«

»Wie viel?«

»Das wissen wir nicht. Wir sind gerade auf dem Weg zu ihr.«

»Traust du dem Bruder einen Mord zu?«

»Er wusste, dass Christian sein komplettes Geld im Casino verzockt hat und er vermutlich seine siebentausend Euro deshalb nicht wiedersieht. Im Streit traue ich einigen so manches zu.«

»Hat er ein Alibi?«

»Nein.«

»Tim soll alles, was möglich ist, über ihn herausfinden. Auch über die Schwester. Ich will wissen, wie viel Geld Christian ihr geschuldet hat und ob sie ein Alibi hat.«

»Alles Fragen, die wir ihr eh gleich stellen wollten.«

»Mensch, Mads …«, begann Gustav, doch dann schwieg er und atmete nur einmal hörbar durch. »Melde dich, sobald ihr aus dem Gespräch raus seid.«

»Machen wir«, erwiderte Mads und beendete das Telefonat.

»Glaubst du, dass Melissa die ganze Zeit wusste, dass Christian wieder in einer anderen Beziehung ist?«, fragte Enno.

»Kann ich schlecht einschätzen. Christian wäre nicht der erste Mann, der ein Doppelleben führt, ohne dass die beteiligten Frauen es wissen.«

»Vielleicht hast du von dem Fall aus Italien gehört.«

»Welchen meinst du?«

»Ein Mann hatte eine Beziehung mit seiner Frau und gleichzeitig mit der Schwiegermutter. Jahrelang ist das nicht aufgefallen, weil beide in unterschiedlichen Städten gelebt haben und keinen Kontakt zueinander hatten. Nur durch Zufall, als der Mann sein Handy auf dem Tisch liegen gelassen hatte, erkannte die Frau das Bild der eigenen Mutter als Pop-up-Bild auf dem Handy, weil sie ihm eine Nachricht schickte.«

»Das kann man sich gar nicht ausdenken.« Mads sah ihn ungläubig an. »Mit der Mutter?«

»Schwer vorstellbar, ich weiß, und ich versichere, dass ich die Info nicht aus der BILD habe«, gab Enno lachend zurück. »Der Mann hat sich einfach eine zweite Identität zugelegt.«

»Kranke Welt.« Mads schüttelte den Kopf.

Kurz darauf kamen sie bei Melissa Lauer an, Mads parkte, sie stiegen aus und Enno klingelte.

»Wer ist da?«, ertönte ihre Stimme aus dem Lautsprecher.

»Die Ostseekriminalpolizei. Johannsen und Janssen. Wir hätten noch ein paar Fragen.«

»Ich kann gerade nicht.«

»Doch, Sie können. Sonst führen wir das Gespräch auf der Dienststelle weiter«, reagierte Mads gereizt.

»Fünf Minuten, keine Sekunde länger«, sagte Lauer ungehalten.

Der Summer ertönte, sie betraten das Mehrfamilienhaus und standen kurz darauf vor der Wohnungstür.

»Was wollen Sie denn noch?«, empfing Lauer sie genervt und verdrehte die Augen.

»Das besprechen wir in der Wohnung«, antwortete Mads und drängte sich an ihr vorbei.

Enno folgte ihm.

»Welcher Furz sitzt Ihnen denn jetzt quer?«, fragte Lauer, dabei schaute sie nur Mads an. Es war nicht zu übersehen, dass sie ihn gefressen hatte.

»Wie wäre es, wenn Sie es mit der Wahrheit versuchen?«

»Mit welcher? Mit meiner oder mit der, die Sie hören wollen?«, giftete Lauer.

»Mit der, dass nicht Sie, sondern Christian die Beziehung beendet hat.«

»Lächerlich. Wer sagt so was? Ihre behinderte Schwester?«

Bei ihren letzten Worten machte Enno instinktiv einen Schritt vor Mads, damit dieser in seiner Aufgewühltheit keine Dummheit beging. Obwohl – ein Gedanke schoss ihm durch den Kopf.

Nein, keine Frau. Geduld.

»Ihr Bruder sagt das«, erwiderte Mads. »Wir hatten vorhin ein interessantes Gespräch mit ihm.«

»Brata? Niemals«, wurde Lauer laut, ihre Augen verengten sich und es sah beinahe so aus, als wollte sie damit Blitze auf Mads abfeuern.

»Doch, Ihr Bruder. Er hat uns unbeabsichtigt erzählt, dass Christian vor einigen Monaten wieder Kontakt zu Ihnen gesucht hat. Daneben haben wir noch zwei weitere Zeugen, die bestätigen, dass Sie in den letzten Monaten Kontakt zu ihm hatten.«

»Aber nur, weil ich glaubte, dass er wieder Single ist«, platzte Lauer heraus.

»Hat er Ihnen nicht erzählt, dass er in einer Beziehung war? Dass er verlobt war?«, hakte Enno ein.

»Nein, natürlich nicht. Er hat sich wie aus dem Nichts gemeldet.« Lauer fuhr sich durch die langen dunklen Haare. »Mein Gefühl hat mir gesagt, Finger weg. Aber das dämliche Herz …«

»Also haben Sie sich darauf eingelassen?«

»Ja, aber ich war vorsichtiger.«

»Wie haben Sie dann herausbekommen, dass er mit meiner Schwester zusammen war?«, fragte Mads, es war nicht zu übersehen, dass er ihr nicht glaubte.

»Ich sagte doch, ich war vorsichtiger. Ich … ich …« Lauer brach ab, vermutlich weil sie überlegte, ob es clever war, die Wahrheit zu erzählen.

»Wie haben Sie es herausgefunden?«, drängte Mads.

»Ich habe ihn heimlich verfolgt, bis nach Niendorf, in die Wohnung dieser behinderten Fotze …«

»Wenn Sie meine Schwester noch ein Mal beleidigen, kriegen Sie nicht nur eine Anzeige, sondern werden die Nacht in einer Zelle verbringen«, sagte Mads scharf.

Lauer gab ein abwertendes Geräusch von sich. »Ich habe Christian aufrichtig geliebt, Ihre Schwester hat ihn nur kontrolliert. Was ist das für eine Liebe, wenn der eine Partner dem anderen seine Lebensweise aufzwingen will? Bei mir konnte Christian machen, wonach ihm war. Saufen, in die Spielhalle gehen, Joints mit mir rauchen, nackt durch die Wohnung rennen. Bei mir war er so, wie er wirklich war. Ihre Schwester dagegen hat ihn nur gegängelt, sie hat ihn gehalten wie einen kleinen Hund, aber Christian war ein Wolf. Außerdem habe ich Christian den Sex gegeben, den Ihre behind… Ihre Schwester ihm nicht geben konnte. Haben Sie schon mal nach Koks gefickt? Sicherlich nicht, weil Sie genauso langweilig und spießig sind wie Ihre Schwester.«

»Haben Sie Herrn Jung zur Rede gestellt?«, fragte Enno, um Mads zuvorzukommen. Es war ihm deutlich anzusehen, welche scharfe Bemerkung ihm auf der Zunge lag.

»Nein.«

»Nein? Sie sehen, dass er Sie belügt, und trotzdem haben Sie ihn nicht zur Rede gestellt, das soll ich glauben?«, hakte Enno nach.

»Okay, ich hab's getan. Natürlich habe ich das. Ich bin keine Lena, die man einfach so verarschen kann. Mir macht keiner schöne Augen und fickt mich hinter meinem Rücken. Erst recht nicht, wenn ich ihm fünftausend Euro leihe«, entfuhr es Lauer.

»Was hat er darauf gesagt?«

»Nichts! Er hat versucht, mich zu ghosten. Da bin ich echt ausgetickt, ich habe ihm gedroht, dass ich dieser dämlichen Fotze alles erzähle, und dann ging es plötzlich ganz schnell, er wollte sich mit mir treffen.« Lauer atmete schwer. In ihr schien ein Vulkan zu brodeln, der jeden Augenblick auszubrechen drohte. Enno war das nur recht, sie sollte so emotional bleiben, denn offenbar konnte man sie bei ihrem Stolz gut packen.

»Sie haben sich also am Brodtener Steilufer getroffen«, fuhr Enno fort.

Lauer starrte zwischen den beiden Beamten hindurch, ihr Brustkorb hob und senkte sich schnell, ihr Blick wirkte leer, erschöpft.

»Ich habe Christian geliebt, wirklich geliebt. Ich wollte eine Familie mit ihm gründen. Das tut man doch nicht mit einem, den man nicht liebt? Wie konnte er mir da so in den Rücken fallen? Mich und meinen Bruder derart belügen? Uns, die immer zu ihm standen, ihn akzeptierten, wie er war, ohne dass er sich verstellen musste. Er war doch frei bei mir. Wie konnte er mich belügen? Mich?!«

»Sie haben Christian am Brodtener Steilufer zur Rede gestellt«, schlussfolgerte Enno.

Mads hielt sich nach wie vor zurück, was Enno wohlwol-

321

lend zur Kenntnis nahm. Er hatte gerade den deutlich besseren Zugang zu ihr.

»Ich wollte ihn vor die Wahl stellen: mich oder diese Behinderte, die ihn wie einen Hund gehalten hat«, bestätigte Lauer.

Ihre Augen wurden feucht, und Enno spürte, dass sie endlich eine schwere Last loswerden wollte. So ein Verhalten war nicht ungewöhnlich. Manchmal war der psychische Druck so groß, dass die Täter geradezu erleichtert waren, wenn sie alles gestehen konnten. Er war sich sicher, dass dies bei Lauer jetzt der Fall war.

»Es kam zum Streit, als Sie ihn damit konfrontiert haben, richtig?«, mutmaßte Enno.

»Ja, weil er versucht hat, mich zu belügen. Er hat behauptet, er wäre nur aus Mitleid mit ihr zusammen und weil er finanziell von ihr abhängig wäre. Er würde jemandem richtig viel Geld schulden, und wenn er diese Schulden nicht zurückbezahlte, würde die Person ihn umbringen. Aber im Grunde würde er nur mich lieben, deswegen war er auch zurück in Kiel.«

Lauers Stimme wurde zum Ende hin immer leiser, die Aggression war von ihr abgefallen, sie wischte sich eine Träne vom Gesicht.

»Ich habe ihn gefragt, warum er mir das alles nicht früher erzählt hat«, fuhr sie fort, »und was macht er? Er schaut mich an, lächelt überheblich und sagt, weil er mich liebt.« Ihre Augen verengten sich wieder. »Weil er mich liebt?« Sie schüttelte den Kopf.

Enno und Mads schwiegen. Lauer sollte alles sagen, was ihr auf der Seele lag, und Enno hoffte, dass auch Mads sie nicht in einer Kurzschlusshandlung unterbrechen würde.

»Da wusste ich, dass er mich belügt, ich bin ausgetickt, habe ihn beschimpft, ihm gedroht, dass ich Lena alles erzählen werde, da hat er mich festgehalten und mir gedroht, mich zu töten, wenn ich eine Dummheit mache. Er hat mich Richtung Klippe gezerrt. Da bin ich völlig ausgetickt, ich hatte Panik. Ich habe mein Messer aus der Jackentasche gezogen und zugestochen, aber doch nicht, weil ich ihn töten wollte, sondern weil ich mich verteidigen musste. Ich hatte Todesangst! Er hatte diesen wahnsinnigen Blick, ich musste fürchten, dass er mich wirklich die Klippen runterschubst. Es war Notwehr.«

Enno hatte genug gehört, er zog seine Handschellen hervor und legte sie Lauer an.

»Sie sind festgenommen, wegen des Verdachts des Mordes an Christian Jung.«

»Es war Notwehr. Christian ist der wahre Mörder. Er hat das Herz Ihrer Schwester und meines getötet«, sagte sie und schaute dabei Mads an.

Sie ließ sich ohne Gegenwehr festnehmen.

52

Die letzten Tage waren anstrengend gewesen, aber sie hatten ihren Täter. In der kommenden Woche würde die Beerdigung stattfinden, im kleinsten Familienkreis. Albert hatte sich dafür eingesetzt, dass sie so kurzfristig einen Termin bekommen hatten. Als Gustav an diesem Mittag die Terrasse des *Café Wichtig* betrat, winkte ihm Albert bereits zu.

»Moin, sehr sonnig heute«, erlaubte sich Gustav einen Scherz, da Albert eine Sonnenbrille trug.

»Bis eben schien die Sonne noch. Ich frage mich, warum jetzt nicht mehr?«, konterte Albert, dann schmunzelten beide, umarmten sich kurz und setzten sich anschließend.

»Ich war so frei, schon mal eine Flasche Chardonnay zu bestellen, aus Neuseeland. Empfehlung des Hauses, ganz neu.«

»Wie kann ich dazu Nein sagen? Du hast ja sogar eingeschenkt.«

»Auf uns, alter Freund«, sagte Albert und stieß mit Gustav an.

»Nur das ›auf uns‹ hätte es auch getan«, murrte Gustav.

»Dann wäre es langweilig.«

Gustav steckte kurz die Nase in das Glas, schwenkte den Wein und gönnte sich einen Schluck. »Der ist echt gut.«

»Dem ist nicht zu widersprechen.«

Der Kellner kam und fragte nach der Bestellung.

»Für mich bitte einen Salat mit Hähnchenstreifen«, sagte Gustav und sah zu Albert. »Jutta hat zum Abendessen eingeladen.«

»Als ob dich das je gestört hätte, aber ich nehme das Gleiche«, erwiderte Albert. Anschließend bestellten sie noch einen Espresso und eine große Flasche Wasser.

»Fährt Moritz Tante Irma oder sollen wir sie abholen?«, fragte Albert, nachdem der Kellner gegangen war.

»Das machen wir, nach dem Mittag. Oscar kommt auch mit.«

»Auf den Kater freust du dich besonders, oder? Weil du weder ihm noch mir gewachsen bist.«

»Träum weiter«, gab Gustav gelangweilt zurück. Er freute sich auf das Abendessen.

Einen Moment war es still, Gustav gönnte sich noch einen Schluck von dem köstlichen Weißwein.

»Zwei Vögel mit einem Stein erschlagen nennt man das«, sagte Albert dann.

»Was meinst du?«, fragte Gustav.

»Na, was uns gelungen ist. Wer hätte ahnen können, dass Christian eine heimliche Geliebte hat, die ihn ersticht? Wären wir früher darüber im Bilde gewesen, hätten wir Kabak nicht überführen können.«

»Mads und Enno haben Melissa Lauer überführt, und was Kabak anbelangt, da gibt es kein ›wir‹, du weißt, dass du offiziell …«

»Hör doch mit diesem offiziellen Unsinn auf. Was hätte wohl Mikkel in so einer Situation gesagt? Wichtig ist, was man weiß, nicht, was andere glauben, zu wissen.«

»Was hat das jetzt mit meiner Aussage zu tun?«

»Sehr viel. Ich weiß, dass ich mindestens ebenso Anteil an der Festnahme habe wie du, auch wenn dir das nicht schmeckt, weil du besessen von der Idee bist, Politik und Polizei voneinander zu trennen, und wir beide wissen, wie Mikkel das gesehen hätte.«

Gustav verzog nur dem Mund. Natürlich hatte Mikkel die

Zusammenarbeit zwischen Polizei und Bürgermeister ganz anders gesehen, aber Albert war ihm auch nie so auf der Nase herumgetanzt, wie er es jetzt bei Gustav tat. Daher glaubte Gustav, dass es wichtig war, die Zügel bei ihm kurz zu halten, damit Albert schön auf Kurs blieb. *Sonst richtet er sich noch ein Büro in meiner Dienststelle ein,* schoss ihm ein Gedanke durch den Kopf, der ihn zugleich belustigte und ängstigte.

»Wenn es dich glücklich macht, danke für dein Engagement«, lenkte Gustav ein. »Wie ich sehe, hast du es bereits groß ausgeschlachtet.«

»Du hast mein Interview mit Amir Kaya gelesen? Ein begnadeter Journalist.«

»Habe ich, und nur zur Erinnerung, du wolltest ihn mal feuern lassen.«

Albert winkte ab. »Ein großes Missverständnis. Das mit Kabak ist übrigens ein Riesending. Das Finanzamt geht von Steuerbetrug in Millionenhöhe aus und noch wichtiger: Der Artikel unterstreicht nur, warum ich der richtige Mann für das Bürgermeisteramt bin.«

»Als ob es noch Zweifel gibt, dass du gewählt wirst.«

»Ich will nicht einfach nur gewinnen, ich will die Wahlen dominieren«, korrigierte Albert ihn. »Eine absolute Mehrheit ist das Mindeste und dann packe ich mir Dr. Eisenbraun. Die Geschichte ist noch nicht ausgestanden.«

»Ich glaube, der hat seine Lektion gelernt. Spätestens, wenn er den Artikel von Amir liest. Ganz Deutschland weiß, dass du und ich, dass die Dienststelle Timmendorfer Strand Kabak zur Strecke gebracht hat, nicht die Zentrale in Lübeck. Der wird nicht mehr gegen uns schießen.«

»Unterschätze nicht den Hund, den man in die Ecke gedrängt hat. Eisenbraun wird sich wieder irgendeine Gemeinheit einfallen lassen, und das unterbinden wir am besten, wenn er nicht mehr Polizeichef ist. Denk an meine Worte.«

»Wie du meinst.« Gustav wollte sich nicht mit Albert streiten, obwohl er die Sache anders sah. Aber er kannte den Starrsinn seines besten Freundes. »Wirst du dein Wort gegenüber Charlie Fidler halten?«, fragte er dann.

»So gut solltest du mich doch kennen. Ich habe längst alles Notwendige zur Bewilligung eines Förderkredites, der nicht getilgt werden muss, in die Wege geleitet und ich habe den Vermieter des Fischimbisses kontaktiert. Fidler kriegt bessere Konditionen als der Vormieter.«

»Sehr gnädig.«

»Deswegen wählst du mich.«

»Eher, weil du Familie bist, da habe ich kaum eine andere Wahl«, erwiderte Gustav schmunzelnd, was Albert mit einem gespielt bösen Blick quittierte.

Dann wurde er wieder ernst. »Wie geht es Lena?«

»Ich war mit ihr frühstücken. Sie wirkte gefasst.«

»Es muss ein ganz schöner Schock gewesen sein, zu erfahren, dass Christian ein Doppelleben geführt hat.«

»War es. Ich sehe ihr an, wie sehr sie das verletzt hat, allerdings nicht in erster Linie, weil er heimlich gesoffen und gespielt hat, sondern weil er eine heimliche Geliebte in Kiel hatte. Sie macht sich Vorwürfe, dass sie das nicht bemerkt hat.«

»Das sollte sie nicht. Der Einzige, der dafür verantwortlich ist, ist Christian, ihm muss jeder Vorwurf gelten. Es gibt leider viel zu viele solcher Fälle, in denen ein Mann ein Doppelleben führt, das weißt du als Polizist besser als ich. Ich bin bloß erleichtert, dass dieser Trottel kein Teil unserer Familie geworden ist.«

»Nicht nur du«, bestätigte Gustav.

Er hoffte, dass Lena stark genug sein würde, diese Tragödie ohne Schaden zu überwinden. Dafür würde er an ihrer Seite sein, verständnisvoll und ohne Druck, so wie die ganze Familie.

Niemand würde ihr Vorwürfe machen. Lena sollte alle Zeit bekommen, damit diese Wunden verheilten, und dann, so hoffte Gustav, würde sie zurück zur Polizei kommen. Denn da war ihr Platz.

53

Niendorf

Lena war angeschlagen, aber nicht gebrochen. Sie war eine Johannsen, sie würde wegen dieses Rückschlags nicht ihr ganzes Leben infrage stellen, vor allem auch weil sie eine tolle Familie und Freunde hatte, die zu ihr standen. Außerdem sah sie das Leben als das, was es war: ein einzigartiges Geschenk, trotz all der Tiefschläge in letzter Zeit.

»Das Glas ist immer halbvoll, vergiss das nicht, liebstes Enkelkind«, hatte Opa Mikkel immer zu sagen gepflegt, und er hatte recht.

Dennoch war es natürlich nicht leicht, nein, es war verdammt schwer, zu akzeptieren, dass Christian ihr Vertrauen auf so schändliche Weise missbraucht hatte. Dass er sie belogen und, noch schlimmer, sie mit einer anderen Frau betrogen hatte. Sie, die sich immer für eine schlaue und aufmerksame Person gehalten hatte. Sie, die Polizeibeamtin, die wusste, wie Menschen waren und die darauf trainiert war, Lügen zu erkennen.

Bis heute konnte sie sich nicht erklären, wie es Christian gelungen war, sie so dreist hinters Licht zu führen.

Vielleicht, weil ich ihm alle Freiheiten gelassen habe, nicht in sein Handy geschaut, ihm nicht nachspioniert habe.

Sie hatte wirklich geglaubt, dass sie Christian kannte, aber so konnte man sich irren. Er war nicht der Mann gewesen, in den sie sich vor langer Zeit verliebt hatte. All das, was sie in Christian gesehen hatte, war eine Illusion, und vielleicht war diese Erkenntnis das Beste, was ihr passieren konnte. Vielleicht würde sie Christian so schneller vergessen können, das jedenfalls hoffte sie.

Jetzt war sie auf dem Weg Richtung *Seaside Lounge,* wo sie sich mit Mads zum Kaffee treffen wollte. Es war zwar etwas bewölkt, aber die Sonne kam immer wieder hervor und mit 22 Grad war es schon angenehm mild.

Als Lena den Hafen erreichte, sah sie Mads und Enno in ihre Richtung laufen.

»Moin«, begrüßte Mads seine Schwester, umarmte und küsste sie.

»Moin«, sagte auch Enno.

Lena erwiderte den Gruß. Sie wunderte sich, dass Mads sich mit Enno traf, da doch eigentlich sie beide verabredet waren.

»Moin, großer Thor«, hörte sie da Jörns Stimme, sie drehte sich um.

»Moin, Jörn! Na, was machst du Schönes?«

»So dies und das. Mehr dies als das«, erwiderte Jörn und schaute Enno fragend an.

»Dir liegt doch was auf dem Herzen«, sagte Enno lächelnd.

»Das tut es. Du bist ein echter Geldzauberer. Ich habe gestern den ganzen Tag vor dem Spiegel geübt, aber so sehr ich mich auch bemüht habe, es wollte sich keine Münze hinter meinem Ohr zeigen.«

Enno lachte, Lena musste ebenfalls schmunzeln, nur Mads schaute Jörn skeptisch an, als ahnte er, was Jörn mit der Geschichte bezweckte.

»Das ist Zauber, Jörn, das kann man nicht lernen«, erklärte Enno.

»Meinst du, du kannst es mir noch mal zeigen?«

»Meinst du, in etwa so?«, gab Enno zurück, bewegte seine Hand hinter Jörns Ohr und zauberte ein Zwei-Euro-Stück dahinter hervor, anschließend reichte er Jörn die Münze.

»Ich bin total begeistert«, sagte Jörn. »Geht das auch mit einem Zehn-Euro-Schein?«

»Jörn«, schaltete sich Mads mit mahnendem Blick ein.

»War nur eine freundliche Frage, großer, allmächtiger Thor.«

»Du kannst Enno nicht ausnutzen, bloß weil du mal wieder pleite bist.«

»Woher weißt du, dass ich knapp bei Kasse bin?«

»Bist du es nicht?«

»Ehrlicherweise herrscht in meiner Geldbörse gerade Ebbe, die Flut will nicht so.«

Mads zog sein Portemonnaie aus der Hosentasche und gab Jörn einen Zehn-Euro-Schein.

»Da gibt es auch keinen Haken?«, fragte Jörn unsicher.

»Ich nehme ihn gern zurück.«

Jörn schüttelte den Kopf. »Geschenkt ist geschenkt. Danke, o großer Thor. Ich muss dann weiter.« Er hob die Hand zum Gruß und ging Richtung *Ahoi Kaffee.*

»Ich muss auch weiter«, erklärte Enno und verabschiedete sich.

»Enno hätte uns gern begleiten können«, sagte Lena, als sie allein waren.

»Ich hab ihn nur zufällig getroffen. Er war auf dem Weg nach Travemünde, da hat er mich hier gesehen und ist gleich rechts rangefahren.«

»Du verstehst dich ganz gut mit ihm, oder?«

»Besser, als ich gedacht habe«, sagte Mads, dann grinste er. »Aber natürlich kommt niemand an meine Lieblingsschwester ran, dich wird niemand ersetzen können. Ich kann den Tag kaum noch erwarten, wenn du wieder zurück bist.«

Lena kommentierte das nicht, weil sie Mads nicht anlügen wollte, denn das Letzte, woran sie in dieser Situation dachte, war ihre Rückkehr zur Polizei, sollte es diese überhaupt jemals geben.

»Ich habe Lust auf Kaffee und Kuchen«, sagte sie stattdessen.

»Dann ab in die *Seaside Lounge*. Wenn wir Glück haben, hat Jule heute keine Schicht.« Mads umfasste die Griffe ihres Rollstuhls und schob sie los, was Lena sich von ihm gern gefallen ließ.

»Sei nicht gemein zu Jule, sie ist eigentlich ganz lieb.«

»Das eigentlich ist aber ihr Dauerzustand«, erwiderte Mads. »So, und jetzt schalte ich in den Sportmodus.« Er packte die Griffe fester und rannte mit Schwung los.

Lena quietschte vor Schreck und lachte laut. Für einen Moment vergaß sie all ihre Probleme und genoss die wilde Fahrt.

Bald waren sie an der Terrasse der *Seaside Lounge* angelangt, suchten sich einen freien Tisch und gaben ihre Bestellung auf.

»Schaffst du es um 18 Uhr zu Oma?«, fragte Lena.

»Selbstredend. Wenn Oma uns alle zum Abendessen einlädt, werde ich mich ganz sicher nicht verspäten.«

Lena lächelte, dann wurde sie ernst. »Danke noch mal wegen Emir.«

»Der Dank gebührt Emma. Sie hat mir von ihm erzählt, sonst hätte ich das gar nicht erfahren.«

»Mein Fehler«, gab Lena mit bedrückter Miene zu. »Es hatte einfach gutgetan, mit jemandem zu sprechen, der nicht zur Familie gehört oder ein guter Freund ist. Emir war so herrlich locker und empathisch und er hat positiv über Christian gesprochen. Nach all den Zweifeln, die ich nach den Funden im Keller hatte, war das schön. Ich wollte so sehr glauben, dass all die Hinweise nichts zu bedeuten haben, dass Christian nicht so war.« Sie seufzte. »Ich weiß, ich war viel zu gutgläubig, und wenn Emma es dir nicht erzählt hätte, hätte mich Emir bestimmt um mein Erspartes gebracht.«

Mads legte ihr die Hand auf den Arm. »Mach dir keine Vorwürfe. Emir hat deine Verletzlichkeit ausgenutzt. Das wäre jedem anderen genauso passiert.«

»Nicht Mads Johannsen.«

»Doch, auch mir.«

Lena hatte da so ihre Zweifel, da es in Mads' bisherigen Beziehungen immer die Frauen waren, die mehr geliebt hatten als er. Selbst jetzt mit Victoria hatte sie den Eindruck, dass Victoria diejenige war, die mehr gab, obwohl sie unglaublich selbstbewusst war. Das war kein Vorwurf an Mads, es war eine reine Beobachtung.

Vermutlich war es in jeder Beziehung so, es gab immer einen Partner, der für den anderen zurücksteckte und öfter nachgab.

»Um wie viel Geld wollte er dich denn erleichtern?«, fragte Mads.

»Achtzigtausend Euro. Das war die Summe, die Christian angeblich Kabak geschuldet hat.« Lena presste die Lippen zusammen, sie konnte selbst nicht glauben, dass sie ernsthaft mit dem Gedanken gespielt hatte, Christians Schulden zu bezahlen.

Emir war clever gewesen, er hatte ihr den Eindruck vermittelt, sie würde etwas Gutes tun, wenn sie die Schulden bezahlten, damit Christian im Grab seinen Frieden hätte.

Wie lächerlich das war, war ihr jetzt natürlich bewusst, aber in dem Moment hatte es sich anders angefühlt. Wenigstens konnte sie nun den Opfern von Loverboys nachfühlen. Früher hatte sie nie verstanden, wie Frauen so naiv sein konnten, dass sie den schönen Worten der Männer vertrauten und ihnen regelrecht verfielen. Liebe macht blind, dieser Tatsache war mit Rationalität nicht beizukommen.

Mads pfiff leise. »Dann wollte Emir zwanzigtausend Euro für sich selbst abzwacken. Laut Gustav betrugen Christians Schulden etwa sechzigtausend Euro. Emir kann froh sein, dass er nicht in den Knast muss, sein Chef wird für lange Zeit nicht mehr rauskommen.«

»Was ist mit dieser Melissa?«, erkundigte sich Lena.

»Willst du das wirklich wissen?«

»Ja, möchte ich. Sie tut mir irgendwie leid.«

»Warum tut sie dir leid?« Mads sah sie verständnislos an.

Ehe Lena antworten konnte, brachte ihnen der Kellner Kaffee und Kuchen.

Sie wartete, bis er zum nächsten Tisch gegangen war, dann sagte sie: »Weil sie ihn geliebt hat und er sie genau wie mich belogen hat.«

Mads verzog abschätzig den Mund.

»Hat sie gestanden?«, fragte Lena.

»Nein, hat sie nicht. Sie bleibt dabei, dass es Notwehr war. Dass sie und Christian sich gestritten hätten, er handgreiflich geworden sei und sie gepackt hätte. Sie hatte Angst, dass er sie die Klippe runterschubst. Es war angeblich ein Reflex, aus Notwehr.«

»Glaubst du ihr?«

»Kein Wort. Wer zückt bitteschön sein Messer in Notwehr, dazu noch als Frau? Wie viele Frauen kennst du, die ein Messer in ihrer Jackentasche haben?«

»Nicht viele.«

»Ich auch nicht. In meinen Augen wollte sie Christian wehtun, dass sie ihn wirklich umbringen wollte, glaube ich nicht. Aber sie wollte ihn verletzen.« Mads machte eine wegwerfende Handbewegung. »Am Ende ist das alles Sache der Staatsanwaltschaft. Ich möchte mit dieser Frau nichts mehr zu tun haben.«

Lena nickte, sie auch nicht. »Holst du mich ab, wenn du zu Oma fährst?«, fragte sie, um das Thema zu wechseln.

»Ist fest eingeplant.«

»Danke dir. Sag mal, hast du den Artikel von Emma gelesen?«

Mads gab einen genervten Laut von sich.

»Bist du noch sauer auf sie?«

»Sie und ich haben darüber noch ein Wörtchen zu reden, und glaub mir, das wird kein Kaffeekränzchen.«

»Warum?«

»Weil sie mich belogen und mein Vertrauen missbraucht hat.«

»Übertreib nicht, hier muss ich Emma in Schutz nehmen.«

»Warum?« Mads runzelte die Stirn.

»Weil sie nichts über mich oder Christian geschrieben hat. Wenn du den Artikel von heute gelesen hättest, wüsstest du, dass er verdammt gut ist und dass es darin um Geldwäsche und Schwarzgeld im großen Stil geht. Man mag es nicht glauben, sogar Albert kommt richtig gut darin weg, und das hätte sie nun wirklich auch anders handhaben können, wenn man bedenkt, dass Albert ständig gegen sie stichelt. Amir hat sogar noch einen zusätzlichen Artikel über Albert geschrieben und ihn interviewt. Auch sehr lesenswert.«

»Trotzdem hat Emma mich belogen«, beharrte Mads. »Sie hätte es mir sagen müssen.«

»Sie ist nicht deine Freundin, liebster Bruder, und sie hat es allen erzählt. Selbst Oma wusste davon, sie hat ihr ihren Segen gegeben.«

»Oma? Ich bitte dich. Oma mag Emma und ist grundsätzlich viel zu lieb für diese Welt. Sie kann nicht wissen, wozu Emma in ihrem Ehrgeiz fähig ist. Oma zählt nicht.«

»Soll ich ihr das sagen?« Lena grinste.

»Bist du verrückt!«

Lena lachte auf, weil sie wusste, dass Mads in Juttas Gegenwart immer lammfromm war.

»Sei nett zu Emma, für mich«, bat sie.

»Für dich?«

»Ja, Emma war mir eine große Stütze. Sie war für mich da, hat dichtgehalten, hat mich unterstützt und mir jedes Mal ohne zu zögern geholfen. Ich habe von dem Streit zwischen euch beiden erfahren, weil sie mich nicht verpetzt hat.«

»Dir gegenüber hat sie offenbar gepetzt.«

»Nein, hat sie nicht. Ich weiß es aus anderer Quelle, und ich werde nicht verraten, wer es war.«

Mads seufzte. »Jule, die Tratschtante, wer sonst.«

»Emma mag dich, sie würde niemals etwas tun, was dich verletzten könnte, das weißt du, und du weißt auch, dass sie nichts Falsches getan hat, sie hat nur ihren Job gemacht. Sei nett zu ihr, bitte.«

Mads presste die Lippen zusammen, in seinem Blick lag noch immer Ärger. Er schaute Lena aus seinen großen blauen Augen an, dann wurde sein Gesichtsausdruck weich.

»Na gut. Aber nur, weil du es bist.«

»Danke.«

»Einen kleinen Anschiss gibt es trotzdem«, fügte Mads hinzu und lachte sein typisches Mads-Lachen, das Lena so liebte, weil sie wusste, dass er den letzten Satz nicht ernst meinte.

Lena sah über die Dünen zur Ostsee. Sie war bereit für die Zukunft, für einen Neuanfang, und sie war fest davon überzeugt, dass es ihr gelingen würde, daher würde sie gleich morgen alles ausmisten, was mit Christian in Verdingung stand. Er würde ihrem Glück nicht mehr im Weg stehen.

Wer weiß, vielleicht werde ich sogar wieder lernen, zu gehen, dachte sie und lächelte verträumt.

Gerade hielt Lena alles für möglich, und diesen Schwung wollte sie mitnehmen.

54

Travemünde

Enno war in bester Stimmung. Der letzte Fall hatte ihn und Mads enger zusammengeschweißt, und fast hatte er den Eindruck, dass Mads ihn bereits als Partner akzeptierte. Klar, er sah ihn vermutlich noch nicht auf Augenhöhe, aber das würde auch kommen, daran zweifelte Enno keine Sekunde.

Wenn er dafür genug Zeit bekommt, fügte er in Gedanken hinzu, während er sein Auto auf dem großzügigen öffentlichen Parkplatz in der Nähe des *Maritim Hotels* parkte.

Er stieg aus und lief Richtung Altstadt, dabei wanderte sein Blick zur Uhr. Ihm blieb noch jede Menge Zeit, sodass er gemütlich durch die hübschen Straßen schlendern konnte.

Am *Café Niederegger* reihte er sich in die Schlange an der Eisausgabe ein, bestellte drei Kugeln in der Waffel und führte seinen Spaziergang fort. Im Gegensatz zu Niendorf schien hier die Sonne und es war gefühlt etwas wärmer.

Enno war das nur recht. Er setzte sich auf eine Bank an der Uferpromenade der Trave und schaute der Fähre nach, die gerade an ihm vorbeizog. Sie fuhr vermutlich nach Dänemark oder Schweden.

Eine Möwe ließ sich in seiner Nähe nieder, legte den Kopf schräg und beäugte das Eis in seiner Hand.

»Vergiss es, Kumpel. Ich werde das hier allein essen.«

Die Möwe starrte ihn weiter an und Enno verdeckte sein Eis mit der Hand. »Nichts da.«

Mit einem lauten Schrei erhob sich die Möwe in die Luft und rauschte dicht über seinen Kopf hinweg.

Genervt stand Enno auf und ging weiter zum Fähranleger, von wo aus man nach Priwall übersetzen konnte. Er kaufte ein Hin- und Rückfahrticket und betrat die Fähre. Kurz darauf fuhr sie mit einigen Passagieren und Autos an Bord los.

Als sie auf der anderen Seite anlegte, stieg seine Nervosität. Er hatte einen Plan und hoffte, dass er aufgehen würde, dass die Person, mit der er jetzt verabredet war, ihm zuhören und seinen Worten glauben würde.

Der Plan ist perfekt, er wird klappen, machte er sich Mut.

Sein Ziel in Priwall war das *Jutta's Eck,* ein gutbürgerliches Restaurant.

Vor Jahren hatte er hier schon einmal gegessen, aber sich an diesem Tag dort zu treffen, war nicht seine Idee gewesen. Dennoch war es Enno recht. Hier war niemand, der sie beobachtete. Vor allem keiner von den Johannsens, was auch Albert Lange einschloss.

Als er das Restaurant betrat, sah er seine Verabredung bereits an einem Tisch sitzen, ein Glas kühles Bier vor sich.

»Moin«, grüßte Enno den Mann.

»Moin, Enno. Setz dich.«

Enno nahm ihm gegenüber Platz.

»Ich hoffe, ich bin nicht umsonst hergekommen«, sagte der andere.

»Bist du nicht, versprochen, Clemens. Wir haben das Ganze einfach falsch angepackt. Jetzt, wo ich das Vertrauen der Johannsens habe, wird es viel leichter sein, sie alle abzusägen, nicht nur Gustav.«

»Enttäusch' mich nicht noch einmal.«

»Werde ich nicht. In den nächsten Monaten werde ich so viele Beweise sammeln, dass wir die komplette Familie zerstören werden. Einer der ersten Beweise ist, dass Mads potenzielle Zeugen schlägt, und zwar während einer Vernehmung. Das wirst du in keinem Bericht lesen.«

»Ich bin ganz Ohr«, erwiderte Dr. Clemens Eisenbraun. Seine Augen blitzten.

Enno lächelte, weil er wusste, dass sein Plan diesmal aufgehen würde.

55

Niendorf

Mads blieb noch reichlich Zeit, bis er Lena abholen würde, um mit ihr zu Jutta zum Abendessen zu gehen. Seine Freundin Victoria, die sie ebenfalls begleiten würde, war momentan bei ihren Eltern in Lübeck, sie würde direkt zu Jutta dazustoßen, daher hatte Mads beschlossen, eine Runde zu surfen.

Inzwischen war er schon fast eine Stunde im Wasser und er fühlte sich bestens.

Von rechts kam eine große Welle, die wollte er noch ausnutzen, bevor er zurück an den Strand gehen würde. Er bewegte sein Surfbrett mit der kommenden Welle, damit sie ihn nicht unter sich vergrub, dann, genau im richtigen Moment, keine Sekunde zu früh oder zu spät, drehte er sanft nach rechts und schob sich über die Welle. Das Surfbrett wankte, Mads korrigierte es mit einer leichten Bewegung, dann hatte er es.

Er war der Wellenreiter, Adrenalin schoss durch seine Adern und Mads schrie diese Freude heraus. Dieser Moment war Freiheit pur. Hier, im Wasser, auf seinem Surfbrett, auf dieser Welle, konnte ihm keiner was. Hier war er tatsächlich Thor, ein Gott.

Von der Welle getragen ließ sich Mads an den Strand gleiten, wo er sein Shirt und seine Flipflops anzog, anschließend klemmte er sein Surfbrett unter den Arm und wollte den Strand verlassen, als ihn eine Jugendliche ansprach. Sie war höchstens fünfzehn, vielleicht sechzehn und lag mit ihrer Freundin auf einem großen Strandhandtuch im Sand.

»Das sah verdammt cool aus«, sagte sie.

»Bist du Profi?«, fragte die Freundin.

»Nein, ist nur ein Hobby.«

»Sah echt beeindruckend aus.«

»Surft ihr auch?«

»Ja, ich«, antwortete die Blonde, die ihn zuerst angesprochen hatte.

»Cool. Dann euch noch viel Spaß.«

»Danke, dir auch. Vielleicht sieht man sich ja wieder.«

Mads lächelte nur und ging weiter.

»Du surfst doch gar nicht«, hörte er die Freundin sagen.

»Nicht so laut. Fandest du ihn etwa nicht verdammt süß?«

»Klar, aber der ist viel zu alt.«

So ist es, dachte Mads und schmunzelte. Es schmeichelte ihm natürlich, dass die zwei ihn angesprochen hatten, aber sie waren noch Kinder, die ihn aus jugendlicher Neugierde interessant fanden.

Ein Knall direkt neben ihm ließ ihn aufschrecken.

»Pass doch auf«, hörte er jemanden rufen.

Er schaute sich um und sah Emma. Sie lag auf dem Boden.

Sofort legte er sein Surfbrett ab und wollte ihr auf die Beine helfen, doch sie bremste ihn.

»Ich kriege das schon allein hin.« Emma war sauer, das war nicht zu übersehen. Sie fasste sich an den Kopf und schaute Mads wütend an.

Mads hatte Mühe, nicht zu lachen.

»Ach, das findest du also lustig?«

»Nein, überhaupt nicht«, antwortete Mads, doch seine Mundwinkel schoben sich immer weiter nach oben.

»Hast du mich nicht gesehen?«

»Die Frage sollte eher lauten, ob du mich nicht gesehen hast?«, gab er zurück. »Ich komme vom Strand.«

»Rechts vor links«, fiel Emma ihm ins Wort.

»Selbst dann hätte ich Vorfahrt gehabt, du kamst von links.«

Emma funkelte ihn weiter an und Mads musste nun doch lachen.

»Dass ich ausgerechnet immer mit dir zusammenstoßen muss, und du grinst mich auch noch frech an, statt dich zu entschuldigen.« Emma presste sich die Hand an die Stirn.

»Es tut mir leid, Emma, wirklich. Lass mich mal schauen«, sagte Mads.

Er untersuchte ihre Stirn, sah aber nichts, anschließend drückte er leicht darauf.

»Tut das weh?«

»Nein.«

»Dann ist es auch nichts.«

»Könnte noch eine Beule geben«, beharrte Emma.

»Glaube ich nicht.« Mads pustete auf ihre Stirn.

»Was soll das denn?«

»Das macht man so. Man pustet auf die Stelle, die wehtut, das haben meine Mutter und meine Oma auch immer so gemacht, wenn ich mich als Kind verletzt hatte.«

Emma schaute Mads an, ihr Blick wurde freundlicher, bis sie selbst lachte.

»Darf ich das mit einem Kaffee wiedergutmachen?«, fragte er.

»Das ist das Mindeste«, sagte Emma und zog einen Flunsch.

Sie gingen zur *Seaside Lounge,* die praktisch nebenan lag, und nahmen auf der Terrasse Platz.

»Wieder hier?«, begrüßte der Kellner Mads schmunzelnd.

»Ich bringe zahlende Kundschaft mit«, antwortete Mads. »Bringst du mir bitte einen Espresso, ein stilles Wasser und eine Açaí Bowl, und der Dame, was immer sie möchte. Sie ist gerade gegen mein Surfbrett geprallt.«

»Weil du wie ein Elefant vollkommen ignorant vom Strand auf den Gehweg getrampelt bist«, entgegnete Emma. »Ich nehme auch eine Açaí Bowl und bitte einen Cappuccino, aber einen großen Becher. Mr. Schadenfreude zahlt.«

Der Kellner lachte nur, notierte die Bestellung und entfernte sich.

»Eigentlich wollte ich ja mit dir schimpfen«, begann Mads.

»Mit mir? Warum das denn?« Emma sah ihn erstaunt an.

»Weil …« Mads brach ab. Er musste an Lenas Worte denken, und irgendwie tat es ihm leid, dass Emma gegen sein Surfbrett gerannt war.

»Weil?«, hakte Emma nach.

»Egal, hat sich gerade erledigt.«

»Sicher?«

»Ganz sicher. Im Gegenteil, ich möchte mich bei dir bedanken.«

»Du?« Emmas Augen weiteten sich.

»Ja, ich. Weil du für Lena da warst. Das rechne ich dir richtig hoch an.«

»Ist doch selbstverständlich, Lena ist eine ganz liebe Person und gute Freundin. Ich weiß, was sie durchgemacht hat. Egal ob Christian gelogen hat oder nicht, sie hat ihn geliebt. Er war ihre erste große und einzige Liebe, da kann man nicht einfach zum Alltag übergehen, auch wenn man weiß, dass der Verlobte einen hintergangen hat.«

Mads nickte, er verstand, worauf Emma hinauswollte.

»Ich muss noch einiges lernen, was diese Denkweise anbelangt, ich bin da zu rational, nur Lena und Jutta nicht. Die Johannsen-Frauen waren schon immer die mit Herz.«

»Da pflichte ich dir ausnahmsweise mal bedingungslos bei.«

»Nur weil du Lena und Jutta deshalb um den Finger wickeln kannst, heißt es nicht, dass du jetzt frech werden darfst«, scherzte Mads.

»Wie wickele ich denn deine Oma um den Finger?«

»Wenn ich das wüsste«, lachte Mads.

»Gib's zu, es ärgert dich, dass sie mir erlaubt hat, einen Artikel über die Umstände des Mordes zu schreiben.«

»Nein, tut es nicht mehr.«

»Aha, also hat es das getan.«

»Ein wenig, aber das ist vergessen. Ich arbeite an mir, empathischer zu sein.«

»Das kannst du gern an mir üben.« Sie sah ihn aus ihren strahlend blauen Augen an, legte sich eine Haarsträhne hinters Ohr und strich in der Bewegung an ihrem schlanken Hals entlang. Dann lächelte sie.

Es war dieses Lächeln, das Mads jeden Ärger vergessen ließ und ihm sagte, wie wichtig Emma in seinem Leben war.

Der Kellner brachte ihnen die Getränke und die Bowl.

»Ich bin sehr froh, dich in meinem Freundeskreis zu haben«, sagte Mads, nachdem der Kellner gegangen war. Er wollte diesen Moment nicht mit einem dummen Spruch kaputt machen.

»Ich genauso, und dass du mir immer wieder das Leben rettest. Keine Ahnung, wie ich das je wiedergutmachen soll.«

»Das macht doch Freundschaft aus. Es gibt keine Bedingungen.«

Emma presste die Lippen zusammen und nickte. »Deswegen bist du mein zweitbester Freund.«

»Wie, nur dein zweiter? Das bin ich nicht gewohnt«, scherzte Mads.

»Amir ist number one, sorry.« Emma lächelte und warf Mads wieder diesen seltsamen, fast sehnsüchtigen Blick zu, schließlich schaute sie verlegen zur Seite.

Das Knistern zwischen ihnen nicht zu spüren, war unmöglich, und Mads musste sich zusammenreißen, Emma nicht zu umarmen, weil er wusste, dass das alles zerstören würde. Beide waren in einer glücklichen Beziehung und eine Freundschaft konnte ein Leben lang halten. Eine Liebe dagegen manchmal keinen Sommer, daher war alles gut so, wie es war.

Eine Weile aßen sie schweigend ihre Bowl.

»Mit Emir hast du übrigens hervorragend geschaltet, dass du mich gleich kontaktiert hast«, sagte Mads.

»Ich fand es halt echt seltsam, dass ausgerechnet so ein Südländer plötzlich bei Lena auftaucht, vor allem wegen den Schulden. Als Lena mir später seinen Namen verraten hat, war klar, dass ich dich informieren muss. Was wird aus ihm?«

»Für eine Anklage reicht es nicht und Gustav möchte das Ganze auch nicht hochkochen lassen, aber ich habe mir Emir zur Brust genommen. Wenn er sich meiner Schwester noch einmal nähert, dann kommt er nicht so glimpflich davon.«

»Guter Bruder.«

»Ich beschütze Lena, das ist mein Job als ihr Bruder. Emir hat geglaubt, dass er sie mit seinem Charme und seinem Aussehen um den Finger wickeln kann, weil sie gerade so verletzlich ist. Er hat zugegeben, dass er für Kabak Christians Verlobte finden und sie dazu bringen sollte, die sechzigtausend Euro Schulden zu bezahlen, und er wollte für sich noch etwas abzwacken. Da es nur bei der Idee geblieben ist, kann es keine Anklage geben, die erfolgversprechend wäre.«

Loverboys wie Emir waren für Mads der Abschaum der Gesellschaft, weil sie schamlos das Vertrauen von Menschen ausnutzten, die emotional geschädigt, gutgläubig oder naiv waren.

Emma legte den Kopf schräg. »Sie wäre nicht die Erste, die auf so eine üble Masche reinfällt. Das Internet ist voll von diesen Fällen. Ich werde nie verstehen, wie Menschen derart mit den Gefühlen der anderen spielen, ihr Vertrauen so schamlos missbrauchen können, weil sie von der Gier getrieben sind.«

»Du sagst es. Gier.«

Emma nickte nur. Sie hatten beide ihre Bowl inzwischen aufgegessen.

»Ich muss leider los, mich fertig machen, sonst verspäte ich mich zum Abendessen bei Oma«, sagte Mads und legte den Löffel weg.

»Dann hättest du vielleicht keine Bowl essen sollen. Hast du überhaupt noch Hunger?«

»Für Omas Essen ist immer genug Platz.«

»Stimmt, Jutta kann echt gut kochen und backen. Ich muss auch los. Stefan und ich wollen mit Amir und Pietro nach Lübeck.«

»Dann wünsche ich euch viel Spaß«, erwiderte Mads und winkte dem Kellner, um zu bezahlen.

Vor der Terrasse blieben sie kurz stehen.

»Danke für die Einladung«, sagte Emma.

»Gern. Pass nächstes Mal auf, dass du nicht wieder gegen mein Surfbrett läufst.«

»Witzig.«

Emma umarmte Mads zum Abschied und gab ihm einen Kuss auf die Wange, dann trennten sich ihre Wege.

Auf dem Weg nach Hause hatte Mads auf einmal ein komisches Gefühl, ihm war, als würde ihn jemand beobachten. Er blieb stehen und schaute sich um, wobei das Surfbrett ein wenig seine Sicht behinderte, doch er konnte nichts erkennen.

Der Wind, dachte er und ging weiter.

* * *

Das war knapp.

Adrenalin schießt durch meine Adern, weil ich die Furcht in deinen Augen gesehen habe.

Eine Furcht, die mich erregt.

Mads, Mads Johannsen!

Schon bald wirst du lernen, was wirklich Furcht bedeutet.

Mads Johannsen.

– Ende –

Anmerkungen des Autors

Wer hätte damit gerechnet, dass Christian stirbt?

Ich weiß aus vielen Nachrichten meiner Leserinnen und Leser, dass Christian zu den Figuren gehörte, die am wenigsten beliebt waren, und dass viele sich gewünscht haben, Lena möge endlich erkennen, dass Christian ihr nicht guttut.

Auch ich war dieser Meinung und ich habe mit Christian einen bestimmten Plan verfolgt, den ich vorab leider nicht mit Ihnen teilen konnte, denn dann wäre alle Spannung verloren gegangen. Natürlich weiß ich, dass viele ungeduldig waren, und ich verstehe nur zur gut, dass man darauf brennt, Antworten auf die offenen Fragen innerhalb der Romanreihe zu erhalten. Allerdings kann ich in diesem Fall immer nur um Verständnis bitten, dass ich nicht alles preisgeben kann, was ich plane. Das würde auch dem Stil dieser Reihe widersprechen.

Die Küstenkrimis sind anders als meine Kölner Reihe, meine Peter-Walsh-Thriller oder die Lübeckkrimis. In letztgenannten geht es vorwiegend um die Aufklärung von Verbrechen oder den Thrill. Die Küstenreihe dagegen habe ich von Anfang an ganz anders gestaltet, hier sollte es neben den Kriminalfällen ebenso um das Leben der Johannsens und ihrer Freunde gehen. Daher ist es kein Zufall, dass in dieser Reihe viel Privates geschildert wird, mit allen Höhen und Tiefen.

Wenn man es genau nimmt, ist die Romanreihe eine Art Küstenkrimisoap. Ich finde, dieses Wort beschreibt es sehr gut, und ich behaupte mal ganz frech, dass es so etwas in der deutschen Buchlandschaft bisher nicht gibt. Soaps sind in der Regel auf lange Sicht angelegte Projekte mit einer Geschichte, die immer weitergeht, so auch meine Küstenreihe.

Der Tod von Christian ist somit nur ein Baustein in einem großen Konstrukt, eine Karte, die aufgedeckt wurde. Weitere Karten werden in den nächsten Bänden aufgedeckt, ebenso werden neue Karten ins Spiel gebracht, damit die Spannung auf einem hohen Level bleibt. Ich hoffe, dass dies jedes Mal aufs Neue gelingt, immerhin hat die Reihe bereits 18 Teile und Band 19 ist in Arbeit.

Deshalb möchte ich mich an dieser Stelle ganz herzlich dafür bedanken, dass Sie der Reihe die Treue halten und mitverfolgen, was die Johannsens erleben.

Nun zum Inhalt des Buches. Sicherlich gibt es einige Punkte bei Christians Doppelleben, die erklärt werden sollten, darunter die Frage, warum eine erfahrene Polizistin wie Lena nichts davon mitbekommen hat. Wie konnte Lena so naiv sein?

Es ist ein Kritikpunkt, der einigen Leserinnen und Lesern in den vergangenen Bänden aufgefallen ist, und ich kann ihnen nur recht geben. Für einen vernünftigen Menschen mit Abstand zum Geschehen ist es vollkommen unverständlich, wie Lena so sehr die Augen vor dem Offensichtlichen verschließen konnte.

Allerdings sind weder die Liebe noch Gefühle immer logisch nachvollziehbar oder vernunftgetrieben. Der Mensch im Allgemeinen handelt nicht ständig vernunftgetrieben, er glaubt es bisweilen, doch in Wahrheit lässt er sich viel öfter von seinen Emotionen leiten als von seinem Verstand.

Vernünftige Menschen würden keinen Krieg anfangen, es gibt keinen einzigen Grund für einen Angriffskrieg, dennoch erleben wir gerade einige solcher Kriege in unserer Welt, und das zu einer Zeit, wo wir alle glauben, wir seien gebildet und hätten aus der Geschichte gelernt. Nichts begleitet die Menschheit so konsequent wie Kriege, leider.

Was nun für den Krieg gilt, gilt leider genauso für unser alltägliches Handeln, auch in der Liebe. Redewendungen wie »die rosarote Brille« oder »blind vor Liebe« kommen nicht von ungefähr.

Christian war Lenas Jugendliebe, sie hatte vor ihm und nach ihm keinen anderen Freund. Selbst nachdem sie sich von ihm getrennt hatte, weil er sie geschlagen hatte, liebte sie ihn noch immer. Das klingt nicht logisch, aber das muss es in diesem Fall auch nicht, denn die Liebe ist selten logisch. Wo die Liebe hinfällt – auch so ein Satz.

Ich persönlich kenne einige solche Fälle, leider. So war eine sehr gute Freundin mit einem Schläger zusammen. Sie trennten sich und ich hoffte, dass sie nun endlich erkennen würde, was für ein Kerl er ist.

Drei Monate später waren sie wieder ein Paar. Als ich sie darauf ansprach, sagte sie: Er hat sich geändert. Aber nichts hatte sich geändert, sie wollte es nur glauben.

Ähnlich ist es bei Lena, sie wollte so sehr glauben, dass sich ihre große Liebe geändert hatte, und gab dem Alkohol und der Spielsucht die Schuld an seinen Aussetzern, weil sie von früher einen Christian kannte, der ganz anders war. Einen, den man lieben konnte.

Leider ist Lena kein Einzelfall, das Internet ist voll von solchen Geschichten. Ein sehr bekanntes Beispiel dafür ist Julia aus der Sendung *Goodbye Deutschland*. Sie hatte sich in Sven verliebt und zog mit ihm nach Schweden. Hier der Link dazu:

https://www.vox.de/cms/der-alptraummann-das-dunkle-geheimnis-des-goodbye-deutschland-auswanderers-4727726.html?c=d2c2

Doch der Traummann Sven belog und betrog sie nach Strich und Faden, ja er war sogar ein Mörder, er hatte seine eigene Mutter getötet. Als sie bei einem Besuch im Elternhaus des

Freundes Blut auf dem Sofa entdeckte, erklärte er, es stamme von seinem dementen Vater, der gestürzt und jetzt im Pflegeheim sei. In Wahrheit waren es die Spuren vom Mord an seiner Mutter.

Julia wollte ihm glauben, sie blieb an seiner Seite, auch wenn sie erlebte, dass er launisch und gewalttätig war. Trotz allem hielt sie an der Liebe fest. Erst als es fast zu spät war, konnte sie sich mit Hilfe ihres Vaters von diesem Psychopathen lösen.

Nun fragen Sie sicher: Hätte sie die Anzeichen, von denen es doch jede Menge gab, nicht rechtzeitig erkennen können? Im Nachhinein bestimmt, aber in der Situation des Verliebtseins nicht.

Macht sie das zu einer naiven und dummen Frau?

Nein, denn so eine Sache wird viel komplizierter, sobald Gefühle im Spiel sind. Menschen wie Sven verstehen es hervorragend, Frauen zu manipulieren, sie verstehen es meisterhaft, ihre Lügen als die Wahrheit zu verkaufen.

So hat es auch Christian geschickt geschafft, Lena zu belügen und vor ihren Augen ein Doppelleben zu führen, von dem sie nichts wusste.

Vermutlich fragen Sie sich, warum Christian das überhaupt tat, er hatte doch mit Lena eine tolle Frau an seiner Seite, die ihn liebte und immer zu ihm hielt.

Dafür gibt es aus der Sicht von Christian einige Gründe. Er war unzufrieden mit seinem Leben, wollte sich von dem familiären Druck ablenken, hatte seine Süchte nie wirklich im Griff und noch einiges mehr. Alles Gründe, die man in einer gleichberechtigten, liebevollen Beziehung niemals hätte.

Menschen, die ein Doppelleben führen, sind unglaublich gut darin, ihr Geheimnis zu verbergen, sodass keine der beteiligten Frauen etwas davon mitbekommt, und wenn doch, ist es meistens viel zu spät.

Als Student hatte ich einen Bekannten, der parallel zwei

Freundinnen hatte, keine wusste von der anderen und er lebte mit beiden zusammen. Erst viel später flog der Schwindel auf einer Party auf, als beide Mädels sich zufällig trafen und über ihren Freund erzählten.

Hier ein weiteres Beispiel:

https://www.brigitte.de/liebe/der-tag-an-dem-das-doppelleben-meines-mannes-aufflog-11055606.html

Das Internet ist voll von solchen Geschichten, einfach mal: »Doppelleben Mann« in eine Suchmaschine eingeben. Sie werden überrascht sein, wie viele Männer parallel zu ihrer Frau oder Freundin eine Beziehung haben, von der die Partnerin nichts weiß, ebenso wenig wie die Affäre nichts von dem Doppelleben weiß. Jede der Frauen glaubt, sie sei die einzige Liebe des Mannes.

Menschen können furchtbar manipulativ, gemein und böse zu denen sein, die ihnen am nächsten sind, die sie lieben. Genau deswegen kann ich nur wiederholen, dass Lena kein bisschen naiv war. Sie war treu und hat ihrem Freund vertraut, so wie man es in einer Beziehung tun sollte.

Wie geht es mit Lena weiter? Wird sie endlich wieder laufen können, so wie es sich viele von Ihnen wünschen? Wird sie wieder die Partnerin von Mads?

Das wird die Zukunft zeigen, Sie wissen ja, ich möchte nichts verraten.

Momentan ist Enno Mads' neuer Partner, und wie es scheint, hat er die Johannsens mit seinem gutmütigen Charme schnell für sich gewinnen können. Da passt das Ende, wo er sich mit Dr. Clemens Eisenbraun trifft, so gar nicht in das Bild, das Mads und Gustav gerade von ihm gewonnen haben. Wird es Enno mit der neuen Taktik diesmal gelingen, die Johannsens endgültig loszuwerden?

Auch hier möchte ich nichts verraten, nur so viel: Es wird dramatisch, das kann ich versprechen.

Nun ein paar Worte zu Sabrina, die wieder aufgetaucht ist und scheinbar einen Narren an Mads gefressen hat. Ist sie einfach eine junge, überdrehte Frau, die gern mit Mads flirtet oder verfolgt sie einen Plan?

Auch das wird sich in einem der nächsten Bände möglicherweise auflösen.

Zum Schluss kommen wir auf die mysteriöse Szene am Strand, als Mads das komische Gefühl hat, verfolgt zu werden, hinter seinem Surfbrett jedoch niemanden entdecken kann.

Sicherlich fragen Sie sich, was es mit dieser Person auf sich hat, in welcher Verbindung sie zu Mads steht und vor allem, warum sie ihn das Fürchten lehren will.

Sie sehen, es bleiben wie immer spannende Fragen zu beantworten, und ich verspreche Ihnen, dass es auch für diese Fragen eine Antwort geben wird. Dass sie zugleich Ihren Erwartungen entsprechen wird, kann ich allerdings nicht versprechen.

In diesem Sinne,

Ihr *Salim Güler*

Wichtige reale Locations im Buch:

Ahoi, Niendorf
Casino Kiel
Sultan Palast, Lübeck
Café Hermannshöhe, Lübeck-Travemünde
Campus Suite, Kiel
Bayside Hotels, Scharbeutz
Niederegger, Lübeck
Café Niederegger, Travemünde
Peter Pane, Kiel
Block House, Kiel
Maritim, Travemünde
Jutta's Eck, Travemünde
Bäckerei Dallmeyers Backhus, Timmendorfer Strand
Ostsee Therme, Scharbeutz
Café Moha (Kaffeerösterei MOHA), Mannheim
DOLCEAMARO, Mannheim

Ausgedachte Locations:
Seaside Lounge, Niendorf, heißt jetzt *Bootshaus Niendorf*
Zum kleinen Hotel, Gothmund
Dejavu Shisha & Café
Olis & Alis Imbiss

Eine Bitte / Werke

Sollte Ihnen das Buch gefallen haben, würde ich mich sehr über eine kurze positive Bewertung im Internet freuen.

Weitere Bücher, als Ebook oder Taschenbuch erhältlich:

Köln/Mannheim/Lübeck Thriller/Krimi:
Band 1: *Narben*

Köln Krimi:
Band 1: *Die Stillen müsst ihr fürchten* – Tatort Köln
Band 2: *Fürchte die Nacht* – Tatort Köln
Band 3: *Dann war Stille* – Tatort Köln
Band 4: *Wenn Tote nicht schweigen* – Tatort Köln
Band 5: *Sterben ohne Tod* – Ein Köln-Lübeck Krimi
Band 6: *Niemand* – Tatort Köln
Band 7: *Oh du Stille* – Tatort Köln
Band 8: *Gespalten* – Tatort Köln
Band 9: *Schmerz* – Tatort Köln
Band 10: *ELKE* – Tatort Köln/Lübeck
Band 11: *In der Nacht* – Tatort Köln
Band 12: *Totes Leben* – Tatort Köln
Band 13: *Der Herzenmacher* – Tatort Köln
Band 14: *Stille Wut* – Tatort Köln
Band 15: *Der Fremde* – Tatort Köln
Band 16: *Zorn* – Tatort Köln
Band 17: *Schuld* – Tatort Köln
Band 18: *Tödliche Lügen* – Tatort Köln
Band 19: *Gewagtes Spiel* – Tatort Köln
Band 20: *Abgründe* – Tatort Köln

Band 21: *Wut und Herz* – Tatort Köln / Paris (1)
Band 22: *Mord und Herz* – Tatort Köln / Paris (2)

Küstenkrimi:

Band 1: *Küstenkind*	Band 10: *Küstenleid*
Band 2: *Küstenschmerz*	Band 11: *Küstenpost*
Band 3: *Küstenstolz*	Band 12: *Küstenaffaire*
Band 4: *Küstenherz*	Band 13: *Küstenkläger*
Band 5: *Küstenträne*	Band 14: *Küstenwette*
Band 6: *Küstenhass*	Band 15: *Küstentanz*
Band 7: *Küstenkalt*	Band 16: *Küstensühne*
Band 8: *Küstennachbarn*	Band 17: *Küstendrama*
Band 9: *Küstengier*	Band 18: *Küstenopfer*

Lübeck Krimi:

Band 1: MORD §78 – Ein Lübeck Krimi
Band 2: VERSTUMMT – Ein Lübeck Krimi
Band 3: SEBASTIAN – Ein Lübeck Krimi
Band 4: TOTENBLÄSSE – Ein Lübeck Krimi

Frankfurt Krimi:

Band 1: Das Fenster – Ein Frankfurt Krimi

Mannheim Thriller/Krimi:

Band 1: *Der Würger*
Band 2: *Unwürdig*
Band 3: *Lüge*

Codename Jericho – Ein Peter Walsh Thriller (1/2)
Codename Wüstentunnel – Ein Peter Walsh Thriller (2/2)

Walters Weg

Pandemie: Der Beginn

1830: Ein Rémy Roman

Rémy − Roman

Geh nicht mit − Thriller

Die Schuld in uns − Thriller

MORGEN LERNST DU WIE MAN WEINT − Thriller

SNIPER - Kaltes Blut (Mannheim Krimi)

Honigblau

Täuschung

Wüstengrab

Nächstenliebe (Das Jesus Sakrileg)

I Walsh Zurück − (Peter Walsh Thriller 1)
Wut − (Peter Walsh Thriller 2)
Abrechnung − (Peter Walsh Thriller (3)
Ein Tag zum Sterben − Ein Peter Walsh Thriller

Sowie die Thriller-Miniserie **Peter Walsh**

Gerne können Sie auch direkt mit mir in Kontakt treten, alle Informationen dazu finden Sie auf Facebook und Instagram:

https://www.facebook.com/salimgueler.autor
https://www.instagram.com/salimgueler

oder auf meiner Homepage:

www.salim-gueler.de

Herzlichen Dank für Ihre Unterstützung
Ihr
Salim Güler